三人の女

二〇世紀の春 上

チョ・ソニ

梁澄子 訳

ajuma books

三人の女

二〇世紀の春

上

三人の女 二〇世紀の春
チョ・ソニ著

This book is published with the support of
the Literature Translation Institute of Korea (LTI Korea).

主な登場人物

許貞淑《ホ・ジョンスク》　「三人の女」のひとり。京城の人権弁護士許憲《ホ・ホン》の娘。上海に留学し世竹とともに高麗共産青年同盟に参加。

朱世竹《チュ・セジュク》　「三人の女」のひとり。咸興の没落した両班の家に生まれる。留学先の上海で朴憲永と結婚。

高明子《コ・ミョンジャ》　「三人の女」のひとり。両大地主の娘。京城の朝鮮女性同友会で貞淑、世竹と出会う。

朴憲永《パク・ホニョン》　朱世竹の夫。上海で高麗共産青年同盟、京城で高麗共産青年会を組織。火曜会所属。

金丹冶《キム・ダニャ》（**金泰淵**《キム・テヨン》）　高明子の恋人。高麗共産青年同盟メンバー。火曜会所属。

林元根《イム・ウォングン》　許貞淑の最初の夫。高麗共産青年同盟メンバー。火曜会所属。

ビビアンナ・パク（ヨン）　舞踊家。朱世竹と朴憲永の娘。モスクワの革命家子女保育園で育つ。

李東輝《イ・ドンフィ》　上海で貞淑が世話になった、共産党上海派のトップ。

許憲《ホ・ホン》　貞淑の父。人権弁護士。東亜日報臨時社長。

車美理士《チャ・ミリサ》　朝鮮女子教育協会創設者。貞淑と憲永をさりげなく結びつけようとした。

呂運亨《ヨ・ウニョン》（**夢陽**《モンヤン》）　上海の大韓民国臨時政府、高麗共産党の年長メンバー。

安炳瓚《アン・ビョンチャン》　元大韓帝国法部主事。高麗共産党の老齢メンバー。

金奎植《キム・ギュシク》　上海臨時政府メンバー。呂運亨、林元根、金丹冶とともに極東被圧迫民族大会に出席。

金九《キム・グ》（**白凡**《ベクボム》）　独立運動家で民族主義者。反共産主義。

鄭鍾鳴《チョン・ジョンミョン》　朝鮮女性同友会会長。元助産師。北風会所属。

丁七星《チョン・チルソン》　朝鮮女性同友会メンバー。元妓生。

金祚伊《キム・ジョイ》　朝鮮女性同友会メンバー。曺奉岩《チョ・ボンアム》の妻。

李光洙《イ・グァンス》（**春園**《チュヌォン》）　売れっ子作家。

宋奉瑀《ソン・ボンウ》　貞淑の二番目の夫。共産主義運動家で北風会所属。

崔昌益《チェ・チャンイク》　貞淑の三番目の夫。共産主義運動家でソウル青年会所属。

洪命熹《ホン・ミョンヒ》　時代日報編集局長。東亜日報から移籍。『林巨正《イムコッチョン》』作者。

金在鳳《キム・ジェボン》　朝鮮共産党結成メンバー。責任秘書。

曺奉岩《チョ・ボンアム》　金祚伊の夫。朴憲永らとともに高麗共産青年会を結成。会の名称の名付け親。火曜会所属。

權五卨《クォン・オソル》　高麗共産青年会二代目責任秘書。火曜会所属。権五稷《オジク》の兄。

金命時《キム・ミョンシ》　高麗共産青年会メンバー。金炯善《キム・ヒョンソン》の妹。

辛日鎔《シン・イリョン》　朝鮮日報論説委員。貞淑との仲を噂される。

金炳魯《キム・ビョンノ》**（街人《カイン》）**　弁護士。許憲《ホ・ホン》、李仁《イ・イン》とともに朝鮮共産党事件裁判を担当。

朴次貞《パク・チャジョン》　槿友会メンバー。義烈団団長金元鳳《キム・ウォンボン》の妻。

李承燁《イ・スンヨプ》　朝鮮共産党再建委員会メンバー。仁川の旅館経営者。

李星泰《イ・ソンテ》　第四次朝鮮共産党執行部メンバー。ソウル青年会所属。モスクワで金丹冶を中傷。

金元鳳《キム・ウォンボン》　朴次貞の夫。抗日テロリストで義烈団団長。中国における朝鮮義勇隊の創設メンバー。

徐輝《ソ・フィ》　延安の抗日義勇軍メンバー。元は張学良の軍隊にいた。

日本の読者の皆さんへ

『三人の女』が日本の読者に会えることは、とても意義深いことです。『三人の女』は韓国現代史に実存した人物たちを扱っていますが、この小説の背景である一九二〇〜一九五〇年代は韓国と日本、中国という極東三か国の運命が互いにからみあっていた時期です。日本はこの小説のもう一つの背景であり、日本の読者たちはこの小説を通して、日本の歴史に対する他者の視線に出会うことになるでしょう。そのような意味で、作者として一方では緊張し、また一方では興奮しています。

『三人の女』は、韓国の読者たちにとっても馴染みのない話でした。韓国は一九六〇年代から一九八〇年代まで軍事政権下で出版と表現の自由が抑圧され、理念でわかれて戦争までおこなった分断国家であるため、「反共」による思想統制が厳しく敷かれていました。その結果、韓国現代史における共産主義運動は、学問的な研究も自由にできないばかりか、芸術創作の対象にすることも難しい状況でした。韓国共産主義運動史で重要な役割を果たした『三人の女』の主人公たちは少数の人々にしか知られておらず、一般人は名前すら知りませんでした。『三人の女』は、いわば韓国史の隠された片側に光を当てる作品で、それは冷戦時代が終わった後だからこそ可能だったのです。

私は二〇〇四年頃にこの小説を構想したのですが、二〇一七年にやっと出版することができました。この小説を書き始めた後で二回、七年半にわたり公職に就いたため執筆を中断せざるをえなかったという事情もありますが、何よりもこの作品が膨大な歴史と人物を扱っているため、資料調査や歴史の勉強だけでなく、その時代と人々を理解するのに絶対的な時間が必要でした。

冷戦時代に徹底的な反共教育を受けた私自身にとっても、それはよく知らない歴史でした。私が大学に入学したのは朴《パク》正《チョン》熙《ヒ》政権末期の一九七八年でしたが、大学街では「維新撤廃、独裁打倒」を叫ぶ反政府デモが繰り広げられ、私もデモ隊の末尾に連なりました。私の専攻はドイツ文学でしたが、キリスト教学生会というサークルで韓国史を学び、図書講読とセミナーを通して、高校の歴史の授業では学べなかった歴史に目覚めました。その時代に芽吹いた歴史への関心が本書を書く土台になっています。そして、この本を書くことによって、あの時代についてほとんど全面的に新しく知ったと言えます。一九二〇年代に一時的に現れて消えた「新女性」という名の「解放された女性たち」、分断以前に大陸を行き来していた革命家たちのことは、その存在自体が驚きでした。一九四五年の分断によって、朝鮮半島の南側は一つの島になり、その島で生まれた私は言うまでもなく陸路で国境を越えて外国に行ったことがありません。

『三人の女』には、実存した人物たちが実名で登場します。巻末の「作者あとがき」にも書いたように、登場人物に関する歴史記録に基づいて、隙間を想像力で埋め、歴史記録に反する想像力は自制しました。当時の記録から推し量り連想できる範囲内で文学的な想像力と歴史的な想像力を発動させたと言えます。

『三人の女』は、日本に強制占領された植民地時代を扱っているため日本人の悪役たちが登場しますが、古屋貞雄弁護士のような感動的なヒューマニストも登場します。自由法曹団に所属する弁護士だった彼は一九二七年、朝鮮共産党事件で一〇一名の被疑者が裁判を受けることになったとき、労働農民党から派遣されて弁護団に参加しました。

『三人の女』は二〇〇四年に構想して一三年後に出版、さらに六年の歳月を経て日本語版に出会うことになりました。作家として改めて喜びを感じています。

日本の読者にとって、日本の歴史を外からの視点、しかも植民地支配を受けた韓国人の視点で見直すことが、居心地の悪さを越えて何らかの前向きな経験になることを期待してみたいと思います。この本が韓国史の隠された片側を復元したように、日本で二重のフィルターによって隠されていた現代史のある部分を照らし出す役割ができたら、作家としてこれ以上光栄なことはないと思います。

翻訳をしてくださった梁澄子《ヤン・チンジャ》さんに感謝します。梁澄子さんは誠意を尽くして翻訳をしてくださり、当時の歴史的事実について記録が食い違ったり、日本での表記、または漢字表記が不確かな部分などについて一つ一つ筆者に確認を求めました。『三人の女』の日本語版を出版する勇気を出してくださったアジュマブックスの北原みのり代表に心から感謝いたします。

この本を手に取る読者のお一人お一人に、この紙面を借りて感謝を申し上げます。

二〇二三年六月　チョ・ソニ

三人の女
二〇世紀の春
上巻　目次

下巻　目次

＊本文中、（　）内は原注、〔　〕内は訳注です。
＊朝鮮／韓国の人名、地名、学校名は原語読みでルビを振りました。
＊干支、中国の人名および地名は日本語読みでルビを振りました。
＊「支那事変」等、現在では用いられない表現についても当時の呼び方のまま記載しています。

本文デザイン
梶原結実＋金丸未波
本文DTP
NOAH
校正
鷗来堂
編集／カバーデザイン
大島史子

プロローグ

1991年 ソウル

一九九〇年の韓ソ国交正常化は、冷戦時代の終焉を告げるものだった。それは、さまざまな目新しい現象と共にやってきた。マルクス主義関連本の大流行もその一つだ。共産主義国家が崩壊すると同時に共産主義の書籍が解禁されたことは逆説的だった。そして、鉄の壁の向こうにあったソ連が開かれた。

一九九一年四月、ソ連共産党書記長のゴルバチョフが韓国を訪問した。そして、その年の一二月、ソ連国籍を持つ一人の女性がゴルバチョフ訪韓よりも質素に、そして私的に、しかし一部の記者や研究者、情報機関の熱い関心の中で、金浦《キムポ》空港に降り立ちソウルに到着した。

丸顔でこぢんまりと整った典型的な韓国女性の顔だが、韓国語は一言も話せない彼女の名はビビアンナ・パク。モイセーエフ舞踊学校の教授。一九二八年生まれ。数え年で六四歳。ロシア人の夫ビクトル・マルコフも同行していた。

彼女はこの地で、生まれて初めて異母兄弟に会い、何人かの人々と公開的に、または密かにインタビューをおこなった。彼女にインタビューした人々は、彼女が父親に会ったことはあるのか、父親との関係はどうだったのか、母親はどんな人だったのか、母親の最期はどうだったのか、彼女は六〇年間どのように生きてきたのか等々を質問した。

彼女の父親は朴憲永《パク・ホニョン》。一九五〇年代以降に南と北の両方で消された名前だ。また、冷戦体制が崩壊していっているとはいえ、依然として危険な名前でもあった。

「幼い頃にお父さんを見た記憶はありますか」

「いいえ、一八歳のときだったか、戦争が終わって父が金日成《キム・イルソン》主席と一緒にモスクワに来たのですが、そのときに初めて会いました」

「お母さんは一九三〇年代に肺炎で亡くなったとされていますが」

「いいえ、母が亡くなったのは……、スターリンが死んだ年なので一九五三年でした」

「お母さんとは一緒に暮らしていたのですか」

「一緒に暮らしたことはありません。母がモスクワにいたときにたまに会いましたが、母がカザフスタンに行った後はなかなか会えませんでした」

「お母さんはなぜカザフスタンに行ったのですか」

「スターリンが高麗人を中央アジアに強制移住させたからです」

「ではお母さんは一人でカザフスタンに移住したんですか」

「よくわかりません。男性がいたようでしたが」

「男性ですか。高麗人でしたか。またはロシア人でしたか」

「高麗人だと思います。母も私に言いませんでしたし、私も聞きませんでした」

「親子なのにその程度の対話もなかったのですか」

「正直言って母に対して情がありませんでした。私は両親を知らずに育ったんです。革命家保育園の先生が母親のようなものでした。母は私を保育園に預けて他の男と暮らしていたので。そして何年も保育園を訪ねて来ませんでした。正直言って、幼い頃は母が嫌いでした。母が恥ずかしかったんです。貞淑ではない女性だと思っていました」

一九二〇年代の植民地朝鮮の新女性であり共産主義運動家、そして朴憲永の妻であった朱世竹《チュ・セジュク》は、娘にこんなふうに記憶されていた。彼女は両親の国である韓国についてほとんど何も知らない。一九八八年にオリンピックが開催された国という程度だ。

彼女は、母親の遺品に入っていたと言いながら色褪せた白黒写真を数枚取り出した。両親の写真だったが、ほとんどがソ連に脱出した後で撮ったものだ。その中に異彩を放つ一枚の写真があった。くすんだ白黒写真の中でひときわ光を放つ華やかなワンカット。

春なのだろうか。いや、夏かもしれない。三人の女が小川に足をひたして、おしゃべりをしている。短い丈の白いチマチョゴリの上に真昼の陽射しが砕け散る。ピーンと張ったふくらはぎと、ふくよかな頬、軽やかな短髪は、三人の女の人生も、真昼の太陽の下を歩いている最中であることを物語っている。三人の女が水遊びをする小川は清渓川《チョンゲチョン》だろうか。

真ん中に座る洋服の女性。額が広く鼻筋の通ったこの女性が間違いなく朱世竹だ。右側の女性は朱世竹の親友、許貞淑《ホ・ジョンスク》だろう。では、もう一人の女性は誰なのか。

三人の女は全員短髪だ。植民地時代の一時、京城《キョンソン》を風靡《ふうび》した月刊誌『新女性』に、この写真の人物を知る糸口があった。

私と私の友人二人の計三人が髪を切ったのは昨年八月二一日午後六時頃でした。三人短髪同盟なのかと思われたり、もっと過敏な人からは何かの秘密結社ではないかと疑われたりしました。私たち三人はもともと同志であり友人で、髪を切ることはもうずいぶん前に決めていました。そして、お互いの髪を切ることを約束し、すぐに髪を解き長いところをつまんで切りました。切ってみると髪の量がとても多く見えました。三人の中で最初に切ったのは私でした。髪を切ること自体は愉快な勇気を出すだけで、どうってことありませんでしたが、手にハサミを持って他の人の髪を切るそのときには、それまでなりをひそめていた因習の片影が現れ、非常につらく忍びない思いを持たずにはいられませんでした。あっという間に三人は結い髪の新女性から短髪娘スタイルになっていました。

全部切り終わった後で、互いに変化した友人の顔をのぞき込んで、悲壮な中にも快活な美を感じて笑ってしまいました。なぜか互いに知らなかった偉大な理想や欲望でも遂げたかのように、とにかく、うれしくてたまりませんでした。私たちは、落ち着かない髪が前にはみ出してくるのをヘアピンでおさえて各自の家に向かって別れました。

——許貞淑「私の断髪と断髪前後」から、『新女性』一九二五年一〇月号

文を書いた許貞淑は当時『新女性』の編集長だった。一九二五年一〇月号の『新女性』は断髪特集号だったが、これを機に三人の女は先延ばしにしてきた断髪を決行したものと思われる。三人の女の断髪儀式はまるで血の誓いか桃園の誓いでもしたかのように悲壮だ。断髪した日が八月二一日と言うから、写真はそれから数日後のものだろう。許貞淑と朱世竹と一緒に髪を切ったもう一人の女性は高明子《コ・ミョンジャ》ではなかろうか。三人の女を当時の雑誌は「トロイカ」〔ロシア語で三頭立ての馬車を指す〕と呼んでいる。一日に数十の思想団体が生まれては消えた政治エネルギー大爆発の時代に、三人の女はその最前線に立っていた。朱世竹の夫朴憲永、許貞淑の夫林 元根《イム・ウォングン》、高明子の恋人金丹治《キム・ダニャ》。この三人の男もまた「トロイカ」と呼ばれた。一九〇〇年生まれで同い年の三人の男は実際にその頃、青年共産主義運動を率いる三頭の馬だった。三人の女と三人の男の連帯は、友情と愛情と理念で混ぜあわされて、セメントのように強固だった。

一九二〇年代の知識人社会で最も影響力のある名前がマルクス、トルストイ、ガンジーだったとしたら、その中で現実政治に最も破壊力を発揮した人物は、断然マルクスだ。一九一七年にロシア革命が起き、革命の心臓であるモスクワから熱い風が吹き込んでいた。当時、朱世竹二五歳、許貞淑二四歳、高明子二二

歳だ。

短髪の女性はまだ両手で数えられる程度だった一九二〇年代の植民地朝鮮で、白昼堂々と小川に「短髪娘」が三人も現れたのだから、かなりの見物人が集まったのではないだろうか。

川辺の見物人の中で、女たちはお下げ髪だったり結い上げたりピニョ〔かんざし〕を挿したりしていただろう。その中には小間使いを帯同してスゲチマ〔頭と上体を覆い隠す布〕を被ったまま顔だけチラリと出している女性もいただろう。一方で短いハイカラ頭の男たちに混じって、昔ながらの笠を被りひげをはやして自分の腕くらい長いキセルを吸っている男もいただろう。学生服を着て鞄を持つ高等普通学校の男子学生ならば「あそこに短髪娘がいるぞ！　現代美があふれてるな」と、ちょっと異色な反応をしたりしたかもしれない。もしかしたら、そのときその場所を通りかかった人の中に、古びた背広を着て、見るからに何々青年同盟の会員といった出で立ちの男がいて、「あれは許貞淑じゃないか」と叫び、横にいた男が「なんだ、短髪じゃないか」と相づちを打つと、「有名な娼婦じゃないか、夫以外に愛人が二人もいるらしいぜ」「へぇー、許憲《ホ・ホン》さんも、とんでもない娘のせいで赤っ恥だな」「最近『新女性』っていう雑誌をつくるのに必死で他のものは何にも目に入らないらしいよ」「お、君はその『新女性』だか何だかを読んだんだね」「い、いや、読んではいないが、わかりきってるじゃないか」と陰口を叩いたかもしれない。

女たちの断髪はホットイシューだった。一八九五年乙巳《いっし》の年に断髪令が出されたとき、男たちは髪を切るくらいなら首を落とせと自決したり義兵を起こしたりもした。男たちが髷を切り落とすことは封建王朝との絶縁を示すことだったが、女たちがひっつめ髪を解いて髪を切るのは「私は独立した人格よ」という一人デモだった。

三従之道の女たちは息を殺して氷山のように水面下に沈んでいたが、そのてっぺんにいた一握りの女たちは李光洙《イ・グァンス》の『無情』を読んで自由恋愛主義者になり、イプセンの戯曲で読んだとおりに人形の家を飛び出し、思想団体に加入してマルクスガール、エンゲルスレディになった。

一九二〇年代は、植民地時代のど真ん中だったが、血気盛んな男女が二〇歳になるのに最悪な時代ではなかった。後日、許貞淑が中国内陸の革命軍の陣営内で、まだ充分に熟していないトウモロコシの粒でひもじさをしのいでいたとき、高明子が朝鮮戦争の砲声が聞こえる西大門《ソデムン》刑務所で、自身に迫り来る運命への期待と不安に身もだえしていたとき、朱世竹がスターリン政権下で、一級政治犯の妻となり、ノミやシラミだらけの流刑列車に乗って中央アジアの見知らぬ土地へと向かっていたとき、ある瞬間、一九二五年のこの日を思いだしたに違いない。三人の女を包み込む京城の空気が、夏の陽差しと若い血気にイースト菌のようにふくれあがっていた二〇歳、怖いものも、卑怯になることもなかったあの時代を。

ビビアンナ・パクは、韓国から帰った後、ロシア連邦検察庁を訪ね母親の身元照会を申請した。身元照会の文書は、母親が一九八九年にソ連最高会議常任委員会の「一九三〇～四〇年代、五〇年代初めに起きた迫害事件の犠牲者の復権」措置によって復権していたことを伝えていた。その文書によって、彼女は母親に関するいくつかの新しい事実を知った。母は政治犯で流刑囚だった。また、日帝の密偵容疑で有罪判決を受けた金丹冶の妻とされていた。ビビアンナとしては初めて聞く話で、初めて聞く名前だった。金丹冶？

スターリン時代に数多くの高麗人革命家たちが日帝の密偵に仕立て上げられて死んだことはビビアンナも知っていた。しかし、母親に関係することだとは思ってもみなかった。

母親は、三八歳のときにカザフスタンに行き、そこで生涯を終えた。娘には高麗人の強制移住措置でカザフスタンに行ったのだと言っていた。流刑生活についても、新しい夫についても、新しい夫との間に生まれた子どもについても、一言半句も言わなかった。彼女は、母親が貞淑ではない私生活を隠そうとしたのだと思っていた。ところが母親がこの世を去って四〇年経った今になってふと、それがもしかしたら、政治的な理由だったのかもしれない、という思いが浮かんだ。娘が巻き込まれるのではないかと怖れて、娘を守るためにそう言ったのかもしれない。

ビビアンナは本能的に身体を震わせた。ペレストロイカ時代に入って数年が経った後だったが、冷戦の記憶が彼女の血管の中に無数の刀傷のように埋め込まれていた。

父のように母も、そして母の新しい夫も、革命家だったということなのか。朝鮮にもボリシェヴィキたちがいただろう。父は米帝のスパイだとされて処刑されたが、母の新しい夫は日帝のスパイだとされて処刑されたということか。本当のスパイではなかったのだろう。もしかしたらトロツキストだったのか?

ビビアンナは当惑した。彼女は、母についてほとんど何も知らない。彼女は母の沈黙が、その孤独が怖かった。母は生きているときにも孤独で、死んだ後も孤独だった。母をそんな恐ろしい孤独の中に生きさせたのは時代だ。しかし、たった一人しかいない血縁の自分さえも、母に敵対的だったその時代に加担したという思いを拭うことができなかった。

1.

夫婦になって無産者階級の解放に生涯を捧げることを誓いますか

1920年 上海

京城《キョンソン》を発つときには好奇心でいっぱいだったが、上海が近づくにつれて不安になった。

「魔の都市、上海」

車内の通路を行き交う人の服のすそがはためくときにアヘンの臭いがする。いや、甘酸っぱい体臭をアヘンの臭いだと思っただけで、もしかしたらただの汗の臭いだったのかもしれない。実際、貞淑《ジョンスク》はアヘンの臭いをかいだことがないから、それがどんな臭いなのか知らない。貞淑が留学したいと言ったとき、父はアメリカ留学をすすめた。娘が上海を口にすると飛び上がって言った。

「上海は危険だ。アヘンと売淫がはびこり、人身売買と殺人事件が日常茶飯事だ」

しかし、アメリカはあまりにも遠く、彼女はアメリカに関心がなかった。父は「妥協案」を出したが、口調は断固としていた。

「東京に行くなら許す。上海は絶対にだめだ」

上海駅の改札口を出た貞淑は、待合室の鏡を見てギクッとした。そこには親の使いで親戚の見舞いに行くため初めて都会に出てきた体《てい》の、すっかりおびえて萎縮した田舎の女学生が立っていた。前髪を真ん中分けにしたおさげ髪、白いチョゴリと黒の膝丈チマ、泥棒を警戒するかのように荷物を両手でぎゅっと抱え込み、肩をすくめて立つ一九歳の娘。貞淑は荷物をかたわらに下ろして、おさげ髪の先端に結んだリボンをむしり取った。

「家を出るときに相当あわててたのね。いったいどうして簞笥からピンクのリボンなんか引っ張り出したんだろう。検問に引っかかったら巡査を誘惑しようとでも思ってたのかしら」

貞淑は編んだ髪をほどいた。髪の間に指を差し込んで揺すると、髪が一束にまとまった。彼女はくねくねとはみ出した髪を全部入れ込んで束ね上げ、二本のピンで固定した。貞淑は鏡に映る束ね髪の自分の姿に妙な興奮を覚えた。

今まで列車の旅はいつも父、または協会の人たちと一緒だった。初めて同行者なく一人で、通学列車でもない北行きの列車に乗ったのだ。その上、おさげ髪をといて束ね上げている。貞淑は胸を張り、大きく開いて深呼吸した。やっと大人になれたと思った。

上海駅前は三、四階建ての石造の建物が広場を囲んでいた。広場で賑わう人波は、皮膚の色も、服の色も多彩で、中国人は半分もいないように見えた。駅前の警備所ではターバンを巻いたインド人らしき警備兵が歩哨に立っていた。貞淑がこの国際都市の目新しさにめまいを感じてぼーっとしていると、どこから叫び声が聞こえてきた。

振り返ると駅前広場の片隅でくたびれた中山《ちゅうざん》服を着た青年が拳を振り上げて演説をしていた。貞淑は、いぶかしげに集まった一〇人あまりの聴衆の間に入り込んでみたが、中国語がほんの数語わかっただけで、後はまったく聞き取れなかった。もう一人の青年が配るビラを受け取って漢字をざっと読んでみた。

「外に対しては主権を獲得し、内では売国奴を処断しよう」

「日本の商品は使うな、売るな」

「先進的な鉱山労働者、鉄道労働者に学べ」

「五月四日は孔子の命日、新しい中国の誕生日」

団体は、上海中国青年会と書いてあったが、民族主義的なスローガンとマルクス主義的なスローガンが入り交じっていて正体のつかみどころがなかった。ただ、中国も、朝鮮も、同じような境遇であることだけは確かだった。朝鮮の三・一万歳運動から二カ月後に中国で五・四万歳運動が起きたではないか。貞淑は中国人に、同病相憐れむ情を感じた。この都市が政治天国の名声にふさわしい印象的な初対面の挨拶をしてきたのだ。

「やっぱり来てよかった」とつぶやきながら、貞淑は力強く闊歩して広場を横切り大通りまで出て人力車を止めた。貞淑は人力車の俥夫に李東輝《イ・ドンフィ》の住所を渡した。父にとっては実の兄のようで、貞淑にとっては伯父のような存在だったが、貞淑が上海に来て、しかも李東輝を訪ねて行ったことを知ったら、父は決してよくは思わないだろう。

　俥夫は、顔が黒くくすんで痩せこけた中国人の老人だったが、「フィッ」という口笛を合図に風のように走った。李東輝宅はフランス租界にあると聞いていた。三カ月前、父宛てに来た封書から写し書いた住所だが、まさかこの間に引っ越したりはしていないだろう。

　父をキリスト教に改宗させた伝道師が後にボリシェヴィキになったと聞いたとき、貞淑は自分の耳を疑った。日韓併合の年に咸鏡道《ハムギョンド》で会ったとき、彼は軍隊の解散と高宗《コジョン》の退位に反対する義兵を立ち上げようとして投獄され、出て来た直後だった。それまでまわりで見てきた大人たちとはまったく違う風貌だったので、貞淑は幼いながらも彼をはっきりと覚えていた。階級章を取った古い軍服姿で、ツバメの尾のようにぴんととがった口ひげが印象的だった。後に何かの秘密結社事件で流刑になり、そこから脱出して満州の北間島《プクカンド》とロシアの沿海州を行ったり来たりしながら独立闘争をおこない、最近聞いた話では、ロシア革命の最終段階でボリシェヴィキ軍に加わって韓人社会党をつくったが、今は上海に来て臨時政府の国務総理になっていると言う。

　一九二〇年、その年は誰に会っても、上海かモスクワの話だった。ボリシェヴィキ革命をめぐる魅惑的な噂が駆けめぐり、上海はいつの間にか人々の心に亡命の首都として位置づけられていた。一八歳の身で講演をしてまわり、女性啓蒙運動もしてきたが、貞淑の野心はそれを上回っていた。貞淑は世界中のすべての言語を操りたかったし、この世界のすべての港に停泊してみたかった。すべてが知りたかったし、すべてになりたかった。そして何よりも、今すぐ猛獣の牙の間に挟まれた朝鮮民族を救い出す理論を見つけ出さなければならなかった。

　ちょうど外出のしたくをしていた李東輝は、見知らぬ娘が玄関から突然入って来ると、驚いて口を開けたまま何も言えないでいた。貞淑が自己紹介をすると、李東輝は腕を広げて歩み寄り貞淑の手から荷物を受け取って床に下ろしたかと思うと、思い切り抱きしめた。外国の宣教師たちと知りあって身についたマナーなのだろうが、同時に大韓帝国の武官出身らしい迫力があった。古い軍服の代わりに白い韓服《ハンボク》のトゥルマギ〔外套〕を着ていたが、八の字のとがった口ひげは相変わらずだった。

　父に内緒で家を出て上海に来てしまったのだから、今ごろ家中が大騒ぎになっているだろう。貞淑は父に手紙を書いた。それは、「お父さまへ」で始まる学費請求書だった。李東輝の家にいることは秘密にした。

　貞淑は、父に手を引かれて関釜連絡船に乗った三年前を思いだした。父は、貞淑が培花《ペファ》女子高校を卒業すると神戸につれて行き神戸神学校に入学させた。神戸神学校は、修道院のように規律の厳しい寄宿学校だった。父は、文学の会とかピクニックとか言って男子学生たちと清料理店に行き、花見に行く娘が気に入らない様子だった。単調な神学校生活の中で彼女の興味を引いたことといえば、日本語版の新約聖書を丸暗記することくらいしかなかった。それでも何とか我慢できていたのだが、本当に我慢のならないことは長い夏休みを過ごすために家に帰って来たときに待ちかまえていた。一九一九年の夏、京城に帰って来たとき、信じられないことが起きていたのだ。独立万歳だなんて！　貞淑は何も知らなかった。券番〔妓《キ》生《セン》を教育し管理する機関〕の妓生〔芸妓〕たちまで街頭に出て万歳を叫んでいた三月に、彼女は何をしていたのか。日本語版の聖書を覚え、賛美歌を歌っていたのだ。貞淑は二〇年近い自分の人生の中で最も感動的な瞬間を逃してしまったという事実に心から腹が立った。そして自分をとんでもないところに放り出しておいた父を許すことができなかった。「お父さんは私をミッションスクールの女教師にでもしたかったのかしら。それともただ真面目でおしとやかな女性に改造して、それに合った嫁ぎ先でも見つけようと思っていたのかしら」

夏休みが終わる頃、朝ご飯の席で貞淑が「死の後に天国と地獄があると言うけれど、私たち朝鮮人は今生きているところがすでに地獄です。それなのに聖書をいくら読んでも、そういう人たちを救う言葉がありません。日本には戻りません」と言ったとき、父は箸を置いてゆっくりとうなずいた。貞淑は、固く結んだ口の奥で万歳を叫んだ。貞淑は初めて父に挑戦し、初回で勝利したのだ。その年は己未《きび》（一九一九）年で、それも一種の万歳運動だった。街頭で叫ぶ大勢の万歳よりも、家の中で一人で叫ぶ万歳のほうがもっと難しいものだ。

上海留学は、彼女としては神戸に対する雪辱だった。彼女は上海がどれほど変化に富み興味深い都市か、期待したとおりだったと書いた後、単刀直入に用件に入った。

「私も来年には二〇歳になります。婚期を逃したというお父さん、お母さんの心配がわからないわけではありません。しかし僭越ながら、私は二〇歳で嫁ぎ先を決めるよりも、人生の意味を見つけることのほうが緊急だと思っています。広い外の世界も見て、外国語も磨きたいと思いますので、あまりがっかりしないでください。上海外国語大学で英語と中国語を学んだ上で南京に行って金陵大学に進学したいと思っています」

父はやや怒気を帯びた、そして心配に満ちた返信を送ってきた。「上海は絶対にだめだと言ったはずだ」

と書いたかと思うと、「金陵大学なら大きな志を抱くに値する場所だ。夜遅く出歩かないように……。李東輝さんか、私の友人の金立《キム・リプ》を訪ねて行きなさい。娘のように面倒を見てくれるはずだ」と書いていた。そして手紙の最後に、父の願いが書き加えられていた。

「新思想、新潮流が跋扈《ばっこ》する時代だが、新しいものにあまり惑わされないように」

貞淑は首をかしげた。新思想、新潮流に惑わされるなと言いながら娘に訪ねてみろと書いた李東輝や金立は二人とも共産主義者ではないか。

父の返信をもらったときには、貞淑はすでに留学生活二カ月目に入り、上海の夜の街も恐れることなく歩き回っているときだった。

一九二〇年秋、許貞淑《ホ・ジョンスク》が到着した数日後、上海駅には膝丈のチマとチョゴリを着た若い朝鮮人女性がもう一人、改札口をくぐり抜けて入って来た。一人で上海に来る朝鮮人留学生の中で女性はめずらしかった時代である。大きな荷物を持って緊張と興奮が入り交じった表情で見回す彼女を、待合室にいた一人の男がうれしそうに出迎えた。

「世竹《セジュク》さん、ここ！」

男が世竹の鞄を受け取って言った。

「下宿を探しておいたからとりあえず荷をほどいて、永生《ヨンセン》学校の先輩たちに会うのは明日でもいいと思うよ」

「とりあえず電報を打たないと。電信局はどこにありますか」

世竹が夜通し荷づくりをして、まだ夜が明ける前の暗い通りに出たとき、母親は誰かに見られるのではないかと門の陰に隠れて、ただ右手を下から上へと振ってみせた。早く遠くに行きなさいという手振りだった。その日も、日が沈む頃には咸興《ハムン》警察署の担当刑事が世竹の動向を点検するために家に立ち寄ったはずだ。母は礼拝に行ったとか何とか適当にごまかしただろうが、数日経った今、警察が母を問い詰めているだろうと思うと、髪が逆立ち心臓がぎゅっと締めつけられた。

電報には簡単に書いた。

「今日着。建安」

到着した場所が上海だということは、誰かに見られたら決してよくない情報だ。「建安」は、世竹が元気だという意味でもあり、母の健康と無事を祈るという意味でもあった。電報の上に落ちるであろう母の涙が目に浮かぶ。

世竹の下宿はフランス租界にあった。迎えに来た永生学校の先輩は、下宿に荷物を置いてすぐに帰って行った。上海駅からかなりの距離を歩いて来る間、上海の情勢と独立運動家たちの状況について唾を飛ばしながら熱弁をふるった彼は、下宿の前で突然、恥ずかしげな青年になり、世竹の視線を避けて顔をそむけた。彼は部屋には入ろうともせずに扉の前で踵《きびす》を返した。

家具といってもベッドと机だけの下宿だった。ベッドに横になると、咸興での出来事と、これから上海で起きるであろうことが頭に浮かんで、四角い部屋の空気が一気に濃密になった。

己未年三月の事件がなかったら、世竹は今ごろ永生女学校の卒業組で着実に学校生活を送っていただろう。運がよければ卒業後に咸興の片隅の小学校教員になっていたかもしれない。傾いた両班《ヤンバン》の家門で、父も亡くなり母が農作業をしている状態だったが、世竹は咸興市内で有名な美人だったから嫁に乞う先も多く、名家の奥さまになろうと思えば、いくらでもなれただろう。

三・一万歳運動の知らせは一日遅れて咸興に届いた。李舜基《イ・スンギ》先生が夕刻、自宅に何人かの学生を呼んだのだ。日本語がうまく話せないために日本人教師から路上でビンタをされている子どもたちに、「一生懸命に勉強して国を取り戻そう。日本と闘うためには日本語も一生懸命に勉強しないとね」と励ましていた先生は、『安重根《アン・ジュングン》公判記』や、朴殷植《パク・ウンシク》の『夢見金太祖伝』のような稀少な本が手に入ると、学生たちを集めて講読したりした。ところがこの日の先生は、最後の学生まで全員到着すると門に錠をかけ、押し入れから一枚の紙を取り出して両手で広げ読み始めた。

「我々はここに我が朝鮮が独立国であること、朝鮮人が自主の民であることを宣言する……」

先生のめがねの縁に涙がにじみ、世竹は胸の奥から熱いものがこみ上げて涙を流した。

三月三日は咸興に市が立つ日だった。午前一〇時、永生学校と永生女学校の教師と学生たちが市場で万歳を叫ぶことにした。ところが、なぜか一〇時になっても授業の終了を知らせる鐘が鳴らない。この日に限って国史の先生、つまり日本史の先生は日本刀を脇に下げて授業をおこなっていた。世竹はそわそわしながら壁の時計ばかり見ていたが、外でピーピーという笛の音《ね》が聞こえてきた。ちょうど豊臣秀吉が、地方の下級武士の息子といういやしい身分から、ついに天下統一の偉業を成し遂げた話をしていた国史の先生、つまり日本史の先生がにわかに窓のほうに目を向けて、「大日本帝国の懐に抱かれて感謝することもなく、万歳を叫ぶようなやつらは懲らしめなければならない、朝鮮人のくせに」という一言で、ただでさえ一触即発の状態に引き金を引いてしまった。世竹は椅子を蹴って立ち上がり日本史の教科書を床に投げ捨て、先生が「こ、この不届きな……」とグズグズしている間に教室の扉を開けて外に飛び出した。模範生の世竹の後を追って、遅ればせながら他の学生たちも一人二人と本包みを抱えて市場に集まって来た。このことで世竹は一カ月留置場暮らしをすることになり、学校を退学になった。三・一万歳運動の首謀者たちの処分についてはエーデル・マッカラン校長もどうすることもできなかった。代わりに済恵《チェヘ》病院で働けるようにしてくれた。済恵病院はカナダの宣教師たちが永生学校と共に建てた咸鏡道《ハムギョンド》初の総合病院だった。

　世竹が万歳を叫んで校門を飛び出したときは、ほとんど衝動だった。しかし留置場で一カ月暮らした後、彼女の心の中には常に怒りがぐつぐつと沸き立っていた。家に帰ってみると、巡査たちが家宅捜索だと言って天井や床を全部はがして行ったため、天井からは雨が漏り床はくぼんでいた。

　いっとき両班地主だった世竹の家も、自分の土地で農作業をしてなんとか食べていくという状態になっていたが、村の人々も同じようなもので、日本が入って来て東洋拓殖会社の土地調査が終わると、富農が中農になり、中農は小農になり、小農は小作農に、小作農は小作する土地も家も失って乞食になって、都会に出て行くか、遠く北の国境を越えて行った。間島《カンド》に渡る人が増えて村は閑散としていき、万歳事件で留置場から出て来た永生学校の学生の誰々が独立運動をするために上海に行ったという噂が聞こえてくるようになった。上海に臨時政府が樹立されたというのだ。

　世竹が上海に行くと言ったとき、母は来るものが来たという表情で長いため息をついた。

「上海ということは、独立運動をするつもり？」

　母は娘の気持を見抜いていた。

「独立運動だなんて。音楽の勉強をして、帰って来てから先生になろうと思って。一生お母さんのそばにいたいの」

　世竹は上海行きの二つの目的のうち一つだけ話した。母がやっと眉間のシワをゆるめて笑った。

「ああ、そうなの。そう言ってくれてうれしいわ」

嫁に行けと断固反対すると思っていた母が意外にも簡単に許してくれた。むしろ娘を応援する言葉に、往年の気迫がよみがえっていた。

「世竹、私もあんたの年だったら台所でかまどをのぞき込みながら生きたりしないよ。あんたはいい時代に生まれたのよ。女が勉強するために外国に行くなんて。昔は腐った役人がひどいことをしたけど、この日本人の世の中は一から一〇までひどすぎる。いったいあんたがどれくらいすごい独立運動をしたって言うの。憲兵補助員のやつらが暇に飽かしてやって来ては釜を蹴飛ばして、家の中をひっくり返していくんだから、もう今じゃ遠くから笛の音が聞こえただけで気が遠くなるよ。カタカタと下駄の音を聞いただけで昨日食べたものが喉まで上がってくる」

母は世竹が発つ前日の夜、簞笥から金の指輪を取り出して渡した。母が持っている唯一の貴金属だった。

「あんたは左の手首に噴火口があるから、若いうちには苦労が多いらしいのよ。だから他の人はしないような監獄暮らしもしたし、遠い外国暮らしもするけど、後で富み栄える運命なんだって。勉強を終えて音楽の先生になったら、いい嫁入り先も見つかるわよ。上海に行ったら勉強にだけ集中して、どうか自重して自分を大切にするのよ。絶対に万歳運動のようなことはしないで。誰も知らない外国でひどい目に遭ったら誰があんたの面倒を見てくれるの」

世竹は左の中指にはめた母の金の指輪を右手でなでた。腰にまきつけた袋には一年間済恵病院で働いてもらった給料がしっかりと包み込まれていた。咸興より物価が一〇倍ほど高い上海で、学校の授業料を払って生きていくためには一日一食でがんばらなければならない。勉強がもっと長くかかりそうな場合には、仕事を探すつもりだった。

貞淑と違って世竹は、素朴で明確な夢を持っていた。教育者、信仰者としての夢だった。永生女学校がなかったら今の世竹はなかっただろうし、マッカラン校長がいなかったら音楽を志すこともなかっただろう。ピアニストである彼女は、音楽と英語の時間に直接学生たちを教え、貧しい学生からは授業料を取らなかった。彼女は「女性も男性同様、神さまの貴い子だ。自らの人格を大切にしなければならない」と言った。世竹は三・一万歳運動で彼女と友人たちが尋問を受けていた咸興警察署にマッカラン校長が訪ねて来た日を忘れることができない。彼女を止める刑事三、四人をはねのけて警察署の中に入って来て、右手の人差し指を天に向けて高くかざし「若い女子学生たちを拷問するなんて、あなた方を神は決して許さないでしょう」とつたない朝鮮語で、しかし警察署に鳴り響く声で叫んだ。数日間眠ることも許されず殴打と尋問に疲弊しきっていた世竹は、はたと目が覚めた。少なくともその瞬間、その小柄なカナダ人女性は世竹にとって外国人でも、宣教師でもなかった。何もしてくれない朝鮮という国よりも、より強力な何かだった。

「上海で何が何でも勉強を終えて音楽の先生になって帰る。ミス・マッカランのような先生になって植民地に生まれたかわいそうな子どもたちにイエスの愛の平等さを教える」

生まれ育った咸興を離れ、今日初めて見知らぬ都市で眠ることを考えると、かすかなときめきと得体のしれない不安が襲ってきた。明日、永生学校の先輩たちに会ったら、ここで音楽の勉強をしながら独立運動をどうやって手助けするか、その方法を知ることができるだろう。

「必ず夢を実現させなければ。これからは思ったとおりにやればいいのよ。何が問題なの。お母さんを置いて故郷を離れ上海まで来たのに。もう戻ることはできない橋を渡ってしまったのよ。貧乏や空腹なんか全然問題じゃない。独立万歳を叫んで拷問もされたし、獄中暮らしもしたんだから、もう何も怖くない」

そんなふうに自分に言い聞かせながら、世竹は小さな下宿の外の巨大な都市をなぞなぞのように感じた。

そして、この都市が自分の運命をどこに運んでいくのか、そのわからない未来を思うと胸騒ぎがしてきた。

世竹は荷物を開いて聖書を引っ張り出した。詩篇二三章四節はつらいときの慰めになってくれる。留置場でも毎日唱えた言葉だ。世竹はベッドにまっすぐに座って声を出して読んだ。

「たとい、死の陰の谷を歩くことがあっても、私はわざわいを恐れません。あなたが私とともにおられますから。あなたのむちとあなたの杖、それが私の慰めです」

一九二〇年の上海は、植民地の二〇歳《はたち》の若者たちが自由と解放の空気を満喫するにふさわしい都市だった。退廃と享楽の都市だったが、同時に思想と文化の別天地だった。東洋でありながら西洋で、中国でありながらヨーロッパだった。近代的な石造建築物がアスファルト道路に沿って建ち並び、フランス租界では植民地ベトナムの男たちが巡査服を着て警戒に立ち、イギリス租界ではターバンを巻いたインド人の巡査たちが歩き回っていた。また、白昼堂々と秘密結社の青幇・紅幇が私製爆弾でビルを一つ吹き飛ばしたかと思うと、政治的に複雑にからみあう暗殺事件が毎晩のように起きていた。つばの広い帽子をかぶって金時計をつけた紳士淑女たちが百貨店や娯楽館に出入りする繁華街の裏通りにはアヘン窟が広がり、植民地朝鮮の亡命者たちが蟻の巣のような下宿暮らしをしながら隠密な動きをしていた。フランス租界では街頭や商店、学校でも英語かフランス語が使われていた。店員や人力車の俥夫、下人たちだけが中国人だった。

百年前まで中国の清朝は巨大な王国だったが、一八四〇年、イギリスがアヘン戦争でこの巨漢を倒すと、フランス、ロシア、アメリカ、そして日本も、待ってましたとばかりに次々と襲いかかった。イギリスは中国茶に味をしめ、貿易赤字が増大すると中国にアヘンを売り始め、中国政府の抵抗に遭うや戦争を起こして植民地占領に近い不平等条約を結ばせた。上海が英米仏の租借地に分割され、中国にアヘン中毒が蔓延したのは、世界史上最も汚らしいこの戦争の結果だった。帝国主義の飯の種になった中国は、その最中に清王朝が滅亡し、各地で軍閥が跋扈する一方、大都市中心に共和主義勢力と共産主義勢力が立ち上がり、大陸全体がぐつぐつと煮えたぎっていた。中国政府と日本官憲の力が及ばない国際都市上海は、政治運動の天国になった。

近代学問を学ぼうとする朝鮮の若者のほとんどが日本に渡り、中にはアメリカやヨーロッパに出て行く者もいた。しかし、単に学問を修めるよりも行動が必要だと思う人々の選択は、上海だった。若者たちは、夢見る者たちの都市、上海へと向かった。彼らの二〇歳は悲壮かつ爽快だった。彼らの親は王朝時代を生きたが、彼ら自身は近代人であり、開化世代だという自負心にあふれていた。彼らは親を否定し、自身が生まれた時代を否定し、いまだ到来しない未来に向かって必死に走っていた。彼らは、自分の頭の中のイメージどおりに世の中をリセットさせるのだという貪欲な計画を抱いていた。彼らは、右の胸には理想を、左の胸には恋情を抱いて、若き日々を通過しようとしていた。しかし、その夢がいかに青々としていたとしても、明白なことは、彼らが破綻した国、爆破された国から破片のように飛び出した悲しいディアスポラの若者たちだということだった。もう一つ、彼らの臨時キャンプである上海と中国もまた、猛獣の牙の間に挟まれた朝鮮と同じ状態だったという事実である。

許貞淑《ホ・ジョンスク》と朱世竹《チュ・セジュク》は、同じフランス租界で上海生活を開始した。油断も隙もない魔の都市、その上海のど真ん中で朝鮮の女子学生たちが互いを知ったとき、どれほど喜んだことだろう。おそらく国際都市で繁盛していた、どこかの語学学校でのことだったに違いない。

貞淑と世竹は、互いにどこから来たのか尋ねあった。上海にはいつ来たのか、どこで寝泊まりしているのか、居心地はどうかと聞いた。誰と一緒に来たのかを尋ねて、一人で来たことを知ったとき、二人の女はにわかに親近感を覚えた。そして、京城《キョンソン》！　咸興《ハムン》！　と一問一答式で始まった対話が徐々に長文化し、和気藹々《わきあいあい》とした会話に発展していった。貞淑が世竹に「どうして上海に来たのか」と聞いた。

「面倒な日本の刑事がいたの」

「しつこく追い回されたのね？」

「それどころか、いっつも監視して、何かと言うと家宅捜索だとか言って」

「あら、どうして要視察人物になったの？」

「三・一万歳のときに一緒に万歳をちょっと叫んだのよ。あなたはどうして上海に？　家では許してくれたの？」

「もちろん許してはくれなかったわ。こっそり逃げ出したの。頑固な家長から逃げ出したのよ」

「お父さまはすごく厳しいの？」

「ええ、娘の人生を盛んに自分の基準に合わせようとするから」

「封建時代の家父長たちはみんなそうよね。お父さまは儒学者かしら？　旧学問をする？」

「いいえ、弁護士よ」

「あら、そうなの？　でも、弁護士たちは現代的じゃない。民族指導者も多いし。三三人の弁護をした許《ホ》憲《ホン》弁護士とか。弁護士はそういう人ばかりだと思っていたけど」

「あ、私の父が許憲なの」

二人はびっくりした表情で互いを見た。「あ、故郷が咸興で、永生《ヨンセン》女学校出身て言ってたっけ。だったら父を知らないわけがないか。世の中は狭いな」「そう言われてみると目のあたりなんか許弁護士にそっくりだわ。まったくわからないものね。世の中では尊敬されている人なのに、家族には厳しいってわけ？　とにかく、世の中は狭いな」。見つめあう表情の奥で、そんな考えがかすめた。

「本当に会えてうれしいわ。父が咸興に長い間いたから私も咸興を故郷みたいに思ってるの。永生学校の出身者に上海で会えるなんて！」

「私はお父さまがキセルで煙草を吸いながらエヘン、エヘンってやるような人なのかと思ったわ。許弁護士は、私がいちばん尊敬する方よ。三・一万歳のときに咸興の人たちは許弁護士のおかげでずいぶんと刑が軽くなったってみんな言ってるわ。私も、許弁護士がいなかったら正式に起訴されて監獄暮らしをしてたかもしれないわ」

　二人は互いの名前を尋ねた。そして別れる前に、最後にそっと年を確認した。

　別れて家に帰る途中で世竹は肩をすくめた。咸興で道行く若者を適当に捕まえて尊敬する人物を尋ねたら、二人に一人は許憲と言うだろう。独立運動家や無念な思いをした庶民は誰もが彼を訪ね、彼は無料で弁論を引き受けてくれた。そして地主や企業家のような金持の訴訟で稼いだ金は学校や病院、教会、社会団体に寄付する。永生学校、済恵《チェヘ》病院、咸興キリスト青年伝導会も全部、物質的、法律的に彼に頼っていた。ところがその人物が家では暴君だというのか。深刻に考える必要はないのかもしれない。大切に育てられた一人娘の贅沢な不平なのかも。

　貞淑は家に帰る途中、気分がよくて鼻歌を歌った。貞淑はこの咸興の女がとっても気に入った。本当に丸ごと気に入ってしまった。貞淑は記憶の中から咸興の市場をよみがえらせた。そこでは膝丈のチマとチョゴリを着た永生女学校の学生が万歳を叫んでおり、その中に決して上手に描いたとはいえない太極旗を掲げて立つ世竹がいた。世竹は一九〇一年生まれ。貞淑より一歳年上だった。貞淑はつぶやいた。

「昔の士人は一〇歳上下までは友だちづきあいしたって言うし。友だちになるのにはちょうどいいわ」

朴憲永《パク・ホニョン》も一九二〇年一一月、二人とほぼ同じ頃に上海に入った。貞淑《ジョンスク》と憲永は女子教育協会の仕事を一緒にやったことがあり、京城《キョンソン》にいるときから知りあいだった。狭いフランス租界のどこかで偶然会った二人はびっくりした。二人にとって上海は意外な場所だったからだ。

「あら、朴先生。東京に行ったと思ってたわ」

「学費が高すぎてこっちに来たんですよ。貞淑さんのほうこそどうして上海に？　朝鮮八道を股にかけて婦人啓蒙運動にいそしんでいるとばかり思ってましたよ」

「臨時政府に行ってみようと思って、と言うのは冗談で、上海に来れば何か道が見えるんじゃないかと思って。ところで最近も英詩の翻訳とかしているの？」

憲永の耳が赤くなった。そこには皮肉がたっぷりと含まれた論評がからんでいた。貞淑が不自然な笑みを消して「世の中は本当に狭いわね、どういう縁なの？」と思いながら踵を返したとき、憲永が「あの、貞淑さん」と呼んだ。「なによ、今になって英詩翻訳のことで何か言うつもり？」と思いながら貞淑は振り返った。

一年ほど前、車美理士《チャ・ミリサ》先生が運営する朝鮮女子教育協会の事務所で二人は初めて挨拶を交わした。憲永が京城高等普通学校の学生で貞淑が培花《ペファ》女子高等学校の学生だったとき、文学青年だった二人はそれぞれの学校で文芸部に所属していたからどこかで会っていたかもしれないし、貞淑は早くから文章力を発揮して名を馳せていたので少なくとも憲永は貞淑の名前を知っていたはずだ。

光化門《クァンファムン》宗橋《チョンギョ》教会の隣にある女子教育協会の事務所で貞淑は協会の仕事をし、憲永は協会機関誌である『女子詩論』の編集をしていた。熱い年頃で、文学と思想と外国語など関心事も似通う男女が狭い事務所で一緒に働くうちに若干の接触事故程度のことはあってもおかしくなかった。憲永が貞淑に英語版のホイットマン詩集を貸し、貞淑が憲永に日本語版『大尉の娘』を貸したとき、貸し借りする指先に恋慕の情がかすかににじんでいたかもしれない。

この男女を大切に思っていた車美理士先生は二人を結びつけようとした。

「ミスター朴、『遺産』だったかしら？　今度発表した英詩。それ、貞淑さんの前で朗読してみて」

憲永が頭をかきながら引き出しを開けた。「ジェイムズ・ラッセル・ローウェルの詩なんですが」と言いながら、初めは英語で、その後で翻訳文を読み上げた。

The rich man's son inherits lands,
And piles of brick and stone, and gold,
And he inherits soft white hands,
And tender flesh that fears the cold,
Nor dares to wear a garment old....

富める者の息子は土地を譲り受け
高楼《こうろう》と黄金をたっぷりと譲り受け
やわらかい白い手をもらって

寒さに耐えられず　古着は着ず
なめらかな筋肉をもらう…

朗読が終わると、車美理士先生が「翻訳が難しい詩なのに立派だわ」とほめ、何か言ってとうながすような目で貞淑に視線を投げかけた。貞淑も何か言わないわけにはいかなかった。

「韻を踏んでいる詩だから韻を生かして訳したらもっとよかったと思います。土地を譲り受け、黄金を譲り受け、そこまではいいと思いますが、その次もやわらかくて白い手を譲り受けというふうに。それから……」

貞淑はもう一言二言言おうとしてやめた。憲永の顔が真っ赤になっていた。あのときのことを思うと、貞淑も顔が熱くなった。「女子校を卒業したばかりのときだったから。幼稚にも、文字一つで優劣を競おうとしたのよね」

その当時、貞淑は憲永をデートの相手というよりも競争相手として見ていたようだ。憲永と貞淑は英語だけでなくエスペラント語も学び、外国語の勉強に夢中になっていたときで、なんとなくお互いの実力をけなしたくなることがあった。当時、植民地の若者たちの間で外国語はブームだった。津波のように押し寄せる近代文明と西洋思想が外国語をまとって入ってきたからでもあったが、朝鮮は井戸の中から空を仰いでいたからこんなことになったのだという憂国の情も加勢していた。

英詩をめぐる事件から間もなく憲永の姿が見えなくなった。貞淑は車美理士先生に尋ねた。

「知らなかったの？　朴さん、留学するって日本に行ったじゃない」

近くで見ると、憲永は一年の間に何かが変わっていた。彼は本がぎっしり詰まって太くなった古い鞄からノートを引っ張り出して一枚破き、何か書いて彼女に差し出した。漢字で書かれた住所だった。

「毎晩そこで思想書籍の読書会をやってるんです。貞淑さんも一度来てみませんか。紹介したい人たちもいるし」

思想書籍という言葉に、貞淑はハッとした。憲永はもう英詩翻訳が合ってるとか間違ってるとかいう次元を越えたところにいたのだ。


上海も、冬はかなり寒かった。湿った空気が肌にじわじわと刺し込むような寒さだった。夜には東シナ海から吹き込む海風に手足がしびれた。貞淑《ジョンスク》は市場で綿入りの中国式の羽織り物と下着を買った。父は夜遅く出歩くなと言ったが、貞淑は夜のほうが忙しかった。語学講座や読書会は全部夜に開かれるからだ。

フランス租界の裏通りで開かれる読書会に二、三回参加するうちに、貞淑は会の正体を把握した。大層な名称に比べて内容は貧弱だったが、「高麗共産党」という政党が最近できて、その青年組織を準備する勉強会だったのだ。憲永《ホニョン》が貞淑に偶然会ったことを喜ぶのも当然だった。新しいメンバーが切実に必要なときだったからだ。

木造二階建ての狭い部屋の片側の壁に単行本や雑誌、新聞が乱雑に置かれた本棚があり、部屋の真ん中のテーブルを囲んで五、六人が座っていた。女性は貞淑一人しかいなかった。

「地球上で最も広い国を鉄拳で統治してきたツァーリ体制ではなかったか。その三〇〇年続いたロマノフ王朝が無産者階級の革命で一気に根こそぎにされたのだ。朝鮮の地に入ってきた総督体制というものはまだたったの一〇年なのだから、プロレタリアートたちが団結すればできないことはない」

ほとんどが三・一のときに万歳を叫んで朝鮮を飛び出し、上海で朝鮮の未来をはかろうとしている若者たちだった。若者たちは勉強をするために上海に来て、共産主義活動家になった。共産主義は、帝国主義と闘い植民地から独立するための最も強力な手段に思えた。そこではすべての民族、すべての階級が平等で、革命は無産者階級と植民地民族を同時に解放してくれるものだった。プロレタリア革命の国際主義というのは、植民地の若者たちにとって魅惑的なキャッチフレーズだった。

京城《キョンソン》にいた頃の憲永は黒縁めがねをかけて英韓辞典を脇に抱えて歩く早熟なインテリといった文学青年だったが、いつのまにか熱血革命青年になっていた。革命、プロレタリア、帝国主義……。貞淑もすでに知っている言葉たちではあったが、憲永が一つずつ力を込めて発音するとき、貞淑はある種の興奮と刺激を感じた。

ここで貞淑は、憲永が共産主義書籍を読破し、ソ連出身の金萬謙《キム・マンギョム》と討論しながら理論武装していく過程を目撃した。世界文学全集を渉猟し英語とエスペラント語に入れ込んでいた情熱と執念が、新たな標的に出会ったのだ。この男は何をするにしてもこんなふうに猛烈だ。貞淑はうらやましくもあり、うんざりするような気分でもあった。いずれにしても、彼は若いグループの中では理論家としてダントツだった。ほどなく高麗共産党の青年組織である高麗共産青年同盟が結成された。責任秘書は憲永だった。

貞淑は、李東輝《イ・ドンフィ》の家で過ごしながら上海外国語学校に入学した。父が言ったとおり、李東輝先生は貞淑を娘のようにかわいがってくれた。少女時代に彼を初めて見たときには、口ひげの先が長くぴんと立っているので、あれは曲がったりしないのだろうかと不思議に思った。ところが上海に来た翌日の朝、その疑問が解けた。彼は庭で顔を洗った後、鏡の前でずいぶんと長い時間をかけてひげを整えていたのだ。

奇しくも、憲永たちが高麗共産党を組織したちょうどその頃、李東輝たちも競うかのように共産党を結成した。朴憲永のほうはイルクーツク派共産党、李東輝のほうは上海派共産党と呼ばれた。李東輝先生は朝鮮初の社会党をつくった張本人でありながら貞淑の前では一切、共産主義とか革命とかいう単語を口にしなかった。だから上海派共産党についても、彼女は青年同盟のほうで聞いて知ったのだった。貞淑を大切に思ってのことだったのだろうか、それとも父から頼まれてのことだったのだろうか。彼はただ、上海で夜に出歩くときにはどの道を避けなければならないとか、南京路のおいしい中華まん屋はどこかといった細々した話しかしなかった。

貞淑は、世竹《セジュク》を会に連れて行った。事務所の外には「社会主義研究所」という看板がかけられていたが、実際には青年同盟のアジトだった。早春のその日、開け放した窓からは通りの騒音が入り、人が通るたびに床が揺れた。新生の青年組織にふさわしく事務所には何も備わっていなかったが、闘志と意欲だけは旺盛で、論争する声の大きさが周囲の騒音をすっかり呑み込んでいた。その騒ぎの中で世竹はピンと緊張して微動だにせずに座っていた。アジトは世竹にはめずらしい場所だったのだろう。北四川路の晏鼎《あんてい》氏女学校音楽科とここはまったく別世界だった。

貞淑は、同僚たちに世竹を紹介した後、憲永に特別に「変な男がまわりをうろちょろしているから同志兼ボディーガードが必要だと思う」と耳打ちした。

その頃、咸興で顔見知りだった遊び人の男が世竹の下宿をよく訪ねて来ていた。貞淑も一度見たことがあったが、ハイカラスタイルに切った髪をしきりにかき上げ、背広の金ボタンがキラキラしていた。男は咸興市内の金持の息子だと言う。父親は高麗人参の商売でひともうけして平壌の妓生を三番目の妾にしたという噂でもちきりだったが、末息子のこの男も、日本留学から戻って父親同様、妓生を連れ歩いていたところ、ある日、おさげ髪に学生鞄を持って歩く世竹を見て以来、校門の前に人力車を止めて待つようになった。三・一万歳運動で留置場暮らしをした後、結婚話がピタッとなくなったが、この男だけはものともせず、忘れそうになった頃には済恵《チェヘ》病院を訪ねて来て散歩に行こうとしつこく誘った。「大人げない男よ」と世竹は言った。

貞淑が世竹を憲永に紹介したときには、意地悪な気持も発動していた。上海の年長者たちの中には見合い話を持ちかけたり、婿にしたいという牧師もいたが、憲永は断固としていた。「恋愛は青年革命家の情熱をむしばむ」と言うのだ。家族は革命事業の邪魔で、青年革命家は結婚してはならないというのが彼の持論だった。貞淑はそれを最後まで試してみたかった。

アジトを訪ねた初日、世竹は好奇心と当惑が入り交じった表情で対話の内容に集中した。会が終わる頃、彼女は初めて口を開き、たった一言だけ言った。

「あの、その本、私も一冊、借りてもいいでしょうか」

彼女の視線はテーブルの真ん中に注がれていた。高麗共産党で呂運亨《ヨ・ウニョン》と朴憲永が共訳した冊子「共産主義のＡＢＣ」だった。くそ真面目で寡黙な男だったが、その瞬間、世竹を見る憲永の目がキラッと光った。

社会主義研究所には年長者も何人かいた。安炳瓚《アン・ビョンチャン》先生、呂運亨先生が若者たちの生活の面倒を見ていたし、金萬謙《キム・マンギョム》先生が主に学習を指導していた。ウラジオストクでロシア移民二世として成長した金萬謙は、共産主義理論で武装した活動家だった。一方、安炳瓚や呂運亨は漢学を学びながら幼年期を過ごした後、自ら近代学問を身につけた、いわばたたき上げの知識人で、マルキシズムという新学問に遅ればせながら興味を感じていた。故郷をあとにして家族のもとを離れてきた彼らにとって、社会主義研究所はもう一つの家族だった。

呂運亨は威風堂々とした風采に口ひげを生やし、三〇代中頃にしてすでに居留民団の団長として同胞社会で手厚い待遇を受けていた。一年前、日本政府に招かれて東京に行き、帝国ホテルの記者会見場で日本の植民地政策を批判し、独立運動の正当性を主張する二時間の演説をおこなって原敬政権を困惑させた人物だった。政治家や独立運動家としてはめずらしく万能スポーツマンでもあった。朝鮮初のYMCA野球団の主将だった彼は、暇を見つけては若者たちを連れてバスケットやサッカー、野球を楽しみ、上海運動場で競技観戦もした。そんな彼がときどき、夜にみすぼらしい服装で大きな鞄を持って租界の外国人住宅をまわりながら煙草や靴下、石けん、歯磨き粉、便箋といったものを売り歩いているという噂があった。夜中の行商について彼は一切口にしなかったし、研究所の人々もあえて聞かなかった。両親の三回忌が終わると奴婢《ぬひ》文書を焼き払って家の奴婢を全員解放し、日韓併合がされるや故郷を去った。

呂運亨は共産主義という新思想に魅了されていたが、共産革命と民族独立が衝突することがあれば、ためらいなく独立を選ぶ人物だった。

「丙寅洋擾《へいいんようじょう》〔一八六六年、丙寅の年に朝鮮で活動するフランス人宣教師が処刑されたことを契機とし、フランス軍が起こした戦争〕以降、朝鮮は清国、ロシア、日本のような周辺国の戦場だった。開化党も出現し、明治維新を真似て立憲君主制もやってみたが、結局、大国の手のひらの上で遊ばれていただけだった。だが、マルクスの理論どおりになるならば、我々のような弱小民族にとっては最高の策ではないか。労働者が主導権を握ることができれば、他国を略奪する理由がなくなるのだから。ロシアのような大国が積極的に手伝ってくれているのだから、今のところこれ以上の方略はないだろう」

安炳瓚は、もう背中が曲がっている上、痩せこけて小柄だったが、毅然とした精神は墓に入った後も生きているだろうと思わせる老人だった。彼の前では剛直という言葉も色褪せ、正義という言葉さえみすぼらしく思えるほどだった。

一九〇五年、彼は五二歳で大韓帝国法部主事だったが、乙巳《いっし》五賊〔一九〇五年、乙巳の年に第二次日韓協約に賛成して署名した五人の閣僚〕を死刑に処するよう上訴したことで済州島《チェジュド》に流配され、帰って来るとすぐに義兵運動に加担して九カ月の獄中生活を送った。日韓併合の主役であった李容九《イ・ヨング》と宋秉畯《ソン・ビョンジュン》を「大逆未遂、国権壊損罪」で京城地方裁判所に告訴し、安重根《アン・ジュングン》を弁護するために旅順まで行った人物だった。自身の法的知識を原則どおりに押し通したのだが、組織の命令に抗して単独の行動綱領《こうりょう》を採択できる勇気は想像を絶するものだった。

彼は、李完用《イ・ワニョン》を刃物で刺した李在明《イ・ジェミョン》の弁護を買って出た。結局、死刑になったが、安炳瓚の死刑不可論は有名だった。

> おおよそ刑罰の目的は犯罪者に苦痛を与え二度とそのようなことがないように警戒することにあるが、……本被告は生命を犠牲にして今回のことをおこなったがゆえ、被告に死刑を科しても苦痛とはならず、警戒にもならない。かえって愉快を与えるだけなのに、刑罰をほどこす実益がどこにあると言うのか。

彼は、平安北道《ピョンアンプクト》義州《ウィジュ》で大地主の両班《ヤンバン》の家に生まれたが、三兄弟が皆、独立運動をしたために一家は散り散りになったと言う。彼は、臨時政府の法務次長として臨時政府の法律をつくったが、すぐに臨時政府を離れて高麗共産党の結成を手伝った。臨時政府の中で畿湖派だの西北派だのと言っているのが気に入らなかった彼は「日本との闘いは短い期間になるかもしれないが、地域の派閥争いは李朝五〇〇年の根深いものだから亡国病だ」と嘆いた。とにかく彼は七〇歳を目前にして共産主義者になった。彼は日本語版の『弁証法的唯物論』を読むために夜を明かし、真っ赤に充血した目で現れることもあった。

「うむ、荒野を開墾するようなものだな。観念論とか唯物論とか、上部構造と下部構造とか、漢文の用語はだいたいわかるが、プロレタリアートとかいう西洋の言葉は読んでもまったくわからんな」

彼のように王朝時代に封建官僚として日韓併合に抵抗して亡命し、最後には共産主義運動に飛び込んだ人は上海や満州、沿海州には一人や二人ではなかった。彼らの人生が経験した波瀾万丈のオデッセイ同様、彼らの精神も世界一周レベルの変化に富んだ行路を歩んだ。一人の人生に千年の歴史が流れる時代だった。

上海は風雲児たちの天地だった。金九《キム・グ》や安昌浩《アン・チャンホ》のような民族主義者たちもおり、呂運亨や金奎植《キム・ギュシク》のような進歩人士もいるかと思えば、朝鮮共産主義の元祖である李東輝《イ・ドンフィ》もおり、生涯最後の二〇年をアナキストとして生きた李會榮《イ・フェヨン》と申采浩《シン・チェホ》が満州と北京に根拠地を置いて上海に出入りしていた。共産主義を日帝と同じくらい嫌っていた金九がいちばん右側におり、独立闘争をするなら共産主義とも手を組まなければならないと考える安昌浩が真ん中だとしたら、ロシア革命に期待する呂運亨や安炳瓚、李東輝は左側で、いちばん左には金萬謙のようなソ連出身の正統派共産主義者がいた。その下の世代として李光洙《イ・グァンス》が日本で「二・八独立宣言」を書き、上海に来て臨時政府の機関紙をつくっていたし、小説家の沈熏《シム・フン》と、朱耀翰《チュ・ヨハン》、朱耀燮《チュ・ヨソプ》兄弟、後に朝鮮共産党に加わることになる曺奉岩《チョ・ボンアム》も上海にいた。

朴憲永は呂運亨と共に『共産党宣言』「共産主義のABC」を翻訳した。つまり、最初のハングル版『共産党宣言』は朴憲永と呂運亨の作品だったのである。マルクスは自身を「自由の殉教者として、神の敵として、人間の友として、プロメテウス」になぞらえたことがあるが、あたかもプロメテウスが人類に火を与えたように、レーニンが亡命先で革命新聞『イスクラ』を発刊してソ連国内に持ち込んだように、彼らは『共産党宣言』ハングル版をこっそりと京城《キョンソン》に送り込んだ。『共産党宣言』翻訳版が最初に出た日、社会主義研究所の人々はみんなで一緒に読んだ。一章ずつ交代で朗読した『共産党宣言』が最後のくだりにさしかかると、朗読していた声が震え、誰かが拳で机を叩いた。「支配階級よ、共産主義革命の前に恐れおののくがいい。プロレタリアは革命において鎖以外に失うものを持たない。彼らが獲得するものは全世界である。万国のプロレタリアよ、団結せよ！」

社会主義研究所に出会って以来、上海は世竹《セジュク》にとって別天地となった。興奮のあまり眠れない日もあった。世竹は永生《ヨンセン》女学校に通いながら世の中に目覚めた。しかし上海は、また別の世界だった。

初めてアジトに行った日、青年同盟の人々は「唯物史観と朝鮮の現段階」をテーマに討論していた。世竹には聞いたこともない言葉たちだった。彼女はただ、臨時政府だけでなく、これも独立運動なのだなと思った。憲永《ホニョン》が発題をしていたが、彼が「必ず」「絶対」という単語を口にするとき、世竹は自分でもわからないうちに身体がピリピリした。彼は理路整然としていたが、彼女が憲永にひかれたのはそのせいばかりではなかった。確信に満ちた文章の合間にときおり沈黙が流れるとき、彼の顔に宿る孤独の影、そこに世竹は同質感を読み取った。彼の強靭さと断固さにはある種の悲しみと孤独がひそんでいるのだが、それに気づいたのは、その日その場所で自分だけだという気がした。こういうのも愛と呼べるのだろうか。

一九二一年の春、シナ海から黄浦江をさかのぼってきた南風が、強靭ではあるが繊細な一人の青年の背中をそっと押したのだろうか。南京路を歩いていた憲永が世竹の手を握った。そっと握ったのだが、彼女はピクッと驚いた。二〇歳の女性と並んで歩きながらも朝鮮の階級構造について熱弁する、こういう男は最後まで女性を戸の外に立たせておくのではないか。この男に対する感情は憐憫に始まって憐憫に終わる運命なのかもしれない。そんなことを考えながら歩いていたところだった。

男女二人の手のひらが熱くなり、じんわりと汗が滲んだ。やはりこの男も、どうしようもなく身体の熱い青年だった。若さという引火性の強い物質を燃やす場所を求めていたのだ。愛と革命という強烈で敏感な発火点。世竹にとって憲永はその両方だった。

つきあい始めてから二人はよく言い争った。初め彼は、彼女のキリスト教信仰と全面的な宗教戦争を繰り広げようとした。

「宗教というものは観念論の極にあるもので、キリスト教は原始アニミズムがほんの少し発達しただけのものだ。マルクスは宗教をアヘンだと言った。理性を麻痺させ現実を忘れさせるという意味で、同じ中毒性を持っている。宗教とアヘンは、軟弱な人間が考え出した二つの強力な現実逃避の手段だ。神さまが朝鮮民族に試練を与えたことに何の意味があると言うんだ？ 朝鮮民族に試練を与えたのは神さまではなく、帝国主義という悪魔だ。イエスの再臨のために祈る時間にマルクスが植民地朝鮮に降臨するように懇願してごらん。実現の可能性で言えば、そのほうが圧倒的に勝算がある」

二人の対話はしばしば口げんかに発展し、憲永の攻撃が宣教師に及ぶと、彼女は烈火のごとく怒った。

「アジアに来て学校や病院を建てるキリスト教の宣教師たちは、帝国主義の先兵の役割をしているんだ。アジアでキリスト教はトロイの木馬だ。純真な人々が木馬を見て不思議がっている隙に、その中に隠れていた帝国主義と資本主義の兵士たちがそっと出て来て我々の首をはねようと襲いかかって来るんだ」

世竹は憲永の独善に耐えられなかった。夏に小川で行水したら翌年の夏まで水を見ることもできない真っ黒な田舎の少年の尻に食らいついて、口でおできの膿を絞り出す宣教師を見たら、帝国主義の先兵だなどという言葉は到底口にできないはずだ。近代化された都市で豊かに育った彼らは、地球の反対側の貧しい国に来て、耳慣れない言葉を学び、不潔な環境で働いたあげくに変な病にかかって早死にすることもある。世竹にとっては、成長期を共にしたキリスト教を捨てることよりも、交際を始めたばかりの恋人を諦めることのほうが楽だった。

「私たちは世界観が合わなすぎるから別れたほうがいいわ」

思いがけない過激な反応に驚いた憲永は、全面戦から局地戦に戦略を修正した。彼は、書店で内村鑑三の本『How I Became A Christian』〔『余は如何にして基督信徒となりし乎』〕を買って来た。

「世竹さんも知ってるでしょ？　日露戦争に反対し、日韓併合を批判した人だよ。非常に立派で模範的なキリスト教徒だ。日本にもこんな良心的な人がいるんだね。ところがこの人は無教会主義者なんだよ。神は教会の中にいるのではないということなんだ。毎週日曜日に牧師の説教を聞きに行くよりも、生活の中で実践することのほうが重要だと言っているんだ」

ついに日曜日に教会から彼女を奪還して討論会に参加させたとき、彼は退屈な消耗戦で初勝利を勝ち取ったと言わんばかりに感激した。彼は、勝利の余勢を駆って戦利品をもう一つ手に入れた。

「ところでお願いだから、その兄弟って呼ぶのだけやめてもらえないかな。僕たちは兄妹ならまだわかるけど、兄弟ではないじゃないか」

永生学校の先輩の中には臨時政府の仕事を手伝う人もいて、世竹も臨時政府の事務所に行ってみた。しかし、フランス租界の別のアジトのほうが彼女には魅力的だった。そこは確実に新しい世界だった。母は両班《ヤンバン》の家柄に対する未練を抱えて生涯生きてきたが、それも迷夢だった。世竹も同じだ。「チョウセンジン」農民は泥まみれになって苦労の限りをつくしても、しょせん蔑まれ、飢え、さらにもっと貧しくなっていくだけなのに、自分だけ勉強をして深い洞穴から抜け出そうとあがいていたのではないか。今や彼女も、悲惨な朝鮮民族を救い出してくれるメシアは復活したキリストではなく死んだマルクスなのではないかと思い始めていた。

社会主義研究所の人々は、集会が終わると中華まん屋に行って腹を満たし、討論に熱をあげた。ある日、憲永《ホニョン》が約束があると言って抜けると、世竹《セジュク》もいつの間にかいなくなっていた。今や二人は、研究所に一緒に入って来たり、一緒に出て行ったりする。「憲永兄弟」と言っていた世竹が、今では「朴《パク》先生」と呼んでいる。

一時勘違いなところをさまよっていた憲永の視線が、やっと運命の相手にぐさっと刺さったのだ。貞淑《ジョンスク》はうれしくもあり寂しくもあった。彼女が二人を紹介したのだからうれしいのは当然だった。しかし、寂しさの正体はどうにもつかめない。この青年革命家が結婚不可論を捨てたからなのか、一時自分を見つめていた男が他の女性に思いを寄せているからなのか、わからなかった。

しかし、彼女のロマンスはすでに他のところに向かっていた。憲永の横にいつも一緒にいる親友、林《イム》・元根《ウォングン》という男だった。開城《ケソン》商人の息子である彼は、憲永と同じように革命、プロレタリア、帝国主義といった単語を使ったが、どこか抜けていて余裕があった。討論するのを見ていると、情勢が厳しいときほど若者たちは非現実的なくらい過激な方向に突き進もうとするのだが、そんなときにも必ず首をかしげて他の意見を出し雰囲気を落ち着かせるのが林元根だった。

彼は日本で二年間、印刷所の職工として働きながら苦学して慶應大学に通い、上海に来たのだが、ＹＭＣＡの英語講座で憲永に出会ったと言う。一九〇〇年生まれで同い年の二人は高麗共産党に一緒に加入し、共に高麗青年同盟を結成した。

彼は女性にはソフトで優しかった。自分にだけ特別にそうなのか、他の女性にもそうなのかわからなくていらいらした貞淑は一度試してみることにした。虹口《こうこう》公園に散歩に行ったとき、貞淑は元根に単刀直入にプロポーズした。

「私たち、女と男としてつきあってみましょうか」

元根は、あわてて何かを食べて喉に詰まらせた人のように、口を閉じたまま目だけ丸くした。それから貞淑の顔をぼーっと見ていた視線をそらしてうつむいた。答える準備をしているのか、諦めたのかわからない複雑な表情だった。貞淑はいらだちのあまり踵を返して足早に公園を出て来てしまった。

「バカみたい！」

貞淑は下宿の二階の窓辺にもたれかかり、暗くなっていく通りを見下ろしながらつぶやいた。彼女は上海外国語学校に入った後、李東輝先生の家を出て下宿していた。

「もしかしたら故郷に年を取った糟糠の妻でもいるのかしら」

貞淑は怒りがこみ上げて爪をかんだ。培花《ペファ》女子高校時代から結婚話は入ってきていたし、追いかけ回す男も一人や二人ではなかった。由緒正しい金持の家の貴公子だといばる男もいたが、彼女の目には誰も彼もみんな情けなく見えた。あんな男について行ったら一生、家父長制のカビ臭さにうんざりしながら暮らすのだろう。朝鮮ではどの家も同じだ。父のような人格者と呼ばれる男に嫁いだ母も同じだった。娘を二人産んで一人は死に、一人だけ残った状態で、ついに息子を産むことはできずに自虐と悲嘆にくれて部屋の片隅で病み、ミイラのように黒く痩せこけていったではないか。培花女子高校時代の貞淑は明らかに独身主義者だった。なのにいったいどうしたことだろう？　男にプロポーズするなんて。客地でよっぽど寂しかったみたいだ。どこかのクラブからシューベルトのセレナーデのやわらかなバイオリンの旋律が、春風に乗って流れてきた。

そのとき、中山服を着た男たちが帰宅の道を急ぐ路地の角に、中折帽をかぶり背広を着た紳士が一人姿を現した。男は角の空き地に入って菜の花をつみ、その束を右手に持って整えながら歩いて来た。道ばたで花をつむ無頼漢の顔を見ようと目を凝らしたが、中折帽のつばに隠れて見えなかった。黒い紳士は思いがけず貞淑の下宿の前で止まった。すぐに下の階で女主人の声が聞こえた。

「二階の娘さん、お客さんよ」

貞淑は息を整えて部屋の戸を開けた。部屋の前には黒いスーツの紳士が立っていた。林元根だった。彼は片膝をついたかと思うと、花束を差し出した。

「小生の気持を受け取ってください」

シューマンがクララにしたような一九世紀ヨーロッパ風のプロポーズが、上海という都市に似合っていた。貞淑は、ほんの少し前まで空に向かってひらひらと揺れていて、あっという間に斬首された菜の花の束を受け取った。

「はい、いただきます」

「今日、迎賓館で夕食をいかがですか」

南京路でいちばん大きなレストランで、彼は東坡肉と干しナマコのスープを注文した。彼のふところ事情をよく知っている貞淑は心配になった。青年同盟で一日三食をきちんと食べられているのは貞淑だけだった。

「そのスーツはどうしたの？」

彼は憲永と一つ部屋で一緒に暮らしていた。この男たちが持っている背広といえば色褪せた冬物の上着一着だけで、外套も一着を代わる代わるに着ていた。その上、このシルクの中折帽はいったいどうしたのだろう？

「あまり詳しく知ろうとしないほうがいい」

男女は同時に笑い出した。

「さっきはどうして鳩が豆鉄砲を食ったような顔をしていたの？　郷里に糟糠の妻がいるんじゃないの？」

「男としてプライドが傷ついたんだと思います」

「あら、林元根先生はモダンボーイだと思っていたのに」

「糟糠の妻はいません。おもしろ半分でデートは何回かしたことがあるけど、貞淑さんが初恋です」

貞淑と世竹、憲永と元根。女二人と男二人は、互いの下宿や部屋を行き来しながら中華まんや蒸しパンを買ってパーティーをしたり、トランプ遊びのしっぺ返しで恋人の手首に真っ赤なあざを残したりした。

憲永が貞淑に尋ねた。

「元根のどこがいいんだ？　不遇な苦学生なのに」

「優しいじゃない。言うこともよく聞くし。私は言うことをよく聞く男が好きなの」

憲永は世竹を慕う気持を英詩でうたったが、彼女が聞き取れなかったため朝鮮語に訳して詠み、世竹はシューベルトのセレナーデを練習したが、ピアノがなかったので憲永の手を取って晏鼎氏女学校の音楽室に潜り込まなければならなかった。世竹は相変わらず食事の前にお祈りをしたが、そのお祈りは少しずつ短くなっていた。彼女の心の中で明らかにマルクスがイエスを、少しずつ追い出そうとしているのだ。

ある日、世竹と憲永が二人で同居することになったと発表した。貞淑と元根は、手を握りあったりしながら文芸批評などをしている間に軽く追い越されてしまった。元根がからかった。

「おい、憲永同志。結婚不可論を叫んでいた青年革命家はどこに行ったんだ？　まさか革命を放棄したわけじゃないだろうし。二人の住居環境を統合して生活費を節約することで革命の物質的土台を構築するとか、何かそんな唯物論的選択なんだろうね？」

　黄浦江沿いのしだれ柳の緑が深まった六月の日曜日、四人は黄浦灘の渡し場で遊覧船に乗った。上海に来てから黄浦江の近くにも行けずに毎日一食か二食で我慢しながら夜遅くまで学習し討論する生活だったから、一度でいいから贅沢をしてみようということになったのだ。乗客はほとんどが白人の男女だった。甲板に出ていた白人女性たちはつばの広い帽子をかぶっているのに、さらに日傘をさして日光をさえぎっていた。船は黄浦江に沿って下流へと下りていった。

「うらやましいでしょ？」

　貞淑は元根に、遊覧船の欄干でキスをする白人男女を指さしながら言った。元根の返事は的外れだった。

「こないだ租界で大討論会をしたときにフランス人の青年がいたよね。カントからヘーゲル、マルクスとエンゲルス、レーニンまで一目瞭然に整理した上で中国共産主義運動がどこに行くべきかについて話していたんだけど、僕はそのときヨーロッパの若者がうらやましかったよ。僕の勉強は浅いという気がして」

　下流に下りていくにつれて川幅は徐々に広くなった。二時間後に船は黄浦江の河口に到着した。目の前に茫々たる大海が広がり、巨大な帆船の間に軍艦も目についた。

　世竹が「海だわ」と叫んだ。貞淑が笑った。

「海じゃなくて長江の河口よ。やっと揚子江に出てきたのよ。あの前に見えるのが崇明という島だと思うわ」

「どうして知ってるの？　黄浦江の遊覧船に乗ったことがあるの？」

「船着き場に案内図があったじゃない」

世竹は目を細くしてまわりを見たが、島は見えなかった。

「島がどこにあるって言うの？」

貞淑が指し示す方向を見ると、波の上のぼんやりとした向こうのほうに何か黒っぽいものが見えた。世竹がため息をつくかのように小さな声で言った。

「大陸はやっぱり大きいのね」

憲永が革命歌を歌い始めた。四人の男女は、澄んだ空の下、波に揺れる船の上で東シナ海のほうを眺めながら歌を歌った。東シナ海の向こうに朝鮮があり、京城《キョンソン》があるのだ。

祖国は敵の足下で苦しみ
時代は暗闇の中に沈んでいるというのに
この身の栄達が何になろうか
歴史よ、我が道を指し示しておくれ

フランス租界で朝鮮初の共産党である高麗共産党が結成されたのは一九二一年一月。そして二八年後、北京で政府を樹立することになる中国共産党が発足したのは一九二一年七月だった。異なる運命を背負って生まれた新生児たち、朝鮮と中国の共産主義は同じ年に同じ場所で産声をあげたのである。

初夏のある日、青年同盟の事務所にすらっとした長身ですっきりとした顔立ちの美青年が現れた。彼は汚れた床にひざまずき、まず安炳讚《アン・ビョンチャン》先生に、次に呂運亨《ヨ・ウニョン》先生におじぎをした。そして安炳讚先生に白い紙でくるんだ包みを差し出した。

「龍井茶です。一日に何回か飲めば血がきれいになって雑多な病がなくなるそうです」

「ほほー、これがあの有名な龍井茶かね。龍井茶は相当に値が張るだろうに、学生がこんなに高いものを」

「杭州で最も大きいというお茶農場の主人の息子が友人にいて、ただで手に入れました。ははは」

青年はテーブルのまわりに座っている憲永《ホニョン》の仲間たちに近づき、一人ひとりに握手を求めた。

「金泰淵《キム・テヨン》です。丹冶《ダニャ》とも言います」

金丹冶《キム・ダニャ》。聞いたことのある名前だった。上海の重鎮たちが杭州で勉強しているという丹冶のことを何度も話題にしていた。慶尚北道《キョンサンプクト》金泉《キムチョン》出身の彼は、杭州の培正学校に通っていたと言う。一九一九年の万歳運動の後、多くの朝鮮人が独立運動をするため中国に渡ったが、彼もその中の一人だった。金丹冶もまた、朴憲永、林元根《イム・ウォングン》と同い年の一九〇〇年生まれだった。

丹冶は快活な男だった。話し上手で気づかいも細やかな上に、何か問題が起きても恐れることなく解決していく才覚があったため、彼が来てから高麗共産青年同盟は俄然活気づいた。青年同盟はフランス租界の福岡路にかなり立派な事務所を開設した。三人の男はすぐに意気投合し、常に一緒に行動した。貞淑《ジョンスク》と世竹《セジュク》はときどき中華まん屋で向かいあって男たちの悪口を言った。

「私も一緒に暮らさなきゃだめかな。彼の顔を見ることもできないんだから」

「一緒に暮らしても意味ないわよ。毎晩、友だちを連れて帰って来るんだから」

女二人もすぐに丹冶と親しくなった。彼は高等普通学校に通っていた一六歳のときに結婚し、金泉に妻子を置いてきていた。彼は、すらりとしたスタイルでセンスもよかった。慶尚道《キョンサンド》の抑揚に日本語と中国語が交じった彼の話を聞くと、深刻な話でも皆笑ってしまった。一口に言って、彼はモダンな東アジア人だった。

日曜日には世竹と憲永の新婚部屋に五人で集まって遊んだ。三人の男は同い年だったが、早くに日本人教師たちの暴力に抗議する同盟休学を主導して退学になって以来、波瀾万丈の青年期を送ってきた丹冶の闘争経歴は、他の二人の男を圧倒した。三・一万歳運動のときにむち打ち刑を受けた話にはみんなが怒った。京城《キョンソン》で培材《ペジェ》高等普通学校に通っていた彼は、故郷の金泉に戻り、万歳デモを主導して逮捕された。十字の刑具に俯《うつぶ》せになった尻に九〇発打たれるのだが、一日三〇発ずつ三日間にわたってむちを打たれると尻が血だらけになり、叔父におぶさって出て来たと言う。

「野獣のようなやつら！　植民地で獣の本性をむき出しにしてるんだ」

「それは動物に対する冒瀆《ぼうとく》だ。三・一万歳のときに、ある伝道師を十字架にしばりつけているのも見たよ。電気で焼いて天井から逆さに吊すようなことは人間にしかできない」

亡国の若者という暗澹たる現実にうなされ夜中に目を覚まして泣いた経験は、三人の男たちが共有するものだった。貞淑自身にはそんな記憶はない。ただ、何でも知りたい、何でもやってみたいという欲望が風船のようにふくれあがるのに、朝鮮が植民地だという事実にしゅるると空気が抜けて、白昼夢を見た後のようにむなしさを覚えるのが常だった。

京城で女子教育協会の仕事をしていた頃、貞淑は電器屋の前を通りかかり、エンリコ・カルーソーの張り裂けんばかりの声を聞いて、道ばたで立ったまま泣いてしまったことがあった。曲は「冷たい手を」だった。ふと人生は悲劇に満ちていると思い、京城の街が悲しく見え、人々が哀れで、みぞおちのあたりが痛くなったのだ。

貞淑は、コロンビアの蓄音機を買った週末に友人たちを家に招いた。前の年の春、南京路の電器屋の前を通ったときネリー・メルバの「ある晴れた日に」を聞いて吸い込まれるように店内に入り蓄音機を見ておいた彼女は、数カ月間お小遣いを節約し本を買うお金を貯めて一五〇ウォンもする中古のコロンビア蓄音機を購入したのだ。上海で一間の家賃が一〇ウォンの時代だ。

わいわいと賑やかにしゃべりながら部屋に入った友人たちは、貞淑が新しい恋人でも紹介するかのように蓄音機を見せると、一瞬にして黙った。ぎこちない静寂の中で複雑な感情が行き交った。世竹が最初にその静寂を破った。

「わぁ、素敵。これからは音楽を聴きに来なくっちゃ」

彼女は、マルクスや憲永との恋愛と同じくらいの情熱でピアノとショパンの虜になっていた。けれども憲永と暮らす一間きりの部屋にピアノやオルガンはもちろんアコーディオンすら置くことはできない。

「貞淑、ショパンとリストのレコードを買う気はないの？」

元根がためらいがちに「この蓄音機、中古だな。それでも相当に高いな」と言った。ヴェルディのオペラ『ナブッコ』のレコードをかけると丹冶が曲に合わせて鼻歌を歌った。

「貞淑さんのおかげで金泉の田舎者の耳が贅沢してるよ。これ、『ヘブライ人奴隷の合唱』じゃないかい？　曲調に聞き覚えがあるよ。国を失った人民の立場には共通のものがあるな」

「ヴェルディの時代のイタリアもオーストリアの支配下にあったから」

貞淑が相づちを打った。部屋に入ってから一言も発していなかった憲永が口を開いた。

「音楽の内容がどうであれ、華やかな劇場で貴族たちに消費されたのがオペラだ。それがブルジョア時代の芸術の本質だ。いくら国を失った民族の悲しみを盛り込んだとしても、ビロードの椅子に座って金箔で装飾されたオペラグラスを目に当ててあれを聞くとき、西洋の貴族たちが何を考えていたと思う？　民族の独立について考えていたと思うのか？」

夕食後に貞淑がコーヒーを出しながら「トランプでもしましょうか」と言うと、憲永がいらだった様子で席を立った。翻訳するものがあるから帰ると言いながら憲永が鞄を持つと、世竹も立ち上がった。憲永は家に着くや否やいらだちをぶちまけた。

「君はあの蓄音機がそんなにうらやましかったのか」

夫がいらだっていることは世竹も感じていた。

「貞淑はずっとあれをほしがっていたのよ」

憲永が顔色を変えて怒った。

「僕たちは生まれてすぐに生存権を奪われたから人生が闘いにならざるを得ないんだ。トロツキーは羊の革の手袋をはめて革命をすることはできないと言ったが、蓄音機をかけて戦闘をすることはできないんだよ」

貞淑と憲永はいつもそんな調子だった。お互いが嫌いなようには見えないのだが、よくぶつかった。世竹は憲永に「二人は京城で何かあったの？　恨みでもあるの？　それとも恋愛してて別れたとか？」と聞いた。憲永は「恨みなんかないさ。価値観がちょっと違うんだよ」と答えた。貞淑にも聞いたことがあった。「私、朴先生好きよ。でも、男たちは女に説教しようとするじゃない。それが我慢できないだけよ」

二人の間ではささいなことから論争が起き、論争が始まると火花が散った。いつだったか貞淑が『カラマーゾフの兄弟』を激賛したときのことだ。

「人間の二面的で複雑な内面をドストエフスキーほど見事に描ける作家は他にいないと思うわ」

憲永がただちに反発した。

「僕はドストエフスキーの作品は最後まで読めないな。主人公たちがみんな精神病者でヒステリー患者じゃないか。たかがキリスト教的な救済の話をしているだけで、そこに何の希望があるんだ？　作家が社会主義者として描き出す人物たちを見ると、民衆だの、農民だのと騒ぎ立てて、その上に君臨しようとする誇大妄想の病人ばっかりじゃないか。『カラマーゾフの兄弟』は写実主義の小説とは言えないよ。むしろ『ドン・キホーテ』のほうがよっぽど写実主義の小説だよ。古くさい騎士制度を非常に見事に描いているから」

貞淑が反撃に出た。声にはトゲがあった。

「小説というのはね、人物の心理描写がきちんとできているだけでも社会的な意味を持つものなのよ。心理が社会を反映するから。その中にリアリズムもあり、人民性もあるのよ。小説に、そんなふうに教条的なものさしを当てたらトルストイも立つ瀬がないじゃない。レーニンはトルストイをロシア革命の鏡って言ったけど、プレハーノフはただ良心の呵責を感じた貴族作家程度の扱いをしたでしょ。だからプレハーノフはレーニンにはなれないのよ。融通のきかない原則主義は最後には分派主義にしかなれない。単純な主義主張で突っ走ったら、小説ではなくパンフレットになってしまう。カラマーゾフの次男のイワンが言ったじゃない。愚直なものは単純で、賢明なものは曖昧だって。そして真実は複雑なところに隠されているんだって」

一時詩集や小説を貸し借りしていた男女が文学観をめぐって激しい舌戦を繰り広げていた。貞淑に言わせると、憲永には他人を教育しようとする態度があるというが、世竹からしたら二人は似た者同士だった。

「つまり貞淑さんは今、僕に単純で愚直だと言いたいのかい？　物事のわからないただの原則主義者として見てるわけ？」

「原則主義者として見てるというわけじゃないわよ。原則を捨てるところを見たことあるもの」

結婚不可論のことを皮肉っていることに気づいているのかいないのか、憲永は「な、なんだって？」と言いながら立ち上がった。丹治が「さあ、立ったついでにみんなで中華まんでも食べに行こう。ご飯は食べないとね」と立ち上がってその場を収めた。

コロンビア蓄音機の問題について世竹は特別に言いたいことはなかった。貞淑を弁護する言葉も思いつかなかった。

「僕は正直言って貞淑さんを理解できないよ。僕たちだって一日に三食食べられる日はあまりないじゃないか。腹がすいて水をがぶがぶ飲んでばかりいる日も多いだろう？　青年同盟から出る活動費がなかったらいつも腹をすかせていただろうよ。それなのに仮にも社会主義者を名乗る人が高い蓄音機を買って恥ずかしいとも思わないなんて。留学生のくせにいつもコーヒーを飲んでることだってそうだよ。存在が意識を規定すると言うじゃないか。貞淑さんは正直で明晰で、長所も多い人だけど、ブルジョアの限界を絶対に超えられないよ。一日食べられなかっただけで革命も、同志も、捨てられるのがブルジョアの本性なんだ。いつでも資産階級の物的土台に戻ることができるから、危険や犠牲を引き受けるわけがない。おそらく貞淑さんは西大門刑務所に三日収監されたら『資本論』を鉄格子の外に投げ捨てるだろうよ。要するに、僕たちとは階級的属性が違う人なんだ。行き場のないお金持の一人娘だってことさ」

貞淑もやっぱり鋭いところがあるわね。この人、また私を教育しようとしてるじゃない。世竹は、憲永と貞淑の軋轢はもう少し本質的なものだと考えていた。階級の壁というもの。生まれつき革命戦線に一緒に立つことができない関係なのではないか。憲永の予言が当たっているのかもしれない。いつでも暖かくてふかふかとした布団の中に戻ることができるのに、霜の降りる中で野宿する人がいるだろうか。世竹は刑務所にいる貞淑の姿を想像することができなかった。

貞淑《ジョンスク》は上海外国語学校、世竹《セジュク》は晏鼎氏女学校に籍を置いていたが、社会主義研究所こそ彼女たちの学校であり、上海は一つのキャンパスだった。貞淑は研究所の本を渉猟する過程で、一時彼女を魅惑した無政府主義に対する未練を完全に捨てた。

「魅力的という意味では無政府主義ほどのものはないわ。権力のあるところに自由はないというキャッチフレーズは、日は東に昇るって言うのと同じくらい真理じゃない。でも、戦略が貧弱なのよ。おかしな人間がいっぱい集まって暮らす世の中なのに、連帯とか規約とかじゃあ答えにならない」

世竹は、新しいメシアとしてマルクスを迎え入れた後、しばらくはイエスとも仲良くできると思っていたが、ついに二者択一の問題であることに気づいたとき、唯物論を選んでキリスト教を捨てた。世竹はすぐに篤実《とくじつ》で信心深い唯物論者になった。

暑くて湿度の高い上海の長い夏が終わる頃、研究所の重鎮たちがフランス租界の教会堂を借りて世竹と憲永《ホニョン》の結婚式を挙げてくれた。世竹は白いサテンのチマチョゴリを着て、憲永は白のトゥルマギを着た。呂運亨先生が媒酌人になった。

「二人は夫婦になって互いを愛し尊重し、祖国の独立と無産者階級の解放のため生涯を捧げることを誓いますか?」

新郎新婦は、ドイツ語版『資本論』の羊皮の装丁の上に手を置いて答えた。

「はい」

青年同盟の党員たちが祝いの歌を歌った。

醒めよ我が同胞《はらから》　暁《あかつき》は来ぬ
暴虐の鎖断つ日

『インターナショナル』が風靡する時代だった。デモや集会だけでなく、葬儀や結婚式でも歌われた。新郎新婦も合唱した。

いざ闘わん　いざ奮い立て　いざ
ああインターナショナル　我等がもの

教会の庭に置かれた大きな釜では中華まんが蒸し上がり、もう一つの釜では鴨肉がぐつぐつと煮えていた。この日の結婚式は苦境を生きる亡命者たちを慰める宴となった。高麗共産党上海支部と高麗共産青年同盟の創立以来初めてみんなで集まったのだ。夏の夜が深まるにつれ酒に酔った人々の顔がランプの灯りのもとに赤く染まっていった。揚子江河口三角州のこの湿気に満ちた都市で、寝心地の悪い夜を中華まん一つ、ジャガイモ一個でしのぎながらも、怪しい国際情勢や朝鮮の未来について果てしない対話を深刻にわかちあってきた亡命者たちが、この日の夜だけはそれらすべてのいまわしい現実を忘れたかのようだった。

好事魔多しでちょっとした騒動もあった。咸興《ハムン》の人参商人の息子がどこで知ったのか酒に酔ってやって来て新郎をねたんで食ってかかり、丹治《ダニャ》と取っ組みあいになったのだ。人参商人の息子は憲永に「おまえみたいなチンケな野郎が世竹さんを幸せにできる自信があるのか！」と声を張り上げた。彼と一緒に来た見慣れない男は、ケンカが始まるとニタニタしながら見物していたが、いつの間にかいなくなり、人参商人の息子が鼻血まみれの顔で花壇脇に倒れているのを見かねて世竹が教会の外に連れ出した。道で人力車を待っている間に、男は何とか身体を起こしふらふらしながら歌を歌った。

「南京路夜道に街灯明るくて共同墓地には燐光明るし」

即興でつくったらしき短歌を詠むとき、彼の口からアヘンの甘い匂いがした。彼がアヘン中毒になったという噂はどうやら本当のようだ。

世竹が「もう咸興に帰ったら?」と言うと、彼はろれつのまわらない声で「世竹さんには関係ないでしょ。僕も上海がとっても気に入ってるんですよ」と言った。彼は人力車に乗りながらぶつぶつとつぶやいた。

「風流男児の一日はかくも長く。昼も夜で、夜も昼なり。女の尻の中の阿房宮は不夜城なりけり」

彼を乗せた人力車は大通りを走り裏通りへと曲がっていった。裏通りはアヘンの巣窟で、同時に売淫窟でもあった。人力車が視界から消えた後も、世竹は街路灯の下にそのまま立っていた。咸興の明月館で彼が清酒正宗を何杯か立て続けに飲み干し、世竹の皿にトッカルビをとりわけながら言った言葉が、遠い前世から響く声のように聞こえてきた。

「これは全部、昔は王さまの御膳にのった料理ですよ。世竹さんが僕のところに嫁に来てくれたら、毎日こういう料理を食べられます。それだけじゃない。手に水一滴つけることもなく、ただ鏡の前に座っておしゃれでもしていればいい。当然ですよ。絶世の美女を手に入れるんだからその程度のことはしなきゃ男の面目が立ちませんよ」

近くのダンスホールからサキソフォンの音色が聞こえてきた。彼女は、目元にうっすらと浮かんだ水気を白いチョゴリのオッコルム〔紐〕で拭った。

午後七時に始まった結婚式は翌日の朝六時頃にやっと完全に終わった。最後まで残った新郎新婦と貞淑、元根など数人が疲労困憊して教会堂を出る頃には、人力車の俥夫の笛の音《ね》に租界の街路の朝靄がかかっていた。貞淑がニヤニヤと笑った。

「あなたの昔の恋人は義理堅いわね。結婚式に来てずいぶんとすごいお祝いをしてくれたじゃない。あなたが知らせたの？　結婚式は党と青年同盟の人しか知らないことじゃない」

「違うわよ。もうずいぶん長く連絡取ってないもの。ところで一緒に来た男の人は誰かしら？」

「世竹、あなたも知らない人なの？　どこかで見たことがあるような気もするんだけど」

少し考えていた貞淑が叫んだ。

「あ、思いだした！　研究所の前をうろついてるのを何回か見たことがある。あの男に間違いないわ。うーん、嫌な予感がする」

世竹の表情が暗くなった。

初夏から咳をし始めていた貞淑《ジョンスク》は、肋膜炎初期の診断を受けた。すぐに帰って来いという実家からの怒りのお達しに、彼女は準備していた金陵大学への入学をあきらめて京城《キョンソン》に戻った。京城の貞淑と上海の元《ウォン》根《グン》の間では三日に上げず手紙が行き交った。

元根の手紙は甘く優しかった。彼は自分で考案した暗号を使うのを楽しんだ。たとえば「…貞淑さん！」と点が三つついていたら「愛する」という意味で、点が八つなら「僕の小鳩のような」という意味だった。「暗い夜に独り目が覚め、あなたのことを思い寂しくて筆をとりました」といった幼稚きわまりない恋文を読みながら、貞淑は腹を抱えて笑った。

秋になると青年同盟の周辺はあわただしくなった。コミンテルン、つまり国際共産党の主催でソ連で開かれる極東被圧迫民族大会に参加するメンバーたちは出発の準備に余念がなく、他の人々もつられて忙しくなった。高麗共産党から呂運亨《ヨ・ウニョン》と金奎植《キム・ギュシク》が、共産青年同盟から林元根と金丹冶《キム・ダニャ》が代表として行くことになった。

上海から中ソ国境を越えてイルクーツクに行く道は満州ルートとモンゴルルートの二つだった。どちらにしても一カ月以上かかる道のりで、非常に危険だった。満州ルートは列車に乗って満州に行き国境を越えるのだが、日本軍の占領地である南満州を過ぎたら北満州はロシア白軍の勢力圏だった。モンゴルルートは車で外モンゴルとゴビ砂漠を越えるルートだが、外モンゴルはロシアのツァーリの残党と中国の軍隊、モンゴルの独立軍間の勢力争いで無政府状態となっている上、真冬のゴビ砂漠は夜の気温が氷点下数十度まで下がると言う。林元根と金丹冶は満州ルートを、呂運亨と金奎植はモンゴルルートを選んだ。日本の官憲の監視を避けて代表団は時差を置いてバラバラに出発した。

モスクワ。あの革命の心臓部に、弱小民族の新しい後見人に会うために行くのだ。ウィルソンの民族自決主義とパリ講和会議をめぐる興奮が冷めた後、モスクワは新しい希望だった。生涯をかけて一度も共産主義者だったことのないクールで博識なインテリの金奎植がモスクワ行きを選んだということが、そのような朝鮮社会の雰囲気を物語っていた。金奎植は大会に登録するとき、言語欄に「英・仏・独・日・中・

ロ」と書いた人物である。

一九一九年の初め、アメリカのウィルソン大統領がパリ講和会議の基本原則を発表したとき、朝鮮の知識人たちは「個々の民族が自身の運命を自ら決定する」というくだりに歓呼し、アメリカが弱小国、被圧迫民族の友になってくれるのだと受け止めた。

期待に胸ふくらませた臨時政府は金奎植をパリ講和会議に特使として派遣した。しかし金奎植は会議場の近くにも行けなかった。パリ講和会議は第一次大戦の戦勝国が敗戦国であるドイツとオーストリア帝国の領土を分割する「ビッグディール」の場だったのだ。朝鮮はメニューになかったばかりか、日本が戦勝国として会議のテーブルに座り、ドイツが持っていた中国租借地と南洋諸島を譲り受ける問題でアメリカと「駆け引き」をしていた。「民族自決」というものが、帝国主義の新参者であるアメリカがヨーロッパの植民地帝国を解体して国際政治の新しい局面を開くために打ちだしたキャッチフレーズにすぎないことに気づくのには、多くの時間を要した。

貪欲な帝国の時代に、弱小民族は帝国の宴の料理となって食卓を飾るだけだ。パリ講和会議に朝鮮が参加しようとするのは、ポーク料理やビーフ料理が盛り付けられた捕食者たちの晩餐に豚や牛が着席しようとするようなものだった。冷徹な国際社会の論理に虚脱した朝鮮人たちにできることは、ハーグ万国平和会議に派遣された高宗《コジョン》の密使李儁《イ・ジュン》が病死したにもかかわらず、会議場に入れなかったことに憤慨して自決したとか、議場の演壇で割腹自殺したといったストーリーテリングで自らを慰めることくらいだった。

ウィルソンの民族自決主義を朝鮮解放の福音だとばかり思って興奮していた朝鮮人たちは、パリ講和会議で朝鮮代表たちが門前払いされ、ワシントン軍縮会議が朝鮮に言及すらせずに終わると、がっくりと失望し、次の新しい代案を求めた。弱小民族の解放者として浮上したレーニンが朝鮮解放のために二〇〇万ルーブルを支援すると公言したのだから、モスクワへと心がはやるのは当然のことだった。極東被圧迫民族大会には朝鮮人代表だけでも約五〇人が参加した。モスクワへの一行が出発して朱世竹《チュ・セジュク》と朴憲永《パク・ホニョン》だけが上海に残って冬を過ごした。朴憲永は党から出る学資金で上海商科大学に入学した。

年が明け二月も下旬になってからソ連で大会を終えて帰還した林元根、金丹冶と、京城での療養を終えて戻って来た貞淑が津浦《しんぽ》線の列車の中で会ったとき、三人は大興奮した。貞淑と元根の縁は運命なのだと後々思い返すに値する事件だった。

「貞淑さん、どうしてたの？」

二〇歳の身体は回復が早く、貞淑は病院に少し入院しただけで退院し、朝鮮女子教育協会の巡回講演で秋冬はずっと列車か旅館で過ごした。彼女の回顧談に適当に相づちを打っていた男二人は、貞淑が「ソ連はどうだった？」と聞くと、まるでシャンパン二本を思い切り振って一気に栓を開けたかのように同時に口角泡を飛ばす勢いで語り始めた。

「クレムリンというところに行ってレーニンに会ったんだよ」

「モスクワはすごかった」

「あら、二人でレーニンに会いに行ったの？」

「いや、そうじゃなくて……。各国の参加者が団体で接見する場に交じっただけなんだけど。とにかく僕たちがそれなりの人物の部屋に行くと、壁にマルクス、エンゲルス、レーニンの写真がかかっているんだよ。ところがその部屋にはマルクスとエンゲルス、二人の写真しかないんだよ。レーニンの部屋にレーニンの写真を掲げる必要はないからね、はははは」

「金奎植先生が禿げ親父に会うって言うから初めは誰かと思ったが、本当にすっかり禿げ頭なんだよ。背は僕よりも少し低いかな。肩がエビの背中みたいに曲がってるからもっと小さく見えたよ。日本、朝鮮、中国の事情を一つ一つ質問して英語とロシア語を交ぜながら論評するんだ。僕は時たま一言二言聞き取れたりわからなかったりしたけど、各国の事情をほとんど隅々までよくわかってるみたいだったよ。おもしろいことに、この人は誰かが話し始めるとその人の横にぴったりとくっついて話を聞くんだよ。人間的にすごく魅力的な人物だと思わないか？」

「耳の病で耳が遠いからだって話もあるよ。世界革命の父、万国無産階級の救世主とはいえ、ソ連の中では敵が多いようだよ。日曜日に共同作業場にスコップを持って行って労働して二回も銃撃を受けたって言うんだから驚きだよ」

ソ連の話にはきりがなかった。ハルビンで中ソ国境を越えようとして軍閥の密偵と誤認されて日本の官憲に旅券と荷物を奪われ死にそうになった話から、新しいソビエトの首都モスクワの情景やアジア各国の革命家たちの面々まで。開会式で朝鮮代表として壇上に上がった金奎植先生が「一つの火種、世界の帝国主義と資本主義体制を灰にしてしまう火種を抱えてモスクワに来た」と言ったとき、拍手喝采が起きたと言う。大会では高麗共産党を上海から撤収させ国内に移動させることが決定されたと言う。それはコミンテルンの決定でもあった。

「二月五日にペトログラードを出発したんだ。一日も休まずに列車に乗ってイルクーツクで国境を越えたんだよ。今日が三月三日だから、後二日で一カ月だな」

男たちは顔も服も、ずいぶん長く洗っていない様子だった。しかし、建設中のソビエト国家の新鮮で潑剌とした空気を肺いっぱいに吸い込んで帰って来た青年たちだけが持ちうる、ある種の強いエネルギーを全身で発散していた。上海の裏通りの暗い部屋で本を読んで討論をしていたときとは顔色が違う。

「コミンテルン議長のジノヴィエフが司会をしたんだが、とにかく一言一言に目の前で火花が炸裂するような感じだったよ。ワシントン軍縮条約を四匹の吸血鬼同盟って一言で吹き飛ばしてしまったんだからね。朝鮮人がパリ講和会議やワシントン軍縮会議に恋々とするのは国際情勢をまったくわかっていないからだって言われたよ」

貞淑は「隔靴掻痒《かっかそうよう》ね」とひとりごとを言った。

「なんて言ったの？」

「隔靴掻痒。上海に座ってモスクワを眺めてるんだから、足の裏がかゆいのに靴の裏をかくようなものじゃない。さっきコミンテルンで建てた大学をなんて言ってたかしら？　モスクワ共産大学？」

その言葉に元根の顔が青ざめた。貞淑がモスクワに行くと決めたら、婚約者なんか眼中になく、遠くけわしい道のりもなんのそのだろう。

金丹冶と林元根が許貞淑と共に上海駅に到着したのは一九二二年三月八日だった。高麗共産党と高麗共産青年同盟を国内に移動させて新たに組織する任務が彼らに託されていた。まず三人の男、憲永と丹冶と元根が先に上海生活を整理して京城に戻ることにした。世竹が一緒に帰ると言ったとき、憲永が反対した。

「国境を越えるのは簡単ではない。万が一……」

世竹はすぐに憲永と京城で会って正式に結婚式を挙げることにし、貞淑は上海外国語大学を卒業したらモスクワに行くと宣言した。元根は「論理的には正しいが」と言いながら人知れず気をもんでいた。

二人の女にとって上海での一年は短くも長い時間だった。母校の音楽教員になることを夢見て国境を越えた女は、なんと革命家の夫とマルクス主義思想を手に入れて帰ることになった。新思想を渉猟する意気込みで上海に来た女は、ここが終着駅ではなく途中駅であることに気づき、ここで男一人を連れて帰ることになった。

青春の男女は自身を待つ京城とどのように再会するのかを思い描き、興奮のあまり眠れぬ夜を明かした。今や朝鮮を変えるのは時間の問題に思えた。

一九二二年三月二五日、貞淑と世竹は上海埠頭で三人の男を見送った。彼らは安東へと向かう汽船北海丸に乗船した。男たちが発つと、上海はもぬけの殻のように感じられた。社会主義研究所はもっと寂しかった。安炳瓚《アン・ビョンチャン》先生もイルクーツクの党本部へと発った後、まだ帰って来ていなかった。

上海で二度目の菜の花の季節を迎えた。朝、家を出た貞淑は空き地に咲く菜の花を見て元根を思った。もう四月初旬だ。京城に無事到着したという電報が来てもいい頃だと思いながら研究所に寄った。世竹が先に来ていた。

「国境を越えて新義州《シニジュ》で三人とも逮捕されたんですって」

世竹は目の縁が赤くなっていた。

「どうも上海の領事館から情報が入ったようだ」

呂運亨先生が言った。研究所の前の暗い道の角をうろついていた男の姿が貞淑の脳裏をよぎった。

数日後、もう一つの悲しい知らせが入った。安炳瓚先生がイルクーツクから資金を持ち帰る途中に息子と一緒に暗殺されたというのだ。もう二、三カ月前のことで、遺体も無残だったと言う。満州の馬賊にやられたという話もあり、ソ連の白軍にやられたという噂もあった。高麗共産党内の派閥争いだという説もあった。貞淑は呂運亨と自分たちが高麗共産党イルクーツク派と呼ばれていることを知っていた。反対側が上海派で、その頭目が李東輝《イ・ドンフィ》だった。

もう一つ貞淑にとって衝撃的だった事件は、父の親友金立《キム・リプ》のことだった。父の故郷の友人であり明治大学の同期でもある彼は、李東輝の家に始終出入りしていて、貞淑に会うたびに持っていた本をくれたり、ポケットから小銭を何枚かでも探し出してくれたりした。彼は臨時政府に国務院秘書室長として参加していたが、李東輝に従って臨時政府を出た。そして二月にフランス租界の通りで集団銃撃を受けて全身蜂の巣になり、歩道を赤く染めて最期を迎えたと言う。臨時政府がその前に李東輝と金立について「共産主義運動の美名の下に国の金を横領した。その罪は極刑に値する」と布告文を出しており、事態は明らかだった。青年同盟の人々は上海派に冷淡だったので、李東輝が死のうが、金立が死のうが関係ないというムードだったが、李東輝がレーニンの革命資金をもらって臨時政府に差し出さずに共産党の組織活動に使うのは当たり前であって、それを金九《キム・グ》が使おうというのが理にかなわないと論評した。

レーニンの革命資金が流れ始めてから上海の朝鮮人社会は激しく動揺した。言葉が荒くなり、血がほとばしった。お金は諸刃の剣だった。革命の有効な手段にもなりえたが、その前に組織を滅ぼすことにもなりかねなかった。貞淑は李東輝が下宿を見つけて彼の家から出て行くようにすすめた理由に今さらながら気づいた。彼自身も身の危険にさらされていたのだ。

昨年の夏、満州に国境を接するロシア領で韓人武装独立軍部隊がほぼ全滅した事件については彼女も聞いていた。その惨事をめぐって高麗共産党の派閥争いのせいだとか、ソ連軍の無理な鎮圧作戦のせいだとか、解釈はわかれていたが、高麗共産党の内外で民心がざわついていることだけは確かだった。

2.

手芸の時間に
トルストイを読んでいました

1924年 京城

朴憲永《パク・ホニョン》と林元根《イム・ウォングン》、金丹冶《キム・ダニャ》、三人の男が平壌《ピョンヤン》刑務所を出たのは一九二四年一月一九日の朝だった。空は晴れていたが空気は氷のように透明で冷たかった。

刑務所の前で許貞淑《ホ・ジョンスク》と朱世竹《チュ・セジュク》が彼らを出迎えた。世竹はときどき、平壌刑務所に面会に通った。貞淑は六カ月のモスクワ共産大学速成コースを終えて帰って来たばかりだった。

世竹は何も言わずに憲永から所持品の入った袋を受け取った。貞淑と元根の邂逅は、もっと騒々しかった。上海埠頭で別れて一年九カ月ぶりの再会だ。貞淑が両腕を広げて駆け寄ると、元根が両手を前に突き出して防いだ。

「ちょっと待った！　警告しておくけど、去年の夏に風呂に入って以来六カ月間、身体を洗ってないからかなり臭うかもしれないよ」

貞淑は声を立てて笑い、元根を抱きしめた。

「ソ連はどうだった？」

「行くのに一カ月、ロシア語を学んで授業を聞くのに六カ月、帰って来るのにまた一カ月。以上、おしまい！」

三人の男たちは丸刈り頭で老けた高等普通学校生のようだった。服装は三月下旬に上海を出発したときのままで、薄く寒そうだ。

「刑務所には暖房はないんでしょ？」

貞淑が鞄から綿入れの服を出しながら言った。

「刑務所が食べさせてくれて火まで入れてくれたら人民は荷物をまとめて北間島《プクカンド》まで行ったりしないだろうよ。刑務所に入って来るさ」

丹治が答えた。

「世竹さん、憲永にまず服を着せて。憲永は特に大変だったから」

世竹は自分で縫った白いチョゴリを憲永に着せて心配そうに顔をのぞき込んだ。

「たいしたことはないよ。右足の指が少し凍っただけだ」

「凍傷にかかったの？」

世竹はたちまち泣きそうな顔になった。丹治が両手をこすりあわせながら言った。

「この冬はきつかった。刑務所では看守よりも怖いのが寒さというやつだ。こいつは一〇月に拷問を開始して四月になるまでやめない。日本の巡査よりもしつこいんだ。そもそも言葉が通じないからな、言葉が」

血気盛んで気持ははやるのに監獄で時間を送らなければならないことにいらだってなのか、拷問の後遺症なのか、または冬の寒さのせいか、男たちは皆、顔がどす黒く唇は青黒かった。でも、態度や口ぶりには余裕が感じられた。上海を発つときには教養学習中の若者といった風采だったが、今は名実ともに大人の体臭を漂わせていた。取り調べと裁判と監獄暮らしの厳しい時間が彼らを急激に成熟させたようだ。三人の男たちのギラギラとした眼光が「やらねばならないことが山ほどある、さあ、これから始めるぞ」と語っていた。

憲永と元根は二人の女と京城《キョンソン》に行き、丹治はまっすぐ両親と妻子のいる故郷金泉《キムチョン》に向かった。

ときは、いわゆる京城の春だった。何々青年会とか、何々同盟とかいう団体が一日に一〇個ほど結成されては解散していた。鍾路《チョンノ》の通りは若者たちでひしめき、ＹＭＣＡや泰和館、天道教堂以外でも料理屋や立ち飲み屋、さらにパゴダ公園のベンチでまで、団体の発足式が開催されていた。三・一万歳運動後の変化した風景だ。警察政治の暴力に凍りついていた植民地大衆の政治的欲望が解き放たれたのだ。

　三人の男はマルクス主義団体である火曜会に入って活動しながら、他方で新興青年同盟を結成した。貞淑と世竹も鄭鍾鳴《チョン・ジョンミョン》、丁七星《チョン・チルソン》といった先輩女性運動家たちと共に朝鮮女性同友会を結成する一方、京城女子青年同盟を組織した。共産党を創立するための組織事業が着々と進められていたのである。

　その中でも、女性同友会の結成は記憶するべきイベントだった。創立式は一九二四年五月二三日、慶雲《キョンウン》洞《ドン》の天道教堂でおこなわれた。女性たちが集まって団体をつくるということ、公に女性の人権について語るということ、それだけでも天地開闢《かいびゃく》以来の出来事だった。とりわけ女性同友会の創立宣言文は、朝鮮の天地でそれまで聞いたことも、見たこともない内容だった。

> 人間として人間らしい生活をすることもできず、権利なき義務のみを守ってきた女性大衆も、人類史の発達に伴い、いつまでもそのような屈辱と虐待に耐えてばかりはいられなくなった。私たちも人間だ。私たちにも自由があり、権利があり、生命がある。私たちは性的にも、経済的にも、男性の抑圧の下、奴隷になってしまった。あの不当な男性たちは、私たちが持っていたあらゆる権利を剝奪し、その代わりに私たちにはひたすら死と疾病のみを与えた。ああ！　私たちも生きたい。私たちも失った私たちのものを取り戻さなければならない。

団体の創立宣言というよりも、切実な叫びだった。「私たちも人間だ、私たちも生きたい」と叫ぶ女たちの声が拡声器にのって天道教堂の高い天井にこだまして響き渡るとき、その現場はどれほど悲壮だっただろうか。人々は、それが夢か現実かと疑ったことだろう。それもよりによって天道教堂である。抑圧と争いの時代が終わり天地が入れ替わり陰陽が和合し万物が共生する時代が来ると言った天道教教主・水雲《スウン》こと崔濟愚《チェ・ジェウ》の後天開闢とはこのことかと思ったかもしれない。

　創立宣言を朗読した女性同友会会長の鄭鍾鳴からして、自分の人生を自分の力でひっくり返した人物だった。一七歳で結婚して息子を一人産んだ後で寡婦になり、嫁ぎ先を飛び出してセブランス医学専門学校を卒業、産婆として働くようになったが、己未《きび》年に万歳を叫んで産婆をやめ、女子苦学生相助会を発足させて貧しい女学生をサポートする活動を開始していた。まだ二九歳だったが、すでに海千山千の女丈夫だった。

　鄭鍾鳴の創立宣言が終わると、女たちは立ち上がって万歳を叫んだ。三・一万歳運動以来、どこに行っても万歳三唱が流行だった。女性のチョゴリは脇が短く、腕を少し上げただけでもチマの腰ひもや肌が見えてしまうので、万歳をするのにも勇気がいった。それでもここに集まった女たちは二〇世紀初頭の朝鮮の地にデビューした「新女性」で、五年前に街頭で万歳を叫んだ経験者たちだった。

　天道教堂に集まった女性同友会の会員は一八名だったというが、見物や応援に来た男たちはかなりの人数だっただろう。

　楽園洞《ナグオンドン》の女性同友会事務所では一カ月に一回討論会がおこなわれた。李光洙《イ・グアンス》の長編小説『無情』の英《ヨン》采《チェ》は自由恋愛のアイコンだったが、女性同友会メンバーの反応は冷淡だった。丁七星は「女主人公のめそめそした態度が見てられないわ」と言った。羅蕙錫《ナ・ヘソク》は奔放な恋愛と現代的な結婚式、朝鮮女性初の油絵展覧会で話題をさらうトップスターだったが、同い年の鄭鍾鳴は「哲学がたりない」と、けんもほろろだった。彼女たちにとってはソ連の革命家で小説家のアレクサンドラ・コロンタイが好みにぴったりだった。

家事労働と子育ては国家がすべきだという立場をソビエト政府に主張して貫徹したことも驚きだったし、自由恋愛と経済自立を主張する女性解放論はしごくもっともだった。

鄭鍾鳴が「『赤い恋』は一口に言えば、愛が冷めたら別れるべきという話よ」と言った。鄭鍾鳴、丁七星だけでなく朱世竹や許貞淑、金祚伊《キム・ジョイ》も『赤い恋』に夢中になった二〇代たちだった。世竹と憲永、貞淑と元根は同居していたし、金祚伊は曺奉岩《チョ・ボンアム》と新婚生活を始めたばかりだった。

「結婚の自由、離婚の自由！　堂々と一人で子どもを産むのよ。そして自分の子ども、他人の子ども、一緒に集めて面倒を見るの。これこそが本当のソビエト式家族よ」

『赤い恋』の主人公ヴァシリーサは浮気をした夫と離婚して一人で子どもを産んだ後、孤児院をつくって親のない子どもたちと一緒に自分の子どもを育てる。鄭鍾鳴も、鍾路区齋洞《チェドン》の北風会館で北風会の未婚男性や一人親の男性会員たちの面倒を見ながら暮らしていた。最近では五歳年下の辛鐵《シン・チョル》を二番目の夫として迎えてゴシップになっていたが、彼も北風会館で共同生活をしていた。彼女自身がソビエト式家族共同体を実践していたのだ。

「人形の家を飛び出したノラは解放でもないし、何でもないわ。吹雪の日に家を飛び出して飢え死にするのが解放なわけがないじゃない。女にとって経済的な独立のない解放は空念仏よ」

丁七星だった。一時権力者たちに愛された漢南《ハンナム》券番の売れっ子妓生錦竹《クムジュク》が、彼女だった。三月一日に彼女も妓房を飛び出して万歳を叫び、その事件が一人の妓生の人生を変えた。その勢いで東京に渡り英語塾に入ったことが、彼女が思想に目覚めるきっかけになった。あの日の出来事がなかったら、丁七星は今でも漢南券番の売れっ子妓生として男たちに笑顔を売っていただろうし、鄭鍾鳴は一人息子を連れて産婆をしながら生きる不遇な寡婦のままだっただろう。

しかし、コロンタイの『三代の恋』は賛否がわかれた。コロンタイは奔放な私生活ゆえにボリシェヴィキ革命家社会でも問題視されていたが、決定的にイカレた女として扱われるようになった原因が、この小説だった。

貴族の家柄のマリヤは恋人ができると夫と息子を捨ててその男のもとへと行き娘を産むが、彼が下女と関係するのを見て前夫のもとに戻る。歳月が流れて大人になった娘には夫と愛人がおり、娘を一人育てているが、その娘は自由奔放な性生活を送った末に義父の子を妊娠する。母親が責めたときの娘の返答がすごい。「誰の子かなんて私にもわかるわけないじゃない。私はセックスをしてるだけで愛したことなんかないわ。自由意志で会って別れるだけなのに、何の問題があると言うの?」。三人の女たちは皆「恋愛の権利は結婚の義務よりも強い」という信条を持つ自由恋愛主義者だったが、世代が下るにつれてますます過激になるので、母は娘をたしなめ、娘はそのまた娘を叱る。

『三代の恋』には皆、批判的だった。一口に道徳破綻でまとまった。貞淑が一言つけ加えなければ討論は簡単に終わっていただろう。

「私もコロンタイの恋愛観に全面的に同意はしません。でも、非難したくもありません。この人はロシア式の封建家父長制に孤立無援で立ち向かっているんだと思うんです。因習というものはひどく堅牢なものだから、一種のショック療法を使っているんじゃないかしら」

気まずい沈黙が流れる中、セブランス病院で看護婦をしているという一九歳の女性が口をはさんだ。意外にも彼女は貞淑の肩を持った。いや、もう一歩踏み込んだ。

「夫が二人いるということですが、男たちが妾を持つのと同じじゃないですか。今、ご婦人たちは蓄妾反対運動をしていますが、そうではなくて、女たちも蓄妾しようって、情夫を持って生きようって運動するべきなんじゃないかと思うんです。公娼廃止運動も同じです。女の公娼がいるなら男の公娼もつくろうって言うべきなんじゃないですか」

ポカンと彼女を見る面々は、いったいどこからこんな革命闘士が現れたのだろうといった表情だった。鄭鍾鳴がセブランス看護学校の後輩だと言って連れて来た女性だった。

「まあ、獣でもあるまいし」

夫から旧式の女とバカにされて新教育でも学ぼうと思い、どこかで噂を聞いて女性同友会を訪ねて来たという女性が真っ青な顔でそそくさと荷物をまとめると「洗濯物をとりこまないと」と言いながら事務所を飛び出して行った。

ざわついた雰囲気が収まると、世竹が口を開いた。

「ショック療法が必要だというのはわかるわ。でも、無産者革命の前線に騒乱を引き起こしていることが問題なのよ。革命は一人でできるものじゃないから」

「革命家だという男たちが男女問題についてはどれほど古くさいかわかっているの？　騒乱を起こしたっていうのも、男の立場から見たら騒乱なだけじゃない。イカレた女ってうしろ指さされたい人はいないでしょ。この人はそれを引き受けることにしたのよ」

「私はキリスト教信者たちと共産主義革命家たちの哲学は正反対だけど共通点も多いと思ってるの。両方ともピューリタン的な禁欲が必要なのよ。厳格な道徳的基準が求められると思うの」

「男たちは妾を何人もつくって自分勝手に生きながら女たちにだけ厳格な道徳を求めるから問題だっていうことよ。愛が結婚よりも、制度よりも、上位にあるべきなのよ。私、元根さんと約束したの。結婚制度でお互いの感情を抑圧するのはやめようって。愛がなかったら結婚生活は呪縛よ。結婚の奴隷になるようなものよ。女性解放って言葉だけ叫んでも何にもならない。実践しなきゃ。私はそのまま全部実践しながら生きるつもりよ」

貞淑は声明を朗読するかのように一言一言を明確に発音し、最後のくだりでは奥歯をぎゅっとかみしめた。

「貞淑も私も実践しながら生きるという意味では同じよ。実践内容が違うだけ。私は朴先生と子どもをつくらないことにしたの。祖国が解放される日まで。家庭も、子どもも、障害物になる可能性があるから。それに、植民地の民という運命を子どもには受け継《つ》がせたくないから」

世竹の表情は悲壮で、話し終わったときにはその悲壮さが部屋の空気全体に広がっていた。貞淑は無意識に自分の丸く突き出た腹の上に右手をのせた。

植民地朝鮮の社会は、いくつもの時代が混ざりあっていた。女性同友会は氷山の一角で、水面下に沈む大多数の女たちは貞操を命のように考え、両親が定めた配偶者と結婚し、夫が死んでも再婚したり実家に戻ったりせずに嫁ぎ先で静かに老いて死んだ。日清戦争と日露戦争が戦われた朝鮮の地で、封建と近代、東洋と西洋が、もう一つの戦争を繰り広げていた。封建制度が崩壊するとき、男よりも女たちの戦争のほうがもっと激烈だった。

四月が過ぎると米は言うまでもなく麦すら見かけることが難しくなった。貞淑の家でもそうなのだから、世竹の暮らしはなおさらだ。腹の中は空っぽなのに頭の中は複雑な考えでいっぱいの若者たちが、主に世竹の家に集まった。丹冶は三、四日は世竹と憲永の新婚部屋で過ごしていた。彼らにゆでたジャガイモとか、薄いキビ粥とか、何かしらつくって出すのが世竹の役割だった。

生活苦を冗談のたねにできるのは若い証拠だった。

「おい、丹治同志。君は靴下をアクセサリーにしてるのかい？　穴があいてるというよりも網って感じだな」

「僕は暑さに弱いからね。風通しをよくするために穴をあけたのさ。ところが洗って竿にかけておいたら、ネズミが生ぐさい臭いを嗅ぎつけて腐りかけた魚だとでも思ったのか、そっと出てきてムシャムシャ食べてるんだよ。蔵に米ぬかのカスでも落ちてたらネズミ同志たちがそこまで堕落することもなかっただろうに、腹がすいて死にそうな事情は我々と同じなようだ」

　高麗共産党と共産青年同盟を再組織する活動は隠密に進められていたが、困難は一つや二つではなかった。

「早く党をつくってコミンテルンに報告し予算をもらわなければならないのに」

　ミッションを受けて帰って来た三人の男が鴨緑江《アムノッカン》を渡るときに捕まりさえしなければ、もうとっくに終わっているはずの仕事だった。極東被圧迫民族大会から二年経ち、コミンテルンの支援計画がひそかに噂になって、彼らの火曜会だけでなく北星会やソウル青年会（「ソウル」は朝鮮語で「みやこ」を指す）でもそれぞれ党を組織してモスクワに突進しようとしている兆候が見えていた。朝鮮に単一の共産党をつくるためには他の勢力と手を結ばなければならないが、互いに暴力チームまでつくって流血の争いも辞さずにやってきた関係なので連合戦線を形成することは容易ではなかった。

「党をつくる前にみんな飢え死にしそうだな」

　いつもめまいがすると言っていた世竹が台所で倒れた日、丹治が連れて来た年寄りの医者が貧血と栄養失調という診断を下すと、男たちは床が抜けるほどのため息をついた。海外留学から戻って来た身で親のすねをかじるわけにいかないのは、世竹と憲永、丹治、みんな同じだった。

「やっぱりだめだ。とりあえず就職しなきゃ」

林元根はすでに東亜日報の記者として出勤していた。許貞淑が東亜日報社長の父に頼んで朴憲永もこの新聞社に就職させた。金丹冶は朝鮮日報に記者として入社した。

その年の八月一日、貞淑は元根と結婚式を挙げた。


本社の記者林元根君と許貞淑嬢の結婚式は本日午後六時に鍾路の中央青年会館でおこなわれる。

――『東亜日報』一九二四年八月一日付

キリスト教青年会館は招待客で賑わい、白いチマチョゴリの下で貞淑の腹は丸くふくれあがっていた。娘が大きなおなかで男を連れて来て結婚すると言ったとき、許憲《ホ・ホン》は驚きはしたが、反対はしなかった。縁談を片っ端から断って出歩いてばかりいた一人娘が、結婚するだけでなく孫まで産んでくれそうなのだから、内心うれしかったのだろう。

一方、世竹と憲永の結婚はいくつかの障害を越えなければならなかった。世竹が上海から帰って来たとき大喜びで迎えた母は、娘が学校を卒業もせず先生にもならないと言い、おかしな新学問を学んできた上にどこの馬の骨かもわからない男と暮らしていることを知るや、落胆のあまり喘息がぶりかえして寝込んでしまった。今はわずかな土地を持つだけだが、両班の血筋だというプライドだけで胸を張って生きてきた母にとって、婿がいやしい家の出で、しかも本妻の子でもないという事実は耐えがたいものだった。しかし憲永が就職して一緒に故郷に行くと、しかたなく受け入れた。咸興《ハムン》の家を出るときには表情がだいぶ和らぎ、娘に優しい言葉をかけた。

「憲永さんはしっかりしてるから妻子が飢えることはないでしょ」

男たちだけでなく貞淑にとっても経済的独立は重要な問題だった。貞淑はある日、父に相談した。

「私は婦人運動と呼ばれるものをしていますが、女が経済的な問題を男に寄生虫のように依存してたら希望はないと思っています。私も子どもを産んだら来年から職業に就くつもりです」

許憲の口角が上がり笑みが浮かんだ。

「うちの娘もずいぶん成長したものだ。寄生虫というのは言いすぎだと思うがな、はははは」

ところが貞淑の次の言葉が彼をパニックにおとしいれた。

「私も法官になりたいと思います」

丸いめがねの奥で、父の目が大きく見開かれた。

「お父さまのように弁護士になりたいんです。かわいそうな朝鮮人を法で救いたいのです」

「そ、それは……」

「朝鮮の弁護士規則を調べてみたのですが、破産宣告を受けた人や債務弁済をしていない人、こういった人は試験を受けられないとされていますが、男しか受けられないとか、女はだめだといった規定はありませんでした。それで日本はどうかと思って朝日新聞を探してみたら、弁護士試験の公告が出ていて、受験資格に二〇歳以上の日本人男子と明記されていました。でも、こちらではそういう文言がないので、朝鮮では女性も試験を受けられるのではないですか」

「それを全部調べたのか。そうか、本当に受けてみたいと思えば、それくらいのことは当然するだろう。それで、男とは明記されていないというのだな。資格基準を一度もきちんと読んだことはないが……。でも、それはそういう意味ではなくて……。いや、しかし、最近の若い者は本当に……」

三・一運動の首謀者たちの公訴手続きに瑕疵《かし》があるのを発見して公訴不可判決を引き出し、総督府と検察を愕然とさせた許憲。この当代きっての弁護士が当惑の余り口ごもった。

「試験の規則に盲点があることは間違いないようだ。この規則をつくった人たちの頭の中に女はまったく存在しなかったのだな。でも、それを責めるわけにもいかん。わしも娘を育てておきながら女が法服を着るなんてことは想像もしたことがないのだから」

父は沈鬱な表情を浮かべ首をななめに落とした。

ある日、貫鐵洞《クァンチョルドン》の家に帰って来た貞淑は、家から出て来る車美理士《チャ・ミリサ》先生と門のところで鉢合わせした。貞淑はびっくりした。

「先生、連絡をくだされればよかったのに。私、同友会の仕事で出ていたんです」

「あなたではなく、あなたのお父さまに用があったのよ」

車美理士先生は、その整った小さな顔に明るい笑みを浮かべた。

「物心両面で手伝ってくださるって。先生がサポートしてくだされば私も仕事がずっと楽になるわ。女子教育協会の仕事のことよ。子どもに勝てる親はいないって言うけど、お父さまを熱血婦人運動家に変えたみたいね。女性も高等教育を受けて職業選択の自由を持つべきだっておっしゃるのを聞いて本当にびっくりしたわ」

上海から帰って来た後、父の態度が変わったのは事実だった。世の中の出来事について娘と対話することを楽しんでいる様子だった。特に貞淑がモスクワから帰って来た後はソ連についていろいろと質問してきた。

「無産者階級政党の独裁という趣旨がどうも理解できないのだ。英国の内閣責任制というのは一つの政党が行政府を構成する。指導者一人ではなく、一つの政治的見解が行政を導くというところに明らかに長所があると思う。階級政党の独裁もそういうものなのだろうとは思うが。政治にしろ行政にしろ、いずれもエリート専門家の役割なのに労農階級がそれをどうやって担うというのだ?」

父は娘の返答をじっくりと聞いた上で次の質問をし、また次の質問をした。詩を書きに行くと言って男子学生たちと花見に出かける娘を日本に連れて行って寄宿学校に押し込んだ時代の父とは、もはや別人だった。

一八八五年生まれの許憲は、娘と一七歳しか違わない若い父親だった。大学で西洋学問を学んだ近代人の第一世代で、すでに三〇歳頃から社会的には一目置かれてさまざまな役割を与えられていた。彼は私立学校の設立や民立大学の募金にも協力し、火曜会や新興青年同盟にも裏で資金を提供していた。彼は左右合作の資金源だった。早くに両親を亡くして李容翊《イ・ヨンイク》〔大韓帝国の政治家。高麗大学の前進である普成専門学校の創設者。日本の植民地支配に最後まで抵抗し続けた〕のような人たちの助けを受けて日本に留学し弁護士になった彼は、貧しい青年たちの学業や留学をサポートすることには金銭を惜しまなかった。

女性同友会の執行委員たちは全国をまわりながら女性啓蒙講演をおこなった。貞淑《ジョンスク》も、出産予定日の数日前まで臨月の身で講演に行った。都市では主に公会堂や礼拝堂を借り、田舎では脱穀場や面〔「村」のような行政区画の一つ〕役場で講演し、ハングルを教えたりもした。貞淑は農家の部屋で過ごすとき、初めの頃こそ布団にすみついた南京虫に驚いて悲鳴をあげたがすぐに慣れ、アワ飯やキビ団子も徐々に食べ慣れていった。

農村の山間地帯の女たちの暮らしは家畜同然の悲惨さだった。山間の女たちは子どもを六、七人産み、一〇種の病に苦しみながらも生涯、医者の顔すら見ることなく生きた。老婆たちは五〇里以上遠くに行くこともないまま年老い、海を一度も見ることなく、あるいは海というものがあることすら知らなかった。臨月の女たちは出産予定日に畑の畝《うね》づくりをしていたところ胎児がズルッと出て来て腰を抜かしたりした。それこそ「プロレタリアート」の元来の意味そのままに、子ども以外には何も持っていない人々だった。

一日中畑仕事と家事にくたびれた女たちは、夜の講習会に来るときになってやっと埃だらけの手拭いを頭から取り、ランプの下で目をキラキラさせながら一生懸命に読んで書き取った。貞淑はハングルを教えながら合間合間に無産者階級の革命についてわかりやすく説明した。しかし、ハングルは教えれば教えるほど伸びるのに、この階級革命はまったく入っていかなかった。

「耕者有田！　当然ながら畑を耕す人が自分の田畑を所有しなければならない。身分の貴賤もなく、誰もが同等に土地をわかち持つ世の中をつくらなければ」と言うと、「私たち小作人がみんな自分の田畑だけ耕したら両班《ヤンバン》の家の土地は誰が耕すんだい？」と、真っ先に両班の家の心配をする。甲午《こうご》改革で両班と平民の身分階級がなくなったとはいえ、それは制度上そうだというだけで、まだ都市でも、田舎でも、階級秩序は厳然と残っていた。

貞淑が「人は誰も尊厳を持って生まれ平等に生きる権利がある」と言うと、伝道に触れたことのある女性はキリスト教と混同し、「一人ひとりはたいしたことないように見えても力を合わせれば新しい世の中をつくることができる」と言うと「アーメン」と唱えた。教会に行ったことのある女性たちは、それでも尊厳や平等という単語を聞き取ることができるのだ。

忠清道提川《チュンチョンドチェチョン》のある村では、産毛もすっかり生えかわっていないような一三歳の女の子が講習中に二回も、年寄りの男に棒で叩かれながら引きずり出されたことがあった。後からわかったのだが、男は父親でも、夫でもなく、舅だった。田舎に行くと、男たちは金を稼ぎに行っているのか、放蕩生活をしているのか、はたまた独立運動をしているのか、夫のいない家で義父母と暮らす寡婦同然の女たちが多く、その女の子もそんな女の中の一人だった。一一歳でミンミョヌリ〔将来息子の嫁にするために幼いときに連れて来て育てる少女〕としてその家に入り、義父母から棒で叩かれながら育ったと言う。正式に嫁になったというのに「〇〇家の嫁」ではなく「マヌケ」と呼ばれている女だった。

貞淑はテント教室に座る女たちに、最近の都会では女性も制服を着て学校に通い先生にもなる、ソ連という国は革命というものをして両班だの賤民だのといった身分階級もなくした、そんな話をしながら思わず「主よ」とため息交じりにつぶやいた。いずれはマルクスがご飯を食べさせてくれる日が来るだろうが、それは遠い先の話だった。言うなれば二つのカナン〔旧約聖書より、神がイスラエルの民に与えた約束の地〕があるのだが、乳と蜜が流れるその地に至る道は大きく異なっていた。マルクスのカナンは女たちが一〇年かけて文字を学び本を読み石ころを拾ってチマに包んでせっせと運んだとしても到達できる場所ではなかった。しかし、キリストのカナンは信仰さえあれば今日にでも行けるところにあった。今すぐ彼女たちの荒涼たる暮らしを慰めるためにはマルクスよりもキリストのほうがいいのかもしれない。

「文字を学んでとにかく何か読めばいいのよ。聖書でも、共産党宣言でも。『薔花紅蓮伝《チャンファホンニョンジョン》』だっていいじゃない」

女たちにハングルを教えるとき、貞淑はそんな心境だった。

京城《キョンソン》に戻った後も貞淑はときどき、細い腰を曲げて家畜のように働く朝鮮の嫁たちのことを思った。貞淑は世竹《セジュク》に「今まではインテリの虚栄だったけど、これからは徹底した共産主義者になる決心をしたの」と言った。

「三段論法なんだけど。つまりこういうことよ。まず、民族が滅びたのに女が家庭から解放されても意味がない。次、民族が自由を取り戻しても女がしばられていたら意味がない。それから、女が解放されたとしても一握りの有産階級の女だけが自由だとしたら意味がない。結局、民族も救い、女も救い、無産階級も救う方法は共産主義だけってこと！」

女性同友会の事務所で会議をしていたある日、家主が三カ月滞った家賃三〇円を今日中に払わなかったら出て行くようにと最後通告をしてきた。貞淑は世竹と一緒に貫鐵洞《クアンチョルドン》の家に行って父の部屋の屏風を持ち出した。そのとき、ちょうど昼食をとるために家に戻って来た許憲《ホ・ホン》と庭で鉢合わせした。父と娘はそれぞれに少しとまどったが、父は理由を聞かず、娘も何も説明しなかった。

新興青年同盟の男たちも何か困ったことがあると許憲を訪ねて無心した。資金調達はいつも丹冶《ダニャ》の役回りだった。許憲は元根《ウォングン》にとっては義父だったし、憲永《ホニョン》にとっては勤務する新聞社の社長だったから、二人とも丹冶に押しつけたのだ。許憲はお金がないときにはソ連製の腕時計をはずして渡した。丹冶はそれを貫鐵洞の家の前にある質屋に入れて必要なだけのお金を持って行き、許憲は質屋に金を返して時計を取り戻した。

夏の終わり、朝夕に涼しい風が吹き始めたある日、女性同友会に梨花《イファ》学堂の学生が二人現れた。梨花学堂校内に貼っておいたポスターを見て来たのだと言う。二人のうち一人は性格も闊達で話しぶりもハキハキしていて、講演会を開けば必ず来る熱心な学生だった。一緒に来た女子学生は口数も少なく控えめで、学堂の女子学生たちが制服のように着ていた白いチョゴリと黒の膝丈チマではなく、刺繍がほどこされた翡翠色の苧麻《からむし》のチマチョゴリを着ていた。

この日のテーマは教育だった。女子高等普通学校の学生数が女性人口三万人に一人の割合しかなく、学校が絶対的にたりないという報告があり、学校で家事、裁縫、手芸、料理に時間を多く割いていることに対する批判もあった。とりわけ手芸は家事の時間に基礎だけ教えることにして手芸という教科自体を廃止するべきだという主張もあった。

「資本主義社会で女性が経済的に独立することは可能かしら？」

「女性が職業を持ってお金を稼ぐのは不可能だと思う。子どもを七、八人産んで育ててたら門の外に出ることもできない日が普通だし、かまどに火を入れて一日三食つくって小川で洗濯して干したら一日があっという間に終わるのよ。その上、祭祀《チェサ》が一年中あるから真鍮の器を磨いて棚に上げて振り返ったらまた祭祀よ」

女たちが競って声をあげている間、梨花学堂から来たおとなしいほうの女性は、視線を下に落としたまま乾いた唇をかみしめていたが、会員たちに急かされてついに口を開いた。

「やはり家事にも奴僕が必要だと思います。そうすればご婦人たちがピクニックに行ったり外で仕事をしたりする暇ができますから」

場がしーんと静まってしまったのが共感ゆえか驚愕ゆえか判断できなかった彼女は、恥ずかしげな笑みをたたえてうつむいた。もう一人の女学生が収拾しようと口を開いた。

「彼女は一人娘な上に家がすっごく厳格で、学堂に来るときにも召使いをつけて送ってるんです。講義室にもついて来て、トイレにもついて来て、とにかく一日中ついて歩いてるんです。一人で行きたいと言ったらお母さんが学堂に行くなと言うんだそうです」

その召使いが今も事務所の外で待っていると言う。

「今日も和信《ファシン》商会に行くと言って私について来たんです」

水蜜桃のような淡いピンクのふっくらとした頬、恥ずかしげなほほえみ、裕福な家の一人娘である上に美貌まで兼ね備えているのだから、さぞかし男たちには人気だろうと思われた。彼女の名前は明子《ミョンジャ》だった。高《コ》・明子《ミョンジャ》だ。

意外なことにこの女性は翌週の集まりにも現れ、友だちが来たり来なかったりする間にもかかさず出席した。女性同友会の講演会の日、鍾路《チョンノ》の青年会館に遅れて入って行くと、世竹《セジュク》が貞淑《ジョンスク》のところに来て腕をトントン叩いて小声で言った。

「あの子が掃くの見て。箒を初めて握ったみたいよ」

世竹は噴き出しそうになるのを手で押さえてクスクス笑った。世竹が指さすほうを見ると、明子が白い手ぬぐいを頭に巻いて掃除をしていた。貞淑が相づちを打った。

「本当に初めてなんでしょうね。家では奴僕たちが全部やってるんだろうから。あの子のまわりだけ甲午改革も避けて通ったみたいね。梨花学堂ではいったい何を習ってるんだろう？」

「私が見たところでは、あの子は本当に素直なのよ。両親を神さまのように信じて従順に育ってきたから学堂の授業も効果なしよ。父親の前で毛筆で字を書き、母親に刺繍を習ったんだって。でもね、融通のきかないご令嬢なのかと思っていたらいろいろ考えてはいるみたいなのよ。本も一生懸命に読んでくるし、努力してるみたいなのよね。誰か家庭教師をつけてみようかしら」

「時間の無駄じゃない？　岩に雨だれってとこかな。結婚の申し込みもあるって言うじゃない。ご両親が日取りを決めたら終わりじゃない」

世竹が壇上を指さした。

「あそこに今日の式次第書いたのが出てるでしょ。あれ、明子の字よ」

「うわ、達筆じゃない」

明子は人見知りの期間が過ぎると「お姉さん、お姉さん」と言って貞淑と世竹に愛想よく振る舞った。豊かな家で愛情を独占して育った一人娘らしく愛嬌たっぷりの女性だった。世竹は明子に思想を教える先生として丹冶《ダニャ》をつけた。丹冶は先生になると半月もしないうちにこの両班《ヤンバン》の家の令嬢をマルキシストに改宗させた。すでに風が吹いていたから凧をあげるのはそう難しくはなかったのだ。世竹と貞淑はその驚くべきスピードに驚愕した。

ある日、貞淑が事務所に入ろうとすると出入り口の脇に一〇歳くらいに見える女の子が座り込んでいた。女の子の横では垢だらけの乞食女がチョゴリの前をはだけて赤ん坊に乳を飲ませながら物乞いをしており、その横ではつばの狭い竹笠をかぶった中年の男がむしろに雑貨を広げて売っていた。

「あんたがサムォル？」

棒で蟻の巣を突いて蟻をいたぶって遊んでいた女の子が貞淑を見上げた。

「はい」

「チマのすそに泥がついてるじゃない。立って泥をはたいてついておいで」

女の子は棒を捨てて事務所について来た。

それ以来、明子が同友会に来るたびにサムォルもついて来てお使いに行ったり掃除をしたり、討論をしている間はテーブルの隅でもぞもぞしたり居眠りをしたりしていた。明子はすぐに女性同友会の定例メンバーになった。貞淑は明子にトルストイの『復活』を貸してあげた。

その年の秋夕《チュソク》に金泉《キムチョン》の故郷に帰った丹冶は、本妻と離婚して明子と結婚したいと告げたが、キリスト教の長老である父の逆鱗に触れ、親子の縁を切ると言われて帰って来た。明子も家で丹冶と結婚したいと言って外出禁止となり、結局、学堂までやめることになってしまった。

布団と枕の刺繡を終えて今日から十二曲の屛風にとりかかっている。明子《ミョンジャ》は自分の背よりも大きな白い絹布に刺繡枠をはめて緑の糸で松の木を刺繡する。葉を一針一針縫い入れる明子の頭の中に母の声がこだまする。

「刺繡というものは単に家を飾るものではない。女にとっては心の修練で、刺繡をしながら忍従の道理を学ぶものなのよ」

秋夕に江景《カンギョン》の家に来て、そのままここに留まってもう一カ月近くたっていた。朝、母は「義父母への婚礼品なのだから真心を込めてつくらなければだめよ。屛風は布団よりもはるかにていねいにつくらなければならないのよ。布団は家族だけが見るものだけど、屛風はお客さまも見るものだからね。どんなに豪勢な料理を出しても、屛風が粗悪だと体面が立たないものなのよ。刺繡は娘のほうが母親よりも上手だってほめられていたのに、外に出歩いている間に手先がにぶくなったのかしら。縫い目がそろってないわね」と小言を言いながらも、娘を一カ月捕まえて嫁入り修業をさせていることに満足している様子で、顔はニコニコしていた。母は、娘が丹冶《ダニャ》とかいう聞いたこともない男の名前を口にした途端、先に結婚のことを切り出してくれてありがとうといった調子で、この機に先延ばしにしていた婚礼を強行する行動に出た。父がすぐに義父になる人に会って婚礼の日取りを決めて来るはずだと言う。

明子も新郎になる男に一回だけ会ったことがあった。一昨年の正月に明子は母に連れられて父の部屋で義父になる人にひざまずいて挨拶をしたのだが、その横に座っていた男がいずれ夫になる男だと言われた。男というよりも、男の子だった。明子よりも三歳年下だという話だったが、ちらっと見たところでは一二、三歳かなと思うような子どもだった。男の子は正月だからと淡い青緑の官帽をかぶりマゴジャ〔上着〕には金ボタンがきらめいていた。お見合いなのか婚約なのかわからない出会いの後、母は明子に新郎を見てどう思ったか聞きもしなかった。もう嫁入り先であり、婿だった。去年一年間、勉強を口実に婚礼を先延ばしにしたため、男の家のほうでさりげなく催促してきているようだった。

「明子、あなたの嫁ぎ先から薬菓《ヤックァ》や薬食《ヤッシク》をどっさり送ってきたわよ。あなたのお義母さまもとっても手先の器用な方だと言うから、よく見ておきなさい。この干し柿にくるみをのせた見事な形を見てごらん」

秋夕の日、母は明子の前で重箱を開けて大騒ぎをした。明子は重箱には目もくれずに独りごちた。

「あの子は今ごろ少しは成長したのかな」

明子が新年の挨拶をするために父の部屋に入ったとき、男たちが食卓を囲んでお昼を食べていた。淡い青緑の官帽を被った男の子がいちばん初めに目に入ったのだが、ちょうど母親が魚の骨を取って息子のご飯の上にのせてあげているところだった。

「しっ、誰が聞いてるかわからないでしょ。あなたは知らないでしょうけど、親孝行だって噂よ。小学校のときに『四書三經』の勉強を全部終えたそうよ」

「今どき誰が『四書三經』なんか習うの？」

この一言で明子は一時間も母の説教を聞く羽目になった。

秋夕の終わりに明子が丹治と結婚すると言い出したとき、母は真っ青になって冷や汗をかきながらサムォルを呼び、お焦げ湯と気つけ薬を一錠飲んでやっと口を開いた。

「どうしてそんなとんでもないことを言うの。私があれほど言い聞かせたのに。あなたもあの自由恋愛だか何だかっていうのにはまってしまったの。だから学堂には行かせたくないって言ったのよ。新学問を学んだからといって女が国を救えるわけでもあるまいし、不幸になるだけなんだから。どこの馬の骨だかわからないような男とそんな……。お父さまには秘密にしてあげるから、お母さんが死ぬのを見たくなかったらそのことは黙っていなさい」

丹治が二人の子を持つ既婚者だということまで言ったら、母は気絶してしまったことだろう。明子には禁足令が下された。母は、部屋にあった本や雑誌など文字が書かれた紙は片っ端から片づけて、夏の間に湿気がたまった離れを暖めるため焚き口に全部放り投げてしまったと言った。読みかけの『復活』も燃やされてしまったことを知って、明子は布団を頭までかぶって泣いた。ネフリュードフが婚約者だった侯爵の娘を捨ててカチューシャを追って流刑地へと向かうあたりまで読んで、ネフリュードフもカチューシャもかわいそうでぽろぽろと涙を流したところだったから、二人の今後がどうなるか気になってたまらなかった。

今年明子が数え二一歳、新郎は一八歳だった。女性の二一歳はもうかなりいい年だ。高《コ》判事の一人娘の明子が嫁に行くと、かなり前から江景では噂でもちきりだった。家の下人たちも明子を見るとニコニコ、ニヤニヤしていた。丹治のことはまったく知らない父が明子を座らせて訓戒を述べた。

「明子、おまえも学問はもう充分に修めたのだから、今後は婦女の道理を磨きなさい。こんなにいい結婚話はなかなかないだろう。アイゴ、うちの娘ほどきれいな娘はなかなかいないが、大事に甘やかされて育ったから……、まだまだ子どものようで、父さんは心配でならないよ」

明子の前で父の威厳はいつも崩れ落ちる。群山《クンサン》裁判所に勤めていた頃、父はときどき江景の家に来た。裁判所のジープが村はずれに現れると、タイヤの音が飛脚となって家族はもちろん隣近所まで老若男女が門の前にひざまずき頭を地面にすりつけて父を迎えた。ほとんど「王さまの御成り」だった。当時、父はまだ三〇代だった。車から降りた父は「皆何事もなかったか」と一言言った後、先頭に立っている明子を抱きかかえて門の中に入った。父が自分の部屋に明子を降ろして最初に言う言葉は「さあ、墨と筆を持っておいで。明子がどれくらい字が上手になったか見てみよう」だった。親戚や村の年寄りや母親まで緊張させる父だったが、明子にだけは優しかった。総督府の下で判事生活を七年送り弁護士になったときには納得できない複雑な事情があったのだろうし、それに耐えられないくらいの義侠心も持っている人だったが、少なくとも娘だけは外の世界に気を取られずに清らかで苦労知らずな女性として成長することを願っていた。

明子は、友だちが鍾路《チョンノ》の和信商会の一般雑貨部に行ったらいろんなものがあるから見に行こうと言うのでついて行ったところ、あのおかしな事務所に行くことになったのだが、初日はそこにいる女たちの言うことを聞いて仰天してしまった。その日、許貞淑《ホ・ジョンスク》という女が「私たちがなぜ学校で手芸を習わなければならないのかしら?」と言ったときから、明子はいてもたってもいられなかった。上品な女性なのに、彼女が何か言うたびに明子は頭がズキズキした。

「手芸科目をなくすべきです。女たちがみんな布団やチマチョゴリに刺繍を入れなければならないわけではありません。いずれは手芸が一つの職業になるべきだと思います。それを生業にしようと思う人は学校を卒業してからそれを習えばいいんです。女子高等普通学校に通っていたとき、私は手芸時間には先生に特別許可をいただいてトルストイの小説を読んでいました」

貞淑に、明子自身と母がはずかしめられているような気分になった。集まりが終わると、彼女は友だちの脇を突いて和信商会に逃げ去った。ところが次の週になると、明子は女たちが今度はどんなことを話すのか気になった。明子は見物するつもりで、もう一回だけ行ってみることにした。手芸の時間にトルストイの小説を読むだなんて、その光景を想像すると明子はおかしな気分になり、かすかに興奮した。

二回目の集まりで明子は「どうしてあの女性はあんなに賢いのかしら。私と二歳しか違わないのに」と思いながら、ぼーっと貞淑の口に見入った。「私も女性同友会に一生懸命に出たら許貞淑みたいになれるかしら」

許貞淑についで金丹冶はもう一つの衝撃だった。丹冶に初めて会った日には原始共同体社会とかいう言葉たちが難解すぎて何を言っているのかまったくわからなかったが、彼の最後の言葉が突き刺さった。

「ようするに働かないで食べる階級と、働いて食べさせる階級がいるんです。普通ならば働く階級が働かない階級を支配しなければならないはずですが、逆に働かない階級が働く階級を支配し蔑視し虐待しているってことですよ」

明子は大きくうなずいた。代々両班《ヤンバン》地主である明子の家の人々、母や叔母たち、兄、従兄弟たちの顔が浮かぶと、丹冶がそれまでに言っていたことも一気に理解できたような気がした。丹冶が釈迦かイエスのように偉大に見え、彼の一言一言がすべて真理のように思えた。母親が骨を取ってくれた魚を食べる子どもとは次元が違う。明子は小学生で『四書三經』を学び終えたというあの孝行息子とは生涯どころか、ほんの少し人力車に一緒に乗るのも嫌だった。

丹冶に二回目に会った日、女性同友会の事務所で一時間勉強したのだが、その日の夜、明子は興奮して明け方まで一睡もできなかった。横になると天井から彼の声が聞こえてきた。翌日、学堂を終えて家に帰る途中、明子は鍾路で電車を降りて、もしかして彼とばったり会えはしないかと期待しながら道をうろついた。半月ほど悩んで世竹《セジュク》に打ち明けたとき、明子はびっくりした。丹冶が先に相談していたというのだ。

「丹治は前から結婚生活を整理したがっていたのよ。愛のない結婚は妻にとっても拷問だって言って。でも、私はあなたのほうが心配よ。あなたは温室育ちだから外の空気をもう少し吸ってみたらいいと思って丹治を紹介したんだけど、私も驚いたわ。結婚は人生がかかっている問題だから一時の衝動で決めてはだめよ」

「私もずいぶん考えたのよ。でも、もう温室には戻れないと思うの。ネフリュードフがすべてを捨てて土地は農奴にあげてカチューシャを追って行くでしょ。小説のタイトルがなぜ『復活』なのかわかる気がするの。江景の家に行ったら四方に見えるのが全部うちの土地なのよ。秋夕が過ぎたら小作人たちが荷車に米俵をどっさりのせて来るんだけど、村の農家を見るともう倒れそうな藁葺き家の庭で子どもたちが土をほじくって食べてるのよ。私も、ネフリュードフみたいにうちの土地を小作人にわけてあげることはできないとしても、少なくとも私の人生くらいは自分で選択して生きてみたいの。この頃は昼も夜も丹治先生のことばかり考えてる。どうすればいいと思う？」

義父母に婚礼品として贈る十二曲屏風に見事な枝振りの大きな松の木一本が立ち上がった。松の木の下に鶴を二羽刺し入れないといけないのだが、一日中見ていたら白い絹布を見ているだけでクラクラしてきた。明子は鶴が飛んできて座る岩の上に、鶴の代わりに四文字を刺繡した。「婚姻不可」。

彼女は刺繡枠を下に置き部屋を出てサムォルを呼んだ。

明子は一カ月ほどして再び女性同友会に現れた。丹治と別れると約束してやっと家から出ることができたと言う。

「それで？　本当に別れるつもり？」

「はい」

「じゃあ、ご両親が決めた相手と結婚するの？」

「いいえ。あの洟《はな》たれとは絶対に結婚しないわ」

世竹と貞淑は同時に噴き出した。

「世竹さんや貞淑さんみたいな結婚がしたいの。理想に合う男を見つけるつもり。この世に革命家が丹治先生しかいないわけでもないし。お二人みたいに幸せな革命家夫婦になりたいの」

貞淑の顔から笑顔が消え、目が大きく見開かれた。

「幸せな革命家夫婦ですって？　何かちょっと勘違いしてるんじゃない？　ねぇ、世竹、私たちが幸せな革命家夫婦なの？」

「そうねぇ。明子、私たちは二人とも恋愛がはじまった途端に夫たちが刑務所に入ったから二年も面会に通ったのよ。正直言っていつまた刑務所暮らしをするかわからないし。朴先生は子どもができるんじゃないかと心配して夫婦生活もしようとしないのよ。家には下人もいないから、あなたがご飯もつくって洗濯もしなきゃいけなくなるのよ。しかもご飯をちゃんと食べられるかどうかも怪しいし。あなたは貧乏を知らないからそんなこと言うけど、一度ひもじい思いをしてごらんなさい。ご飯を我慢するのは簡単なことじゃないわよ」

「私もわかっているつもり。貧乏暮らしをしなければならないってことは。夫婦が食べられないときには一緒に食べないで、食べられるときに一緒に食べて、夫が刑務所に入ったら面会に通って、それが革命家夫婦というものでしょ。お二人は子どもみたいな夫にかしずいて朝夕に義父母にご挨拶して一日中刺繍枠を抱えて座って屏風に十長生を刺繍する生活を想像したことがある？　それも簡単なことではないわ」

「世竹、明子の話を聞いていると革命家夫婦は本当に幸せな気がしてくるわね」

「そうね。一日中刺繍するのも、考えてみたら大変ね」

貞淑と世竹は顔を見あわせて笑ったが、明子は大真面目だった。

「子どもは絶対に産みたいの。母は結婚には反対でも孫を産めば喜んでくれるはず。革命運動のために上海やウラジオストクに行くことになったら私の両親に預けて行けばいいんだし」

明子の天真爛漫な大きな目に空想の光が射し込んでいた。革命運動の危険極まりない艱難《かんなん》辛苦すら虹色に彩られている。

「一日に中華まん一つしか食べられなくても大丈夫。上海の話はたくさん聞きすぎて、フランス租界の路地には行ったことはないけど目に見えるようだわ」

かわいいお姫さまはもうすっかり塀の外の違う世界を夢見ていた。その夢を実現してくれる男が白馬に乗った王子ではなく、寒さと空腹に耐える革命家だという点が童話の中のお姫さまとの違いだった。

明子はもう学校もやめていたので女性同友会にもっと熱心に出て来た。明子は仕事ができると、鄭鍾《チョン・ジョン》鳴《ミョン》と丁七星《チョン・チルソン》がほめそやした。貞淑は身重のため、世竹は生活苦のため、一〇月の講演会は鄭鍾鳴が主に明子を連れて準備した。崔昌益《チェ・チャンイク》と宋奉瑀《ソン・ボンウ》が講演者として招かれた。後に許貞淑の夫になる二人の男がそろって講演に立ったのは、おもしろい偶然だった。まして北風会所属の宋奉瑀とソウル青年会所属の崔昌益はわずか一年前に暴行事件の加害者と被害者として対峙した敵同士だった。派閥を超えてすべての共産主義活動家のゴッドマザーだった鄭鍾鳴の性格からすると、二人の男を和解させて二つの派閥の仲裁をしようというおせっかいだったのだろう。鄭鍾鳴はときどき「どうしてああなのかしら。朝鮮の地で一握りにしかならない男たちが集まって死ぬほど殴りあうなんて。一つになっても勝てるかどうかわからないのに」と愚痴った。

去る一日午後六時から鍾路中央キリスト教青年会館では女性同友会の主催で女性解放に関する講演会が開かれたが、聴衆は約三〇〇人、そのうち女性が三六人だった。講演者の崔昌益、宋奉瑀は現社会制度の改革を風刺する意味の発言をしたとして講演中に臨場警官から一回ずつ注意を受け、主催者側から鄭鍾鳴女史が女性解放の目標という演題で講演中に女性の地位について述べていたところで、革命やその他の手段で現制度を破壊して我々の理想を実現しなければいけないと発言したとして二回も注意を受けたが、最後まで直されないという事実により臨場警官に中止させられ、ついに一〇時頃解散させられたと言う。

——『時代日報』一九二五年一〇月三日付

明子は幸せな革命家夫婦の夢を実現してくれる男を待った。しかし、京城は狭く、主義者たちの世界はもっと狭かった。堅実な独身男はたくさんいたが明子にプロポーズする男はいなかった。丹冶の女だという噂が広まっていたからだ。丹冶が直接後輩に紹介したりもしたが、知性も、外見も、自分よりも劣る男を選んだという噂だった。

丹冶が誰かを紹介すると言って明子に会った日、二人の恋愛感情に再び火がついてしまった。試練を乗り越えた愛はいっそう強固になり、ときには真っ昼間にサムォルを連れて鍾路を二人仲良く歩いたり、漢《ハン》江《ガン》で一時間三〇銭のボートに乗って運良く漢江大橋の上を走る京釜《キョンブ》線列車を見物したりした。つかえるふりをしてついて歩きながらお嬢さまの行動を奥さまに報告していたサムォルも、最近ではお嬢さまの味方になって奥さまにはそれらしい虚偽報告をしていた。

「明子、サムォルの足、どうしたの？」

いつものように事務所を掃いたりぞうきんがけをしたりしているサムォルを見て世竹が尋ねた。サムォルのふくらはぎに青黒いあざができていたからだ。

「私が丹冶に会っていることを報告しなかったと言って母にむちで叩かれたのよ。もう狂ったようにむちで打つからこのままじゃ死んでしまうって思うくらい。あわてて部屋の中を見回したら父が使って置いておいたすずりがあるじゃない。私が死ぬと言って、そのすずりを持って来て墨を飲んだらやっとむちを下ろしたのよ。お母さまも本当にきついわ」

世竹は目を丸くして明子をのぞき込んだ。

「それで本当に墨を飲んだの？」

「うん、一口飲んだ。漢方薬を完全に焦がしたような味がしたわ。墨は本当に二度と飲みたくないわ。全部吐きだしたけど、今でも気持が悪いの」

「あなたのお母さまより、あなたのほうがもっときついわ」

世竹がサムォルを呼んで座らせた。

「サムォル、むちを打たれなければならないのはお嬢さんのほうで、あなたではないでしょ？　こないだ文字を覚えるようにハングルの本と聖書をあげたでしょ？　今からでも勉強をしなさい。それからこの事務所で年長者たちが話すときには居眠りしないでよく聞くのよ。わかった？　両班だとか賤民だとかっていう身分制度もなくなる世の中がもうすぐそこまで来ているのよ。女も勉強をすれば人間らしく生きていけるのよ」

サムォルはチョゴリのオッコルムを手でぐるぐると巻きながらずっとうつむいたままだった。

「サムォル、新しい世の中は労働者、農民、あなたたちのように何も持っていない人たちが主人になる、そんな世の中なのよ」

世竹の言葉に、サムォルは垢のついたオッコルムで洟をちーんとかんだ後、質問した。

「でも、農民はいっぱいいるじゃないですか。どうやって全員が王さまになるんですか?」

「サムォル、王さまはもういないのよ。王さまがいる時代は封建王朝の時代って言うんだけど……」

歴史教養の講義が長引くと、サムォルがもぞもぞし始めた。後で勉強してもいいけど、とりあえず今はこの困った状況から抜け出したい一心のように見えた。

過激派のセブランス病院の看護婦はいつの頃からか見えなくなった。鄭鍾鳴によると、家同士が決めた結婚話があって嫁入りするのだと言う。相手が由緒正しい家柄なので看護婦の仕事もやめて外出もせずに縫い物を習い『誡女書』を読みながら嫁入り修業をしていると言う。極と極は通じるもの。理解できないわけでもなかった。

明子はある日、鍾路を歩いていたところタプコル公園の前でむしろを敷いて人相占いをしている老人を見かけて、退屈しのぎにその前に座ってみた。額に拳ほどのコブをぶら下げていて、それがみにくくもあるが、何だか占いが当たりそうに見える老人だった。老人は明子の顔をじっと見てチッチと舌を鳴らした。

「夢多き娘さんじゃのう。一生、虹を追いかける相だ」

明子はケラケラと笑った。

「当たりです。母も毎日同じことを言ってます。金銀財宝を家に置いて遠い山ばかり見ているって」

老人が続けた。

「金銀財宝が箪笥にざっくりあってもしょうがない。心は豆畑にあるのだから」

明子は一銭を二枚置いて立ち上がった。老人は明子のうしろで日傘をさして立っているサムォルをちらっと見て言った。

「他人の人相を金で買えないのが残念だな」

貞淑のおなかはもう南山《ナムサン》くらいに大きくなっていた。天気のいい日には林元根《イム・ウォングン》は妻の手を取って昌慶《チャンギョン》苑《ウォン》を散策し、噂の活動写真『薔花紅蓮伝《チャンファホンニョンジョン》』を見に団成社に行ったりもした。男性区域と女性区域がわかれている映画館で、夫婦が婦人席に並んで座って映画を鑑賞していると、あちらこちらからひそひそ話が聞こえてきた。元根も苦学生活と刑務所暮らしを卒業して、初めて得た家庭の平和を楽しんでいた。人々は彼らを見て男女がひっくり返った夫婦だと言った。貞淑が大胆で闊達なのに対し、元根は繊細で優しかった。

世竹も新婚だったが、ボート遊びや映画鑑賞とは縁のない生活をしていた。新婚夫婦の一間きりの部屋は同志たちのアジトになっていたので、世竹は台所を離れられない生活だった。憲永《ホニョン》は新聞社に就職したものの、客がひっきりなしに来るため、憲永の安月給では食費の心配をしなくていい日がなかった。咸興《ハムン》の母は、婿が庶子であるばかりか生母が水商売をしていたことを知って再び結婚反対に回ったが、娘はすでに同棲していてもうどうにもならなかった。世竹と憲永は上海で結婚式を挙げたが、忠清南道礼山《チュンチョンナムドイェサン》の憲永の実家で改めて正式に婚礼を挙げた。

本社の記者朴憲永君と朱世竹嬢の結婚式が来たる七日、忠清南道礼山郡新陽《シニャン》面新陽里の本宅でとりおこなわれる。

――『東亜日報』一九二四年一一月三日付

いやしい身分と妾暮らしのわびしさを抱いて生きてきた憲永の母は、立派に育った息子が新聞記者になり結婚までしたのだから、もう苦労もわびしさも終わりだと、息子の婚礼の日にうれしくて踊らんばかりだったに違いない。しかし、外国留学から戻って新聞記者になった息子が職業革命家だという事実には気づいていなかった。

3.

清料理店の共産党、新婚部屋の青年同盟

1925年 京城

パラパラと降っていた春雨がやむと空は抜けるような青さだった。昌慶苑《チャンギョンウォン》には桜が満開で花見には絶好の春日和だ。清凉里《チョンニャンニ》行きの電車が東大門《トンデムン》を過ぎるとすぐに常春園《サンチュヌオン》だった。三日間の朝鮮記者大会の最終日に常春園で野遊会が開かれた。市内の警察に非常事態がかかって鍾路《チョンノ》、西大門《ソデムン》、黄金町の巡査が総出動し、常春園周辺では騎馬警察が巡察していた。

参加した記者が六九三人だというから、朝鮮で記者と名のつく人は全員集まったようなものだ。常春園萬化亭《マヌアジョン》前の芝生の端に陣取った京城《キョンソン》楽隊の吹奏楽演奏が終わると、臨時の舞台として敷かれたむしろの上で漢城《ハンソン》券番の妓生《キセン》五人がチャンゴを叩きながら舞った。軽快なチャンゴの音が鬱蒼とした松の木林の梢に鳴り響いた。見物する記者たちの間から「牡丹《モクタン》がうまい」「明月《ミョンウォル》が最高」といったかけ声があがった。料理屋や行事に呼ばれる漢城券番の妓生たちは人気芸能人で、記者たちの中にはわずかな月給袋を妓生に貢ぐ常連客もいるのだろう。

今日の行事の余興プログラムは、東亜日報文芸部記者の許貞淑《ホ・ジョンスク》の担当だった。貞淑は初子を産んで一月から新聞社で働いていた。

本部席には朝鮮日報主筆の安在鴻《アン・ジェホン》と時代日報編集局長の洪命憙《ホン・ミョンヒ》が並んで座って何やら話していた。貞淑が入社したときに東亜日報の編集局長だった洪命憙は二週間前に突然、時代日報に移籍したばかりだったので、記者たちが集まると何かと噂でもちきりだった。新聞の論調をめぐって社主側と意見が対立したのだという説もあり、北京の申采浩《シン・チェホ》先生が東亜が自治論に流れていることに不満で離職をすすめたという説もあった。今年の初めに新春文芸という公募制度をつくったのも彼のアイデアだったが、担当者になった貞淑は横で彼を見ながら、洪命憙局長が古今東西のすべての詩や小説を読んでいるという噂も誇張ではないと思った。

記者大会に場所を提供した天道教の代表崔麟《チェ・リン》が出て来て祝辞を述べた。ゆっくりとした悠長な語り口は相変わらずだったが、彼については三・一民族代表の一人でありながら刑期を終えずに出獄したときからさまざまな疑わしい噂が回っていたので、記者たちの反応は冷ややかだった。拍手の代わりにせっかちな記者たちがビール瓶の栓を開ける音があちこちから聞こえてきた。

貞淑は、孫秉熙《ソン・ビョンヒ》先生があの世で自分の後継者のこのざまを見たらどんなふうに思うだろうと考えた。天道教第三代教主の孫秉熙先生は三〇万人の教徒を有する大天道教が、みんなで集まって遊べるような場所くらい持たなければと言って常春園を買い取り萬化亭をつくったのだが、三・一運動のときにひどい拷問を受けて半身不随となり、刑務所を出てから数カ月後にここで生涯を終えた。

鉄筆倶楽部《くらぶ》の記者たちが鉄筆時報を配って歩いていた。ひととおり配り終えたのか、金丹冶《キム・ダニャ》と林元根《イム・ウォングン》が貞淑のところに来た。丹冶が鉄筆時報を一部、貞淑に渡した。

「これ、どうして今ごろ持って来たの?」

京城府内の日刊紙社会部記者の集まりである「鉄筆倶楽部」が毎朝、大会日刊紙として鉄筆時報を出していた。朝鮮日報と東亜日報の社会部記者である丹冶と元根も鉄筆倶楽部のメンバーで、鉄筆時報はほとんど彼らがつくっていた。

「僕たちが今まで何をしていたと思う? 鉄筆時報五〇〇枚から決議文の二行に墨塗りして消してたんだよ」

確かに決議文六行のうち二行に黒い墨が塗られていた。昨日記者大会の決議文が出た後、東亜日報編集局でもひと悶着があった。総督府が二つの文言を消さなければ発行停止にすると脅してきたからだ。そしてその文言こそが、この二行だった。

言論・集会および結社の自由を拘束する一切の法規の撤廃。

東洋拓殖会社をはじめ朝鮮人の生活の根底を浸食する各方面の罪状を摘発して大衆の覚醒を促す。


貞淑は鉄筆時報をようく眺め回した上で「なんだ、字、全部読めるじゃない」と言いながらふんと鼻で笑った。

「すぐに気がついたね。乾いたら徐々に薄くなる墨を使ったんだよ」

「たいしたものね」

「我々は鉄筆倶楽部だよ。ペンと剣が戦ったらどちらが勝つと思う？」

「龍虎相搏《りゅうこそうはく》」

「春蘭秋菊《しゅんらんしゅうぎく》」

「難兄難弟《なんけいなんてい》」

二人の男がふざけながらかけあいをした。二人ともコンディションが悪くないという現れだった。この三日間の行事が大盛況だったのだからこの程度の難癖がつくのは「好事魔多しってとこかな」といった表情だった。

京城楽隊が吹奏楽を演奏している間に餅とのり巻きが配られ、巡査たちもあちらこちらに仲間同士で座って楽しんでいた。貞淑と元根、丹治の三人も、のり巻きと餅をもらったが、一個ずつだけ食べてやめた。三人とも若干興奮状態だったのでひたすらビールにだけ手が伸びた。

貞淑は行事会場のまわりを歩いてみた。巡査たちののどかな様子からして、京城府内のどこかで開かれている秘密集会は間違いなく順調に進められているのだ。鬱蒼と茂る木の間からヒバリのさえずりが聞こえてくる。蓮池ではガチョウが三羽、こんな騒ぎは日常茶飯事だと言わんばかりに悠々と水遊びをしている。萬化亭のかわら屋根の影が午後の陽差しを受けて長く這っている。野遊会が終わり、車が待機しているという案内が放送されると、人々は引き潮のように去って行き、芝生には紙や皿だけが取り残されていた。丹治が貞淑の腰のあたりから懐中時計を取り出してニヤッと笑った。例のことが終わったことを告げる意味深長な笑みだった。彼らは尻についた芝生を払いながら立ち上がった。行事のあと片づけをして新聞社に戻り、それぞれ明日付の記事を書かなければならない。二人の男の顔は疲労と興奮と昼酒でほどよく紅潮していた。

萬化亭の板の間で雑役夫たちがゴミを片づけていた。あいた箱が散らかっている。植民地の力のない新聞雑誌とはいえ、それでも言論は権力だから記者大会は物資が豊富だった。貞淑は今日一日、記者大会に寄贈品を送ってきた協賛企業の名簿を整理した。

先に入ってきた寄贈品を除いても、常春宴が開かれると再び各所から寄贈品が届いた。寄贈元と寄贈品の種類は以下のとおり。

明月館　ビール一ケース
甲子社鈴木特約店　ビール半ケース
天一薬房　霊神丸　一〇包
東亜水産新聞社　菓子、酒、煙草など一袋

東亜産業合資会社　亜細亜酒一ケース
食道苑　ビール一ケース

――『東亜日報』一九二五年四月一八日付

一九二五年四月一七日は歴史に特別な日として記録されている。朝鮮記者大会が成功裏に幕を下ろした日か？　それは新聞紙面を飾るたった一日のニュースにすぎなかった。朝鮮社会が仰天する事件は別の場所で起きていた。一種の偽装戦術だったのだ。京城府内の警察と総督府の関心を記者大会に釘づけにしておいて、まったく違う場所でそれは起きていた。

黄金町の清料理店で朝鮮共産党結成式が始まったのは、常春園の芝生で崔麟が祝辞を始めたちょうどその時刻だった。京城府内のど真ん中、しかも最も混雑する日本人街で朝鮮初の共産党結成式が開かれたのである。結成式は各道代表二〇人ほどが参加し、金在鳳《キム・ジェボン》を責任秘書に選出、中央執行委員会を設置して迅速に進められた。責任秘書になった金在鳳は、中国とソ連を行き来しながら共産主義活動をしてきた三六歳の革命家で、安東《アンドン》の由緒正しい両班《ヤンバン》の家の出だった。結成式が開かれたのは雅敍園《アソウオン》二階の大きな部屋だったが、たっぷりの清料理と高粱《こうりゃん》酒が運び込まれた後で割れるような拍手が聞こえてきたので、外で誰かが聞いていたら、京城で羽振りをきかせる東京帝大とか早稲田大学の同窓会でも開いているのだと思っただろう。

翌日の一八日には薫井洞《フンジョンドン》の朴憲永《パク・ホニョン》の家で朝鮮共産党の青年組織である高麗共産青年会の結成式が開かれた。土曜日だったので男たちが新聞社から帰って来た後、午後五時から結成式が始まった。巡査たちが襲いかかったら新興青年同盟の月例会議だと言おうと口裏を合わせておいた。

一八人が狭い一間に座って憲永が立ち上がり、開会の辞を述べた。憲永は一八人の名前と所属を紹介し、世竹《セジュク》を女性同友会の代表だと紹介した。この集まりで世竹は唯一の女性だった。曺奉岩《チョ・ボンアム》が会の名称を高麗共産青年会にしようと提案した。続いて金丹冶が二枚のざら紙にびっしりと書かれた綱領を読み上げた。

「目下、資本主義制度はその危機に逢着した。私有財産に基づく個人主義経済組織は、その矛盾と欠陥によって必然的に崩壊するしかなく、これが社会進化の法則である。我々は積極的な宣伝教育を通して現在の資本主義を打破し、帝国主義国家を転覆し、究極的に共産政府を樹立することを目標とする。そのために各郡に郡青年連盟を組織し、これを基盤として道青年連盟を組織し……」

読み上げが終わると、丹冶はマッチをすって綱領が書かれた紙を燃やした。丹冶はさらに党の規約を読み、やはり朗読が終わった後で紙を燃やした。

曺奉岩と朴憲永は前日、雅敍園の朝鮮共産党結成式に参加した後、夕方に薫井洞に来て金丹冶、林元根と一緒にランプの下で党規をつくったり、綱領を書いたりしながら共産青年会の創立準備作業をした。丹冶と元根はモスクワ民族大会に行って来はしたが、曺奉岩は短期コースではあってもモスクワ共産大学に留学し、コミンテルンに出入りしていたから、国際共産主義運動においては格上だった。朝鮮共産党と高麗共産青年会が結成式をおこなったら曺奉岩がモスクワに行ってコミンテルンと国際共産青年同盟に報告し、国内唯一の共産党組織として承認を受けてくることになっていた。曺奉岩は三人の男たちよりも二歳年上だった。

全員が火曜会と新興青年同盟で一緒に活動してきた仲だから息はぴったりと合っていて、長い説明はいらなかった。幹部を選ぶのも迅速だった。責任秘書は朴憲永になった。中央執行委員会で朴憲永が秘書部、権五卨《クォン・オソル》が組織部、曺奉岩が国際部、金丹冶が連絡部、林元根が教育部を受け持つことになった。林元根は女性部が必要だ、朱世竹に任せようと提案した。丹冶が賛成した。しかし、朴憲永がこれに異論をはさんだ。

「我々共青はあくまでも朝鮮共産党に準じて職制をつくるのが正しいと思います。朝共にも女性部という職制はありません。そして万が一、我々共青の組織が発覚して幹部たちが検挙されるようなことがあったら誰かが残って後継の党を準備しなければならないではないですか。朱世竹同志にはその役割を任せることにしましょう。本人はどう思いますか」

世竹はとまどった。

「何を任されたとしても」

夫の意図がわかるようなわからないような気がしていた。

「最善をつくします」

そんなふうに彼女は中央委員七人候補の一人になった。結成式は午後五時に始まって三〇分で終わった。共産党組織の根幹は青年であり、高麗共産青年会はいずれ朝鮮共産党の手足の役割を果たすことになるだろう。

世竹は台所に行ってうどんをゆでた。今日ここで誕生する秘密結社の長寿を願う気持だった。昨日、丹冶と元根が米と小麦粉を一袋ずつ持って来てくれた。米びつがいっぱいになると、気持にも余裕ができた。彼女は昼間に小麦粉をこねてそれを薄くのばしてうどんの麺をつくっておいた。台所に入ってから世竹はふと憲永の意図に気がついた。組織が摘発されて日本の警察に逮捕されることがあったとしても、妻と一緒に引っ張られたくはなかったのだろう。

お膳がたりなくて一八人が床にうどんのどんぶりを置いて食べるという素朴な食事会だった。食事を終えると二、三人ずつ時間差を置いて家から出て行った。二人だけになったとき、夫婦は散歩に出た。空には大きなまん丸い月があり、宗廟の林から鳩の鳴き声が聞こえていた。怪しい影は見えなかった。

寝床につくまで世竹は興奮が収まらなかった。彼女自身が幹部になるとか、候補委員になるとか、そんなことはどうでもよかった。アジトキーパーか、ハウスキーパーか、どう呼ばれようとかまわなかった。こういうことのためなら生涯、喜んで食事もつくり、うどんもゆでるつもりだ。せっかく客が帰って夫婦だけで床についたが、憲永もまんじりともせずに天井を見つめていた。

「何を考えているの?」

「君も寝てなかったんだね。これまでのことをいろいろ考えてたんだよ。初めて東京に行ったときには二一歳だった。胸には闘志が燃えたぎっているのに、頭の中はぐちゃぐちゃだった。若さってそういうものじゃないか。身体は熱いのにどこに発散すればいいのかわからない。僕もよくばりだから、学問でも、外国語でも、とにかく手当たり次第にかき集めて頭の中がまるでくず屋の倉庫みたいだったよ。何でもかんでも読んだけど、考えはまとまらないんだ。ところがある日、書店で日本語版の『共産党宣言』を偶然手にして最初のページを読んだら頭の中に雷が落ちたみたいなショックを受けたんだよ。『共産党宣言』の最初の文を覚えてるかい? その一文で僕は朝鮮の歴史がどうしてこうなったのか、我々がどうして帝国主義の植民地になったのか、一気にわかったんだ。それから人生が変わったんだよ」

上海で憲永は世竹に愛を告白した。しかし、彼の純情はすでに革命に捧げられていたのかもしれない。彼の頭はマルクス、エンゲルスの本と、無産者階級の政党綱領、暗号文などでいっぱいの革命運動のキャンプだったし、世竹はその隅のほうに割り込んだだけなのかもしれない。いつだったか憲永が朝起きてこんなことを言ったことがあった。

「ときどきあそこが痛くて明け方に目が覚めることがあるんだ。これが勃起してるんだよ。マルクスは歴史が人間に解決できる課題だけを出すと言ったが、封建制に、植民地に、我々が受け取った宿題は重すぎるのに、気がきかないあそこだけがニョキニョキと首をもたげるんだ。現実を考えたらぐっすり眠ることさえ恥ずかしいことなのに」

憲永は独身主義の原則を破って妻を迎えたが、祖国が解放される日まで子どもを持たないという決意は固かった。それは世竹も同じだった。

「今日はご苦労さま。ありがとう」

「そんなこと言わないで。私も自分自身の革命運動をしているだけよ」

世竹はわざと怒ってみせた。

一九二五年四月は、三人の女と三人の男の人生で最も刺激的な日々だった。清料理店の共産党、新婚部屋の青年同盟ではあったが、今や朝鮮にも共産党が誕生した。朝鮮記者大会をほとんど万国博覧会レベルで盛大にとりおこないながら、総督府に一泡吹かせて鍾路警察署を出し抜いたのだから、これから先の未来も自分たちの思いどおりに動かしていけるだろうという楽観と闘志がみなぎっていた。朴憲永、金丹冶、林元根。東亜日報と朝鮮日報の現職記者として働いている三人のチームワークにはトロイカという表現がぴったりだった。今回の企画ではプロフェッショナルな活動家の有能さが光った。

彼らの頭の中には、こんな青写真が描かれていた。曺奉岩がコミンテルンの承認を受けて予算をもらって帰って来たら、朝鮮共産党と高麗共産青年会は本格的な活動に入る。全国的に教育事業をおこなうのと同時に細胞組織をつくり前途有望な青年を選抜してモスクワに留学させる。党の責任秘書と幹部たちはコミンテルンのさまざまな大会に朝鮮代表として参加し、極東秘書部のパートナーになって共に朝鮮革命の戦略を樹立する。日本共産党とも共同戦線を構築する。

第一次世界大戦を経て帝国主義に対する幻滅と資本主義体制への危機感がふくらむ中で、全世界的に知識人大衆はマルキシズムという理想郷に向けて突き進んでいた。一九一七年のロシアにソビエト政権が樹立され、一九二四年のイギリスではマクドナルド首相の労働党が政権を握った。

この世紀的な流行は、朝鮮においてもその傾向がくっきりとあらわれていた。インテリと見なされたければマルクスや唯物論について少しは語れなければならない。「飯は白米、山は金剛山、主義は社会主義」というフレーズが生まれたくらいだ。雑誌は共産主義活動家たちの私生活をスターのゴシップのように扱った。一九二五年一月、レーニン死去一周忌にあたり、金丹冶は自身が勤める朝鮮日報に一一回にわたってモスクワ被圧迫民族大会に行ったときの話を武勇談のように書いた。一九二二年当時はモスクワ被圧迫民族大会に行ったこと自体が極秘事項だったのに、今の植民地朝鮮社会は奇妙な百花斉放《ひゃっかせいほう》のエネルギーで沸き立っていた。モスクワのまだ熱い銃身から魅惑的な硫黄の臭いが植民地の若者たちの飢えた腹の中にしみ込んできた。

三人の女と三人の男は、早ければ一九二〇年代が行く前に無産者階級の革命と民族解放の日を見ることができると楽観していたのかもしれない。しかし、朝鮮の知識人たちが朝鮮共産党を結成したちょうどそのとき、日本政府は治安維持法を準備していた。共産主義を違法化するこの法律は、私有財産制度を否定する一切の行為を禁止し、共産主義者たちを重犯罪者と見なす内容だった。思想犯を専門的に扱う、かの有名な特別高等警察もこの法律に依拠している。国家保安法の前身である治安維持法は、日本内地と植民地の朝鮮、台湾で同時に発効する。治安維持法は朝鮮共産党の結成式から三週間後の五月一二日に施行された。総督府のいわゆる文化政治〔一九一〇年代の暴力的な「武断統治」と比較し、三・一運動後一九二〇年代の「アメとムチ」方式の植民地政策を指す）が時効を迎えつつあったのだ。

武橋洞《ムギョドン》の立ち飲み屋にいる女は、エプロンをつけたおかみと貞淑《ジョンスク》だけだった。貞淑は濁酒を注いだ器をつかんでごくごくと飲み干した。まわりの男たちがちらちら見ながら何やらコソコソ話している。新聞社に入社した当初は男たちが貞淑に盃を渡さなかった。彼女が怒ったので、その後は盃が回って来るようになったが、実はこんなに苦くて酸っぱいものをどうして飲むんだろうと思っていた。彼女を過剰に保護しようとする、または仲間はずれにしようとする同僚たちやうしろを指さして陰口を叩く男たちのせいで意地になって覚えた酒だったが、少しずつ慣れて、濁酒が喉を通っていくときのあのピリッとした味がわかるようになった。

濁酒が何巡か回って来て記者たちの声が荒々しくなってきた頃に、部長が古参記者を一人連れて入って来た。

「まだ宵の口だというのに、もうすっかり酔いが回っているな。今日の酒代は私が払おう」

彼は記者たちが注ぐ酒を立て続けに飲み、あっという間にろれつの回らない声になって言った。

「経営陣にも悩みがあるんだよ。まだ新聞だけでは赤字だから。三万の読者で本社や支局まで回せるわけがないじゃないか」

記者大会の後、ここのところ新聞社は騒がしかった。鉄筆倶楽部が記者大会の勢いを借りて給与引き上げを要求し、経営陣は絶対不可で対抗していた。鉄筆倶楽部の要求は月給を五〇円から八〇円水準に引き上げることだったが、実際には金性洙《キム・ソンス》社長、宋鎮禹《ソン・ジヌ》主筆体制へのデモンストレーションだった。

部長の言葉に記者たちはいっせいに騒ぎ始めた。論争はしばらく続いた。酔っ払った部長は突然テーブルを拳で叩きつけながら「朝鮮のインテリはいったいいつまでサムライたちの刀にやられていなければならないのか！」と青筋を立てた。ガヤガヤと大騒ぎだった記者たちが一瞬、静まった。普段の彼らしくない発言だった。曾祖父の祖父の時代から代々、位の高い官吏を務め、父親が日韓併合のときに爵位を授かったことを暗に自慢するような人物だった。鬱憤のせいか酒気のせいか、目頭まで真っ赤になっていて、普段彼をあまりよく思っていない記者たちも粛然とした。

「高宗《コジョン》皇帝が夜に訪ねて来られたとき、僕は居間に呼ばれて詩賦《しふ》を詠むようにとの御命を受け『詩経』「文王之什《ぶんおうのじゅう》」に出てくる「周雖舊邦《しゅうすいきゅうほう》」と「其命維新《きめいいしん》」のところを詠んでさしあげたんだよ。そうしたら高宗皇帝が、幼いのに見事に経綸を論じる、学問が深いってほめてくださったんだよ。君たちも考えてみたまえ。あれはちょうど大韓帝国を宣布した翌年だったかな。そんなときに、周は旧邦だが、その命《めい》は維《これ》新《あらた》なりって、子どもの口から飛び出すのを聞いて高宗皇帝がどれほど驚かれたことか。もちろん当時はそんなことまで考えてはいなかったけどね。ただ文王、武王の功徳をほめたたえる詩だということしかわからなかったけど、とりあえず詠んでみたら、当時の時局にぴったり当てはまったってわけさ」

高宗皇帝を口にするとき、酒気がさっと引いたかのように彼の口調は明確になった。部長について来たベテラン記者が尊敬の念を込めて賛辞を送った。

「本当に由緒正しい名門のお家柄ですね」

利川《イチョン》の鍮器《ちゅうき》店の息子である彼は、天道教の奨学金で日本留学をした人物だった。その場の粛然とした雰囲気がやや当惑した雰囲気に変わっていった。まわりが静かになったときに部長が再びろれつの回らない声で言った。

「高宗皇帝のご尊顔を拝した記憶もおぼろげになっているのだが。とにかく、皇帝もお亡くなりになって。

我が兄は東洋拓殖会社でもう経歴一〇年だというのにいまだに日本人の使いっ走りみたいなことをしながら万年下級幹部のまま腐ってるし。俺は俺で紙きれにペンなんか転がしてるような人間じゃないんだ！」

我が身を嘆く彼は涙声だった。当惑気味だった記者たちがあきれ顔に変わっていった。その雰囲気を感知したベテラン記者が「もうそろそろ私がご自宅にお送りしましょう」と収拾をはかった。

「高宗皇帝が我が家にいらっしゃったときに……、この俺さまはそういう人間なのにだな……」

鍮器店の息子があわてて「あ、はい、はい」と黙らせようとするのだが、高級官吏の家門の息子は合いの手を入れてくれているとでも思ったのか、もっと調子づいた。

「朴憲永《パク・ホニョン》はな、飲み屋の酌婦の息子だそうだ。いい世の中になったもんだ。みんな同じ記者だとか言って一つの机に向かいあって座ってるんだからな」

鍮器店の息子が調子を合わせた。

「本当ですか。全然知りませんでしたね」

貞淑は酔いがさっと引いていく気分だった。確かに部長は日常的に編集局で、両班《ヤンバン》気取りで部下たちを「金《キム》公」「李《イ》公」などと「公」づけで呼んでいたが、朴憲永他何人かだけは呼び捨てだった。彼なりに身分で区別していたのだ。

貞淑が「何を言ってるんですか」と言った瞬間、横で雷のような怒声が聞こえた。林元根《イム・ウォングン》だった。

「飲み屋の酌婦だから何だって言うんだ！　記者の仕事をするのに出自が何か関係するのか⁉」

鍮器店の息子が分けいった。

「びっくりしたな。どうして突然そんなに大声を張り上げるのかね？」

部長が林元根に向かって怒鳴った。

「こいつ、誰の面前でえらそうなことを言ってるんだ！」

「朝鮮王朝にへつらって代々百姓の生き血をすすってきたことが自慢か？」

大きく響く声の主は安碩柱《アン・ソクチュ》だった。貞淑の文芸部の同僚で、記事も書き、連載小説の挿絵も描く多彩な人物だ。

「なんだと？　こいつ立場もわきまえずに！　いいか、ようく聞け。おまえら鉄筆倶楽部だの何だのってつるんで歩いてるが、気をつけろよ。部下だと思って今まで守ってやってたのに恩知らずめ。何？　朝鮮王朝にへつらって何だって？　身分の区別がなくなったからっておまえらの世界になったとでも思ってるのか⁉　まったく、いやしい出のやつらがでかい口を叩くようになったもんだ」

その瞬間、部長の顔にチゲの汁が飛んだ。林元根が立ち上がると同時にテーブルをひっくり返したのだ。部長も立ち上がってチゲの鍋を元根に投げつけた。元根の白いジャンパーがチゲの汁で真っ赤になった。貞淑は夫がこんなに怒るのを初めて見た。顔とジャンパーの区別がつかないくらい真っ赤になった姿に、貞淑は深刻な状況にもかかわらず笑いを堪えることができなかった。

賃金交渉はついに決裂し、鉄筆倶楽部の会員八名が同盟ストライキに入った。会社は、近くの水原《スウォン》や仁川《インチョン》支局の記者たちを急遽呼び集めて記事を書かせ、スト三日目に入ると「二四時間以内に出勤しなければ解雇する」と通告した。

会社が最後通牒を出したことでものものしい雰囲気になった編集局で、貞淑は金東仁《キム・ドンイン》の翻案小説『流浪者の歌』の原稿を読んだ。李光洙《イ・グァンス》が健康上の理由で長編小説の連載を中断したため急遽、金東仁に依頼してイギリス小説を翻案して掲載していた。新聞社としては不幸中の幸いだったが、まだ年若い金東仁が李光洙の啓蒙主義を批判して純文学の第一人者を自任してきたことを思えば、李光洙が開けた穴を金東仁の翻案小説で埋めるのはなんとも奇妙な形だった。春園《チュヌォン》〔李光洙の号〕の言動については批判も多く、小説も退屈だったが、主人公の名前だけ朝鮮式に変えた翻案小説を掲載するのも恥ずかしいことだった。貞淑はうしろの席で連載小説の挿絵を描く安碩柱に声をかけた。

「安さん、春園は身体の具合がまだかなり悪いの？」

「身体の具合が悪いのか、心の具合が悪いのかわからないけどね。来月には連載を再開できそうだと言ってるらしいけど、どうかな」

公平洞《コンピョンドン》の弁護士事務所で雑用をする子が「質疑応答」欄の回答を持って来た。貞淑は質疑応答の原稿を整理した。慶尚道《キョンサンド》のある女性が送ってきた質問は次のようなものだった。

私は結婚生活をする中で姑の虐待に耐えられず実家に戻り、数年後に他の男性と同居してこの一〇年間に子どもも数人産んだのですが、前夫が離婚に応じてくれません。法律上の離婚は可能でしょうか。前夫が今になって告訴すると言っているのですが、私は刑事責任を問われるのでしょうか。

原稿を整理していると突然、周囲が騒がしくなった。ストライキをしていた記者八人が編集局に押しかけて来たのだ。夫の顔が最初に目に入った。彼らは編集局長席の前に並ぶと集団辞職を宣言した。今朝家を出るときには、まだ彼女も夫も、事態がこんなふうに発展するとは思っていなかった。どこからか「全面的に支持する。私も辞職する」という声が聞こえた。地方部の朴憲永だった。

彼女はどうすればいいか判断できなかった。父の顔が思い浮かんだ。集団辞職の話をしたとき、父は「おまえたちが出て行ったら、新聞社も、おまえたち活動家も、両方とも損をする。喜ぶのは総督府だけだ」と言った。許憲《ホ・ホン》は臨時社長を辞めた今、新聞社の理事で、金性洙、宋鎮禹の二人とは非常に親しかった。しかしいつものように、彼女は父のことを考えるのはやめた。そして質疑応答欄の弁護士の回答原稿を大急ぎでまとめた。

　回答
　前夫が応じなければ離婚することはできず、前夫が告訴したら刑事責任をまぬがれることはできません。

貞淑は原稿を机の上にきれいに並べて置いて引き出しの整理をした。
「刑事責任ですって？　子どもを産んで暮らしたから刑務所に行けって言うの？　まったくやってられないわ」
貞淑は鞄を持って立ち上がった。彼女とともに五人が辞表を出した。こうして貞淑の日刊紙記者生活は五カ月で終わった。一九二五年五月二一日のことだ。

七月には台風が襲い梅雨空が続いた。一カ月間雨が降り続けた京城《キョンソン》は水害に見舞われた。百年ぶりと言われる乙丑《いっちゅう》（一九二五）年の大洪水だった。春に朝鮮共産党を結成した主義者たちが夏には水難民救護運動に立ち上がった。許貞淑《ホ・ジョンスク》は高明子《コ・ミョンジャ》、金祚伊《キム・ジョイ》とともに募金箱を持って街頭や商店、機関を回り義援金を集めた。
その頃、貞淑は児童文化運動家の方定煥《パン・ジョンファン》から連絡を受けた。彼は月刊『子ども』『新青年』『新女性』

などのメディアを運営しているのだが、貞淑に『新女性』の編集長をしてほしいと言った。『新女性』が二年前、米一升の値段と同じ三〇銭で創刊したときには、朝鮮に字が読める女性がどれくらいいると思って女性月刊誌なんか出すんだと言われたものだが、女学校の生活や恋愛、結婚、風俗のたぐいを扱ってそれなりに定着しつつあった。貞淑は編集長を務めながら自分で記事も書き校正までした。『新女性』は貞淑が入ったことで社会主義の色合いが濃くなった。貞淑が書いた巻頭言は毎回、宣伝扇動のパンフレットだった。

一　私たちは過ぐる日々の生ぬるい感情を捨てて情熱的で鋭敏な感情の主人公になり、自分の個性を生かして自分のために生きられる女性になろう。

一　完全な個性を生かすために二重奴隷をつくる私たちの環境に反逆する切実な自覚を持とう。

一　この切実な自覚の下で、私たち女性は互いに境遇が似ている女性同士、共に結合して女性の威力、人間としての権威を示そう。

雑誌が号を重ねるたびに賛否両論が激しく巻き起こり、そのようなセンセーションが熱烈な読者層を生みだしていった。貞淑の攻撃的な編集戦略が市場にも受けたのだ。

編集長を引き受けた当初、男たちは「貞淑さんは身体がいくつあるんだい？　とにかくたいした猛烈女性だな」と激励の言葉をかけていたが、いつの頃からか「婦人解放の闘士のお出ましだ」という皮肉も聞こえ始めた。火曜会の同僚の中には「結局、ブルジョア階級の女性たちにより多くの自由を与えようということではないですか⁉」とむきになって詰め寄る者もいた。保守主義者たちは保守主義者なりに、マルクス主義者たちはマルクス主義者なりに、「新女性」を嫌う理由があったのだ。

八月のある日、許貞淑と朱世竹《チュ・セジュク》、高明子が断髪をした。三人の女の断髪は大きな話題となり、初めのうちは視線が熱すぎて、または挨拶を受けるのが大変で、道を歩くのもひと仕事だった。

断髪特集号が出た後、『新女性』編集室が酔っ払いの襲撃を受けたこともあった。ある夜、酒に酔った男二人が事務所にやって来て「おエライ女たちの顔でもおがませていただこうか。あんたら嫁には行ったのか？」そんなことをわめきながら机を足で蹴り大暴れしたのだ。隣の部屋の『開闢』編集室から男たちが駆けつけた。

「神聖なる編集室で暴れてるのはどこのどいつだ！」と怒鳴りながら先頭で入って来たのは意外にも宋奉《ソン・ボン》瑀《ウ》だった。貞淑はうれしい反面、驚きもした。丸刈り頭の宋奉瑀が僧衣をひるがえしてすごい剣幕でまくし立てると、酔っ払いたちも酔いが覚めたのか「なんだまったく、とんでもないやつだ」などとぶつぶつ言いながら逃げて行った。

北風会の宋奉瑀は鄭鍾鳴《チョン・ジョンミョン》の北風会館の仲間だったが、今年の夏の水害民救護運動で貞淑と同じ組になって七月の一カ月間、一緒にいるうちに親しくなった。慶尚道河東《キョンサンドハドン》出身の彼については、孤児だという話もあり、僧侶の私生児だという話、受戒した僧侶だという話もあった。河東郡庁で給仕をしていたところ寺の住職がお金を出してくれて京城留学もし、日本留学もしたというのは鄭鍾鳴から聞いた話だった。エセ僧侶のように墨色の僧衣を着て歩く彼は、婦人問題の男性講師として最高の人気だった。貞淑も彼を女性同友会の講演に呼んだことがあるが、自分が知りあった女性たちの話を織り交ぜながら熱くて濃厚なマルクス主義女性解放論をぶちあげて拍手を受けた。

「やっぱり僕が『新男性』をつくるべきだな。今の世の中は男どもがなってないからな」

宋奉瑀はそもそも固定観念も権威意識もない上に愉快で博識なので話していて楽しかった。

「今日は私が夕食をごちそうするわ。お礼に」

「ははは、声が大きいのも得なことがあるな。大喝一声でおごってもらえるとは」

二人は仁寺洞《インサドン》に行った。

「『開闢』には何の用事で来たの？　原稿を持って来たの？」

「はは、僕は『開闢』に原稿を書くことなんかないですよ。最近『新女性』周辺が騒がしいと聞いて、ちょうど貞淑さんの動向を探りに来たところだったんですよ」

ただの冗談ではなさそうだった。貞淑は箸を置いてしばらく宋奉瑀の顔を見つめた。彼女は無意識に自分の短い髪を触った。その瞬間、髪が軽すぎて天にものぼるような気分になった。お酒が飲みたくなった。

「夕食には濁酒がつきものじゃないかしら」

「それは願ってもないことです」

京城府内の半分が大洪水で流されても、なかにはこのおかしな時代にバカなことを言いながら遊びほうけている者もいて、どこかの飲み屋から「タタッ」というチャンゴの拍子に合わせて奏でられる「ディンディン」という伽耶琴《カヤグム》の音色が聞こえてきた。旅館の提灯《ちょうちん》がまばらにかけられた仁寺洞の街を夕暮れが小豆色に染めていった。

林元根《イム・ウォングン》と朴憲永《パク・ホニョン》は失業してから三カ月後に金丹冶《キム・ダニャ》がいる朝鮮日報に入社した。一九二〇年に総督府が新聞社の許可を出して以来、東亜は民族紙、朝鮮は親日媒体だったが、この頃、新聞社の地形が変化しつつあった。経営難で倒産寸前だった一進会宋秉畯《ソン・ビョンジュン》の朝鮮日報を臨時政府出身の大地主の息子申錫雨《シン・ソグ》が八万五〇〇〇円で買収し、李商在《イ・サンジェ》を社長に、安在鴻《アン・ジェホン》を主筆に迎えて「朝鮮民衆の新聞」を掲げ大々的な紙面刷新をおこなっているところだった。一方、東亜日報は一九二四年の新年の社説で李光洙《イ・グァンス》の「民族的経綸」を掲載して以来、民族改良主義という批判を受け、新聞不買運動が展開されたりもしていた。朝鮮日報の李商在、安在鴻と、東亜日報の金性洙《キム・ソンス》、宋鎭禹《ソン・ジヌ》は共に民立大学設立運動をおこない、「着よ、朝鮮人が織ったものを！　食べよ、朝鮮人がつくったものを！」と物産奨励運動も一緒にした仲だったが、金性洙と宋鎭禹は妥協的な自治論に傾き、李商在と安在鴻は非妥協的な民族主義の側に立ち、今やそれぞれ異なる道へと歩を進めていた。

三人の男は、昼は朝鮮日報で働き夜は薫井洞《フンジョンドン》の家に帰って行った。昼は新聞記者、夜は「共産青年会」の二重生活だった。新聞記者とはいえ経営難である上にしょっちゅう刊行停止になるので月給は出たり出なかったりだった。薫井洞のアジトキーパーだった世竹《セジュク》は台所から出ることができず、貞淑《ジョンスク》はそれが不満だった。

「あなた、料理を習いに留学したの？　ある階級が他の階級を搾取する体制をくつがえすために革命を起こすのに、革命という名の下に誰かの労働力を搾取するのは二律背反だわ。夫と妻の間であってもよ」

世竹は夫の秘書の役割もしていた。ときには禁書を借りてきて一冊丸ごとノートに写し書いたりもした。

「誰かがしなければいけないことだから。一粒の麦の種が地面に落ちて死ななければ実を結ぶことはできないのよ」

上海では三人の男たちと一緒に勉強し、討論し、遊びもしたのに、京城《キョンソン》に帰って来て党を結成した後は、男たち同士でつるんで、外の仕事は男たちの役割で女たちは知らなくてもいいといったふうだった。朝鮮共産党も高麗共産青年会も自分たちだけで結成式をおこなった。それが地下組織の性格なのか朝鮮の風土なのかはわからなかった。

「差別なく平等にって言いながら、いったいこれは何なの？　朝鮮共産党も共産青年会も幹部の中に女は一人もいないじゃない。一緒に討論していたのに食事時になったら女たちにご飯を出せって言うし。髷を結ってキセルで煙草を吸う両班《ヤンバン》たちがそういうことするなら、なるほどねって思うけど、共産主義を唱える若い男たちがああいう態度なのを見ると本当に裏切られた気分だわ」

女性同友会の事務所で世竹と貞淑が言いあっているのを見て、鄭鍾鳴《チョン・ジョンミョン》が笑いながら口をはさんだ。

「あなたたちは一年前にも議論していたけど、まだ結論が出てないの？　たとえば、ここの事務所から京城駅まで行くときに、どの道で行く？　黄金町通りのほうが歩きやすいっていう人もいるでしょうし、下駄の音を聞きたくないから徳寿宮《トクスグン》前の道から回って行くっていう人もいるでしょ。性格の違い、好みの違いなのよ。貞淑がしているのも、世竹がしているのも、どちらも革命運動なのよ」

鄭鍾鳴が壁にかけておいた黒いトゥルマギを取って着ながらつぶやいた。

「友だちっていうのも、似た者同士でつきあえば五〇点、全然違うのに意気投合できれば、それが満点なのよ」

ついに、曺奉岩《チョ・ボンアム》がコミンテルンの承認を受けたという知らせが、上海の呂運亨《ヨ・ウニョン》から入った。共産青年会の最初の仕事はモスクワに留学生を送ることだった。選定作業を受け持った金丹冶は最初に明子《ミョンジャ》に打診した。

「明子、勉強を続けてみたいとは思わない？」

「何の勉強？　梨花《イファ》学堂？」

「いや、そこじゃなくて。ちょっと遠いところ。モスクワ」

「モスクワ？」

一瞬、彼女の目が驚きと賛嘆で輝いた。

「わあ、モスクワ！　行きたいわ、絶対行きたい！」

明子は手を叩くように両手を合わせて口元に持っていった。トルストイ、ネフリュードフといった名前が明子の目の前に浮かび通りすぎていった。喜びがあふれて彼女の眉がつり上がっている。断られたらどうやって説得しようかと心配していた丹冶は意外な反応に驚いた。

「ところで、あなたも行くの？」

「いや、それは……」

明子二二歳。必死に結婚させようとする両親と、妻子ある恋人の間にはさまれた、にっちもさっちもいかない状態から抜け出すための何かが切実に必要だった。丹冶は留学生二一人の名簿の中に明子を入れた。女性は、曺奉岩の妻金祚伊《キム・ジョイ》、金炯善《キム・ヒョンソン》の妹金命時《キム・ミョンシ》の三人だった。

一〇月になってコミンテルンの留学資金が到着すると、明子は京城を発った。彼女は朝早く手鞄一つ持って家を出て世竹の家で荷づくりをした。明子の顔は期待と不安で紅潮していた。貞淑と世竹は明子を連れて黄金町に行き、冬服を買った。綿が充分に入ったズボンと上着を二着ずつ買って、毛糸で編んだ帽子と手袋も買った。

「モスクワは冬が果てしなく長いのよ。手足をいつも温かくしておかなきゃだめよ。凍傷にかかったら後々ずっと苦労するから」

「理論家になって帰って来て私たちをバカにしたりしないでね」

京城駅前には金祚伊が先に来ていた。二人は修学旅行に行く女子高生のように興奮気味の表情で抱きあった。二人は同い年だが、ひっつめ髪を結い上げ額と目元がキリッとした金祚伊は、明子より三、四歳上に見えた。昌原《チャンウォン》から単身上京し同徳《トンドク》女学校に通ったしっかり者の女性だったが、曺奉岩と新婚生活を始めてすぐに夫はモスクワに行ってしまった。

「祚伊は旦那さんに会えるわね。上海の駅で待ってるんでしょうね」

「安東に行って汽船に乗る前に電報を送るつもりです」

　祚伊の浅黒い頬がほんのりと赤らんだ。上海で夫が待つ女が先導し、京城に恋人を置いて行く女がうしろからついて行く格好で、二人は改札口の中に入って行った。奉天行きの列車が待つプラットホームへと曲がって視野から消える直前に、明子が二人の女のほうを振り向いた。目には涙をいっぱいに浮かべていた。別れがどれくらいの長さになるのか、三人の女はこのとき、誰も知らなかった。


　ある日、女性同友会の事務所に初老の婦人が体格のいい男を連れ立って現れた。日傘を閉じながらうしろからついて来た女に「ここで待ってなさい」と言って扉の前に立たせて入って来た婦人は、一目見ただけでも両班《ヤンバン》の奥さまだった。五〇歳前後に見える婦人は大きな玉のついたピニョで髷を結い、華やかな刺繍がほどこされたペジャ〔袖なしの上着〕を着ていた。ノックもせずにドアを開けて入って来た二人の表情はこわばっていた。男は女が二人座っている狭い事務所をぐるっと見回すと、検問に来た巡査のように聞いた。

「許貞淑《ホ・ジョンスク》さんはどの人ですか」

「今、いませんが」

「では、朱世竹《チュ・セジュク》さんはどなたですか」

「私ですが」

「私は明子《ミョンジャ》の長兄です」

机の前に座って見知らぬ客をぼーっと見ていた世竹がハッとして立ち上がった。世竹は両手を前にそろえて深々と頭を下げておじぎをした後、大急ぎでテーブルの上の新聞を片づけて椅子をすすめた。婦人は「いったいどうしてこんなことが」と言いながらしかたないといった様子で椅子に座った。兄だという人が背広の内ポケットから紙を一枚取り出し両手で広げてテーブルの上に置いた。それが何なのか世竹はすぐにわかった。

お父さま、お母さま

不孝をお許しください。この間、何度も切に申し上げようとしましたが、温厚なお顔を見るとどうしても勇気を出すことができませんでした。私は今日、遠い道のりをまいります。ロシアのモスクワにある共産大学に留学するため、本日ウラジオストクに向かう北行きの途につきます。同行者が何人もおりますので、旅行中の安否についてはご心配なさらないでください。この娘は新思想と学問を錬磨して、いずれ朝鮮に必ず必要な人材となって戻ってまいりますので、私については一切ご心配はご無用です。お母さま、心配のあまり病にかかられるのではないかと懸念します。私の心配はなさらずにお身体ご自愛ください。事情が許す限り、しばしば消息をお知らせいたします。

不孝の娘明子　拝

京城《キョンソン》を発った日、両親に言えなかったことが心配だと言っていたが、「お身体ご自愛ください」という手紙だけ置いて発ってしまったのだ。

「モスクワだって？　いったいどうしてこんなとんでもないことが起きたんだ」

男は隠している妹を出せと言わんばかりにすごんだ。

「金丹冶《キム・ダニャ》とかいう男と逃げたんじゃないのか？　京城府内のどこかで暮らしているんじゃないのか？」

婦人が小声で言った。

「何不自由なく大切に育ててきたのに。世間知らずが変なものに影響されて」

婦人は、変な影響を与えた張本人はあなたでしょとがめる視線を世竹に投げかけた。世竹は、明子が留学したのは事実だと何度も説明した。

「だったら、どうして突拍子もなくモスクワなんだ？　学費は誰が出したんだ？　総督府が官費で留学生でも送ったのか」

婦人が息子を見ながら一喝した。

「金丹冶め！　京城にいるというから顔を見てみようではないか。どこの馬の骨かわからぬが、今日こそけりをつけてやる！」

女性同友会から新聞社まで遠くはなかった。しかし今ここに来たらどんな目に遭うか火を見るよりも明らかだ。

「最近、新聞社は発行停止になっているところなので出社時間が一定していなくて……」

世竹は、祈るような気持で丹冶がいないことを願いながら新聞社に電話をかけた。

「金丹冶さん、いらっしゃいますか」

「はい、少々お待ちください」

世竹は軽くため息をついた。丹治は驚いていたようだが迷うことなく言った。

「すぐにそちらに行きます。世竹さん、心配しないで」

丹治を待っている間に婦人は怒りが収まらない様子で首を振りながらひとりごとを言った。

「もう会わないって約束したくせに……。あの子の父親はどういうつもりで子どもを学堂に入れたのかしら……。足をへし折ってでも行けないようにすればよかった……。娘と器は外に出しておいたら傷がつくものなのに……。髪は短く切るし……。みっともない」

しばらくして扉が開き、丹治が現れた。急いで飛んで来たため顔が真っ赤に上気していた。丹治は婦人を見ると九〇度に腰を曲げて挨拶した。

「私が先にお訪ねすべきところ、誠に恐縮です」

世竹は目を丸くして丹治を頭の先から足の先までながめ回した。薫井洞《フンジョンドン》で寝て朝出勤するときには間違いなくよれよれの膝丈ズボン姿だったのに、今の丹治は灰色の背広にハイカラスタイルの髪を馬のたてがみのようになびかせている。今日は一段とハンサムに見える。丹治が手を差し出して握手を求めたが、男は相手にもしなかった。

「挨拶なんかいらない。母はずっと床に臥せていて今日何とか上京したんだ。うちの明子、我が家では宝物のように大切にしてきた子なんだよ。いったいどうするつもりだ！」

丹治を見るや否や家庭内のいざこざから来るストレスが爆発したのか、語調がどんどんエスカレートしていった。次はいよいよ母親の叱責が始まる番だ。ところが母親の反応はちょっと意外なものだった。

「落ち着きなさい」と息子をたしなめると、厳かな表情で口を開いた。

「もしかしてうちの娘を連れて夜逃げしたかと思ったけれども誤解だったようね。モスクワに学問を修めに行ったというから、そう信じることにしましょう。私も、あの子の父親も、開化された人間だから最近の時勢を理解できないわけではないのよ。洋風だからと何でもかんでも止めるわけにはいかないことはわかっています。私も若いときのことを思えば……。とにかく、うちの明子がどんなふうに育てられたか知らないでしょうが、父親が膝にのせて目に入れても痛くないほどかわいがって育てた一人娘なんです。判事の家の一人娘だといって町中がどれほど大切にしてきたか。手に水一滴もつけたことのない、苦労知らずの娘なのよ」

説教は五里霧中をさまよいながら長々と述べられた末に、次のような結論に到達した。

「いい嫁ぎ先を決めて、新郎になる人は今でも明子のことを寝ても覚めても待ち望んでいると言うけど、しかたがない。これも運命《さだめ》なのでしょう。モスクワに行ったというから言うんだけど、ロシアも西洋だから風習がこちらとは違うでしょ。その、なんと言えばいいか、貞操観念のようなものもなくて。心配でしょうがないわね」

婦人の長広舌は終わったが、誰も口を開かなかった。誰が聞いても教養のある婦人の談話であり、両班の家の奥さまの威厳に貫かれた言葉だった。しばらくして丹冶が礼儀正しい模範青年の言辞でこれに答えた。

「ご心配をおかけして申しわけありません。お嬢さんを遠い異国に送り出したお母さまのご心配は私も充分に理解しますが、ご心配には及びません。お嬢さんの他にも女子学生は二人いますし、私が同行者たちに充分に言い聞かせておきましたので。それに、私がいろいろと整理できたら、一両日中にでもモスクワに行って来るつもりです」

丹冶はモスクワを隣の家の話のように簡単に言う。

「あなたを信じましょう」

いつのまにか婿に対するかのように言葉づかいも優しくなっている。今にもテーブルをひっくり返しそうな勢いだった兄は、わけがわからないといった表情だ。丹治が明子のモスクワの住所を書いて渡しながら母親と友好的かつ実務的な対話を交わした後、親子で事務所を出て行くときにもまだ、兄は丹治と別れる前に握手をするべきかどうかと迷っている表情だった。彼らが出て行った後、世竹が尋ねた。

「その服は何なの？」

「あ、借りたんだよ。今晩、講演があるって言わなかったっけ？　イエス教を退治しよう、って話なんだけど。はは、世竹さんが聞いてくれるといいんだけどな」

世竹も知っていた。キリスト教団体が全朝鮮日曜学校大会を開くというので、こちら側でもそれに対抗するために講演会を急遽開くことになったのだ。金丹治がキリスト教の歴史を、朴憲永《パク・ホニョン》が宗教と科学について、許貞淑が朝鮮におけるキリスト教の害悪をテーマに講演すると言う。

「朴先生が講演の準備をしながら専門家の私に相談していたのをご存知ないの？　まったく。とにかく今日は衣装のおかげでだいぶ得をしたわね」

「あ、この背広？　そうかなぁ。明子のお母さんの人格が素晴らしいだけの話じゃないかな」

母親の人格のおかげか衣装のおかげかはわからないが、とにかく丹治の圧勝だった。留学をめぐる騒ぎは明子が帰って来るまで続くだろうと皆が予想していたが、始まった途端にあっけなく終わった。丹治は刀一振りで革命事業と恋愛事業を一気に片づけたのだ。東京あたりだったら玄界灘を渡って明子を連れ戻すの何のという話になっていただろう。ところがモスクワは、明子の母親が戦意を喪失するくらいはるか遠くにあった。腹黒い後見人だったとしても、いないよりはましだという思いもあっただろう。幸い丹治に妻子がいることはまだ知らないようだ。知っていたら背広を着てハイカラスタイルの髪をなびかせたとしても、明子の母の言うとおり何らかのけりがついていただろう。

世竹は事務所を出て丹治を見送った。彼の足取りがいつになく力強く見えた。恋人の親から正式に後見人として認められた日だった。両腕を前後に振るたびに灰色の背広のすそがはためいた。道の反対側から日本刀を下げた巡査二人が歩いて来た。秋の青空は深く、丹治の肩にさす乾いた陽差しがまぶしかった。この若い男は、頭の中にあるものも、日々おこなっていることも、何から何まで治安維持法違反だった。頭のてっぺんから足の先まで違法だらけの若者が、驚くほど堂々と快活に鍾路《チョンノ》を歩いていた。世竹は丹治が視野から消えるまで、そこに立ったまま見送った。快活なうしろ姿がなぜか悲しくて、世竹は涙ぐんだ。

朝鮮半島を太平洋に流し込まんばかりの勢いで夏中ずっと降り続けた豪雨は九月中旬まで続き、一〇〇年ぶりと言われる長い梅雨は一〇月に入ってもパラパラと雨を降らせていた。南山《ナムサン》の麓に新築された神宮に日本から御霊代《みたましろ》を運び込むため京釜《キョンブ》線のすべての駅に非常警戒態勢を敷くだの歓迎大会を開くだのと大騒ぎをし、学生たちに神社参拝を義務化する問題をめぐって世の中が騒がしくなっている中で、朝鮮日報が発行停止処分を受けてもう一カ月が経とうとしていた。「朝鮮とロシアの政治的関係」という社説が問題になって輪転機を差し押さえられ、無期限の発行停止処分を受けたのだが、論説委員の辛日鎔《シン・イリョン》は書類送検で釈放されると上海へと脱出した。総督府は一カ月後に発行停止を解いたが、社会主義者の記者を一掃することがその条件だった。金丹治、林元根《イム・ウォングン》、朴憲永は他の記者一四人とともに解雇された。文章もうまく有能だと金丹治をかわいがっていた社会部長の柳光烈《リュ・グアンニョル》が金丹治だけは何とか救おうとしたという噂が立った。

「貞淑《ジョンスク》、いくら仕事が大事でもあまり無理はしないで。唇がカサカサして目の下にクマができてるじゃないの。秋だからではなくて、二人目ができたからなんじゃないの？」

一カ月ほど前、地方講演に行くため朝早く家を出る貞淑に母が初物のリンゴを差し出した。今ではスカートの中のおなかが丸くふくれあがっているのがよくわかる。地方講演だ秘密会合だと外泊続きの夫も、家に帰って来る日には格別に優しくなった。元根《ウォングン》は貞淑の丸いおなかの上に手を置いて言った。

「この子は運がいいな。我々は亡国の最終段階に生まれてすべてが暗澹たる時代に育ったけど、この子が普通学校に行く頃には世の中が変わっているだろうから。ところで最初の子は息子だったから、今度は娘だといいな。聞いたところによると、言葉もきれいな言葉だけ選んで使って、果物もきれいな形のものだけ選んで食べるようにしたらいいらしいよ。もしも僕に似た娘が生まれたら僕は家出しちゃうよ」

一一月に明子《ミョンジャ》からモスクワに無事到着したという手紙が届いた。モスクワに行く途中、上海に寄って呂《ヨ》・運亨《ウニョン》先生のお宅で過ごしたと言う。丹冶《ダニャ》に送った手紙だったが「隠語通信」だったので送り主の名前は「コ・ヨンソク」となっており、まるで兄に送る当たりさわりのない手紙のように書かれていた。郵便局で国際郵便はすべて検閲されていた。手紙を受け取って丹冶が憲永《ホニョン》に言った言葉がすぐに友人たちの間に知れわたった。

「モスクワから手紙が来たんだが、君について特別に書いてあったよ。世竹《セジュク》さんが寂しがってるって。君が優しくしないとだめだって」

「彼女は寂しがってる暇なんかないさ。家に誰か人がいないことがないんだから」

貞淑のおなかはもう目につくほど大きくなってきた。ある日、丹冶が来てお茶でも飲もうと言った。

「その子の父親が宋奉瑀《ソン・ボンウ》だという噂、貞淑さんも聞いた？」

「え？」

「水害被災者救援活動のときに二人がすごく仲良く見えたみたいだよ。貞淑さんも知ってるだろ？ 最近、北風会と火曜会が複雑な関係になっていること。特に宋君のせいであれこれ言われてるから自然と貞淑さんのことが噂されてるみたいなんだ」

最近、火曜会の人たちの態度が何かおかしいと感じていた。一時は朝鮮共産党の名の下に火曜会と北風会が手を取りあったのに、最近は火曜会が独走していると言って北風会が離れていき、両グループは互いを激しく批判しあっていた。連帯が壊れると、これ以上ないというくらいの敵同士になった。そんな状況が貞淑と宋奉瑀の醜聞をふくらませていると思われた。

「宋奉瑀さん、確かに好きだけど、もうずいぶん会ってもいないのに……」

ある日の夕暮れ時、貞淑は取材を終えて事務所に向かっていた。向かい側から見慣れた顔が近づいて来た。憲永だった。うれしくはあったが、以前のようには笑えなかった。憲永が少し硬い表情で「どこかで少し話そうか」と言ってきた。二人は近くの喫茶店に入った。憲永はあれこれ近況を聞いてきた。そして本論に入った。

「貞淑さん、根も葉もない噂が回っているのは知っているかな。でも、君も少し行動に気をつけるべきだと思うよ。僕は信じないけど、火曜会の内部で話された内容が北風会のほうに漏れるのは許《ホ》女史のせいだという人もいるんだ。実は林《イム》君に知られたらすぐに許女史の耳に入ると言って、林君の前でも何も言わないようにしているって人までいるくらいなんだ」

思慮深くていねいな物言いだった。貞淑だけでなく友人である林元根を心配しての話だった。しかし、火曜会の人々の話を聞いて、貞淑はつもりつもった感情が爆発した。

「いったいどういうことなの？　私がスパイみたいなことをするような人間に見えるわけ？」

「いや、そこまで言っているわけではなくて。李下に冠を正さずって言うじゃないか。誤解されないようにしたほうがいいってことを言いたかったんだ」

憲永は言い聞かせるようにていねいに言ったが、貞淑は怒り心頭に発していた。

「私がある男と親しいのが問題なのではなくて、その人が私たちの派閥ではないということが問題なわけね？　男たちはどうして派閥問題になるとそんなに必死になるの？　革命しようって人たちがどうしてそんなに偏狭なの？」

冷静を保とうと努めていた憲永の口調も荒々しくなった。

「貞淑さんもほめられたものじゃないだろ？　こんな時局に夫以外の男とデートなんかする気になるのかい？」

「時局とデートと何の関係があるの？」

「治安維持法以来、日本の警察が共産主義者を捕まえると言って血眼になっていて、監視を避けて組織事業をするために夫君は一日も休まらない生活をしながらあっちこっち飛び歩いているのに、申しわけないとは思わないのかい？」

「ああ、男たちだけでやる革命のことね？　私は家父長意識で凝り固まった男たちが階級解放だの民族解放だのって言うの信じてないの。認めないし。エンゲルスがメアリー・バーンズ姉妹と生涯どういう関係だったか知ってるでしょ？　朝鮮の男たちは一〇〇回生まれ変わってもエンゲルスの足元にも及ばないだろうと思うわ。『家族、私有財産、国家の起源』を全部逆さに読んでるんだから。料理と洗濯は女にやらせる革命なら、私は結構、ご遠慮するわ」

お互いに、友人の夫、妻の友だちとしての儀礼は省略した。

「恋愛は個人の選択よ。宋奉瑀さんのことを好きになっちゃいけないの？」

憲永は鋭い目つきで貞淑をにらみつけた。

「だったら今後、僕は貞淑さんを認めないよ。貞淑さんはマルクス主義や民族解放をうんぬんする資格がない。『新女性』の仕事にはまりすぎて中心を見失っているんじゃないか？　おごった新女性なんかより、いっそ田舎者の農民女に革命を論じるほうが早いよ」

憲永は立ち上がって踵を返すと出口のほうに歩いて行った。

「田舎者の農民女ですって？　自称マルクス主義者が基本階級の女性をあまりにもみくびっているんじゃないの？」

貞淑の言葉が背中に浴びせられたとき、彼は少したじろいだが、矢のように喫茶店を出て行った。彼女はめまいがした。憲永との友情は深く、社会に出て初めてつきあった異性の友だちであり、一時行き違った恋愛感情の相手でもあり、今は親友の夫で、夫の親友だった。ところが今、それらすべてが崩れ落ちてしまった。今日、憲永は問題を解決しようと善意でのぞんだのだ。しかし、善意に混じったある種の審判者の態度、主流に属する人の一方的な態度が気にさわった。今の彼女には、それを黙認できるような余裕はなかった。内側でぐつぐつと煮えていたものが出口を探していたとでも言おうか。おかげで罪もない平和の使節がつぶてにあう形になった。

喫茶店を出るとき、貞淑は混乱していた。憲永に対して腹を立てた感情はあっという間に消えていたが、最近はあらゆることがめちゃくちゃだ。言うなれば、朝鮮共産党が派閥をまとめることに失敗したストレスがそのまま貞淑の頭の上にぶちまけられていた。火曜会のほうでは許貞淑が内部の機密を北風会に流したことで連帯が壊れたと言い、北風会では宋奉瑀が内部の機密を火曜会に流して火曜会にしてやられたと言っていた。

これはいったい何なのだろう。派閥争いが好きなのは男たちの属性なのか？　上海ではイルクーツク派と上海派の争いがあった。貞淑は両方ともよく知っていたが、どちらも民族解放のために客地で苦労しており、またそばで見ると人間的に魅力のある人たちだった。ただ、最初に党をつくったときにそれぞれに系統が違っていたために死ぬほどお互いを憎みあっていた。そして自由市惨変〔朝鮮の独立軍がロシアのスヴォボードヌイ＝自由市でロシアの労農赤軍と衝突して壊滅した事件〕まで行き着いたのだ。血を見た後はトラウマができてしまい、何をもってしても取り返しがつかなくなってしまった。

日本人は、協力することを知らず派閥争いをするのが朝鮮の民族性だとあざ笑った。貞淑の見立てでは、協力することを知らず派閥争いをするのは日本人も同じだった。サムライ社会だから論争ではなく刃傷沙汰で決着をつけるのだ。貞淑は日本の歴史を刃傷沙汰の歴史と言ってからかってきた。しかし、数百年を文系体質で生きてきた朝鮮のエリートたちが地域、学閥、族閥でわかれて、これが正しい、これは間違っていると、言葉で執拗に闘うことにも辟易していた。

貞淑はざわつく気持を落ち着かせるために、普信閣《ポシンガク》と和信商会のあたりをうろついた。ときどき、腹の中で胎動が感じられた。

一九二五年の乙丑《いっちゅう》年も終わろうとしていた。一一月中旬に初雪が降った。貫鐵洞《クアンチョルドン》の家の塀越しに遠く雪に覆われた南山《ナムサン》が見えた。台風と洪水に襲われていたときにはもう永遠に夏が終わらないような気がしていたが、短い秋の後、もう冬になった。

ある日の夜、貫鐵洞の許憲《ホ・ホン》の弁護士事務所の玄関扉をドンドンと叩く音が深夜の静寂を破った。一二時をまわってもうみんな寝静まった時間だった。突然の騒乱に家々で犬が吠えた。母屋で寝ていた許憲は驚いて寝間着姿のまま板の間に飛び出し、貞淑《ジョンスク》の夫婦も部屋から出て来た。もうすぐ満一歳になる息子が目を覚ましたらしく、乳母の部屋から泣き声が聞こえた。玄関扉を開けると四人の男がなだれ込んで来た。鍾路《チョンノ》署の特高刑事たちだった。

「おまえ、林元根《イム・ウォングン》だな?」

男たちは元根の肩を両側から押さえつけて、かたわらでおなかを突き出して立っている貞淑を上から下へと眺め回して言った。

「あんたも同行して」

許憲が「いったいどういうことだ?」と言うと、年配の刑事が「当事者たちはわかっているはずだ」と答えた。刑事たちは夫婦に外出服に着替えるよう指示して護送車に乗せた。護送車が発った後、刑事二人が夫婦の部屋に入った。彼らは一時間後に本や書類を風呂敷に包んで出て来た。遠くからピッピッという警笛が聞こえてきた。

間もなく薫井洞《フンジョンドン》も刑事たちに襲われた。彼らは布団が敷かれた部屋に土足で入り、朴憲永《パク・ホニョン》と朱世竹《チュ・セジュク》を寝間着姿のまま腕と腰に縄をかけて引きずり出した。外に出ると初冬の夜の寒気に世竹がくしゃみをした。刑事たちは部屋にあった紙という紙は中華まんの包み紙からちり紙まで全部かき集めて車に載せた。

同時刻に金丹冶《キム・ダニャ》の下宿に行った刑事たちは無駄足を踏んだ。丹冶は金泉《キムチョン》の実家に行っていたからだ。

これから三年間、新聞紙上を賑わすことになる第一次朝鮮共産党事件、いわゆる「一〇一人事件」の始まりだった。朝鮮の共産主義者たちが何年もかけて周到に結成した秘密結社、総督府の目を盗んで発足した朝鮮共産党は、とんでもないところから、ひょんなことがきっかけとなって、一夜にして天下に知れわたってしまったのだ。新義州《シニジュ》で酒に酔った巡査たちと若者たちがケンカになり、その若者たちの家を捜索したところ、怪しい封書が二通出てきた。

「京城《キョンソン》に党の学校を建設し地方の党員を集めて極秘の規律による訓練をするつもりだ。これに対する経費を援助せよ。学生三〇名、期限は三カ月、責任講師五名、教室五カ所……」

共産青年会責任秘書の朴憲永が上海の曺奉岩《チョ・ボンアム》に送ったものだった。コミンテルンに届けられるべき機密書簡が途中の新義州でバレてしまったのだ。

ときには他愛もないミスが歴史を狂わすことがある。しかし、その後再建と壊滅の悪循環を繰り返しながら支離滅裂になっていく朝鮮共産党の不遇な歴史を見ると、そのミスすらも運命の一部のように思える。朝鮮共産党が、絵に描いたように爽やかに出発したにもかかわらず、わずか半年で憂き目に遭ったことは残念でならない。広範な労働者、農民大衆の組織を持たない、一握りのエリート革命家たちの秘密結社ではあったが、第一次朝鮮共産党は高難度の偽装戦術を駆使して結成式を隠蔽したことに始まり、短い期間でコミンテルンの予算を取ってモスクワに留学生を派遣したことまで、一流活動家たちの有能さと機敏さで輝いていた。

しかし、京城の春は短く、過酷な季節が始まった。六人の男女の運命はすれ違った。一一月三〇日の夜中に鍾路警察署に連行された貞淑はその日の午後には釈放され、世竹は元根、憲永と共に新義州警察署に護送された。丹冶は故郷の金泉で朝鮮共産党一斉検挙の報を受けてただちに北行きを敢行し、急いで鴨緑《アムノッ》江《カン》を渡り朝鮮を脱出した。

世竹《セジュク》が尋問を受けている間、どこからか鋭い悲鳴が聞こえてきた。彼女は刑事に「隣の部屋にいるのはもしかして夫か」と尋ねた。新義州裁判所に到着したとき、刑事たちが夫を最初に引きずり出してどこか他の場所に連れて行った。朝鮮共産党中央委はあったが、実際にすべての活動は共産青年会がおこなっており、連絡文書は朴憲永《パク・ホニョン》の名前で出ていたから、彼が最もひどい拷問を受けることは明らかだった。誰かが拷問の末に死体になって運び出されたという噂が回った。その人も同志の一人であることに間違いはないが、世竹はそれが夫ではないということを確認するまでは、食事として出されるうずらの卵数個すら喉を通らなかった。

一二月の中旬、満州平野から鴨緑江を越えてきた北風が裁判所の板塀を叩きつけた。ときおり蒸気船の汽笛が遠くかすかに聞こえた。ポソン〔靴下〕の中で足が凍え指の感覚がなくなった。じっと座っていたら間違いなく凍死する。世竹はせまい留置場の中を歩き回った。歩きながら壁をよくよく見ると、そこは落書きだらけだった。板壁に鋭い何かで彫った落書きで、おそらく爪や手錠の角なので刻んだのだろう。

「私は今日、死刑宣告を受けた。二五年生きても、一〇〇年生きても、一生涯であることに違いはない」

「正義はないのか。日本の強盗どもにいつまでやられっぱなしでいなければならないのか」

「どうせ一度は死ぬ身、歴史のために使おう」

内側の壁面のある落書きに彼女の目がとまった。古い手垢のついた落書きの中で、それは新しく刻まれたばかりなのか、毛羽が立っていた。

I Am One of the Organizer of Korean C.Y. and it Caused me this Prison-Life. Long live! Korean liberati-

on. DEC, 1925, RIM

〔私は高麗共産青年会活動家の一人で、そのために獄中生活を送ることになった。朝鮮解放万歳！　一九二五年一二月、イム〕

間違いなく林《イム》・元根《ウォングン》だった。彼がここにいたのだ。寒さに負けまいと、この文字を刻んだのだろう。世竹は目頭が熱くなった。たどたどしい英語の文章にひそむ幼稚さまで愛おしかった。真冬の朔風にぶるぶると震える裁判所の木造建物の中で、彼女が冷たい留置場に横たわりながらも凍え死なずに夜を過ごすことができたのは、この落書きの魔術だった。林元根が残していったストーブが夜通しパチパチと火を入れてくれて、彼女は温かなぬくもりを感じながら眠ることができた。

世竹は一カ月後に新義州刑務所から釈放された。夜中に捕まえられたときに着ていた薄い木綿のチョゴリ姿だった。彼女は監獄の鉄門扉から出て、一人で汽車駅に向かって歩いた。夕刻で、白い雪が降っていた。雪の積もる新義州の街頭に、年末のおもむきが漂っていた。日本人の家では軒下に門松が飾られ、門の外灯が黄色い光を放っていた。頭と肩に雪が積もって重くなった。木綿のチョゴリはすぐにびしょぬれになった。世竹は素手で雪を払い、吹雪の中を歩いて夜汽車に乗った。氷の家のような新義州刑務所に夫と同志たちを残して、一人京城《キョンソン》に帰るのだ。京義《キョンウィ》線の三等席にはストーブもなく、世竹は下着までぬれているのに寒さを感じることもなかった。眠くもないし、おなかもすかない。翌朝、京城駅に降り立ったが、京城ががらんどうのように感じられた。

薫井洞《フンジョンドン》の家に帰り着いたが、米びつに米はなく、家賃はたまり、お金は一銭もなかった。仕事をしなければならない。手当たり次第に病院の雑役婦をしたり食堂の厨房で働いたりした。仕事がある日もあれば、ない日もある。世竹はしょっちゅう悪夢を見た。毎回、新義州裁判所で終わりのない尋問を受けていた。終わったと思ったらまた刑事の前に座っており、刑事が何か質問しているが声は聞こえなかった。夫は血まみれの顔で現れた。彼女はどこからか悲鳴とうめき声が聞こえる幻聴に悩まされた。

見慣れた顔が一気に捕まって鍾路《チョンノ》はがらんとしていた。幸か不幸か悪い噂を流す人も、もういなかった。スキャンダルが火曜会の同志たちに対する情をいくらかそぎ取っていったのは確かだった。貞淑《ジョンスク》は北風会館に行ってみた。会館で宋奉瑀《ソン・ボンウ》に会ったとき、彼女は銃弾が飛び交う戦線をさまよった末にキャンプに到着したような気分だった。宋奉瑀もあっちこっちで叩かれて心身共に疲れ果てていた。彼は下着の単衣チョゴリ姿で木鐸を抱え念仏を唱えていた。

「私のおなかの子が宋先生の子だって噂、聞きました?」

彼は答えもせずに木鐸を叩き続けた。北風会館に行くたびに宋奉瑀は天下太平な表情でおおらかな物言いだったが、一斉検挙の状況に神経をとがらせていた。少なくとも肩書きは朝鮮共産党幹部なのだから検挙旋風を避けて通ることはできない。ある日、貞淑が北風会館に行くと、宿舎はめちゃくちゃに荒らされ宋奉瑀も捕まって、もうそこにはいなかった。

貞淑は一九二六年春に二番目の息子を産んだ。彼女は出産と同時に『新女性』の仕事を辞め、二人の子の母親になった。長男は林《イム》ギョンハン、次男は林ギルハンだったが、ある雑誌は「姓が違う二番目の子を産んだ」という記事を載せた。雑誌記者が訪ねて来て二番目の子の父親は辛日鎔《シン・イリヨン》かと尋ねた。貞淑はびっくりした。宋奉瑀と言われたことはあったが、辛日鎔のことを言われるのは初めてだった。朝鮮日報の論説委員で筆禍に巻き込まれ中国に亡命した辛日鎔とは記者大会の準備で何回か会ったことがある。水害被災者救護活動も一緒にしたたし、彼が上海に脱出するときに父親の使いで会って旅費を渡したこともあった。

今や貞淑はスキャンダルメーカーとしてたくさんの雑誌から愛されていた。ある雑誌が彼女を「朝鮮のコロンタイ」と呼ぶと、それが彼女の愛称になった。四大門の内側が艶聞《えんぶん》で沸き立つ間一切口を閉ざしていた許憲《ホ・ホン》が、ある日彼女を呼んだ。

「おまえがどんな思想を持とうとも、認める。だが、人として守るべき道理というものがある。行動にはくれぐれも注意するようにしなさい」

父も次男が宋奉瑀の子だという噂を耳にしたのだろうか。あるいは辛日鎔の子だと思っているのだろうか。しかし、聞いてみることはできなかった。「夫がいるのに他の男の子を持つようなことはしません」という言葉が喉元まで上がっていたが、何も言えなかった。

貞淑は次男を抱いて乳を飲ませながらしきりと長いため息をついた。朝鮮共産党も、婦人の解放も、ただの白昼夢だったのだろうか。これまでになく弱気な娘の姿を哀れに思ったのか母が一言言った。

「もともと出産後っていうのはそういうものよ。骨を溶かして子をつくるんだから身体が弱くなるのよ。お母さんもあなたを産んで一〇〇日まで枕を涙で濡らしたものよ。だから昔の人は子どもを産んだ嫁を情け容赦なく台所や畑に追いやったのよ。部屋の中でため息ついたり泣いたりしてるのを見たくなかったんでしょう」

出産から一カ月後に貞淑が初めての外出から帰って来ると、父が呼んだ。

「東京は世界の鏡のような場所だ。その東京で新学問を学んだが、近代の世界がどういうことになっているのかきちんと知るためには鏡に映る姿を見るだけでは足りない。それだけでは永遠に日本から抜け出すことができないからな。自分の目で直接見て来ようと思う。アメリカやヨーロッパで議会制民主主義というものがどういうものなのか、新聞社は何をしているのか、ソ連は労働者の天国だというが実際にどうなのか」

二年かけてアメリカ、ヨーロッパ、そしてソ連と中国まで見て来るという話だった。そして最後に意外なことを言った。

「貞淑、おまえもこの機会にアメリカで勉強してみたらどうだ？　留学を終えてから普成《ポソン》専門学校とか、梨花《イファ》女子専門学校みたいなところで教授をしながら、いくらでもおまえがやりたい女性運動や思想活動ができるだろう」

以前に父がアメリカ留学をすすめたとき、貞淑は上海に逃げた。しかし今回の父の言葉は、八方塞がりの監獄に射し込む一筋の光だった。

貞淑はアメリカに発つ前に世竹《セジュク》を訪ねた。監獄から出て来た世竹は恵化洞《ヘファドン》に引っ越していた。恵化洞の丘の上にある世竹の部屋は寒々としていた。部屋にも、台所にも、食事をした形跡がない。新義州《シニジュ》から戻って来たときに会ったが、数カ月の間に世竹はすっかり疲れ果てたように見えた。

貞淑がアメリカに行ったら二、三年は朝鮮に戻らないだろうと言ったとき、世竹の返事は冷ややかだった。

「あなたは楽でいいわね」

世竹の言葉がトゲのように突き刺さった。

「自由に恋愛して、行きたいときに旅立って」

貞淑は何も答えられなかった。もともと敵はたくさんいたが、相手が世竹だと話は違う。

「元根《ウォングン》さんは知ってるの？」

「いずれわかるでしょ」

「あなた、新義州監獄がどんなところかわかってるの？　拷問される前に手足が凍ってしまうところなのよ。元根さんがかわいそう。優しくて繊細な人なのに」

「わかってるわよ」

「どうしてアメリカに留学するの？　逃げるの？」

「逃げるですって？　それは言いすぎじゃない!?」

「前途洋々たる出世の途につくことに決めたのね。アメリカは嫌だって言ってたくせに」

「出世の途？　私をそんな人間だと思うの？」

「そうよ、朴《パク》先生が言ってたとおりだったわ。あなたのこと、いつでも資産階級の中に逃げるだろうって言ってたわよ」

世竹がそう言い終わると、貞淑が立ち上がった。彼女が部屋を出て行くとき、世竹は見向きもしなかった。二人は挨拶もなく別れた。恵化洞の丘を足早に下りて来るとき、貞淑はみぞおちのあたりが焼けるように痛かった。「出世の途ですって？　以前は私のためなら何でもしてくれそうだったのに、私たちの友情ってこの程度のものだったの？　小さな溝を二人で手をつないで渡ることもできないなんて。あなたの傷が痛いのと同じで、私の傷も痛いのよ」

一九二六年五月三〇日、貞淑は父と共に京釜《キョンブ》線の列車に乗った。何年かかるかわからない世界一周の旅に出るのだと、知人や新聞記者たちまで改札口に集まった。許憲は朝鮮共産党の公判が始まる前までには帰ると言った。

父娘は釜山《プサン》から下関へと渡り、東京を経てハワイとサンフランシスコに立ち寄った後、ニューヨークに到着した。貞淑はコロンビア大学に入学し、許憲はヨーロッパへと向かった。世界一周計画が先だったのか、娘の留学を思いついたのが先だったのかはわからないが、娘に対する父の愛情と寛大さは想像を超えるものだった。一九二〇年代は解放された女たちを支える経済的、文化的土台がない時代だった。新女性は、あまりにも早くに咲いた花だった。性的、思想的冒険を楽しんだ新女性ならば過酷に懲らしめられて人生の苦さを味わうのが普通だった。ところが許貞淑という新女性は不思議なくらいに恵まれた環境を持っていた。

許貞淑がアメリカに発ったとき、朝鮮は純宗《スンジョン》の国葬中だった。六月一〇日、純宗の葬儀の日に万歳デモがおこなわれ、朝鮮共産党の名でビラがまかれて再び検挙旋風が巻き起こった。いわゆる第二次共産党事件である。晋州《チンジュ》出身の姜達永《カン・ダリョン》が第二次の共産党責任秘書で、バナナの行商に変装した彼は明治町で逮捕された。この検挙旋風の中で世竹は再び逮捕され、一カ月以上を留置場で過ごした。高麗共産青年会の後継党の幹部に名を連ねていたためだった。朝鮮共産党事件ですでに一〇〇人が監獄に入っているところに、第二次共産党事件で再び一〇〇人あまりが逮捕され、朝鮮の共産党運動は停止状態に入った。

第一次共産党事件のときに検挙をまぬがれて上海に逃れた金丹冶《キム・ダニャ》は、アジアの革命家たちの集まりである東洋革命会で募金した二〇〇〇円とモスクワ大学の留学生たちから集めた四〇〇円を京城に送った。上海に発ったのが一一月三〇日で、募金が届いたのは一二月二〇日だったたから、その敏捷さは想像を超えていた。今回、彼は朝鮮共産党上海支部の責任者として六・一〇万歳デモを遠隔支援した。しかし、朝鮮共産党が空中分解したことで上海支部も解体され、彼は一九二六年八月、上海を発ちウラジオストクを経てモスクワに入った。丹冶は高明子《コ・ミョンジャ》と再会し、すぐにレーニン大学に入学した。

高宗《コジョン》の葬儀で三・一運動が起きたわけだから、死んだ高宗は生きている間に一度もできなかった偉業を成し遂げたといえる。純宗もまた、死ぬことで生きている間にできなかった大事をやり遂げた。純宗が後継ぎもないまま死んだとき、純宗の異母弟で王位継承順位一位だった英親王《ヨンチンワン》李垠《イ・ウン》は模範的な日本の陸軍将校になっており、日本人の妻と共にしばし王宮に戻って来て葬儀に参列した後、また帰って行った。伊藤博文は一九〇九年にハルビンで死んだが、朝鮮半島の運命は彼の計画どおりになっていた。最後の王位継承者だった英親王を日本の陸軍将校にすることで、大衆の記憶の中にあった王朝に対する思いを強制終了させることに成功したのだ。

ある日の午後、世竹《セジュク》は霊泉《ヨンチョン》市場の肉屋で半日働いて恵化洞《ヘファドン》の家に向かって歩いていた。街には人があふれていた。人波に押されて光化門《クァンファムン》通りに入った彼女は、仁王山《イヌアンサン》のほうに、低いかわら屋根の間にそびえ立つ現代的な石造建物を見た。光化門を取り除き景福宮《キョンボックン》を半分壊して建てられた総督府の新庁舎が、一〇年かけた工事を終えて落成式をとりおこなっていたのだ。道ばたに落ちた日章旗が足にからんだ。世竹は日を数えてみた。一〇月一日だった。数カ月前に純宗が死に、朝鮮王朝の息も絶えて、今や完全無欠の総督の国になった。

世竹は泣きそうな気持で安国洞《アングクトン》の道を踏みしめた。レコード屋から尹心悳《ユン・シムドク》の歌が流れてきた。このところ京城《キョンソン》の街では、どこに行っても、玄界灘の深海のように重く沈む彼女の声が聞こえた。

荒れた広野を　駆ける人生よ
お前の行くところはどこなのか
寂しい世の中　けわしい苦海に
お前は何を求めていくのか

疾風怒濤の時代だった。こんな乱世には、人々は生と死に対して超然とする。義侠心に満ちた若者たちは秘密結社に集まって手榴弾を投げるかのように自らの命を投げ出し、一方で恋に落ちた男女が流行のように河や海に身を投げた。

大正天皇の誕生日である一〇月三〇日の天長節には、競馬大会だの写生大会だのと慶祝行事が賑々しくおこなわれ、「病弱で分別もない天皇に慶祝行事なんかやってもしょうがない」という不敬な日記を書いたという理由で逮捕される人も出た。大正天皇と純宗はいろいろと似ていると言われていたが、不思議なことに同じ年に亡くなった。その年のクリスマスに大正天皇崩御のニュースが流れ、その翌日、二六歳の皇太子裕仁が天皇となり「書経」の一節「百姓昭明協和万邦」から年号を取って昭和元年を宣布した。一九二六年一二月二五日だった。

一九二六年は一年中、共産党事件で誰かが検挙されたというニュースと噂で明け暮れた。政党という近代的な概念でこの単語を理解する人は日刊紙三紙を読む数万人のインテリだけで、耳学問と噂の中で生きる人々は昔々の九月山《クウォルサン》や栗島国《ユルド》にあったという緑林党《ノンニム》や活貧党《ファルビン》のようなものが最近の京城に出没したという話だろうと思ったに違いない。少なくとも当時、「共産党」とはヨーロッパ産のバラの香りを放つ高級で異国的な何かだった。「共産」、「共に作る共に持つ」という単語は、なんとも素敵な響きではないか。

4.

死の陰鬱な谷を越えるとき

1927年 京城

朝鮮共産党事件の裁判は一九二七年九月一三日に始まった。朴憲永《パク・ホニョン》と林元根《イム・ウォングン》が逮捕されて一年一〇カ月が経っていた。公平洞《コンピョンドン》の京城《キョンソン》地方裁判所で公判が開かれた。

被告が一〇〇人もいる裁判だから、何もかもが壮観だった。二つの法廷を改造して超大型法廷をつくり、裁判所の周辺には木の柵が張り巡らされ簡易トイレも設置された。法廷のうしろのほうに総督府の幹部と憲兵隊の司令官、警察署長たちのための特別傍聴席がしつらえられ、一般傍聴席も大部分が特高の刑事と憲兵隊で占められていた。治安維持法が発効して最初の大事件だったため、総督府が特別なショーケースとして扱おうとしたのだろう。

超大型法廷に被告が一〇一名、弁護団が二七名だった。公判初日、被告たちが移動する独立門から公平洞に至る大通り沿いには早朝から人々が集まり、公平洞の地裁前は立錐の余地もなかった。被告たちは白いチョゴリを着て藁で編んだ三角帽をかぶり腰と腕を縄でしばられて法廷に入って来た。裁判長が被告一〇一名の名前を一人ずつ呼び職業と住所、年齢、出生地を聞くだけで一時間以上かかった。一〇一名の公訴状を朗読するだけで初日の公判は終わった。

弁護団には民族弁護士三人組と呼ばれる許憲《ホ・ホン》、金炳魯《キム・ビョンノ》、李仁《イ・イン》が入っていた。許憲は一年ほどアメリカ、アイルランド、イギリス、フランス、ドイツ、ベルギー、ロシア、中国をまわり、約束どおり裁判が始まる前に帰って来た。日本の労働農民党からは東京の自由法曹団に所属する古屋貞雄弁護士が派遣されて来た。

二日目の公判は一般人の傍聴を禁止してほしいという検事側の要求で始まり、裁判所と弁護士の間で舌戦が繰り広げられた。午前中ずっと続いた攻防を見て、被告席の朴憲永が立ち上がった。彼は流暢な日本語で一席ぶった。

「被告として感想を一言申し上げる。我々は少なくともすべての無産階級の前衛となって働いている。我々をこのように厳重な警戒で拘束することは、すべての無産階級を侮辱するものではないのか。従って傍聴を禁止してこのような警戒を続ける中で公判をするならば、弁護士も裁判も意味がない。判事一人が座って一日か二日の間に、おまえは懲役何年、おまえは何年というふうに即決裁判をしてもらいたい」

総督府側の人間が圧倒する帝国主義の法廷で、朴憲永の雄弁は朝鮮人傍聴者と被告たちの悔しく憂鬱な気持を癒やしたが、傍聴席に座っていた世竹《セジュク》は不安でたまらなかっただろう。実際にこのような法廷闘争ゆえに、憲永はすでに殺人的な拷問の予審を二年近く受けてきていたが、さらに西大門《ソデムン》刑務所の未決監房で極端な人権蹂躙《じゅうりん》の日々を送ることになった。

朝鮮共産党の公判四日目は、開廷後間もなく密閉された三号法廷から突然、悲痛な泣き声が聞こえ、次いで判事、検事、弁護士たちが退廷、被告のうち朴憲永が複数の看守に引っ張られて出てくると、ちょうど公判の進行が気になって地裁に来ていた朱世竹女史がこれを見て、何がどうなっているのかわからず目に涙をためて右往左往している姿が、見ている者たちに一種の不可思議な涙を誘い……。

――『東亜日報』一九二七年九月二一日付

公判は非公開に変更され、四日目の裁判は法廷騒動で中断された。朝鮮共産党事件で捕らわれた同僚四人が拷問されて死亡したことが告げられ、被告席の人々が泣き叫び、朴憲永が裁判長の前に出て行ってめがねを机に叩きつけながら「人を殺しておいて裁判とは茶番だ。四人はどこに行ったのだ!? 朴純秉《パク・スンビョン》を返せ！」と叫んで廷吏たちに引きずり出されたのだと言う。朝鮮共産党事件は一〇五人事件から一〇一人事件になったのである。

公判五日目、朴憲永が出廷していないと聞いて不安に駆られ裁判所の庭で落ち着きなく立っている世竹に許憲が声をかけた。

「世竹、刑務所の朴君のところに一緒に行こう」

黒のジープが裁判所を出て西大門刑務所へと向かった。車には金炳魯と古屋貞雄弁護士が同乗していた。憲永が公判を拒否しているのだと言う。一行は刑務所長室に案内された。しばらくして、憲永が看守に連れられて入って来た。法廷騒動でめがねが割れたというが、めがねをかけていない両目はいっそうおちくぼんで見えた。憲永は目を細めて客が誰なのか確かめていたが、許憲と金炳魯だとわかるとおじぎをした。憲永が座ると許憲が腰にしばりつけた縄を解くよう看守に言った。

「朴君、どうだね」

「……」

「食事をしていないと聞いたが」

「食欲がないんです」

「気にくわないことがあっても、三日以上食事を抜いてはだめだよ。今日の公判にはどうして出て来なかったのかね」

「私はこの裁判を認めることができません。今後も、この茶番劇には絶対に出ないつもりです。法廷というところに憲兵隊の司令官が軍服を着て刀をさげて座っており、リボルバーを持った巡査たちが一〇〇人も入って来ている、そんなものを裁判と言えますか。大和とかいう人間がどういう資格で判事ヅラして朝鮮のプロレタリア勇士たちに罪を問おうと言うのですか」

憲永は一日中何も食べていないわりには疲れた気配もなかった。彼は聴衆の前で演説するかのように右手を振りながら熱弁をふるった。普段の三倍くらい早口だった。金炳魯が制止しなければ、憲永はこの理屈に合わない裁判と、役立たずな司法制度と、共産主義者を根絶やしにしようとする治安維持法と、総督府の欺瞞的な文化政策と、一九二五年の一年だけでも一五万の農民が土地を没収されたことと、朝鮮のプロレタリアートたちが日本人労働者の四分の一の給料で一日一四時間もの重労働をしていることについて、一時間でも、二時間でも演説し続けただろう。

金炳魯は「刑務所生活はどうかね。何とか我慢できそうかね」という質問で憲永の演説の腰を折った。

「ま、ピクニックに来たわけではありませんから。独房というものは便所で食べて寝てるようなものです」

憲永は数日前の公判から帰って来た後、地下室に放り込まれた話をした。横にいた看守がただちに制止した。世竹は手錠のあとが赤くついた憲永の手首に目を落とした。彼女は手首から首、顔へと囚人服から出ている夫の身体を凝視した。半袖の先に出ている腕全体に青あざができている。西大門刑務所の地下室で夫は何をされているのだろうか。彼女は血の気が引く思いだった。目から熱いものが流れ出た。世竹はそれを手のひらで拭った。それが赤い血ではなく、透明な涙だということが不思議だった。

世竹はひとことも言えずにただ泣きながら夫と別れた。刑務所の庭を横切って車のあるところに行く途中、古屋弁護士が立ち止まって言った。黒縁めがねの奥で彼の目が光っていた。

「被疑者を拷問したことを問題にするべきです」

意外な言葉だった。朝鮮の警察署と監獄で被疑者は、そもそもそのように扱われるものだ。許憲や金炳魯のような人権弁護士でさえ、今では諦めていることだった。

「被告人たちに面談してみましょう。加害者を告訴するよう説得してみます。この問題を日本の自由法曹団と労働農民党にも報告して調査団を派遣するよう要請してみます」

囚人が特高の刑事を告訴するですって？　世竹は噴き出しそうになった。朝鮮共産党の裁判が開かれている間に東京でおこなわれた抗議デモに関する記事を読んだことがある。「朝鮮同胞の闘争を支援しよう」「朝鮮民衆の敵はすなわち日本の無産階級の敵」といったスローガンが目についた。日本共産党の指導者渡辺政之輔のように公に朝鮮の独立を主張する人もいた。これがプロレタリア国際主義というものなのだなと思ったが、古屋弁護士の言葉に世竹は改めて胸が熱くなった。

翌朝、世竹は西大門刑務所に行った。しかし、正門の警備所の前で一時間立って待ったあげくに、彼女は面会禁止を通告された。

「朴憲永、この者は面会禁止だ」

「なぜだめなんですか。一カ月に一度、家族は面会できるはずです」

「とにかく面会禁止だ」

「何かあったんですか。どこか悪いんですか。明日また来ます。お願いですから、明日は必ず面会させてください」

「私は明日は非番だ。来ようが来まいが私の知ったことではない」

世竹は肩を落としてしばらく立っていたが、ふところから弁当の袋を取り出した。弁当はまだ温かかった。

「せめてこれを渡してください」

「差し入れ禁止だ」

「なぜですか。そんな法律でもあるんですか」

「なんだ、この女。さっさと帰れ！」

警備兵が声を荒らげた。二〇歳くらいに見える警備兵に怒鳴られて、世竹は堪忍袋の緒が切れた。頭に血が上って熱くなった。

「私の夫に何をしたのよ！」

世竹は刑務所の高い塀を越えて行けとばかりに声を張り上げた。

「人を死ぬほど殴っておいて、今度は飢え死にさせるつもり⁉」

その瞬間、彼女の目の前で何かがキラッと光った。警備兵が日本刀を抜いて高く振りかざしていたのだ。すぐにでも振り下ろしそうな勢いだった。世竹はひるむことなく、青光りする日本刀をにらみつけた。一触即発の緊張感が数秒流れた後、世竹は視線をそらして弁当をふところに戻し、チョゴリの襟を整えて警備兵に低い声で告げた。

「あんたも朝鮮人でしょ、恥を知れ！」

世竹はしばらく刑務所の鉄扉をにらみつけた後、ゆっくりと踵を返した。こわばった身体から敵愾心が抜けると、膝がガクガクした。彼女は独立門から惠化洞《ヘファドン》までの一時間をトボトボと歩いて帰った。

家に帰った世竹は弁当の袋を置いて、床に倒れるように寝そべった。昼食の時間をとっくに過ぎていて、おなかはすいていたが食欲はなかった。床から冷気が上がってきた。新義州監獄から戻って来てから一度も部屋に火を入れたことがなかった。夫と同志たちは冷たい監獄のむしろの上で寝ているのだ。

彼女が店員として働いている西大門のマンフォード商店は外国人相手に高級布地を売る店だった。日本語と中国語ができる彼女にはぴったりな職場で、おかげで日雇いの雑役婦生活から抜け出すことができた。しかし裁判のせいで欠勤が多く、週給を貯めても家賃を何とか出せる程度だった。

予審が終わって初めて面会に行ったとき、夫の顔は腫れ上がっていた。彼は「『共産党宣言』と『史的唯物論』を持って来てくれ。最近、頭の中がまとまらないんだ。宗教書みたいに外装を変えて他の本と一緒に差し入れすれば大丈夫だと思うから」と言った。疲れ切った心身を本で癒やしたいと思っているようだ。数日前に刑務所長室で会った夫は違っていた。やや高ぶっていて、なんと言えばいいのか、ある種の興奮状態だった。興奮と沈鬱、二つの極端な状態を行き来しているみたいだ。この状態がいつまで続くのだろうか。いつまで耐えられるのだろうか。彼女は不吉さを覚え憂鬱だった。

彼女は床に寝そべって天井のネズミの尿のシミを見ていた。部屋ががらんとして、広すぎる。もう二年近く、この部屋で一人で寝ている。以前はひっきりなしにやって来る客に始終うんざりしていた。朝起きて男たちの頭数を数え、うどんをのばしたり、ジャガイモをゆでたりしながらため息をついたものだ。その気のきかない客たちが、今は全員、西大門刑務所にいる。せまい家にぎっしりと人が詰まっていたあの頃が、遠い昔のように思われる。

「あなたは若い頃には苦労するけど、晩年には栄耀栄華を極める運命なんだって」

「お母さん、顔色が悪いわ。朝ご飯は食べたの？」

咸興《ハムン》の母が心配気に彼女の顔をのぞき込んでいた。

「アイゴ、奥さん、何を寝ぼけているの。しっかりして」

ボヤッとした視界に家主の顔が入ってきた。彼女が世竹の腕をつかんで揺すっている。柱時計が二時を指していた。まわりが明るい。

「お客さんよ」

家主の横に見覚えのある男の顔があった。許憲弁護士事務所で働く青年だ。「今日は何日ですか」と世竹が尋ねた。そうか、刑務所から戻って二日も一人で冷たい部屋に倒れていたわけだ。疲労と空腹に精根つきて死のような眠りに引きずり込まれていたのだ。青年は許憲弁護士の使いで来たと言った。世竹が一人でどうしているか心配だから見て来るように言われたのだと言う。差し入れに行って追い返された話をどこかで聞いたのだろう。青年は、夫が食事を拒否しているのだと言った。断食闘争をしているのだと言う。

貞淑《ジョンスク》が旅客船で二〇日を過ごして京城《キョンソン》に戻って来たのは一九二七年一〇月二五日だった。京城駅から家に向かう車の中で許憲《ホ・ホン》は娘に苦言を呈した。

「まったくおまえという娘は。どっしりとかまえて勉強を終えて来ればいいものを」

「ごめんなさい。でも、朝鮮の状況がこんななのに、太平洋の向こうでシェークスピアの文体がどうのっていう講義なんか頭に入ってこないのよ」

「それはそうだろうが」

父娘は同時に視線を反対側にそらした。許憲は通行人すらいない寂しい徳寿宮《トクスグン》の大漢門《テハンムン》に目を向け、貞淑は紅葉し始めた南山《ナムサン》を眺めた。留学に向かったときには人生を変えてみたいという気持があった。留学を終えて梨花《イファ》女子専門学校のようなところで教授をしてみようという考えもあった。共に革命を語った人々が根こそぎ新義州《シニジュ》警察署に連行された後、貞淑は過ぎし日々をかえりみて、思いが先走り現実を無視していたことを反省し、朝鮮社会を変えるためには人材を育てることも重要だと思った。ところがニューヨークに到着してみると、心は置いたまま身体だけ太平洋を渡った感じがした。ニューヨークの街や家、コロンビア大学の授業はすべて遠い国の他人事で、違和感を拭い去ることができなかったのだ。

コロンビア大学の学生会館で偶然手にした朝日新聞が決定打となった。朝鮮共産党の関係者たちが拷問されたことに対して日本の労働者農民党員と大学生たちが抗議デモをおこなったという記事だった。貞淑はその足で寄宿舎に戻り荷づくりをした。下関で関釜連絡船に乗る段になって初めて、彼女は父に電報を打った。

遠い山を見る父の横顔。耳のあたりにちらほらと白髪が目につく。許憲も四〇代中頃だから、もうすっかり中年の域だ。しみじみとそんなことを思いながら、貞淑が話題を変えた。

「朝鮮共産党の公判はどうなっているの？」

「元根君《ウォングン》は共青の幹部である上に記者大会事件とかいろいろ重なって刑が重くなりそうだ。書類も詳細に読んで検討し気をつかってはいるのだが」

「宋奉瑀さんはどうなりそうなの？」

許憲は娘の顔を無表情で見つめ口を固く閉じたまま家に着くまで何も言わなかった。

ある日の夕刻、貞淑は世竹《セジュク》の恵化洞《ヘファドン》の家を訪ねた。昨年、留学すると言いに行ってケンカして出てきた場所だ。

貞淑の声を聞いて世竹が裸足で飛び出して来た。玄関扉の前で二人は抱きあった。徐々に二人の目が赤くなっていく。一生会わないと言わんばかりの勢いで別れたが、それゆえ余計に再会の感慨が深かったのかもしれない。

激動の時代に一年半はとてつもなく長い時間だった。貞淑は世竹の顔に、極度の苦痛が残していった傷あとを読み取った。頬がこけ目がくぼんでいた。世竹は貞淑から、新天地を見て帰って来た人の活気に満ちた気概を感じた。髪をまた伸ばして結い上げているせいか、ひときわ成熟した女性の雰囲気を漂わせている。世竹はお湯をわかすと言って台所に行った。台所から世竹の声が聞こえた。

「アメリカはどうだった？　英語は上達した？」

一一月に入り夜の空気は冷たくなっているのに床には温気《うんき》がなかった。貞淑は立ち上がって部屋の中を手持ち無沙汰に歩いた。

「う、うん、まあまあよ」

「太平洋はどうだった？　本当に満州平野よりも広いの？」

貞淑は笑った。

「横浜で旅客船に乗ってハワイまで一〇日かかったんだけど、その間に見たものは水だけよ」

「アメリカの女たちはどう？　幸せに暮らしてるの？」

世竹の質問攻めは、明るく、むなしかった。

「うん、私もアメリカを見て来た人たちがエチケットとか、清潔さとか、民主主義とか、広大な領土とかをほめたたえるのを耳にたこができるくらい聞いてきたけど、正直言って私はあまりいいとは思わなかったわ。白人にとっては楽園なんでしょうけど、黒人は私たち朝鮮人と似たり寄ったりの境遇よ。女たちが感情を率直に表現して暮らしているのだけはうらやましかったけど。でも何でもかんでもお金、お金よ。あの国で暮らしながら見たらね、教育でも、法律でも、宗教でも、政治でも、とにかく全部資本家中心にまわっていくの。女たちも自由を謳歌してるって言うけど、結局は資本主義の人形よ。お金を食べる人形」

世竹が湯飲みを二つお盆にのせてきて床に下ろし、布団を敷いた。湯飲みには麦の粒が三、四粒浮いていた。

「床が冷たいでしょ？　こっちに上がって」

二人は布団の上に座った。貞淑は手先が冷たくなってきたので両手のひらで湯飲みを包み込んだ。

「いろんな人に会った？」

「ハワイで李承晩《イ・スンマン》氏に会ったけど、あの人、昔は英語さえ流暢に話せればアメリカ人にうまく説明して独立が実現できるみたいに言ってたけど、今ではそんなことも全然言わないし、お金のことばかり言うのよ。父が旅費から少しわけてあげてたわよ。ところで朴《パク》先生はどうなの？」

「……」

「面会はしたの？」

「弁護士さんからだいたいのところは聞いたでしょ？」

「うん、保釈申請したって」

よく見ると、世竹のこけた頬には疥《はたけ》ができていて、唇は青ざめていた。憲永《ホニョン》の獄中生活を支えながら、世竹が霊泉《ヨンチョン》市場で荷物を運ぶ日雇い雑役婦の仕事をしたり、病院で血のついた布団を洗う仕事をしたりしていたと聞いた。父は世竹のためにも早く保釈を実現しなければならないと思い、判事にいつもの倍は訪ねて行くことになると言っていた。

「よくないの。どんどん悪くなるみたい。死ぬと言って二回も首を吊ったのよ。刑務所では両手両足に手錠をかけて鉄窓にしばりつけているらしいの。看守たちが無理矢理ご飯を食べさせるんだけど、一日に一食もきちんと食べられないって。今回面会に行ったときには、私のこともわからないのよ。医者が心神喪失だって。心神を喪失するって、いったいどういうこと？」

世竹は言葉じりをにごらせ壁のほうに向き直った。肩がぷるぷると震え、か細い泣き声が聞こえてくる。貞淑は慰めの言葉をかけたいが、言葉は舌の上を転がるだけで出ていかない。やがて泣き声がやみ、世竹は長いため息を漏らした。

「貞淑、あなたにバカにされてもしかたないと思うんだけど、私が今願っているのは無産者革命でも、祖国の解放でもないのよ。ただあの人が気を確かに持ってくれさえすればそれでいいの。精神状態さえ戻ってくれたら咸興《ハムン》に行って畑仕事のかたわら伝道でもしながら生きていきたいわ」

いつもきれいに整えられていた世竹の髪が、何日も洗わず梳《す》いてもいない様子だった。適当に結い上げた髪がほつれていた。貞淑は凍える両手をすり合わせながら部屋の中を見回した。隅のほうに置かれた空っぽの火鉢が目に入った。世竹たちが新婚生活を始めた最初の冬に、丹治《ダニャ》がどこかの食堂で安く買って来た素焼きの火鉢だった。冷め切った火鉢のせいで部屋が余計に寒々しく感じられた。

「火鉢に炭でも買って来て入れたらいいじゃない」

「あの火鉢？　私は寒さも感じないの。今朝は、目は覚めたんだけど目を開けるのが面倒くさくて」

貞淑がハンドバッグから櫛を取り出した。貞淑は世竹の束ねた髪をほどいてていねいに髪を梳いた。

「世竹、私と一緒に夜市に出かけましょ」

鍾路《チョンノ》通りでは夜市のランプが街を照らしていた。リヤカーやむしろに雑貨を並べた商人たちが客を呼びとめる声がかまびすしい。貞淑は特にほしいものがなくてもよく夜市に出かけた。夜市の匂いや声や明かりが楽しいからだ。昼間に日本刀を下げた騎馬警察が目をギラギラさせて通るときには息を殺す鍾路だが、夜の表情は賑やかで昼間とはずいぶん違う。貞淑は世竹と屋台でクッパを食べた後、米五升と炭一束を買った。貞淑は火鉢に炭火をおこしてから惠化洞の家を出た。

貞淑が帰った後、世竹は棚の上に白い封筒が置かれているのを見つけた。封筒には二〇〇円入っていた。夫が新聞社勤めをしていたときにもらっていた月給の三カ月分にあたる金額だ。彼女は封筒を握りしめた。この借りをいつか何らかの形で返せればいいのだが。でも、自分や夫にはそんな未来は来ないだろうと思った。

許憲が執拗に裁判所を説得し刑務所を訪ねて行ってやっと保釈許可を取りつけたのは一一月二二日のことだった。西大門刑務所の鉄扉の前で憲永の母親と世竹が彼を迎えた。新聞は、朴憲永が迎えに来た妻と母親を見ても誰だかわからなかったと報道した。彼はそのまま西小門《ソソムン》にある精神科専門の金鐸遠《キム・タグオン》医院に入院した。

ある日、朝食を食べ終えた父と娘は向かいあってお茶を飲んでいた。朝鮮共産党の場合、党をつくったとはいえ具体的な実行段階に入ったわけではないので、一つの思想団体として扱うべきだというところに弁論の焦点を合わせていると許憲が言った。ただし、コミンテルンの資金を受け取ったことが問題だと言う。

「今回、共産党の資料を検討していろいろと考えさせられたよ。おまえもわかっているように、私は共産主義とは距離のある人間だ。世界一周から帰って来て、欧米の議会制民主主義にも、ソビエトの人民民主主義にも、それぞれ一長一短があるという話をしただろ？　ところが事件の資料の中に興味深い文書が一つあって写し書きをさせておいたんだ。朴君が新義州監獄にいたときに共産主義について陳述した文書なのだが、すごく分厚い代物だ。思想事件だから予審判事が参考資料として使うつもりで朴君に書かせたのだろう。普通の人間なら骨を抜いて身も抜いて適当に書いただろう。一生懸命に書いたからといって無罪になるわけではないのだから。ところが朴君は非常な情熱と誠意を傾けて共産主義の原理を説明し、なぜ歴史が共産主義へと向かうしかないのかについて講義をしているんだよ。まるで予審判事を説得してマルクス主義者に変えてみせると意気込んでいるみたいにね。読んでて感嘆もしたし笑いもしたよ。予審判事が朴君の陳述書を読んで辞表を出して東京に戻り労働農民党の党員になったりすることはありえないが、こいつらただ者ではないなと、最低限、そのくらいの感慨はあったはずだ」

許憲は軽く笑った。

「朴君は今年二八歳だったかな。私はその年齢のときに何をしていたかな」

「お父さんも負けてなかったじゃない。判事に刃向かうところまでそっくり」

許憲は一九〇八年、朝鮮で初めて弁護士試験に受かった六人中の一人だった。彼は、朝鮮初の弁護士だったが、初めて資格停止処分を受けた弁護士でもあった。当時世間を騒がせていた米穀商訴訟で、法部大臣趙重應《チョ・ジュンウン》が倉庫主の側に立って一時市内の米流通を止めると、弁護士経歴五カ月の許憲が法廷で判事の胸ぐらをつかみ、さらに法部大臣を訪ねて行って抗議し、不敬罪に問われて三カ月の資格停止処分を受けたのである。日韓併合がなされると、彼は京城の弁護士事務所をたたんで家族を連れて田舎に引っ込んでしまった。

　　ダーウィンの進化論が生物界の進化学説だとしたら、マルクスの共産主義は人間社会の進化学説であり、実に社会進化論だと言えるでしょう。アダム・スミスは資本主義経済学の元祖であり、カール・マルクスは共産主義経済学の創始者です。では、我々が研究しているマルクスの共産主義とは何でしょうか。マルクスは人類の歴史を経済上の法則によって説明しており、これを唯物史観と呼びます。共産主義を説明するためには、その根本思想である唯物史観について語らなければなりませんが、それを詳しく説明することは膨大な作業であるためここでは概念だけを簡単に陳述することにします。

　おおよそ経済制度は、ある社会の基礎であるため、どの時代であっても経済制度が何かによって一定の社会組織が生まれます。たとえば封建経済制度の上には封建的社会が生まれ、資本主義経済制度の上には資本主義的社会が構成されるように……。


　日本語で書かれた「共産主義」というタイトルの陳述書は、父が言っていたとおり懇切ていねいに始まっていた。彼女の口元に笑みが浮かんだ。「あなたの陳述書が日本人予審判事にどう読まれたかはわからないけど、少なくとも良心的な朝鮮人弁護士一人は深く揺さぶられたみたいね」

　朝鮮共産党事件を担当して娘の友人を弁護しながら許憲が注いだ情熱と愛情がその後、彼の人生をどう変えることになるのか、当時はまだ彼自身も知らなかった。

　翌年、貫鐵洞《クアンチョルドン》の家の前のケヤキの木からセミの鳴き声が聞こえてくる初夏のある日曜日の午後、世竹《セジュク》の夫婦が訪ねて来た。世竹は目立って腹がふくれ身体が重そうに見えた。朴憲永《パク・ホニョン》は救いがたいほど気が触れてしまったという噂をあざ笑うかのようにすっきりとした顔つきだった。貞淑《ジョンスク》が憲永を最後に見たのは退院して恵化洞《ヘファドン》の家に来た直後だったが、目つきもうつろで廃人のようだった。世竹は商店で働くのをやめて夫にかかりきりになっていた。つい最近まで温泉や寺を訪ねて療養していると聞いていたが、この間にずいぶんと回復した様子だ。

　貞淑はうれしさの余り憲永の腕をつかんだ。憲永は無表情なまま貞淑の手を腕からはずした。憲永が正気に戻っている証拠だ。「おごった新女性なんかより、いっそ田舎者の農民女に革命を論じるほうが早いよ」。貞淑は二年前のことを思いだしていた。

憲永が居間で父に会っている間、貞淑は自分の部屋で世竹と話した。

「もうすぐ出産ね。朴先生も変わったわね。子どもなんか彼の辞書にはないと思ってたけど」

「どん底を見たから。気持が弱くなったのよ」

「もうすっかりいいみたいだけど」

「正気に戻っただけでも奇跡よ。神さまに感謝してるの。私、最近は朝晩お祈りをしてるのよ。追い詰められたら、また神さまにすがってるの。すべて私が引き受けなくてはならない十字架だって。そんなふうに受け入れてるの」

憲永はまだ全身の筋肉と神経組織が破裂して腫れ上がった状態だと言う。法廷で騒動を起こしたとき、彼は看守たちに手足をしばられたままひどい拷問を受けた。糞を無理矢理食べさせたという噂も本当だと言う。あの悪名高い西大門《ソデムン》刑務所の地下室で憲永の身体と心はボロボロになり、辛うじて命をつないで戻って来たのだ。

「世竹、あなたも顔色がだいぶよくなったわね」

「夫が廃人のようになってしまったから。私が気をしっかり持たなきゃみんな死んでしまうもの」

世竹の健強な声と目つきには咸鏡道《ハムギョンド》の女の気迫が戻っていた。世竹が小さな声で言った。

「モスクワから丹冶《ダニャ》が人づてに伝言を送ってきたのよ」

世竹は少し間を置いて話を続けた。

「彼を一人で行かせようかとも思ったんだけど、それはかえって危ないでしょ。夫婦が一緒に動いたほうが偽装するにもいいじゃない」

　貞淑は背筋がぞくっとした。

「保釈で出て来て監視がついてるのに大丈夫？　たくさん歩くのは産婦にも子どもにも危険だと思うけど」

「子どもがおなかにいるうちだから密航もできるのよ。赤ん坊が生まれちゃったら身動きできないじゃない。だから時間がないの。天に任せるしかないわ。生まれる運命の子なら生きて生まれるでしょ」

　朝鮮共産党の公判後、憲永は常にニュースの人物で、噂に噂が重なった。彼は狂ったのだという説と狂ったふりをしているのだという説があり、狂って自分で糞を食べたという説と看守たちが無理矢理食べさせたという説があった。保釈で出て来てから恵化洞の通りや山を裸足でさまよい歩いているとも言われていた。天気のいい日に北岳山《プガクサン》の岩に座って釣り竿を下げていたという噂を聞いたとき、貞淑は憲永がわざと狂人のふりをしているのだという心証を固めた。世竹が逃げる準備をしているということは、狂人のふりも、その策略の一部に違いなかった。

「貞淑、『ある晴れた日に』を聞かせてくれない？　もしかしたらもう聞くこともできないかもしれないから。上海を思いだすわ。今では私が音楽の勉強してたなんて、もうはるか昔のことみたいよ」

「そうね。私も一時、プッチーニが好きだったわ。ところがいつの頃からだったか、嫌いになっちゃったのよ。アメリカから戻ってからなんだけど、その根っこを見たって思ったから」

「わかるわ。私もショパンが好きだった自分が、今の自分と同じ人間なのかしらと思うもの。三〇年にもならない人生なのに、その中にまったく違う自分がいくつも入ってる気がするわ」

　世竹は部屋の中を見回した。

「ねぇ、蓄音機はどこにいったの？　まさか、あれを売り飛ばしたんじゃないわよね？　また誰かに資金援助するために？」

「うん、売り飛ばしたわ。朴先生が知ったら快哉を叫ぶでしょうね。ブルジョアの勲章を引きはがしたって。ははは」

ブルジョアの勲章を売ったお金で自分たち夫婦が生きてこられたことを知ったら憲永はどんな表情を浮かべるだろうか。

世竹と憲永は帰る前に居間で許憲にひざまずいて深々とおじぎをした。憲永は最後まで貞淑を見ようともしなかった。革命家の倫理なのだろうか。監獄に残る元根《ウォングン》への義理なのだろうか。地上で最後になるかもしれないのに、憲永は和解の隙を与えようともしなかった。

生きてまた会えるだろうか。貞淑は門の陰で、ギラギラと照りつける夏の陽差しに二人のシルエットが溶けて消えるまで目で見送った。

数カ月後、貞淑は夕刊にこんな記事を見つけた。

朝鮮共産党事件に関わって新義州《シニジュ》署で取り調べを受け京城《キョンソン》地方裁判所に移送された後、数年を予審の鉄窓で苦しんだ末、今年春に精神異常という重病をわずらい保釈されていた礼山《イエサン》出身の朴憲永は、彼の愛妻朱世竹女史に抱かれて不治の重病に百薬を用いてみたが何らかの効果も得られず、転地療養でもしてみようかとロシア、または中国方面に脱走したものと見られ、彼の去就を担当していた咸興《ハムン》警察署長以下責任者たちは警戒をおこたったとして懲戒処分まで受けたというが、このように不遇な彼らにも愛のささやきがあったのか、聞いたところでは朴憲永の保釈後すぐに朱世竹女史が妊娠して国境を脱出する頃には妊娠六カ月であったため、朱世竹女史は自らのふくらんだおなかを抱えながらも夫朴憲永の手を引いて、警戒厳しき国境を越えたと言う。

――『東亜日報』一九二八年一一月一五日付

別れの挨拶を言いに来た日に世竹が言った言葉が耳元によみがえる。

「上海であなたに出会わなかったら、夫にも出会わなかったら、今ごろは咸興で音楽の先生になっていたのかな。今までどん底の苦しみもたくさん味わったし、死にたいと思ったこともあったけど、後悔はしていない。外が寒いからって、また殻の中に戻ることはできないでしょ？　中途半端な、なんでもない人生なんか考えただけでも嫌」

5.

ついに革命の心臓に到着する

1928年 モスクワ

モスクワの朝の空気は冷たく乾いていた。列車を降りた世竹《セジュク》は抱っこ紐の先で赤ん坊の顔を覆った。一九二八年一一月五日。

ヤロスラフスキー駅は列車が吐きだした人と荷物でごった返していた。言い争う声、怒鳴り声、意味不明なロシア語で、プラットホームはさらに煩雑だった。ウラジオストクを出発してシベリアを横断してきた列車だったが、彼ら夫婦のように始発駅から一カ月近く列車と共に旅行してきた人は多くなかった。生まれたばかりの赤ん坊を抱いた妻と大きな旅行鞄を持つ夫。モスクワ中央駅のプラットホームで人波に埋もれた東洋人の男女は、誰の目にも平凡な仲のよい新婚夫婦に見えただろう。

駅構内のあちらこちらにある赤いプラカードやスローガンはソ連のどこにでもあるものだが、中央駅ドームの上にはためく鎌と槌の赤い旗を見たとき、世竹はこみ上げる思いを抑えることができなかった。ついに革命の心臓に到着したのだ！

数カ月に及ぶ長くもけわしい旅程が終わった。

晩夏の八月末、夜中に張り裂けそうなおなかを覆い隠して大急ぎで家を出たとき、モスクワははるかに遠い地名だった。町を抜け出せるのか、列車には乗れるのか、船に乗れるのか、生きて国境を越えられるのか、子どもを無事産めるのか、モスクワにたどり着けるのか、一寸先もわからなかった。咸興《ハムン》からウラジオストクまでの四日間に、世竹と憲永《ホニョン》は死の境界を五、六回越えなければならなかった。列車の中で産んだ赤ん坊を抱いて真っ昼間に頭満江《トゥマンガン》を渡るとき、下着を突き抜けて流れ出る血が渡し船の底にあふれ、世竹は気を失って船べりに倒れ込んだ。

ウラジオストクではコミンテルン国際革命家救援会が朝鮮から亡命して来た革命家夫婦を待っていた。救援会が提供する海辺の休養施設で一カ月ほど産後の療養をした後、夫婦はモスクワに向かう列車に乗った。

ボリシェヴィキ革命で天と地がひっくり返った新天地、このソビエトのロシアでもシベリア横断列車の三等席はトルストイの時代と同じく不潔で無秩序なままノミとシラミに巣くわれていた。列車で出会ったロシアの人々、車窓の外に見える村落は貧しく鬱々としていた。ロシアから農奴がいなくなり、彼らは土地と自由を手に入れたが、それをただちに糧にはできなかったようだ。スターリンの経済開発五カ年計画はまだ始まったばかりだ。その効果が人民の台所にまで及ぶには、もうしばらく時間がかかるのだろう。第一次大戦が終わり革命政府が樹立されたが、すぐに反革命軍との内戦が始まった。この広い大陸で戦争のしつこい汚れをきれいに洗い落とすにはまだまだ膨大な時間がかかりそうだ。

一〇月のシベリアはもう冬も深まり、バイカル湖も凍っていた。列車が雪原を走り抜けるときにあげる鋭い音が、今も世竹の耳元でうなりをあげる。出産のむくみが抜けきれない身体はかさつき、熱のせいで頭が重く吐き気もする。疲れなのか乗り物酔いなのかもわからない。生後二カ月の赤ん坊を米一俵の重さくらいに感じながら世竹は改札口を出た。

何カ月になるのか、何年かかるのかわからないが、まったく新しい時間が彼女を待っていた。怖さ半分、期待半分だった。

待合室には高明子《コ・ミョンジャ》と金丹冶《キム・ダニャ》が迎えに来ていた。三年ぶりの再会だった。二人を見たら、見知らぬ都市モスクワが急に身近に感じられた。明子はショートカットに茶色いカワウソの毛皮の帽子をかぶりダブルボタンのハーフコートとズボン、革のブーツといういでたちだった。丹冶もソ連の紳士たちのようにウールのコートと帽子を身につけていた。お似合いの典型的なソ連のインテリカップルの姿だった。二人とも血色がよく元気そうだ。

明子が世竹から赤ん坊を受け取って抱き、不思議そうにのぞき込んで言った。

「革命の娘ね。戦場でも赤ん坊が生まれるなんて」

見つめあう二人の女は、口元に笑みを浮かべながらも目には涙をためていた。丹治は憲永を強く抱きしめた。げっそりとやせた憲永に、自身の罪を代わりに引き受けたスケープゴートの顔を見たのだろうか。丹治の充血した目が、激しい感情を吐きだしていた。

「大変だったな」

丹治は憲永から荷物を受け取り、世竹が寒そうに見えたのか、自分のコートを脱いで着せ、毛糸の帽子を被せた。

明子と丹治は革命家救援会が運営する「政治亡命家のための家」で一緒に暮らしていた。世竹夫婦はしばらく一緒に過ごすことにした。寝室と居間にトイレがついた小さな家だったが、かわいらしいインテリアが明子らしかった。

「二人がいらっしゃるから金先生が昨日の夜から大掃除をしたのよ」

明子は東方勤労者共産大学、別名「モスクワ共産大学」に通い、丹治は国際レーニン学校に通いながらコミンテルン極東書記局の朝鮮担当官として働いていた。国際レーニン学校は高級幹部、東方勤労者共産大学は一般党員のための学校だった。両校ともコミンテルンが運営していたが、とりあえず入学すれば衣食住を保障してくれて生活費も支給してくれた。

「丹治さん、食堂に行って温かい牛乳をもらって来て。朝お願いしておいたからわかるはずよ」

二人は息の合う新婚夫婦だった。モスクワで二人は公式的にも、事実上も夫婦だった。勤勉で仲のよい夫婦。明子の兄が言っていたとおり、結局、二人は愛の逃避行をしたようなものだ。丹治が明子を留学生名簿に入れたときには、とりあえず親のもとから解放してあげようという意図だったが、朝鮮共産党事件が起きて丹治自身も明子の後を追う形になり、彼の戦略は期待以上の成功を収めた。両親から文化的な亡命をして来た女性と、総督府から政治的な亡命をして来た男が、地球を一周まわってはるか遠いモスクワで新婚生活を始めていた。親を相手に消耗戦を繰り広げながら実らぬ恋に苦しんでいた男女にとって、ここは天上の一室だ。二人は幸せそうだった。やっと手に入れた幸せだからなおさらだろう。

荷物の整理を終えた明子が世竹から赤ん坊を受け取って抱いた。

「明子、あなた以前に幸せな革命家夫婦になりたいって言ってたの覚えてる？」

明子がふふふと笑った。

「夢を実現させたみたいね。後は子どもを産むだけね。もうできてるんじゃないの？」

「だったらいいんだけど。子どもは革命事業の邪魔になるって。でも、もう朴《パク》先生にも子どもがいるんだから、あの人も何も言えないはず。何とかしてあの人の気持を変えさせてみせるわ」

目元に愛嬌たっぷりの笑みをたたえてこんなことを言う女性を、たとえ丹治でも拒絶することはできないだろう。明子と丹治に半分ずつ似たら、この世に二人といないほどかわいい子どもが産まれるに違いない。

憲永と世竹夫婦が到着したという傘《からかさ》連判状がまわると、留学生たちが集まって来た。金命時《キム・ミョンシ》と金祚伊《キム・ジョイ》が最初に駆けつけた。すぐに権五稷《クオン・オジク》、趙斗元《チョ・ドゥウォン》、曺龍岩《チョ・ヨンアム》も現れた。皆、朝鮮共産党に対する日帝の検挙が始まる前に朝鮮を抜け出て、ここで三年課程を終えようとしているところだった。留学生たちは国内事情について夫婦に次から次へと質問し、朝鮮共産党の再建運動と検挙問題について心配をにじませながらあれこれ話しあった。しかし皆血色がよく、悲憤慷慨《ひふんこうがい》するときですら意欲がみなぎっていた。革命家にとってソ連は間違いなくもう一つの祖国だった。

「政治亡命家のための家」の一階食堂で世竹と憲永、明子と丹治、二つのカップルが昼食を一緒に取った。多彩な人種と国籍の革命家たちが、この食堂で食事していた。明子と丹治は人々と握手をしたり頬を寄せあったり、頬にキスしたりもしていた。流暢にロシア語を操る明子を見て世竹は感嘆した。見るからに怖そうな外国人の男たちと頬をすりあわせる娘を見たら、明子の母と兄はどんな顔をするだろう。世竹は「プッ」と噴き出してしまった。

「早く朝鮮に帰りたいわ」

明子は共産大学三年課程の最後の学期がもうすぐ終わったら帰国する予定だった。

「監獄にいる同志たちに申しわけなくてたまらないの。朝鮮共産党は潰されたけど二歩前進のための一歩後退だと思うわ。資本主義制度はいずれにしても内部矛盾で崩壊するしかないから」

京城《キョンソン》では誰もが捕まり、逃げ、拷問され、死に、事業はめちゃくちゃにされたが、その憂鬱な朝鮮社会主義者たちの運命が高明子だけを避けて通ったかのようだった。革命的楽観主義というものが二五歳の純真な乙女を興奮させていた。明子は、たった今、山上の垂訓《すいくん》を聞いて山から下りて来た使徒のように、一刻も早く街頭に出て福音を伝えたい渇望に目を輝かせていた。世竹が去ってきた京城は革命家たちの墓場だったが、この若い女戦士はたとえ墓場であっても道を切り開いてみせるという闘志に燃えたぎっていた。

「朝鮮に帰ったら、もう昔のようには暮らさないつもりよ。最低限、自分で食べるものと自分の洗濯は自分で解決するつもり。生まれてから今まで、自分のことを全部、他の階級の労働を借りてやってきたことが恥ずかしいの。主人と奴隷の弁証法があるじゃない。主人が生産労働を奴隷にやらせる構造は覆されるしかないのよ。労働力を持つ奴隷がいつまでも我慢してくれるはずがないんだから」

それまで何食わぬ顔で聞いていた世竹も、明子が理論を述べ始めると驚きの目で明子の顔をしげしげと見た。この子が、女性同友会の事務所の隅に借りてきた猫のように座っていた、あの高明子なのか。明子の前で世竹は、海千山千で背骨まで溶けてしまった老人になったような気分だった。

翌日、子どもを託児所に預けて四人は街の見物に出かけた。赤の広場に行ってクレムリン宮殿を見た。それからレーニン廟の前で参拝客の列に並んだ。レーニンはガラスの棺の中で赤旗勲章を胸につけて眠っているかのように横たわっていた。見慣れた顔がそこにあった。ところがその顔は小さく、胸元は貧相だった。多くの言葉で記憶される彼の沈黙が異様だった。丹治が「さあ、ここに手を重ねよう」と言い、右手を差し出した。二人の男と二人の女の手が重なりあうと、丹治が言った。「革命のために命を捧げる」。憲永がつけ加えた。「誰かに何かがあったときには、互いの家族の面倒をみる」

とりたてて新しい儀式ではなかった。義烈団員や独立闘士たちが何かことを起こすときによくする誓いだ。

世竹は長旅と出産の後遺症で寝込みがちだった。代わりに明子が赤ん坊にミルクを飲ませおむつを替えた。手先が器用で、あっという間に毛糸で赤ん坊の帽子とマントを編んで着せた。

「私もヨンちゃんみたいなかわいい女の子がほしいわ」

「丹治先生との話はうまくいってるの？」

「世竹さんたちが休養地に行った後でどうなるか期待してて。私が決着をつけてみせるから。ふふふ」

明子と一緒にいると世竹は産後の鬱や体調不良から抜け出すことができた。

モスクワで休息した夫婦はウクライナのセヴァストポリに向かう列車に乗るため再び中央駅に来た。朴憲永は丹治が通うレーニン学校に、世竹は明子が通う共産大学に入学申請をしておいた。入学手続きが進められる間、国際革命家救援会は夫婦が黒海沿岸のクリミア半島の休養地セヴァストポリの療養所で休めるようにしてくれたのだ。

列車はモスクワを発ち、限りなく南へと走った。駅に停まるたびに火夫たちが薪を運び汽車にのせた。

「黒海は黒いの？」

「だったらロシア北側にある白海は白いんじゃない？」

二人は顔を見あわせて笑った。つまらない冗談も三年ぶりだった。

モスクワを発って三日後に列車はクリミア半島の先端にあるセヴァストポリに到着した。雪の降る真冬のモスクワを出発してきたのに、セヴァストポリは紅葉の美しい晩秋だった。海を見下ろす療養所は清潔で静かだった。夫婦の部屋からは、テラスの外に東海のような青い海が見えた。海から爽やかな風が吹き込んだ。ツァーリ時代のロシアがセヴァストポリを手に入れるため、一〇万人もの兵士の命を黒海に沈めてまでクリミア戦争をおこなったのもわかる気がした。黒海艦隊の拠点であるセヴァストポリは、ソ連ではウラジオストクと並んで、いくつもない不凍港だった。

療養所に到着した翌日、夫婦は総合検診を受けた。世竹は免疫力が極度に落ちている上に肺結核初期という診断を受けた。憲永は拷問の後遺症で消化器と神経系の機能がめちゃくちゃだった。医師は二人とも一カ月間何もせずに絶対安静を取るようにと言った。毎朝、ウクライナ人の看護師が栄養剤の点滴を持って来た。

療養所にはボリシェヴィキ戦士が大勢いた。だいたいが戦場で重傷を負ったか、建設現場で病を得た人々だったが、二〇代から三〇代で身体はもう老人のようだった。彼らは回復したら職場に戻って行ったが、悪くなるとまた療養所に舞い戻って来た。

療養所の図書館にはいつも車椅子に座って本を読む男がいた。ほとんど図書館で暮らしているのかと思われるその男が使えるのは右腕だけだった。下半身と左腕は麻痺していた。男が右腕をゆっくりと動かしながら読んでいるのは点字本だった。なんと！　視力まで失っていたのだ。ニコライというその男は一〇代の少年時代にボリシェヴィキ運動に身を投じ、頭と脚に銃弾が貫通して脊椎を痛めた後、身体の機能が一つずつ失われていったのだと看護師が教えてくれた。四〇歳くらいに見えるこのウクライナ人の男は、実は二五歳。彼女よりも三歳若かった。若くして老いてしまった彼の肉体から、世竹は彼が経験した苦難を推し量ることしかできなかった。彼女は、自分たち夫婦が最悪の苦難を経験したのだという考えを捨てた。

数年後、世竹は当時ベストセラーになっていたボリシェヴィキ兵士の自伝小説『鋼鉄はいかに鍛えられたか』を読んで、その作家がセヴァストポリの療養所にいた彼だということに気づいた。

セヴァストポリで世竹夫婦は、食事の心配も、逮捕の恐れもなく、快適な環境で甘い休暇を楽しんだ。患者と医師が治療費の心配なく会えることも特別な経験だった。病院と監獄は一国の水準をあらわすと言う。ソ連の監獄には行ったことがないが、病院や療養所はソビエト社会の花といっていい場所だった。

世竹と憲永は、祖国を失った植民地の亡命者だった。しかし、クリミア半島での一カ月は、革命家には ソ連がもう一つの祖国だという言葉を実感させた。『共産党宣言』は、「プロレタリアートは祖国を持たない」と言ったではないか。去年の今ごろ、西大門《ソデムン》刑務所の独房で鉄窓に手錠で手首をつながれていた男が今、黒海沿岸で暖かく明るい陽差しの下、青い海を眺めている。二人には西大門刑務所の記憶がはるか昔のことのように感じられた。

セヴァストポリを発つとき、二人は健康を取り戻していた。目を合わせるとニコニコと笑うようになった赤ん坊を抱いて列車に乗るとき、世竹はセヴァストポリの青い空を見上げた。天国があるとしたらこんなところだろうか。

二人がモスクワに戻ったとき、コミンテルンでは数カ月にわたる検討と討論の末、朝鮮問題に関する新しい決定、すなわち「一二月テーゼ」を出していた。「朝鮮農民および労働者の任務に関するテーゼ」というタイトルのコミンテルンの決定は、これまでの朝鮮共産主義運動の基調を変えることを指示しており、その命令は明快かつ強力だった。インテリたちの結社だった朝鮮共産党を解体し、工場と農村に入って労働者と貧農を組織し、プロレタリア階級が主導する階級政党として再建せよというのだ。資本主義の時代が帝国主義侵略の熱病に冒されながら末期的兆候をあらわし、全地球的に革命の雰囲気が実りつつある今、共産主義運動もブルジョア民族主義や改良主義と決別し、本格的な反帝国主義階級闘争に立ち上がらねばならないというのである。コミンテルンは、革命闘争のギアを一段上げたのだ。まさにモスクワは全世界の革命運動の基地だった。

一月に明子《ミョンジャ》と丹冶《ダニャ》は一二月テーゼのミッションを携えてモスクワを発った。丹冶はウラジオストクのコミンテルン書記局で党の再建を遠隔指揮することになり、明子と共産大学の同窓生たちは朝鮮で労農階級の中に入り党再建の実務をおこなうことになった。丹冶と明子は一緒にシベリア横断鉄道に乗ってウラジオストクで別れた。

セヴァストポリから戻って世竹《セジュク》が「子づくりはどうなった？」と聞いたとき、明子は「今度別れる前に絶対にあの人の子どもを授かりたかったんだけど」と泣きそうな表情を浮かべた。

朴憲永《パク・ホニョン》はレーニン学校から入学許可を得た。金丹冶が身元を保証し、共産主義青年インターナショナル執行委員会が二度にわたって強力な推薦書を提出した結果だった。世竹は東方勤労者共産大学に入学した。憲永は学校では「而丁《イジョン》」「而春《イチュン》」といった名前を使った。

世竹は朝鮮の女を意味する「コレエバ」という仮名を使った。政治亡命者のための家に二人の部屋があてがわれた。

上海から数えたら結婚生活も八年になろうとしていたが、実際に一緒に暮らした月日は三年半にもならなかった。その上、いつも臨時宿舎で野戦キャンプのような家だった。モスクワで世竹は初めて私の家庭、私の家の気分を味わった。おしめが物干し竿にかけられ、娘がハイハイする部屋の中で、ついに温かく香しい新婚所帯の匂いをかいだ。身辺に脅威を感じたり、食べものの心配をしなくてもいい生活も、結婚して初めてだった。朝目を覚ましたとき、かたわらに眠る夫と赤ん坊の顔を見ながら快適な気分で一日を始めることができるなんて！

世竹は台所仕事から解放された。構内食堂で食事が提供され、世竹は一週間に一日、当番の日に食堂の厨房で働くだけでよかった。夫婦が学校に行く昼間の時間には託児所が子どもを預かってくれる。世竹には夢のような日々だった。

憲永はレーニン学校の図書館で借りた本を机の上に積んで置いて、寝る時間も惜しんで本を読んだ。監獄暮らしと流浪生活で本を手に取ることが難しい日々を何年も送ったこの模範的な青年革命家が知的な飢えをしのぐには、レーニン学校は最適の環境だった。

「勉強をすればするほどマルクス・レーニン主義こそ偉大な思想だと感服するよ。弁証法的唯物論は人類にとって思惟の歴史くらい根が深いものだ。僕は今までマルクス・レーニン主義を全然わかっていなかったんだよ」

夫婦は一緒に本を読み、ぐずる赤ん坊を代わる代わる抱きながら討論し、論争した。ある日の夕方、ベッドに並んで寄りかかって本を読んでいたとき、世竹が憲永に言った。

「人間って本当に利己的な動物だと思うわ。京城《キョンソン》であなたがひどく病んでいたときには、昼も夜も目の前が真っ暗だったけど、あのとき私が何とか持ちこたえられたのは神さまのおかげだったのよ」

すべてが明るくうまくまわっていた頃は、階級や民族間の搾取のない完全に平等な地上の楽園への夢で日々の暮らしを推し進めていた。ところが革命的楽観主義というものは、さほど強くはなかった。絶望の奈落に落ちたとき、彼女が必死にすがりついたのは、マルクスではなくイエスだった。

「つらいときにはあんなにすがりついていたのに、モスクワに来て楽になったら、古い靴を捨てるみたいに神さまを捨ててしまったのよ。朝鮮時代の仁祖《インジョ》だったかしら。避難先で食べた魚がすごくおいしくて、後でまた食べてみたらおいしくないものだから、水に返せって言ったという話があるじゃない。神さまが水に返された魚と同じ境遇になっちゃったわ」

世竹が楽しそうに笑った。憲永はうなだれた。

「本当にすまない。僕が悪かった。君の神さまに感謝するよ。頼るところがないときに君を慰めてくれたなら、その神さまは間違いなくいい方だと思うよ」

世竹は、彼女の神さまを粛清対象として扱っていた時代の憲永のことを思った。世竹は、この男が完全に健康を取り戻したことを理解した。そして、極限的な苦痛の時間が彼に残していった大切な何かを発見した。

「あなたは今でも家庭や子どもが革命の邪魔になると思っているの？」

「そんなわけないだろ？　僕がヨンちゃんに情がないみたいに見えるの？　だとしたら僕の性格が悪いからそう見えるんだよ。ヨンちゃんを見てると理屈抜きで幸せな気持になるよ。君も前に言ってたじゃないか。子どもは親を強くするって。父親も同じみたいだ。これからどんな苦難にあっても、もう簡単にはへこたれたりしないと思うよ。僕が君をどんなに頼りにしてるか、君にはわからないと思う。君がいなかったら、今僕はここにいないよ。もしかしたらこの世にいなかったかも」

夫はたった今言ったことが真実であることを証明しようとするかのように、彼女を強く抱き寄せた。憲永は明晰で強靭な人物だが、夫に対する世竹の気持は尊敬よりも憐憫に近いものだった。自身に対して過酷なくらい厳格な彼を、彼女はいつも哀れに思った。しかし今、世竹は夫を尊敬していた。完全に壊され、めちゃくちゃに引き裂かれた人だ。そんな解体された人格を組み立て直し、ボロボロになった心身を持ち直したのだ。その途方もない苦痛と混沌の日々をくぐり抜けながら、この男はもっと深く、もっと大きくなった。

モスクワ共産大学とソビエト社会に、世竹は徐々に慣れていった。ピョートル大帝がアルファベットを手に北海を渡っているときにアルファベットが落ちて割れたのだというおかしな形をしたキリル文字や、シュッシュッと音を立てるロシア語にもだいぶ慣れてきた。ある日、鏡を見て世竹はびっくりした。目の下のクマがなくなり、眉間のシワもなくなって、目には明るい日々の光が宿っていた。

モスクワの街では新しい世界が始まっていた。彼女がモスクワに到着した、まさにその一一月からパンの配給が始まった。すぐに他の食料品や日用品も配給制になるはずだ。労働者たちは工場で配給票を受け取ってパンをもらいに行く。街頭で労働服を着た若い男女が自負心に満ちた表情ではしゃぎながら闊歩する姿を見るとき、彼女は肩をすくめて小走りに歩く朝鮮の若い労働者たちを思い浮かべた。つば広の帽子に孔雀の羽毛をつけた貴婦人を乗せた金箔模様の四輪馬車を見かけることはなかった。都市一つ分くらいの土地と農奴を所有していた貴族たちはいったいどこに消えてしまったのだろう。トルストイの『復活』のワシーリエヴナ夫人が田舎の領地にピクニックに行くときには召使い五、六人が、身体の不自由な彼女を安楽椅子に乗せたまま担いでいった。召使いたちがいなくなった今、彼女はどこで、何をしているのだろうか。

モスクワではどこに行っても食事をして討論するのが常だった。学校にも、工場にも、ソビエトがあり、ソビエトですべてが決定された。討論に一日、二日かけるのは普通で、重要な事案の場合には一週間またはー〇日くらいかけて討論した。それがソビエト式人民民主主義だった。

丹治《ダニャ》が発った後、憲永《ホニョン》がモスクワで朝鮮の最高位級指導ラインに入った。コミンテルン極東書記局朝鮮委員会委員五人のうち朝鮮人は崔成宇《チエ・ソンウ》、朴愛《パク・エ》、朴憲永の三人で、朴憲永以外は二人ともソ連出身だった。朝鮮委員会は朝鮮共産主義運動を遠隔指揮する指導部だった。

一九二九年一二月、モスクワ市内のトヴェルスカヤ通りにある東方勤労者共産大学で朝鮮の将来をテーマに朝鮮班と日本班の合同会議が開かれた。討論は一週間続いたが、これまでの朝鮮共産党運動に対する批判が噴出した。朝鮮共産党は数度にわたる日帝の検挙により朝鮮における共産主義者を根絶やしにしてしまった、これは知識人同士で派閥争いをした結果だと言うのだ。火曜会や京城青年同盟や高麗共産青年会も派閥的だと批判され、憲永と世竹《セジュク》もそれを認めざるを得なかった。会議の最終日に世竹が発言した。

「私はマザール同志の報告が日帝の残酷で悪辣な搾取システムを極めて明確に指摘していることに驚きを禁じ得ません。私たちはそれによって、朝鮮農民が極度に貧困化する姿を目撃しました。朝鮮農民の貧困化は、土着地主らの封建的搾取に起因しています。その結果、多くの朝鮮農民が満州や、その他の地域に移住しています。このような苦しい状況が朝鮮の農民と労働者を革命の道へと導いています。私たちは、彼らの革命性を元山《ウォンサン》ストライキで目撃しました。労働者階級が政治の場に出現すると同時に、労働者階級の意識の成長があらわになっています。そこでこんな問いを投げかけたいと思います。元山ゼネストのとき、朝鮮に統一共産党は存在したのか？　不在でした。原因は長い歳月続いている派閥闘争です」

学習と討論に明け暮れるモスクワの日々は、世竹と憲永にとって、これ以上ない幸せな時間だったであろう。しかしこのときが、それでも原則を守ってさまざまな意見が出せる最後のシーズンになることを、彼らはまだ知らなかった。一九二九年一二月二一日、スターリン五〇歳の誕生日に、党機関紙『プラウダ』は初めてスターリンを「レーニンの後継者」と呼んだ。これは、レーニン死後の権力争いがついにスターリンの勝利で終結したことを宣布するものだった。レーニンが生きている間は革命同志たちの集団指導体制だった。レーニンが圧倒的な権威を持っていたが、公式には五人の政治局員の一人にすぎなかった。彼が死ぬと、一人支配体制をめざすレースが始まり、最後の勝者となったスターリンが政治局と組織局、書記局まで牛耳り、ソ連共産党を掌握した。ロシア革命でレーニンの次に大きな存在だったトロツキーを国外に追放し、スターリン一人体制を樹立するまでの権力闘争にはあらゆる残忍で卑劣な手段が動員された。コミンテルンも初代のジノヴィエフが解任されブハーリンが任命されたが、彼も解任された。このときスターリンがジノヴィエフとブハーリンから奪ったのは地位だったが、次は命かもしれなかった。

マルキシズムのはじまりはマルクスとエンゲルスの友情だった。またボリジェヴィキの根は一八二五年、貴族中の貴族である近衛隊の青年将校の身でツァーリに挑戦して銃殺され、またはシベリアの流刑地で死んでいったデカブリストたちだった。しかし革命は、そのはじまりとは異なり、最後まで正義と浪漫に満ちたものではなかった。共に革命に命を捧げることはできるが、共に権力をわけ持つことはできないというのが、革命世代の政治家のアイロニーだった。

学生だった朴憲永と朱世竹にとって、権力闘争をめぐる密かな噂には耳を閉ざすことが賢明な選択だった。革命を学ぶために死線を越えて学校に来たのに、教科書は汚物入れにぶち込まれ、彼らの偶像は権力闘争に明け暮れているのだとしたら、それはたった今到着したばかりの青年革命家たちにとってあまりにも残酷な冗談だった。革命政府の内側で何が起きているのか正確にはわからない。ただ、朝鮮の革命家たちには選択の余地がなかった。ここで革命を学んで朝鮮を解放しなければならない。信じるべきはコミンテルンであり、一二月テーゼはバイブルなのだ。

6.

資本主義世界の終焉は遠くない

1929年 京城

明子《ミョンジャ》は二月に京城《キョンソン》に到着した。留学から戻った学生らしく、大きなスーツケースを持って京城駅に降りた彼女は母親の大げさな歓迎を受けた。サムォルが恥ずかしそうに挨拶してスーツケースを受け取った。彼女たちを乗せたタクシーは京城駅を出発して南大門《ナムデムン》へと走った。母は彼女にロシア語を一言だけ言ってみるようにせがんだ。

「ズドラーストヴィチェ（こんにちは）。スコーリカ　リェット（お久しぶりです）。スパシーバ　ザ　プリヴェーツトヴィエ（歓迎してくれてありがとう）」

母は手を叩いておもしろがった。

「あらまあ、外国語は平民やいやしい者たちが学ぶと言ったものだけど、それももう昔の話ね。近頃は両《ヤン》班《バン》の子女たちもみんな外国に触れる時代だから。うちの明子もたいしたものね」

丹冶《ダニャ》は七月に京城に到着した。中折帽をかぶり口ひげをたくわえて老紳士に変装していたが、持ちものはニセの身分証と身の回りの所持品が入った小さな手鞄だけだった。活動費は背広の内すそに縫いつけ、一二月テーゼは頭の中に入っていた。彼は人波に埋もれてゆっくりと改札口を抜け出した後、駅前で人力車を呼んだ。

「許憲《ホ・ホン》さんのお宅に行ってください」

昔のまま貫鐵洞《クアンチョルドン》なのだろうか。それともこの間に引っ越しただろうか。いずれにしても京城駅の人力車には許憲という名前だけで充分だった。

「へい！」

若い俥夫が力強く足を踏み込むと人力車から土埃が舞い上がった。古い商店が埃をかぶって軒を並べる城門外の風景は以前のままだった。ただ「村上旅館」といった日本風の屋号ばかりで朝鮮語の看板はもうほとんど見つけることができない。人力車が南大門を過ぎると、電車道の両側に現代的な建物が列をなしていた。黄金町通りは四年前よりもはるかに華やかだった。汚泥水でぬかるんでいた南村《ナムチョン》は豹変して、朝鮮銀行の向かい側で三越百貨店の新築工事がピッチをあげていた。

以前、火曜会だの新興青年同盟だの記者大会だのと言ってつるんで歩いた同志たちは、今は皆西大門《ソデムン》刑務所におり、彼自身は依然として鍾路《チョンノ》署の指名手配第一号だった。彼ら世代にある種の政治的インスピレーションを与えた三・一万歳運動はたくさんのものを変化させたが、一〇年経って文化政治というものの正体も明らかになっていた。総督府の統治戦略が一段高度化して知識人に対するさまざまな懐柔技法が登場しており、その一番のターゲットが三・一万歳運動の民族代表たちだった。そして、崔麟《チェ・リン》、李光洙《イ・グアンス》、崔南善《チェ・ナムソン》たちが親日の筆頭になっていた。

今や京城では大小の思想団体がすべて水面下にもぐり、左右合作の民族運動団体を標榜する新幹会が全国約二〇〇支部に会員十数万人を擁して社会運動の命脈をつないでいた。女性の組織としては槿友会《クヌフェ》があったが、いわば新幹会の姉妹団体だった。新幹会と槿友会の「大同団結統一戦線」というキャッチフレーズはかなり強烈だったので、三・一万歳運動以来一〇年ぶりに挙国的な抵抗運動が息を吹き返すのではないかという興奮と期待がそっと頭をもたげ始めていた。

午後遅く家に帰って来た貞淑《ジョンスク》は、母屋の踏み石の上に見覚えのある靴を見た。今日も何か密かな用件のある父の客人が来て何日か泊まっていくつもりなのだろうと思いながら、板の間にあがって自分の部屋の扉を開けたとき、貞淑は見知らぬ口ひげの紳士が座っているのを見て腰を抜かしそうになった。新聞をかたわらに山のように積み上げて読んでいた男は、貞淑を見ると口ひげを取りながら立ち上がった。

「ははは、金丹治だよ」

「その声は丹治ね！」

丹治と貞淑が同時に腕を広げて互いを抱いた。国境を行き来する風雲児たちにとってはごく普通の挨拶法だった。

「びっくりしたわ。突然どうしたの？　恋人に会いに来たの？　仕事で来たの？　明子も知っているの？」

「いろいろ兼ねてね。明子はまだ知らないんだ」

「暗くなったら明子に人を送って連れて来させるわ。鍾路署でもあなたを捕まえるって血眼になっているのに、本当にすごいわね」

丹治は過去の新聞を読んで京城の現状をおおよそ把握した。新幹会が組織を拡大して動きが活発になっているため日警〔日本警察〕が相当にいらだっていることや、この家の主人が一カ月前に新幹会の中央執行委員長になったという事実も。それなのに丹治をかくまってくれるという度量と度胸には敬服するほかなかった。許憲は「しばらくこの家で過ごしなさい。そのほうがかえって安全だろう」と言った。「かえって安全だ」という言葉の意味はわかるような気がした。灯台下暗し、台風の目は静かなものだ。

「林《イム》君は最近どう？　面会にはよく行ってるの？」

貞淑はしばらく黙っていたが、彼の顔を見ながら言った。

「まだ知らないのね。林元根《イム・ウォングン》さんとは終わったわ」

「結局そうなったのか。根も葉もない噂のせいで……」

「宋奉瑀《ソン・ボンウ》さんのことね？　現在の私のパートナーよ」

今度は丹治のほうが言葉に詰まって貞淑の顔を見つめた。

「元根がかわいそうだな、貞淑さんのことが本当に好きだったのに」

「私も好きだったわ。でも心が離れてしまったのに無理に一緒に暮らすのはお互いにとって拷問じゃない？　夫がいるのに他の男とデートするのも嫌だし。面会に行って離婚に合意したの」

アメリカから帰国した後、父から言われたこともあった。

「おまえももう青春ではないんだ。今では社会的に注目される位置にもいるんだし、すべての言動に責任を負わなければならない年だ。評判というのも大事な資産だ。いらぬ対立や誤解を呼ぶような男関係は整理しなさい。二人の息子の将来も考えなさい」

彼女は父の言いたいことの意味を充分に理解した。彼女も、いつまでも二〇歳でいられないことは切実に感じていた。ただ、父が整理することを望んでいた男の代わりに夫を整理することにした。彼女は離婚届を作成して西大門刑務所に面会に行った。あなたとは幸せだった、でもお互いを傷つけあう前に終わらせたい。貞淑がそう言ったとき、元根はあまり驚かなかった。ただ「僕は上海で初めて会ったときのように今も君を愛しているけど、こんな気持もいつかは昔話みたいに淡々とする日が来るんだと思う」と言うとき、元根はとても悲しげで鬱々としていた。

宋奉瑀は彼女の家に近い漢城《ハンソン》旅館で過ごしていた。彼は監獄で痔疾《じしつ》と神経衰弱をわずらって最後の数カ月は病監で過ごした。今ではだいぶよくなって、彼女と一緒に書店に行ったり市場に行ったりしていた。ひどく短気なので突然激しい口げんかになったりもするが、愉快で博識な彼は恋愛相手としては最高だった。

お互い結婚するつもりはなかったが、貞淑は今日、産婦人科に行ってから複雑な心境になっていた。体調がどうもおかしいと思って行ったのだが、やはり第三子が宿っていたのだ。宋奉瑀の子だった。

「今日も槿友会《クヌフェ》に行ってきたんだね？　お父上から槿友会の仕事を一生懸命にやってるって聞いたよ」

「ええ、まあ。槿友会は最近本当に忙しいのよ。来週が全国大会だから」

「今年は集会許可が下りるのかな。去年は総督府が禁止したんだろ」

「総督府に交渉するのが私の担当なのよ。いちばん大変な任務よ」

「金活蘭《キム・ファルラン》とか兪珏卿《ユ・ガッキョン》〔女子教育者と女性運動家。ともにキリスト者で親日派でもあった〕みたいな部類がいなくなって仕事はやりやすくなったんじゃないの？」

「ソ連から来たばかりの人がどうしてそんなことまで知ってるの？　でもね、半々なのよ。活動の方向性は明確になったんだけど、代わりに鍾路署がいちいち難癖をつけてくるのよ。でも、いつかはぶつかるにしても、仕事は進めないとね。槿友会としては緊急にするべきことが一つや二つではないから。婦人の夜学とか機関誌も始めないといけないし、早婚の廃止、離婚の自由、公娼の廃止キャンペーンもしなきゃいけないし。それから二週間の産休を確保する問題もあるしね。朝鮮の労働者の賃金が日本の労働者の半分だったり、半分のまた半分だったり、婦人労働者はそのまた半分だから、資本家たちが安い賃金につけ込んで朝鮮の婦人労働者を使おうとするのよ。ところが妊娠したらクビよ。運良く人のいい工場主に当たったら出産後三日くらい休めるけどね。ひどいと思わない？　出産して三日でまた働くなんて。現場に出てみたら本当に涙が出るわ」

槿友会は五月から六月にかけて全国巡回啓蒙講演をおこなった。貞淑は京咸線《キョンハム》に沿って元山《ウォンサン》、永興《ヨンフン》、咸興《ハムン》、会寧《フェリョン》、龍井《ヨンジョン》まで一九地域をまわった。新義州《シニジュ》方向の京義線《キョンウィ》側は丁七星《チョン・チルソン》が担当した。女子教育協会や女性同友会がありはしたが、槿友会のような全国的な組織は初めてだった。貞淑はこれまで以上に意欲的だった。ところが丹治の一言が彼女をあわてさせた。

「みんな一生懸命にやってきたことはわかるけど、新幹会や槿友会の活動はもう再整備するときだと思う」

「どういうこと？」

ソ連から変装して帰国した金丹治の一言が、個人の意見でも、特別な意味のない暇つぶしの発言でもないことは明らかだった。貞淑が聞いた。

「何かガイドラインを受けて来たの？」

「後でまた意見を聞くよ。僕も今日来たばかりだから、ここの雰囲気をもう少し見ないとね」

貞淑はただでさえもたれていた胃がますます重くなるのを感じた。


繁栄する大日本帝国の偉大さと併合後の朝鮮の発展を植民地の人々に見せるために総督府が企画した五〇日間の朝鮮博覧会が開催されていた。景福宮《キョンボックン》の庭と総督府前の六曹《ユクチョ》通りに大げさな展示施設が建ち並び、エッフェル塔よりも高いという麒麟ビールの広告塔が建てられ、朝鮮物産共進会五周年塔が真っ昼間にも煌々たる電気の灯りを放ち、遠く慶尚道《キョンサンド》や全羅道《チョルラド》から観覧客たちが上京して景福宮周辺の一般の家まで「空き部屋あり」の貼り紙をしている中、警察が博覧会場周辺で非常警戒態勢を取っているときに、丹治《ダニャ》は例の老紳士の変装をして許憲《ホ・ホン》の家の母屋を抜け出し、麻浦《マポ》区桃花洞《トファドン》に居所を移した。モスクワ大学出身の金應基《キム・ウンギ》の兄の家に一間借りることにしたのだ。そこは丹治と明子《ミョンジャ》が暮らす部屋であると同時に、党再建のための秘密のアジトだった。

モスクワに行ったことで家族の鼻息はだいぶ弱まってはいたが、それでも明子が再び家を出るのは簡単なことではなかった。留学から戻って半年間、懐柔と圧力が続き、母は嫁ぎ先も二、三カ所あげた。

「あなたはもう若いわけでもないのに縁談の中には初婚の人もいるのよ。この家は結婚して一年で妻が亡くなったと言うから初婚も同然だし、大層な名門の家柄だから私がすぐに一度会わせましょうって言ったのよ」

母は娘の気持をつかむために必死だった。ある日は仰々しく明子の部屋の扉を開け、ピンクの風呂敷包みを持って入って来た。風呂敷をほどくと螺鈿《らでん》細工の装飾品箱が出てきた。母は装飾品箱から黄色い南瓜《かぼちゃ》に赤い結びひものついたノリゲ〔装飾具〕を取り出した。

「高等女学校に通ってたときのこと覚えてる？　あなたの友だちが南瓜のノリゲをつけているのを見て、それと同じのがほしいってねだって大変だったでしょ。お母さんが小間物売りの千《チョン》さんに頼んで持って来させたのよ。見てごらん。赤瑪瑙《めのう》のノリゲもあるわ。そこらへんの安物の赤瑪瑙とは輝きが違うじゃないの」

宝石箱からはノリゲと腕輪と指輪が次から次へと出てきた。

「銀の腕輪をつけてごらん」

明子はしかたなく銀の腕輪を左の手首につけて前後に一回まわしてからまたはずし装飾品箱に戻した。

「お母さま、私ね、もうずいぶん前からノリゲをつけていないの。腕輪はお母さまにお似合いだわ」

母は失望の色を隠せず暗い表情で装飾品をしまい、部屋を出るまでずっとぶつぶつとつぶやき続けた。

「子どもの頃は他人が何かかわいいものを持っているとうらやましがって大変だったのに……。アイゴ、昔から女は美しいものをほしがるのが普通なのに。この娘をいったいどうすればいいの。結婚も嫌、装飾品も嫌。召使いがいるのに自分で台所に入るし、洗濯をすると言って井戸端に座り込むし。まったく一から一〇まで気に入らないよ……」

確かにおかしなことではあった。南瓜のノリゲがほしくてたまらなかったし、母の赤瑪瑙の首飾りをこっそりつけて学校に行ったこともあった。あの頃は早く大人になって、どこかの奥さまになり、美しくて高価な装身具を装飾品箱にぎっしりとつめたいと思っていたのに、今日はあの高い装身具が陶器の割れたかけらのように見えた上に、母の怒りはただわずらわしいばかりだった。

明子が丹冶と一緒に暮らすと言ったとき、母は再び落胆の奈落に落ちた。しかし母はすぐに気を取り直して対策を打ちだした。

「あの丹冶とかいう人の生年月日と生まれた時間を聞いておいで。四柱推命《しちゅうすいめい》で相性を占ってもらわないと」

「お母さま、愛しあってることが大事なのよ。四柱推命なんか必要ないわ」

「愛しあってるって？　よく言うわね。わかったわ。じゃあ、婚礼の式を挙げましょう」

「お母さま、ごめんなさい。婚礼の式を挙げるような状況じゃないから」

「それはまた突拍子もないことを言うね。式は当然挙げなければいけないでしょ。状況っていったい何のことなの」

「……」

「何なの？　あの人が新聞社をクビになって失業でもしたの？　アイゴ、あなたのせいであんまり驚きすぎて、もう何かちょっと聞いただけでも心臓がどきどきするわ」

母の声はもうすっかり震えている。心臓病をわずらう母は恵化洞《ヘファドン》の京城《キョンソン》帝大病院に通うため、江景《カンギョン》に父を置いてほとんど嘉會洞《カフェドン》で暮らしていた。

「いえ、新聞社ではないけど月給が出るところはあります」

「新聞社ではないって？　そんなこと聞いてないわよ。ああ、聞けば聞くほどわからなくなるわね」

母はオンドルの火が消えるかと思うくらいの大きなため息をついた。

「でも、そんな安月給、出ても出なくてもどうでもいいわ。世の中が変わったと言って小作人や管理人も変わってしまったから、うちの田畑や農場を管理するとか、婿が来たらきたらすぐにやらせる仕事は山のようにあるんだから。下衆《げす》でもあるまいに、どうして婚礼も挙げずに一緒に暮らすなんて言うの。お父さまはあなたの言うことなら小豆《あずき》で麹《こうじ》をつくると言っても全部聞いてくれるでしょうけど、それはいくらなんでも話にならないことよ。人目もあるんだから。由緒正しい家門で一人娘が男と式も挙げないで一緒に暮らしてるなんてことが知れたら、下々の者が私たちをバカにするでしょう。陰に隠れてどれだけ噂話をしてうしろ指を指すことか。どういう事情があるのか知らないけど、黙って式だけは挙げなさい。京城で現代式に一回やって、江景に行って伝統式でもう一回やって。あの男はすらりとして男前だから見栄えはいいじゃないの」

明子の沈黙が長引くと、母が前言をひるがえした。

「それがどうしても面倒だったら江景で一回だけやってもいいけど」

「お母さま、面目ありませんし、親不孝も承知していますが、それでも本当のことを申し上げます。あの人には故郷に本妻がいるんです」

母はしばらくゼイゼイと息をするだけだったが、断末魔の言葉をやっと吐きだした。

「だ、だから、それは、だから、妻子がいるということなの？　近頃は髷を結わないから独身なのかどうか見た目ではわからないね。あ、あいつ、見た目は立派なくせに。じゃあ、あなたはどうするつもりなの。

妾になるつもりなの。あんなやつの妾でいいの？　大事に育ててきたのに……。我が家がどういう家門かわかっているでしょ。ソ連に行くのも許してあげたのに……。その上、こんなふうにお母さんを失望させるなんて。私が死ねばいいと思っているの。こんなんじゃあ、私は長生きできるわけがない。丹治、あいつ実際にはゴロツキみたいなやつだったのね。アイゴ、あの梨花《イファ》学堂に行かせたのが間違いだった。あんなに止めたのに……」

母は寝室の布団に倒れ込み、丹治が桃花洞で待っているのに明子は家で母の看病をしなければならなかった。母の病は身体よりも心をむしばんでいるようで、明子が降伏するまで起き上がらない覚悟を決めているようだった。しかし明子も生やさしくはなかった。母が半月後に起き上がると明子は荷物をまとめた。

母は諦めたようにも見えたが、まだ何か諦めきれないものが残っているようでもあった。母は舊基洞《クギドン》の農場にある家に管理人を送ってきれいに整えておいたからそこに行って暮らすようにと言った。もう家は用意したと答えると「じゃあ、行って見てみよう。新婚の家なんだから、新婚らしく整えないと」と言い張った。それから、家を見せてもくれず、どこなのか教えてもくれないと言って腹を立て、文句を言った。江景の台所仕事をしている女をつけて送ると言い、これまで拒絶されると、明子の母はついに寝室の絹の布団の上に座り込んで慟哭《どうこく》した。

明子が家を出て行った日、母は寝室の戸を閉めたまま見ようともしなかった。下男が三段箪笥の上に屏風をのせ、それを背負って同行した。これまでお嬢さまのお世話が全然できていなかったではないかと奥さまに朝晩怒られ続けて泣き暮らしてきたサムォルが、目を真っ赤にはらして荷物を抱えてついて来た。明子は背の高い門を出た途端、「サムォル、私のせいであなたが大変な思いをしたわね。元気でね」と言いながら、涙ぐむサムォルの目元を手のひらで拭いてあげると、荷物の入ったスーツケースを奪い取った。明子は下男が背負っている三段箪笥を開けて宝飾品の入った布袋とサテンのチマチョゴリ一着だけ取り出してスーツケースに入れた。宝飾品は活動資金をつくるのに必要だし、チマチョゴリは変装用に必要だからだ。彼女は下男とサムォルを門のところに置き去りにして、スーツケース一つだけ持って一人で街に出た。

一一月末、桃花洞でいわゆる「朝鮮共産党再組織準備委員会」の第四回会議が開かれた。金丹冶が極秘裏に入国したという情報を得た警察が麻浦《マポ》、龍山《ヨンサン》一帯を捜索し始めていた。会議が開かれるたびに桃花洞の家にはみすぼらしい格好をした男たちが集まった。飴売り、餅売り、果物行商人など、職業も多彩だった。権五稷《クオン・オジク》、趙斗元《チョ・ドゥウォン》、金應基《キム・ウンギ》のような同窓生たちが奇想天外なスタイルで家に入って来るたび、明子は緊迫した状況にもかかわらずこみ上げてくる笑いを堪えることができなかった。彼らは普段は労働現場に潜り込んでいて、いざ動くときには個性あふれる変装術を発揮した。朝鮮共産党の再建と検挙が繰り返される間、警察が「朝共」ノイローゼにかかって赤いリボンを見ただけでも飛びかからんばかりなので、変装術は日増しに巧妙にならざるを得なかったのだ。

金丹冶が京城に来て再建事業をおこなう党中央が組織され、モスクワ共産大学出身者たちが前面に配置された。彼らは工場や農村に入って行き労働者農民を組織して五月には党大会を開く計画だった。丹冶はモスクワ大学に入学させる青年一一名を選抜したが、全員が労働者、農民で、一九二五年の最初の留学生たちとは違っていた。基本階級を中心にするという一二月テーゼに従ったのである。

一九二九年は予言者マルクスが再臨した年だった。この年は、新年初頭の元山《ウォンサン》ゼネストで始まった。ついに朝鮮のプロレタリアートたちが階級的に覚醒し始めたように見えた。一〇月末のニューヨーク証券市場の大暴落は、史上最高の繁栄時代を謳歌していたアメリカとヨーロッパの資本主義帝国を揺さぶった。朝鮮は豊作続きだというのに米の価格が暴落し、農民たちは土地を失い山に入って火田民になり、二〇〇〇万にもならない人口のうち数百万人が飢餓にあえいだ。すべてがマルクスの予言どおり、資本主義体制の矛盾を立証していた。

「朝鮮の新聞を読んでもわからないが、最近朝日新聞を読むと金融恐慌をうんぬんしていて、世界経済がただならないのは間違いなさそうだ。フーバー大統領というのが数カ月前に就任して、貧困に対する最後の勝利が目の前に迫っているって大口を叩いたんだ。みんなが豊かに暮らせるようになるのに、無産者革命なんてとんでもないと言ってのけた。史上最高の好況だって騒ぎ立てたんだ。ところがマルクスは好況期がきて過剰生産が最後まで行ったら、そこで急転直下、恐慌に転じるって言った。今がまさにその恐慌の入り口だということだ」

丹治の声は低かったが、確信に満ちていた。ソ連でも政治集会では必ずレーニン学校出身者が理論的なリーダーだった。すっかり日が落ち、小さな部屋の真ん中に置かれたランプが壁に人々の影を大きく映し出していた。それぞれにおかしな格好をした再建委のメンバーたちは真剣な面持ちで丹治の基調発言に集中していた。彼らはすり減った靴で人気《ひとけ》のない裏通りのぬかるみをさまよっていたが、頭の中では共産党宣言が青い空の下の万国旗のようにはためいていた。

「恐慌が全世界に広がったら日本人はただでさえ市場を広げてきたのにいったいどうするだろうか。座して破滅するか、略奪行為に走るか、二つに一つだろう。日本は間違いなく略奪戦争のほうに行くと思う。大罪もない朝鮮の民がまた苦労することになるが、今こそ階級革命の最適期だと言ったのはそのためだ。大資本家たちは労働者だけでなく小資本家をも収奪する構造だから恐慌になったら小資本家から先に破滅することになっている。工場が閉鎖されて大量の失業者が出るだろう。労働者農民を中心に小資本家とインテリゲンチャの階級同盟を組織することが今、我々の課題だというのもそのためだ」

丹治の言葉が少し途切れた隙にランプの芯が燃える音が「ピシッ」と聞こえた。再建委メンバーたちの目に生気がよみがえった。コミンテルンは世界資本主義が没落期に至ったと判定しており、何もかもが資本主義の葬送曲である一二月テーゼどおりに進んでいた。

「我々が変装してコソコソと出歩くのも、そう長くは続かないだろう。日本の銃剣に苦しめられるのも、後わずかだ。僕は確信する。全世界の階級革命が完遂する日、日本帝国主義と我が朝鮮の立場は逆転するだろう！」

城門外の麻浦渡し場付近のみすぼらしいトタン屋根の下、狭い部屋一間に身を隠して危険な日々を送っていたが、彼らは歴史の重要な転換点に立ち会っているという興奮で高ぶっていた。資本主義の没落は時間の問題で、朝鮮解放の日は目の前に迫っている。壁に貼った新聞紙が南京虫にところどころかみちぎられた桃花洞の玄関脇の部屋で柱時計の針がチクタクと音を立てるとき、明子にはそれが資本主義帝国が破局に向かっていくカウントダウンの音に聞こえた。

ある日の夜、権五稷が心配気な顔で入って来た。

「大家のおばさんの話によると、今日の昼に桃花洞の道の向かい側まで巡査たちが来て捜索して行ったそうです」

丹治は少し考えた後、「明日、ここを出よう」と言った。明子の顔が蒼白になった。

「他のアジトを探してみましょうか」

「余計な苦労をする必要はないよ。おおよそ急ぎの仕事は解決したし、五カ月もいたんだから長くいられたほうだ。尻尾が長ければ踏まれるものだからね」

　丹治が権五稷に言った。

「僕は明日の朝、京城を出発する。正午頃には旧把撥《クパバル》を抜け出していると思う。北に向かう途中で状況を見ながら列車に乗るかもしれないが、ひたすら歩くことになったら一カ月半くらいで国境を越えることになるだろう。僕がウラジオストクに到着するまで連絡はしないように。ウラジオストクから電報を打ったらそのときから国際ラインが再び稼働するということだ。僕が発ったらこの桃花洞のアジトは即時閉鎖するように」

　丹治は共産党の再建委問題と来年の三・一節に檄文を配ることについていくつか伝えて、権五稷の手を握った。

「我々はすぐにまた会うことになるだろう。年老いたお母さんのことを考えて、君はくれぐれも気をつけてくれ」

　丹治は権五稷の目を見ながら、兄の五卨《オソル》のことを思った。西大門《ソデムン》刑務所にいる五卨は年を越すことが難しいだろうと言われていた。丹治の友人五卨は、朴憲永《パク・ホニョン》が監獄に捕らわれた後、高麗共産青年会の二代目責任秘書となり、六・一〇万歳運動のときに投獄され、拷問を受けて、今では立っていることも、座っていることもできず、瀕死の状態で臥せていると言う。

　うなだれた明子の頬に涙が伝わり、床にぽとぽとと落ちた。権五稷が立ち上がった。

「今日、私は大家の家で寝るようにします」

　桃花洞に一緒に暮らすようになった後も、二人だけで夜を過ごすことはほとんどなかった。

「あなたに会いたくなったらどうすればいいの？　私たちは一緒に撮った写真一枚ないのよ」

モスクワでの夢のような日々が目の前にちらついた。明子は「あなたと一緒にウラジオストクに行ってはだめかしら」という言葉が出てきそうになるのを必死にのみ込んだ。目を真っ赤にした明子を丹治が抱き寄せた。二人は無言でしばらく抱きあっていた。明子の涙で丹治の肩がぬれた。丹治の目にも白い霧がさした。

「明子、今僕が何を考えているかわかるかい？　少なくとも今この瞬間には君と二人きりですべての現実から逃げ出したいって思ってる。たとえ歴史の罪人になったとしても」

明子は、三日ほどでいいから二人きりで向かいあって白菜スープでご飯を食べ、温かいオンドル部屋に寝そべって背中を温められたらどんなに幸せだろうと切実に思った。三〇歳前後の男女が布団に並んで横たわっていても、身体は熱くならなかった。一一月の部屋の空気は冷たく、歴史の重量はあまりにも重かった。麻浦渡し場から、水路に沿って内陸へと向かう蒸気船の汽笛の音が聞こえた。明子は眠れなかった。目はますます冴えていった。二人きりですべての現実から逃げ出したいという、丹治の言葉が頭の中をぐるぐると回っていた。本心だろうか。

いつのまに眠ったのか、かたわらでいびきが聞こえてきた。一日中歩き回って疲れたのだろう。明子は丹治の前で涙を見せなかったことを後悔した。北風が吹いてきて障子紙が夜通し音を立てた。彼女は明け方にやっとうたた寝をした。

丹治が京城を発った日は、初冬の寒気が押し寄せて窓に霜が降りた朝だった。うっすらとまわりが明るみ始めた頃、彼は家を出た。ひげをつけ、つけ毛の髷を頭にのせた彼は、薄い単衣のチョゴリと膝丈のズボン姿で黒いコムシン〔ゴム靴〕をはいていた。数カ月前に汽車で京城に入って来たときの中折帽に背広の紳士とはまるで違う姿だった。この間に検問が厳しくなり丹治の身辺も露呈していたため、列車に乗ることはできなかった。丹治は旧把撥を経由して京城を抜け出し咸興《ハムン》、清津《チョンジン》を経て国境を越える計画だ。

長旅だが、革命家に荷物は必要ない。どこの国、どこの都市であれ、そこにあるものを食べ、使い、着た。納屋であれ、旅館であれ、その日の眠りにありつける場所が我が家だった。今後、京城に残る明子とソ連に発った丹治との通信はいっそう密やかなものになるだろう。明子が再建委海外連絡係だった。

「ウラジオストクに着いたらすぐに電報を送ってね」

鴨緑江《アムノッカン》、頭満江《トゥマンガン》沿岸は独立軍の部隊が毎日のように越境して頻繁に交戦しており、厳しい警備が敷かれて国境はますます殺伐としていた。

「今度来たら君のご両親にご挨拶して簡単に式も挙げよう」

まるで今回は時間がなくてできないといった口ぶりだった。明子は丹治がすぐに帰って来ると信じた。日帝が倒されれば亡命生活にも終止符が打たれ、丹治は朝鮮に戻って明子と結婚式を挙げ、子どもを産み仲むつまじい家庭を築くことになるだろう。丹治が申しわけなく思っていることが伝わって明子はかえって嫌な気持になった。

「仁川《インチョン》の李承燁《イ・スンヨプ》にはすぐに連絡を入れるし、西大門刑務所の同志たちに差し入れするのは分担してやっていくから心配しないで。再建委は……」

二人の間で仕事といえば共産党再建事業しかないかのような言い方だった。明子は弱気を悟られまいと、革命家同士の別れはこうでなければならないといった調子で、ことさらテキパキと活動の話をした。丹治は、返事はせずに明子の額に唇を当てた。そしてまるで会社に行く夫のように、夕方にはホットクでも買ってまた帰って来るかのように、そんなふうに出て行った。

漢江《ハンガン》から堤防を越えてきた深い霧の中に、彼の姿はあっという間にのみ込まれていった。一九二九年一一月三〇日だった。

朝鮮博覧会は一〇〇万近い入場者を集めて閉幕した。博覧会を見た朝鮮人は朝鮮の発展を目で確認し植民地宗主国の日本に感謝したことだろうと内心得意になっていた総督府のファンタジーを無残に打ち砕く事件は、光州《クァンジュ》で起きた。

ある日、貞淑《ジョンスク》が書店に行こうと仁寺洞《インサドン》を歩いているときだった。丸刈り頭の配達少年が新聞の号外をまきながら走って来ていた。少年は腰のあたりに下げた鈴を鳴らしながら「号外だよ」と叫んでいる。

「光州で朝鮮人学生と日本人学生が衝突、大決闘。原因は朝鮮人女学生に対する日本人中学生による民族的蔑視」

号外を拾った貞淑は来た道を戻って家へと向かった。弁護士事務所で父は今届いたばかりの夕刊を読んでいた。

光州高等普通学校生徒対中学校生徒の衝突事件は三日午前一〇時頃、停留場で再び衝突して互いに数百人が乱闘し、数十人の負傷者を出し、数千人の群衆が集まって一時交通まひを起こしたが、警察は警鐘を鳴らし消防隊まで出動させて、ただ今鎮圧中とのことだ。

――『東亜日報』一九二九年一一月四日付

この日から連日、新聞に光州の学生たちによるデモと検挙のニュースが掲載された。八日夜、鍾路《チョンノ》の新幹会本部では緊急執行委員会が開かれ、翌朝、執行委員長の許憲《ホ・ホン》と財政部長の金炳魯《キム・ビョンノ》など真相調査団三人が光州に向かった。許憲は翌日帰って来た。

「貞淑、アメリカにいたときに何が一番うらやましかったかわかるか？　高いビルや自動車、そんなものではない。ニューヨーク州知事の選挙を一緒に見ただろ？　若者たちが街頭や公園で自分が支持する候補の応援演説をするときに、みんな大きな声を張り上げて自信に満ちていたではないか。今回、留置場に行って朴準埰《パク・チュンチェ》にも会ってきたが、非常に真面目な学生だったよ。朴君は福田という男が朝鮮人のくせにどうのこうのと言った言葉に我慢がならなくて殴ってしまったということだ。一六歳の高普〔高等普通学校〕生がそんなことを言われたら頭に血が上るだろう。朝鮮人に生まれたというだけで下級市民の身分になったのだから……。どうしてこんなことになってしまったのか。大人として面目がない」

許憲は長いため息をついた。

羅州《ナジュ》の駅前で光州中学の日本人学生たちが朝鮮人女学生にちょっかいをかけるのを見た光州高等普通学校の学生が駆けつけ、日本人学生を平手打ちしたことが両校生徒たちのケンカに発展したのだが、日本人巡査が朝鮮人学生を殴打して解散させたことが問題の発端になった。両校の学生たちの集団衝突が三日間続くと、他校の学生も加勢して、さらに日本留学中の光州高普の卒業生たちまで戻って来て檄文をまいているということだった。

「あいつらが朝鮮人学生だけ捕まえて非常にかたよった対応をしているから、事態は簡単には収拾できそうにない。今回のことは新幹会で正面突破するつもりだ」

新幹会は「光州学生事件報告大会」を開くことにした。しかし、講演者を決めてビラをつくっているときに、総督府がビラを押収し大会の開催を禁止してしまった。新幹会はこれを言論弾圧と見なして今度は「言論弾圧報告大会」を催すことにした。しかし、これも禁止されてしまった。新幹会は総督府と一進一退の戦闘を繰り広げていた。新幹会は再び光州事件の真相を知らせ、日帝の民族差別政策を糾弾する民衆大会を安国洞《アングクトン》交差点で開くことにした。決行のその日は一二月一三日。新幹会は檄文二万枚をつくり、大々的な群衆集会を準備した。

決起日を数日後に控えた日の夕刻、総督府の警務局長が許憲の家を訪ねて来た。貞淑は板の間に立ったまま、二人が居間で交わす話に聞き耳を立てた。新幹会が抗議書簡を送ったのだが、それに対する総督府の回答を持って来たのだ。総督府の立場は明快だった。今回の群衆集会を強行するならば首謀者を根こそぎ逮捕する、許憲も例外ではない、弁護士資格も返上しなければならなくなるだろう、新幹会を解体させることもできる、新幹会がここで思いとどまるならば合法的な団体として活動できるようにしてあげる。許憲は光州の学生たちはどうなるのかと質問し、警務局長がそれは別の問題だと答えたため、二人の対話は長引き、ついに居間の扉が外れて倒れそうなくらいに怒気に満ちた許憲の怒鳴り声が聞こえてきた。

「あなた方に法があるなら、私にも法がある！　私は私の法に従ってやる！」

父の怒声に貞淑は戦慄した。これまで父は法廷で人権を問い、学校の設立や新聞社の運営にお金と努力をつぎこんで、合法的で穏健な手法で問題を解決してきた人物だ。そんな人が街頭に立つことを決意すると、危険もかえりみずに一身を投じているのだ。

一二月一三日の朝、貞淑は父と共に早朝に朝食の席についた。父は物思いにふけり、なかなか箸が進まなかった。

「お父さん、ちゃんと召し上がって。長い一日になるんですから、しっかりと食べておかないと」

間違いなく自宅での最後の食事になるだろう。父は長いため息と共に箸を置いた。

「植民地の歴史も二〇年経ったが、近頃ほど惨憺たる日々はなかった。新聞は全部総督府の機関紙のようにつくり替えようとするし、何かあればいちいち治安維持法を掲げて殴って蹴って。こんなありさまでは弁護士資格なんかあってもしかたがない。資格証を抱えて座っているのが恥ずかしいだけだ」

朝食を片づけると同時に刑事たちが押し入って来た。新幹会の洪命熹《ホン・ミョンヒ》、趙炳玉《チョ・ビョンオク》など、他の幹部も拘束された。民衆大会はお流れになった。

翌日、父が鍾路警察署から西大門刑務所に送致されたという知らせを聞いて、貞淑は家を出た。槿友会《クヌフェ》の事務所をアジトにして、貞淑は京城府内の女学校学生代表たちと会った。京城府内の高等学校がいっせいに新学期を迎える一月一五日、同盟休校して街頭行進をおこない、光州学生事件の真相を明らかにせよという檄文を配る計画だった。梨花女高普、同徳《トンドク》女高普、培花《ペファ》女高普、京城女子商業学校、淑明《スンミョン》女高普などが参加する予定だ。

貞淑はつわりの真っ最中だった。夫が捕まった後、すっかり気弱になった母は、娘の挙動がおかしいと思ったのか、外出のしたくをしていた貞淑の部屋に入って来た。

「おなかに子どももいるんだから家で休んだらどうなの」

「心配しないで。悪いところもないし、身体も軽くて調子がいいわ」

貞淑は最近、椅子に三〇分以上座っていると腰がちぎれるように痛く、脇腹がズキズキした。病院では下手をしたら母体も胎児も危険だと、とにかく休むようにと言われていた。

「調子がいいって言うけど、お母さんの目には顔がどす黒く見えるわよ。どうしたの」

「お父さんも五〇歳に近い年で立ち上がられたんですもの、若い者が家に閉じこもって穀《ごく》をつぶしてばかりはいられないわ」

「子どもはあなた一人しかいないんだから、あなたに何かあったらお母さんはどうすればいいの。刑務所がいいところでもあるまいし、そこにあなたまで入ったらお父さんがどんな気持になるか。今までやってきたことだけでも朝鮮のためにやるだけのことはやったでしょ。朝鮮中を講演して歩いて啓蒙も充分にしたし、独立運動もやれるだけやったじゃないの。キョンハンの父親と別れて他の男と会ってるって陰口叩いてた人たちも、もうこれくらいやれば許貞淑は立派な人間だってほめたたえるだろうよ」

「お母さん、玉仁洞《オギンドン》の裏山あるでしょ？　あそこに桑畑をつくって蚕を飼ったらどうかしら？」

「桑畑ですって？　何を突拍子もなく……」

「弁護士事務所もこういうことになったし、これから我が家に収入が必要だと思うの。最近は養鶏業をする人も多いって聞いたわ。七面鳥の卵より鶏の卵のほうが生産コストがはるかに安いって話もあるし」

母は何が何だかわからないという表情で貞淑を見ていたが、それなりに何か考えている様子で部屋に戻って行った。

計画の決行日に向けて貞淑は忙しくなった。キョンハンが文字の勉強をするための本とノートを買い、キルハンは病院に連れて行って検査を受けさせ、二人の服も冬服、春服、上着、下着まで一気にひとそろい買って簞笥に入れておいた。旅館にいる宋奉瑀《ソン・ボンウ》と一緒に仁寺洞の書店に行って本を二〇冊ほど買い、従妹に預けて後で刑務所に差し入れしてほしいと頼んでおいた。宋奉瑀は「許女史、君は何だか海外留学に行く人みたいだな。君みたいに万全の準備をして刑務所に行く人は初めて見たよ」と言った。

一月一五日の朝、貞淑が服を幾重にも重ね着して外出の準備をしていたとき、具合の悪そうな顔をした母が来て怒り散らした。

「あなたは本当に怖いもの知らずなのね。怖じ気づくってことがないの？　日本の巡査たちが片方には日本刀、もう片方には六連発の拳銃を下げているのに、どこか人気のないところで何かされたらどうするつもりなの。そんな身体なんだから家で漢方薬でも飲んで寝ていればいいのに。アイゴ、貞淑、どうしても行かなければならないなら、うしろのほうに立っていなさい。国を救うために監獄暮らしをするのはお父さん一人で充分よ」

貞淑は母の愚痴を無視して父の部屋に行った。父のいない部屋には林元根《イム・ウォングン》がいた。一月一日に満期出獄した彼は、まっすぐ貞淑の家に来た。病院通いをしながら身体を休め、二人の息子と時間を過ごしていた。元根はこれまで新聞を読めなかったのか、家に来て許憲がいないことを知り、ひどくがっかりした。その上、妻は他の男の子どもを宿していたのだから、彼に押し寄せた寂寞《せきばく》感は、ちょっと前までいた真冬の西大門刑務所の寒気や孤独よりも深かったに違いない。

貞淑が家を出るとき、母と元根が門のところで彼女を見送った。母は生米を入れた布袋を娘に渡した。

「生米をかむとつわりがよくなるものよ」

彼女は普信閣《ポシンガク》交差点に向かった。冷たい風が吹く朝だった。

その日の午後、貞淑は槿友会館で朴次貞《パク・チャジョン》と一緒に逮捕された。貞淑は槿友会執行委員兼出版部長で、朴次貞は部員だった。西大門警察署は女学校の教室がそっくり移設されたかのように、おさげ髪の生徒たちで賑わっていた。女子学生は西大門に、男子学生は鍾路警察署に送られたのだと言う。

女学生デモに対する初公判が開かれたのは三月一九日だった。金炳魯が弁護した。大きなおなかで黒いトゥルマギを着て法廷に現れた貞淑は泰然自若としていたと、雑誌の傍聴記に記されている。裁判長が「被告はさまざまな点から見て、学生たちが計画するデモを指揮したと見られる」と述べ、貞淑はこれを認めた。彼女は特別な政治的意味はなく、光州の学生たちに共感したのだと最終陳述した。貞淑は懲役一年刑を言い渡され、女子学生の中では一人だけ八カ月の実刑を受けた。その他は全員執行猶予がついて釈放された。

貞淑は赤い囚人服を着て既決囚としての生活を始めた。当時、西大門刑務所には約二〇〇〇人の囚人がいた。冬にも暖房はおろか布団もなく、むしろをかぶって寝たし、囚人たちはたいがい、疥癬《かいせん》にかかって皮膚が黒ずんでいた。食事は豆ご飯やキビ飯に大根の漬物程度だった。未決監にいた頃には実家が入れてくれる差し入れを拒否した。七人の女子学生と一緒に入って来て、自分一人だけ差し入れを食べるわけにはいかない。学生が一人以外は全員釈放されて既決監に移ったその日、彼女は看守からメモをもらった。見慣れた字。父だった。

「おなかの子のことを考えて差し入れられたものは食べなさい。これ以上、意地を張るのは親不孝だ」

貞淑は、父が胃腸炎で食べものもろくに食べられない状態だという噂を聞いていた。そんな父の切なる忠告だった。手のひら程度の鉄窓の外、向かい側に父がいる未決監の棟が見えた。彼女は差し入れを受け取るようになった。

刑務所は臨月が近づく妊産婦のいる場所ではなかった。おなかは南山《ナムサン》くらいにふくらみ全身がむくむ。夜は俯せになることも、仰向けで寝ることもできない。しょっちゅう熱を出す。彼女は病監に移った。肺炎だった。しかし貞淑は胎児のために解熱剤や鎮痛剤は拒否した。肺炎はますます悪くなった。貞淑は刑の執行停止で仮釈放された。彼女は熱に浮かされ軽い咳をしながら刑務所を出た。一九三〇年五月一六日のことだ。

貞淑はその足で京城医専病院に入院した。子どもを産む瞬間に気絶して最初の産声を聞くことができなかった。母親も子どもも危ない難産だった。肺炎はすでに肋膜炎になっていた。貞淑は出産後すぐに胸部にたまった水をホースで抜き出した。彼女は自分がスキャンダルや政治的弾圧や経済的破産ではなく、肉体の奇襲に倒れることもあり得るのだという事実を知った。

主に暗くなってから誰かが明子《ミョンジャ》に運んでくれる手紙の封筒には、ヨンスク、スニムといった女の名前が発信人として書かれていた。手紙は、親戚のお姉さんが優しく語りかける挨拶の言葉で始まっていた。この隠語通信から事務的な内容を抜き出すことは難しくなかった。金丹冶《キム・ダニャ》の手紙は、初めはウラジオストクから届き、その次は上海から来た。

学生デモはまだ続いていた。光州《クァンジュ》学生事件の後、全国的に同盟休校や街頭デモが起き、再び三月一日が近づいていた。朝鮮共産党再建委は「朝鮮共産党」の名で檄文をまくことにした。明子には工作金を手渡す仕事と、檄文を運ぶ仕事が任された。明子の共産大学同窓生の権五稷《クォン・オジク》が檄文を書き、仁川《インチョン》で旅館を営む李承燁《イ・スンヨプ》が印刷した。

明子は「全朝鮮の被圧迫、被搾取階級に檄す」というタイトルのビラを仁川で李承燁から受け取って京仁《キョンイン》線に乗った。運搬は他の一人と分担していたが、初めて見る顔だった。万が一に備えてお互いに自己紹介はせず目だけで挨拶を交わした。二人は列車に乗ってそれぞれの席についた。明子は紫色のサテンのチマチョゴリにビーズのハンドバッグを持ち、両班《ヤンバン》の家の令嬢スタイルだった。チマの中にビラ八〇〇枚を包んだ風呂敷を腹に結びつけていた。ビラの風呂敷包みは一二幅のチマでも隠しきれず、妊婦、それも臨月を迎えた妊婦に見えるくらいだった。列車が富川《プチョン》駅に着いたとき、警官が二人列車に乗り込んで来た。何か情報があったのか、巡査は一人ずつ荷物検査をおこなった。人々は慣れた手つきで鞄を開けてみせ、風呂敷包みをほどいてみせた。客車の中間あたりで言い争う声が聞こえた。

「全部出せ、それは何だ」

「布地です」

「それじゃなくて、その下。全部出せって言ってるだろ！」

薄い水色のパジチョゴリを着て布地の入った風呂敷包みを持ち反物商に扮装した同僚が、しばらくして巡査に片腕をつかまれて席を立った。もう一人の巡査が風呂敷包みを奪い取ろうとしたとき、彼はビラを一握り取り出して旅客たちの頭の上にばらまきながら叫んだ。

「被圧迫労農大衆は決起せよ！」

一人の巡査が腰に下げた日本刀の鞘で彼の肩を打ちつけた。彼は倒れたように見えたが、すぐに起き上がり二、三歩あるいて進んで頭をまっすぐ持ち上げ再びスローガンを叫んだ。

「日本帝国主義の強盗ども……」

スローガンは途中で切れた。巡査が刀の鞘で彼の後頭部を打ち、水色のチョゴリに血が飛び散った。もう一人の巡査が彼の脚や腹をめちゃくちゃに蹴りつけた。しばらくして彼は両足を伸ばしたまま引きずられていった。背中のうしろのほうで客室の出入り口が閉まる音が聞こえた。列車はまだ走っていた。人々は座席に凍りついており、ビラを拾おうとする者もいなかった。

少しして巡査が一人客室に戻って来た。巡査の声は鋭くなり、検問はいっそう厳しくなった。明子の番になった。身重の女性らしく、明子は蝶の刺繡の入った白いハンカチで額を押さえた。巡査は明子を下から上へと眺め回した。

「開けろ」

巡査は顎でビーズのバッグを指した。バッグの中にはおしろいと口紅、一円紙幣と小銭がいくつか入っていた。巡査は迷わず次の席に移動した。巡査が出て行き、客室の扉が閉まると、明子の隣の席の老人が腰を曲げてビラを一枚拾い素早くそでの中に隠した。明子もそのときになってやっと、手の甲に飛んだ水色のチョゴリの男の血をハンカチでそっと拭った。

桃花洞《トファドン》の家に帰り着くまで明子は列車で捕まった男のことを考えていた。誰なのだろう。色白なすっきりとした顔立ちだった。インテリかな。最近はインテリも労働現場に入るし、労働者も夜学や読書会に通うから外見ではなかなか見分けがつかない。

権五稷は夜遅く帰って来た。明子は権五稷と共に平壌《ピョンヤン》の金應基《キム・ウンギ》に渡す暗号書信をつくった。金属の箸に塩酸水をつけて白紙に書く。塩酸の手紙はロウソクの火であぶると文字が現れるのだ。檄文が発覚した以上、一時も猶予はなかった。明子は束の間寝て夜明け前にまたビラの包みを腹にくくりつけてよろよろと家を出た。京城《キョンソン》駅から平壌駅までの間に彼女はビーズのバッグを何度か開けて見せなければならなかったが、幸いチマの中を見ようとする巡査はいなかった。彼女は平壌で金應基に会ってビラと暗号書信を手渡した。

平壌を出た列車が京城に到着したのは三月一日の朝だった。明子が萬里洞《マルリドン》の丘を越えて桃花洞の入り口にさしかかったとき、誰かが「奥さん！」と呼んだ。桃花洞の家の女主人だった。家主は寝不足のカサカサした顔に心配ごとまで抱えている様子だ。明子は何かよくないことがあったのだと直感した。直感は当たった。桃花洞の家に龍山《ヨンサン》署の警官たちが来て、明子たちの部屋にあるものはちり紙一枚残さずに全部持って行き、家主の夫も捕まって今警官が家の周辺を監視していると言う。丹治が発った後、アジトを移さなかったのがまずかった。家主は仁寺洞にある娘の家の住所を教えてくれた。

そんなふうに明子は紫色のサテンのチマチョゴリ以外には何もない状態で隠れ家に一人とり残された。

翌日、家主の婿から前日の夜に桃花洞で権五稷が逮捕されたことを聞いたとき、明子は落胆して目の前が真っ暗になった。金丹冶は権五稷にすべてを任せて発ったのだ。すぐに釜山《プサン》でも、大邱《テグ》でも、元山《ウォンサン》でも、同志たちが検挙されたというニュースが飛び込んできた。朝鮮共産党の再建は、五月の全党大会は、誰が、どのように取り仕切ればいいのか。

半月後、明子も仁寺洞で逮捕された。三月の間に逮捕された人だけでも九〇人以上だった。朝鮮共産党再建の遠大なプロジェクトは水の泡になってしまった。

明子はつまらない予審を経て、翌年京城地方裁判所に出廷したとき、一年前に桃花洞の部屋で密談を交わした同志たち全員と会うことができた。

母は明子が逮捕されると衝撃で寝込んでしまった。初めてのことではなかったが、長く続いている上に状態も深刻だった。一人娘の投獄は断髪や家出や留学とは次元が違った。明子がモスクワから帰って来た後も、希望を捨てていない母だった。丹冶とモスクワで一緒に暮らしていたことを知っていながら家中に口止めをして、内々に明子の嫁ぎ先を探した。欲深く高慢だったが、実は単純な女性だった。

二カ月後、明子は母の訃報を受け取った。訃報が届いたときには、もう葬儀も終わっていた。明子は監獄の壁に頭を打ちつけた。母親の命を奪った罪人がここにいる。万国の共産主義者兄弟はおろか、丹冶も、兄も、川向こうにいた。誰にも代わってもらえず、誰とも分かち持つことができない罪だった。明子は丹冶が恨めしかった。

明子は公判で懲役二年、執行猶予四年を言い渡された。この裁判で権五稷は六年の実刑を受けた。明子のグループで最も重い刑だった。裁判長が六年の刑を言い渡すと、傍聴席で女の泣き声が聞こえた。権五稷の兄五卨《オソル》が、拷問の後遺症で四年も苦しんだ末に獄死したのが昨年のことだ。

朝鮮共産党再建事件の被告二三人は、明子だけのぞいて全員実刑だった。執行猶予は明子だけだった。例外的に寛大な処分だった。母親を亡くしたから特別に処置してくれたのか。そんなことはあり得ない。父親が裁判所に飛んで行って頭でも下げたのか。そっちのほうがあり得る話だ。明子は裁判が終わるとすぐに釈放された。すでに刑務所生活を一年七カ月ほどした後だった。しかし、一人だけ釈放されるのは気まずかった。なぜ私だけなんだろう。

西大門刑務所の鉄扉の前で兄が待っていた。

「お父さまがこのまま江景《カンギョン》に連れて来るようにとおっしゃってる」

一九三一年一〇月二九日だった。

貞淑《ジョンスク》は出産の後遺症から抜け出し、徐々に健康を取り戻していた。三番目の子についても父親が誰なのか、さまざまな憶測が飛び交っていた。貞淑が父親の違う三人の子を産んだ、長男が林元根《イム・ウォングン》、次男が辛《シン・》日鎔《イリョン》、三男が宋奉瑀《ソン・ボンウ》の子だという噂、または次男と三男が宋奉瑀の子だという噂もあった。

新幹会の民衆大会事件は一九三一年四月になってやっと初公判が開かれた。許憲《ホ・ホン》、洪命熹《ホン・ミョンヒ》、趙炳玉《チョ・ビョンオク》など六人に対する裁判だった。法廷で貞淑は一年半ぶりに父を見た。父は黒のトゥルマギに囚人番号「一五〇四」をつけ、手首を縄でしばられて法廷に入って来た。被告席に座って囚人笠が取られると、髪の半分が完全に白髪になってしまった父のうしろ姿に貞淑は泣きそうになった。父にとっては毎日行き来していた京城《キョンソン》裁判所だったが、あの席に座るのは初めてだ。父は首を横に回し、傍聴席の娘と妻を見つけてぎこちなく笑った。胃腸炎と不眠症がひどいと聞いていたが、目がおちくぼみ、頬骨が張りだしている様子から病状が見てとれた。法廷でハキハキとした声で日本人判事を制圧していた父だったが、今は判事の質問に答える声もどんよりとしていた。

貞淑は言いあらわせないくらい胸が痛んだ。父は刑務所生活一年半でまいってしまうような人ではない。たとえ被告人の身分でも、日本の法廷や法官に萎縮するような人でもない。予審で調査官たちが父の身体には手も触れられなかったと聞いている。父は、この愚にもつかない植民地の状況に対する怒りから胃腸炎をわずらい身体が衰弱してしまったのだ。おまえたちなんかに萎縮しているのではない。と、貞淑は判事に聞こえるように叫びたかった。

彼女は刑の執行停止から一年が過ぎた頃に三人の息子を母に預けて再び監獄に戻った。貞淑は門のところで泰然とした表情で従妹に家のことをいろいろと頼んで、小さな鞄を一つ持って人力車に乗った。母がいる家を出て父がいる刑務所に行くのだ。父のそばに行く気分は、悪くはなかった。一緒に食事をしたり話をしたりできるわけではないが、近くにいるだけで慰めになった。

再び始まった独房生活にはすぐに慣れ、何とかやっていけそうだった。ただ家に置いて来た三人の息子と母が気がかりだった。彼女は定型はがきに小さな字で手紙を書いた。


お母さま！　お会いできない間、お母さまはお元気で、幼な子たちも病を得ることなく育っているでしょうか。また、家族は皆何事もなく無事でしょうか。私はよく食べ、よく寝て、何の心配もなく元気に過ごしていますのでご安心ください。お母さま！　決して私のご心配は一切なさらないでください。理知的に現在のすべての苦痛を乗り越えて、将来のあらゆる幸福と希望と喜びがひたすらお母さまの肩にかかっていることを肝に銘じ、お母さまご自身の健康を保ってください！

紙面不足でこれ以上書けないので、いくつかお願いをしたためます。

一　ヨンハンの食べものに注意してください。寝るときにはミルクを飲ませず、夜中にも乳を飲ませないで、帝大病院に問い合わせて便秘にならないように気をつけ、お菓子を食べさせないようにしてください。写真を大きめに焼いておいてください。くれぐれも食べものに注意してください。

一　キョンハンに薬を飲ませ、キルハンと二人それぞれ入学記念に黒い洋服を着せ帽子をかぶせて一人ずつ写真を撮り、三人兄弟一緒の写真も撮っておいてください。

一　キルハンに洋服を一着買って着せてください。いつも気にかかっています。あのへそまがりに愛をたくさん注いでください。

一　玉仁洞《オギンドン》三二―六のキム・グァンスを訪ねて裏山の空き地の許可を取り、養鶏に使ってください。

一　七面鳥の卵は清涼里《チョンニャンニ》駐在所の左側の家で販売しているので、覚えておいてください。

一　医師のキム・ヨンソル先生の家は八判洞《パルパンドン》三六番地です。訪ねてお礼を言ってください。

一　海東《ヘドン》銀行の利子を忘れずにイ・スンウさんに渡してください。

一　私には、以前にお願いしたものの他に、安国洞《アングクトン》の民衆書院に行って『エスペラント世界の歴史』二冊と英語の『新約聖書』を一冊借りて来てください。

六月一一日　娘より

一九三二年一月に許憲《ホ・ホン》が出獄し、三月には貞淑《ジョンスク》が刑期を終えて出て来た。貞淑が出て来たとき、許憲は約二年の監獄生活で神経衰弱と胃炎、皮膚病をわずらって病院通いをしていた。弁護士資格は剝奪され、新幹会は解体された後だった。金丹冶《キム・ダニャ》が新幹会の再整備をうんぬんしたとき、何か兆候を感じてはいたが、彼女も急転直下こんなことになるとは思っていなかった。大恐慌と満州事変で情勢が急転し、急進的な対応が必要だという主張には一理あったが、新幹会も、槿友会も、それなりに堅実な団体だったのに、無産階級の前衛組織に変えようとして大量投獄され、結局、組織だけ失ってしまった。槿友会は鄭鍾鳴《チョン・ジョンミョン》、丁七星《チョン・チルソン》、許貞淑が一気に投獄されて、解体宣言すらないまま、うやむやな中になくなってしまった。

奇しくも新幹会解散を扱った月刊『三千里』の特集で貞淑の二人の夫が激突している。宋奉瑀《ソン・ボンウ》は「小ブルジョアたちの政談遊戯だった」として解散に賛成し、林元根《イム・ウォングン》は新幹会解散の主張を「左翼小児病ないし観念論」だとして反対している。許憲はそもそも宋奉瑀のことを不真面目で無責任だと言って嫌っていたが、到底気に入られる要素がなかったわけだ。

許憲は「小さな虫を殺すために家全体を焼いてしまったようなものだ。もう誰かに殴られても訴えられる場所もなくなってしまった」と嘆いた。

「最近、誰かに会うことがあると、新幹会を再起させるべきではないかと話してみているが、街人《カイン》もその意志がないようだ。故郷の楊州《ヤンジュ》に行って農業をすると言っている」

街人こと金炳魯《キム・ビョンノ》は許憲が投獄された後、新幹会の執行委員長になっていた。

「わしも鳴川《ミョンチョン》に行って畑仕事でもしようかと考えているところだ」

数十年間、一人で何役もこなしながら忙しく生きてきた父が通院以外にはとりたててやることもない境遇にあることは、見ている貞淑にとってもつらく、また馴染めないことだった。そして父の悩みはそのまま自分自身のものでもあった。彼女も目の前が真っ暗であることに変わりはない。これからいったい何ができるだろうか。

広い江景《カンギョン》平野は秋の収穫が終わって見渡す限り何もなかった。畦《あぜ》に沿って燃えていた火が消えて、ところどころ黒く、または赤く火種が残って燃えつきようとしていた。石油を含んだ綿を棒に刺して畦に火をつけて回っていた人たちも、日が沈むと皆家に帰って行った。初雪でも降るのか、空がぐずついていた。

明子《ミョンジャ》は盛り土の上に座って、空っぽの野を眺めた。

「アイゴ、お嬢さま、地べたにお座りになったらお風邪を召しますよ」

いつの間に来たのか下男が左手に鎌を持ったまま、右手で頭の手拭いを取って地面に敷く。

「この上にお座りください」

明子は手拭いを拾い上げて下男に返した。

「あなたがこれに座って」

手拭いを受け取った下男は、座ることも、立ち去ることもできずに、そのままそこに立って明子が視線を送る方向を一緒に眺めていた。母が幼い明子の手を引いて家の門を出るときには「目に見える田畑は全部高《コ》家のものなのだよ」と言ったものだ。幼い頃は見渡す限り全部が自分の家の所有だという土地を眺めるとうれしかったが、今は土地の広さと同じくらい大きくずっしりとした何かに押さえつけられるような気持になる。下男はこの土地を見ながら何を思うのだろうか。

「ミョンヒは元気?」

「アイゴ、お嬢さま、うちの娘なんぞ元気も何もあったもんじゃありません。娘三人産んで、まだたりないのか、今度産んだのがまた女で。それでも何とか暮らしているからいいようなものの」

「娘を産むか、息子を産むか、それが女のせいだというの？　種をまく男の責任も半分はあるんじゃない」

「まったくです。婿というやつもほめられたもんじゃないのに、娘をいびるもんで。親の私らまで罪人みたいに頭が上がりませんよ」

手に持った鎌のように背の曲がった下男は、年がら年中田畑を耕して年老い、あれこれ心配ごとが多くてさらに老け込んだ。明子は彼の年を考えたこともなかったが、還暦はとうに過ぎたはずだ。末娘のミョンヒは明子と同じ年頃なのでよく一緒に遊んだ。父が蔚山《ウルサン》と密陽《ミリャン》の裁判所に転勤したときにも、ミョンヒは明子について来た。小間使いであり、友だちだった。

サムォルはいつまでも子どもっぽかったが、影のようにくっついて歩いていた子がいなくなると寂しかった。明子が出獄して帰ってみたら、サムォルは家の中でさんざん責められて門脇の部屋に閉じこもっていたが、嘉會洞《カフェドン》の家に出入りしていた小間物売りの男について行ってしまったと言う。

「ミョンヒに一度家に遊びに来るように言ってください」

明子に敬語を使われて恐縮した下男は、返事もせずにぺこっとおじぎだけした。明子はいわゆるコミュニストになって以来、江景の家の年老いた下人たちに敬語を使うようになったのだが、下男は涙まで浮かべて「アイゴ、お嬢さま、それはいけません。高判事の家門がおかしな目で見られます。この年寄りが奥さまに大目玉を喰らいますよ」と言った。父はもうとっくの昔に法服を脱いで弁護士として開業していたが、いまだに皆「判事」と呼んでいた。

「判事さまは最近お顔の色が昔のようではありません」

下男のほうこそ心配ごとがいっぱいの顔をしていた。彼が「家の心配」と言うと、それは自分の家族の心配ではなく、ほとんどが判事の家の心配ごとを指していた。

「アメリカでご立派な勉強もして来られたんですから、判事さまにお孫さんでも抱かせてさしあげたら一家にはこれ以上の喜びはないでしょうに……」
江景では明子の監獄暮らしがアメリカ留学にすり替えられていた。明子が執行猶予になるまでに父がどれほど苦労したか、兄から聞いた。しかし、裁判所のほうにも狙いがあったのだということを、明子はほどなく知ることになった。江景に来た後、明子は家を出るたびに尾行されていると感じた。村人はみんな知りあいなので見慣れない男がうろついていれば明子自身だけでなく村中の人が気づく。金丹冶《キム・ダニャ》を捕まえようと明子をおとりとして釈放したのは明らかだった。枯葉も散り冬の訪れを感じた頃、見知らぬ男の影も見えなくなった。

「雪が降ってきました」

うしろで下男の声が聞こえた。明子の手の甲と膝にいつのまにかちらちらと雪が降っていた。

年が替わり立春に近い頃、金炯善《キム・ヒョンソン》が訪ねて来た。顔が真っ黒で農民の服装をしていたので明子は家に出入りする小作人の誰かかと思った。ところがそれが金炯善だとわかったとき、明子は気絶するほど驚いた。炯善は袖から丹冶の手紙を取り出した。金炯善は金丹冶の連絡係で、最近上海に行って来たのだと言う。間もなく金命時《キム・ミョンシ》と共に京城《キョンソン》に来るということだった。命時は明子と共にモスクワ共産大学を卒業した後、上海に行って呂運亨《ヨ・ウニョン》先生と『無産者新聞』をつくっていると聞いたが、その後、満州へ、ウラジオストクへ、上海へと縦横無尽に動いているという噂だけときどき伝え聞いていた。兄の金炯善をはじめ命時の三兄妹は全員、共産党運動をしていた。鋭い目元が強靭なイメージを与えるところは、炯善、命時兄妹の共通点だった。

「上海は皆さんどうですか。金丹冶先生はご無事ですか」

堰を切ったように質問があふれ出た。

丹治の手紙を受け取った翌日、朝食を下げた席で明子は父に京城に戻ると告げた。

「家の中にじっとしてると息が詰まるんです。上京して友だちにも会って、気分転換をして来ようと思います」

「確かに息は詰まるだろう。だが、執行猶予というものがどういうものか、おまえも知っているだろう。当分の間は死んだようにおとなしくしていなければならない。近頃は引っかかりさえしたらとにかくぶち込めというのが総督府の方針なんだ。思想事件は弁護士も役に立たない。主義者たちは根絶やしにするということだ。時局がよくない。わしも今は飯が食えているが、一寸先はわからん。人命在天というが、最近は身体も重たいし、夢見も悪いし、気持が弱くなる一方だ」

三〇歳になろうとする娘を叱りつけたり説教したりしてもつなぎ止めることはできないことを知っている父は、娘の前で気弱な姿を見せていた。その気持がよくわかるので、明子は父と目を合わせることができなかった。うつむいたまま無言の数分間が過ぎると、父が言葉を継いだ。

「京城に行ったら外出は控えて家で読書か書道をして過ごすようにしなさい。墨をすり筆をとれば平常心を取り戻すことができるものだ。とにかくただただ自重自愛するように」

命時との待ち合わせ場所はタプコル公園の八角亭の前だ。ツツジもレンギョウも咲いていたが、雪が降ったりやんだりの変わりやすい天気のせいか公園には人気がなかった。明子はベンチに座って命時を待ちながら思い出に浸った。明子よりも一歳年下だが、命時は早くから女傑と言われ風雲児だった。幼い頃に両親を亡くした彼女は、兄の炯善同様、学費のために学校を辞め、家で早稲田高等女学講義を手に入れて独学した。一九二五年の冬、留学生たちは二、三人ずつ組をつくって国境を越え、ウラジオストクに集まってシベリア横断列車に乗ったが、二〇歳の命時は一人馬山《マサン》から釜山《プサン》を経由して長崎に行き、そこから上海を経てウラジオストクに現れた。共産大学の新入生時代に命時は革命と結婚すると宣言した。両親の保護を受けずに荒波の中を生きてきたからだろうか。命時は骨の髄まで強く見えたし、明子に対して先輩のような態度で接した。命時の前で明子は温室育ちの草花のように生きてきたことが恥ずかしかった。

命時はなかなか現れなかった。一時間ほど経ったとき、明子は約束が入れ違ったか何か問題が起きたのだと思ってベンチから立ち上がった。タプコル公園の正門がもうすぐというところまで来たときに、うしろから明子を呼ぶ声が聞こえた。命時だった。明子はうれしくて走って行き命時に抱きついた。

「命時、お久しぶりね。あなたに何かあったんじゃないかと思って心配したのよ」

「何かって？　せっかく祖国の土を踏んだのに、大きく息を吸う前に捕まっちゃったら大変よ、ははは」

二人はモスクワで別れた後のそれぞれの話をした。舞台が違うだけで、二人の女の武勇談は優劣を見極めることが難しいほどだった。「事業」に関する話はなかった。何か指示を持って来たはずだが、命時は口を割らなかった。明子は命時を連れて貞淑《ジョンスク》の家に行った。命時が二一歳で兄について上京したとき、京城女子苦学生寄宿舎に入れてくれて、遅ればせながら培花《ペファ》女高に入学できるように取り計らってくれたのが貞淑だった。

許憲《ホ・ホン》の家は一時は清進洞《チョンジンドン》だったが、今は弁護士事務所も閉めて三清洞《サムチョンドン》に引っ越したと言う。三清洞の家を人に尋ねながら探して行ったとき、貞淑は二人を見て歓声をあげた。貞淑と明子は入れ替わりで監獄に入ったため二年以上会っていなかった。貞淑は子どもを三人産み、少し前まで監獄にいたということが信じられないくらい元気で快活だった。女たちの会話は過去と現在、上海とモスクワ、京城へと縦横無尽だった。貞淑は命時にしばらく自分の家にいるようにと言った。

半月後に再会したとき、命時が明子に上海の指示を伝えた。コミンテルン朝鮮委員会の名で丹冶が送った指示は、五月一日のメーデーに全国的なデモを組織し檄文を撒布する、というものだった。

ある日、兄が明子を居間に呼んだ。

「おまえ、また監獄に行くようなことがあったら家門をつぶす恥だということをわかっておかないといけないよ。お父さまもこれ以上は手の使いようがない立場だ。言うのは何だが、兄さんも事業をしている立場でいろいろと困っているんだ。共産党の連中とはもう連絡を取っていないと思うが、金丹冶であれ、誰であれ、きちんと切っておくように。それからやたらと外出しないで家で謹慎しなさい。お母さまがどうして亡くなったか覚えているだろ。お父さまも近頃はすっかり衰弱された。申しわけないと思わないのか」

彼女は母のことを思うと手足がしびれた。臨終に立ち会うこともできず、西大門《ソデムン》刑務所を出るときには二度と刑務所には戻って来まいと決意した。明子は父の願いどおり読書で時間を過ごすことにした。以前は書架に本がずいぶんあったが、監獄にいる間に古本は全部売り払ったのだと言う。残っている本は小説本ばかりだった。数日かけて『モンテ・クリスト伯』『三銃士』『レ・ミゼラブル』を再読した。一時はすっかりはまって読んだ作品たちだったが、まったく心にしみてこない。ある日、部屋を片づけていると命時が持って来てくれた小説が机の下から出てきた。『養蚕家之心得』と言う題字が印刷された表紙をめくると雑誌の創刊宣言が目に飛び込んできた。

「工場、鉱山、鉄道、埠頭等、階級闘争の噴火口の中へ！　その中で宣伝せよ！　組織せよ！　闘争に火をつけよ！」

上海で金丹冶がつくるというコミンテルン朝鮮委員会の機関誌『コミュニスト』創刊号だった。明子はふと再建委で聞いたある年寄りの話を思いだした。もともと小作農だった彼は乙丑年の大洪水のときに田んぼで米一粒も収穫することができず、地主に小作料を支払うため高利貸しに借金をし、今すぐ生きていくためのお金が必要で工場労働者になった。大邱《テグ》の紡績工場に勤めた彼は、三カ月も遅配になった月給をもらうため社長の家を訪ねて行って、その家の使用人たちに殴り殺された。生涯一度も楽に暮らしたこともなく、ろくに食べることもできずに小さく縮こまった男の顔が浮かぶと、明子はハッと立ち上がった。彼女はポソンを履き箪笥からスゲチマを引っ張り出し簡単な手荷物をまとめて部屋を出た。部屋には手紙を置いた。

お兄さま、当分の間家を離れているつもりです。万が一の場合でも嘉會洞の家に迷惑をかけたくはありません。お父さまには申しわけないとお伝えください。　明子

檄文が京城に到着する日がちょうど今日だった。明子からの連絡が途絶えて命時は気が気ではないはずだ。明子と命時は四日間かけて檄文を封筒に入れ、光化門《クァンファムン》と新村《シンチョン》などの郵便局を回って郵送した。今回の檄文は公共機関や新聞社や指導層の人々に送ったのだ。作業を終えた後で命時が意外なことを打ち明けた。明子が昨年の秋、一人だけ釈放されると上海ではいろいろなことが言われのだと言う。転向書を書いて密偵をすることにでもしない限りそんなことはあり得ないという話だった。事業から排除しようという主張も出たと言う。命時自身は疑惑が晴れたから打ち明けてくれた話だった。明子はタプコル公園で待ち合わせをした日に命時がなぜ遅れて来たのかやっとわかった気がした。命時はどこかで見ていて疑わしい兆候がないことを確認してから出て来たのだ。明子は頭の上に大きな岩がガンと落ちてきたような気分だった。丹冶も私を疑ったのかしら？　明子は命がけで越えたいくつもの危機の瞬間、恐ろしく孤独だったた

くさんの瞬間を思いだした。監獄で母の訃報を受け取ったとき、明子はもう丹治とも、革命とも絶縁しようと誓ったのに、いったい何が起きたのか。丹治の手紙一枚でまた始まってしまった。

メーデーを目前にして街頭や映画館、列車に檄文がまかれ、電信柱に赤いビラが貼り出されると全国の警察が非常事態となり、再び大々的な検挙が始まった。人々で賑わうタプコル公園の八角亭の前が明子と命時の接触場所だった。命時はその日の夜、京城を出て上海に向かうことになっていた。明子は命時に旅費として使うようにと四〇円が入った封筒を渡した。

「それからこれは金丹治先生に渡してちょうだい」

しっかりと糊で封をした手紙だった。数行の短いものだったが、一晩寝ないで書いた手紙だった。

「長い時間をかけて繰り返し考えてみました。ここでは私は何もできません。毎日毎日が混乱と不安の連続です。生きている心地がしません。あなたのもとに行きたいと思います」

列車は検問が厳しいため、命時は京義線《キョンウィ》に沿って歩いて新義州《シニジュ》に行くと言った。明子は命時を抱きしめた。明子は今回の検挙旋風が収まったら朝鮮を抜け出すつもりだった。

「私もすぐに追いかけるわ。上海で会いましょう。気をつけてね」

命時を見送ってから数日後、明子は薫井洞《フンジョンドン》で逮捕された。明子は鍾路署《チョンノ》で取り調べを受けた後、新義州に搬送された。新義州警察署には命時が先に来ていた。命時が国境を越えられずに捕まったということは、丹治に届くべき手紙がここにあることを意味していた。明子は落胆した。メーデー事件で約一五〇〇人が逮捕された。

明子は結局、また捕まってしまった。執行猶予中に再び治安維持法で捕まった前科者に対し、新義州警察署検事局はきわめて荒っぽい扱いをした。主犯である金丹治を捕まえることができなかった腹いせまで明子が一身に受けることになったのだ。四方がセメントの壁でふさがった地下室で三、四人の刑事に囲まれて目、鼻、口に唐辛子水を注ぎこまれ、服を脱がされ、鉄棒に手足をしばりつけられて棍棒で殴られる。質問事項はたった一つだ。

「丹冶はどこにいる?」

初めのうち明子が堪えた理由もたった一つだった。丹冶ならもっとひどい拷問を受けるだろう、私だけ捕まって幸いだという思いだ。しかし、数日続く中で明子は朦朧としていった。気を失うと頭から水をぶちまけられた。検事局で密かに取引を提案してきたりもした。

「丹冶と連絡を取っていた住所だけ教えてくれれば、おまえは今日付で尋問が終わる。病監に移って予審が始まったら訓戒放免だ。我々は丹冶に電報を送って、自首すればおまえを釈放すると提案する。やつが立派な男なら自首するだろう」

ある日、気がついてみると手首が鎖でつながれ天上に吊されていた。まるで精肉店の鉄鉤《てつかぎ》に吊されたかたまり肉のように。何日経ったのか、朝なのか、夜なのかもわからない。床に水がたまっているのを見ると、何回も水を浴びせかけたようだ。部屋には彼女一人で、話し声が聞こえた。ときどき、笑い声も聞こえる。隣の部屋で刑事たちが扉を開けたままふざけていた。

明子はもう一日も、一時間も、いや、一瞬も耐えられそうになかった。四肢がちぎれるようで、息を吸うたびに全身に痛みが走った。刑事が近づいて来て話しかけたとき、口から単語のかけらがとりとめもなく飛び出し、自分でも何を言っているのかわからない。明子がわけのわからないことを言い始めると拷問が終わった。

一度壊された身体はなかなかもとには戻らない。咳が続き肺から血の交ざった痰が上がってきた。新義州裁判所検事局の留置場で明子は一人うなされていた。ベニヤ板が上から張られた留置場の三方の壁面は、収監者たちがとがった何かで彫った落書きで黒ずんでいた。まるで無数の虫がうごめいているように見える。

汚らしい場所で寝て寒さと飢えに耐えるとき、彼女は一度も羞恥心や寂しさを感じたことはない。ところがこれは違った。全身痛くないところは一カ所もなく、中心を保てずに崩れ落ちる身体は一握りのボロ切れのようで、今すぐ誰かがこの地上から跡形もなく消してくれたらと願った。頭の中に未来は何も浮かばず、過去だけが割れそうにからみあっている。彼女は、思いだしうるすべてのことを後悔し嫌悪した。希望すらうっとうしい。転落とはこういうものか。

蒸し暑かった。汗と血でじとじとする下着の奥でシラミが旺盛に繁殖していた。鉄条網の間から中が見える検事局の留置場で、ある日、明子は真っ昼間に下着を脱いでシラミをつまんでいた。

新義州に来た二五人中七人が起訴され予審にかけられた。七人のうち命時を含む五人が共産大学の同窓生たちだった。他の一八人は釈放された。明子も、その中の一人だった。命時が囚人笠をかぶり縄でしばられて刑務所を出て行った日に、明子は検事の前で転向書というものを書いた。検事は、今後も金丹冶との交信を続けること、丹冶を国内に誘い込むこと、コミンテルンの指令を報告することを要求した。明子には検事の言葉は聞こえたり聞こえなかったりだ。写し書けと言われたとおりに写し書いたが、それが転向書だろうが、家の権利書だろうが、関係なかった。

「不逞鮮人《ふていせんじん》はこれを密偵だの手先だのと言うが、これこそが愛国の道ではないか。そんな愛国者の身辺は大日本帝国の警察が絶対的に保護する。そして君たちの愛国行為に対しては総督府が報償するだろう」

明子と同年代に見える日本人検事がこう言って握手を求めた。明子は転向書に拇印を押すときに右手の親指の先についた赤い朱肉を腰のあたりに押しつけて拭いてから手を差し出した。新義州裁判所を出るとき、待っている人はいなかった。来る人もいなかった。明子は外の世界がまぶしすぎて両手で陽差しをさえぎった。彼女は左足をやや引きずりながら一人、新義州駅へと歩き京義線の列車に乗った。
一九三二年八月二七日だった。

一九二九年一〇月、ニューヨーク株式市場の大暴落は、一五年前にオーストリアの皇太子夫妻が二〇歳のセルビア人青年に殺害されたことに劣らない深刻な事件になった。第一次大戦はヨーロッパを舞台に四年で終わったが、大恐慌は全世界に飛び火して、四年経っても終わるどころか一波万波で破壊力を増していった。京城でも店じまいする商店が続出し、企業の倒産が続いた。繁栄の頂点でアメリカが破綻し、ソ連は本格的な計画経済に突入した。

朝鮮の一九二〇年代は総督政治の刃の前で潑溂としたモダニズムが舞い踊った時代だった。コチコチに固まった植民地にもライラックが咲き期待と欲望がないまぜになった四月のような時代だった。コミュニズムであれ、フェミニズムであれ、近代的なものが我々を救ってくれると信じることができたし、だから希望があった。刑務所が満員になって新しい刑務所がつくられ、監獄に送って、送って、また送っても、また誰かが檄文をつくりデモを組織した。決して簡単には手なずけられない朝鮮人たちだった。

しかし一九三〇年代に入り、模糊とした活気が消えた場所に戦雲が垂れ込めた。ほのかに白っぽい時代から真っ黒な暗黒時代へと移行していた。そして朝鮮の共産党は莫大な犠牲を払っただけで、依然としてアイデアのレベルにとどまっていた。三人の女も、三〇代になろうとしていた。

7.

一緒に暮らすしかない状況だった

1932年 上海、モスクワ

一〇年ぶりの上海は大きく変化していた。不夜城だった南京路の繁華街も夜になると消灯して暗黒の地となった。昼夜をわかたず、遠くからかすかに砲声が聞こえてくる。黄浦江をさかのぼって来た日本海軍の艦艇が中国国民党軍の基地に艦砲射撃をしているのだ。満州事変後、日本の関東軍占領地となった満州を脱出して、世竹《セジュク》と憲永《ホニョン》はモスクワからヨーロッパを回り船で上海に到着したが、上海もすでに戦場だった。

租界ももう安全ではない。フランス、イギリス、アメリカも、共産主義への敵対感をあらわにしていた。租界の中に日本の官憲が入って捜索し検挙することを黙認し、自ら共産主義者を捕まえて引き渡すことさえあった。一〇年前、世竹や友人たちの後見人だった呂運亨《ヨ・ウニョン》先生が共同租界でイギリス警察に捕まり朝鮮の監獄に投獄されたのも、もう何年も前のことだ。遼東運動場に野球見物に行って逮捕されたというのだから、いかにも先生らしい。彼は四方八方に精通していて、アメリカ留学をしたい朝鮮青年のためにはアメリカ領事からビザを取ってあげ、ソ連留学を希望する若者のためにはソ連領事に頼んでウラジオストク行きの汽船にただで乗せてあげた。朝鮮共産党も彼を拠点にしてモスクワを行き来していたので、結局、そのために投獄されたのだ。呂運亨先生のいない上海は荒涼としていた。

ただ丹冶《ダニャ》がコミンテルン朝鮮委員会の全権委員として上海に来ており、二人を温かく迎えてくれた。丹冶は中山服二着を差し出した。

「さあ、上海入城の記念だ。中国人のふりをしているほうが安全だから」

モスクワ共産大学を修了した金命時《キム・ミョンシ》も上海に来ていた。二人は夫婦のためにフランス租界に部屋を用意しておいた。四歳になった娘をモスクワの保育園に預けてきたので寂しい暮らしだった。中華まん屋二階の部屋の片隅に、服や本が入ったトランクをそのまま置いておいた。一カ月になるのか一年になるのかわからない革命家夫婦の臨時の宿舎で、四角いトランクは夫婦の箪笥となり机となり食卓にもなるのだ。

国内の共産党再建運動を支援することがコミンテルンから与えられた任務だった。これまで丹治一人でやってきた仕事を、これからは憲永と分担することになったのだ。共産党再建事業で宣伝パンフレットは必須だった。もう一年近く休んでいる機関誌『コミュニスト』を復刊させて国内に持ち込む仕事が急務だった。憲永は部屋に缶詰になって『コミュニスト』の原稿を書き、それを読んで論評し中山服の袖に隠して命時に渡すのが世竹の仕事だった。命時は原稿をガリ版で刷って本にした。『コミュニスト』第四号が完成すると一定の部数を刷ってから原版を命時が京城《キョンソン》に持ち込んだ。朝鮮で『コミュニスト』を印刷、配布して五月一日にメーデーの檄文をつくりまくのが命時の任務だった。

命時の兄金炯善《キム・ヒョンソン》が先に京城に入り、組織を点検していたが、一九三〇年三月の朝鮮共産党檄文問題で共産大学の出身者たちはほとんど検挙されるか身分がバレた状態だったので動ける人はいくらもいなかった。

世竹は命時が京城に発つ前に、上海の人々が高明子《コ・ミョンジャ》についていろいろ言っているのが気になってしかたなかった。メーデーの作業に明子を入れるかどうかをめぐってある人が異議を唱えたのだ。昨年、一人だけ執行猶予で釈放されたのが怪しいというのだ。京城では明子が密偵になったという噂も立っていた。丹治はとても困っていた。そして彼はこんなふうに整理した。疑わしいのは事実だが、今のところ証拠はない。事業はこのまま進めよう。ただし、命時は慎重に対処するように。丹治の言葉は歯切れが悪かった。

上海で憲永《ホニョン》は「王楊玉」という中国名を使った。外出するときには二人とも中山服を着た。日本の官憲のこともあるが、万宝山事件で朝鮮人に対する中国人の感情も悪化していたからだ。振り返ってみると、一〇年前は上海の朝鮮人にとって堯舜《ぎょうしゅん》時代だった。

戦争が数日小康状態になり砲声が聞こえなくなると世竹《セジュク》と憲永は上海に来て一カ月ぶりに一緒に外出した。たくさんのものがなくなったが、黄浦江だけはそこにそのまま流れていた。二人は外灘《がいたん》公園の石の手すりに寄りかかって黄浦江をながめた。大小の日本の軍艦が目に入ってきた。隔世の感がある。遠くない場所からプオーという船の汽笛が聞こえてきた。川の水は砲撃の残骸と巨艦から流れ出る油のせいで下水のように汚かった。一〇年前、遊覧船に乗って揚子江の入り口まで下って行ったとき、黄浦江は漢江ほど澄んではいなかったが青く悠々と波打っていた。混濁した黄浦江が朝鮮と中国の混沌とした運命を物語っているような気がした。

「蔣介石は上海をもう諦めたそうね。上海が日本の手に入ったら、私たちもウラジオストクに移動するべきじゃないかしら」

「そうなるかもしれないな。コミンテルンから何か指示があるだろう」

「ウラジオストクに行ったらヨンちゃんを連れて来ることもできるわね」

「君は今、ヨンちゃんのことを考えていたんだね」

コミンテルンの派遣決定が下ったとき、モスクワで、憲永は世竹にこう言った。

「僕はこれから上海に行く。君と一緒に行きたいが、決めるのは君だ。ここにヨンちゃんと残るか、僕と一緒に上海に行くか」

「上海ですって？」

モスクワ留学は教授や学者になるためでもなく、海外遊覧でもなかった。留学が終わったのだから任務が与えられるだろうと予想してはいたが、いざ上海という言葉を聞いたとき、世竹はドキッとした。漠然とウラジオストクを期待していたのだ。上海は日本の手中に入っていたので、三年前に必死に逃げて来た虎の穴にまた這って入るようなものだった。

「ヨンちゃんがまだ小さいのよ。ウラジオストクなら一緒に行けるのに。特にあなたには上海は危険すぎるわ」

「君もわかっているだろ。僕たちが選択できる問題ではないってことは」

「ヨンちゃんを連れて行ってはだめかしら。まだ物心もつかない子どもだから……」

世竹はやっとの思いで言葉を継いだ。

「やっぱり無理よね」

世竹は口を閉ざし、憲永は無言で答えた。二人の視線は子どもが寝るベッドに向けられた。親指をしゃぶる音が小さく聞こえる。世竹は立ち上がってベッドに行き、子どもの口から指を抜き取って胸をトントンと叩いた。しばし静けさが流れた後、彼女が先に口を開いた。

「ヨンちゃんを置いて行きましょう。私はあなたと一緒に行くわ。コミンテルンが私に教育の機会を与えてくれたんですもの、期待に応えなければ。ソ連は保育政策もよくできているから」

ヨンは保育園に預けられた。革命家救援会が革命家の子どものために建てている保育施設がオープンしたらそっちに移すことにした。保育園に連れて行って出て来るとき、子どもは母親の袖にしがみついてわんわん泣いた。いつも母親にくっついて腕を触ったり頬をこすりつけたりしながら眠り、まだ服の脱ぎ着も手伝ってあげなければできない子どもだった。子どもを置いて出て来てから、世竹は泣き声が聞こえなくなるまで、走ったり、歩いたり、小走りに歩いたりした。夫に出会い、友人たちと過ごした場所、上海に対するほのかな郷愁が世竹の寂しい気持を慰めてくれた。

「ヨンちゃんを置いて来てよかったと思ってるわ。後悔はしていない」

「君の気持、僕も少しはわかってるつもりだよ。でも、あまり罪の意識を持たないほうがいいよ。礼山《イェサン》の母がね、僕が幼い頃から勉強ができるといって日本留学から帰って来さえすれば判事、検事とか弁護士にでもなると思ってたんだよ。妾暮らしが本当につらかったんだと思う。新陽里《シニャンニ》のあの狭い田舎で妾だってうしろ指さされながら水商売をしていたとき、何を思って耐えたか。僕が生涯でたった一つの希望だったんだよ。僕の学費に必要だって言ったら指輪だけでなく指まで抜き取ったと思うよ。学生時代は本や学用品を充分に買ってくれたよ。そのおかげで勉強ができたのに、このざまだ。刑務所に入って、気が触れて、今は生きてるのか死んでるのかもわからないんだから、母は気が気じゃないと思う。僕も母のことを思うとみぞおちのあたりがキリキリ痛むよ。でも、罪の意識に駆られたら一歩も前に進めなくなるだろ。革命に対する哲学を捨てた瞬間、僕は人の道を外れた横道者になるし、これまでのすべての受難が必要のない精力の浪費になってしまうじゃないか」

夫の目元が赤くなっていた。

「でも、もしもあなたがまた朝鮮に派遣されたらどうなるの？　私たちは子どもと二度と会えないかもしれないのよ」

上海からも、京城《キョンソン》からも、モスクワはあまりにも遠かった。満州ルートも閉ざされた今、モスクワはますます遠くなった。仮にモスクワが近かったとしても、憲永が日本の警察に捕まったら生きて帰ることは難しいだろう。しばしの沈黙の後、憲永が口を開いた。

「君は何があってもヨンちゃんのところに帰らなければだめだよ。朝鮮に入ることになったら、そのときには僕一人で行く」

三月に入って戦争が終わった。上海は日本の占領地となった。これは上海の朝鮮人にとって悪い知らせだった。今や朝鮮人活動家たちは敵陣のど真ん中に陣取っているも同然だった。蔣介石の国民党政府は、南のほうの共産党討伐を優先させるため、満州から張学良の軍隊を退却させて東北三省を日本に易々と明け渡し、上海まで放棄してしまったのだ。蔣介石の退却命令に従わずに上海で孤軍奮闘していた国民党一九路軍も二〇〇〇人を超える戦死者を出してついに撤収した。

揚子江は中国大陸を毛細血管のようにつなぎあわせながら中原《ちゅうげん》を横切る。その長江の河口に上海がある。日本がついに上海を手に入れ、長江の口をこじ開けたのだ。中国人としては喉元に他人の手がにゅっと入ってきたような気分だっただろう。清の最後の皇帝を王の座に座らせて満州国を宣布したのが昨年のことだ。

日本に対する中国人の敵対心は極に達していた。深夜の暗い裏通りで日本人商人が袋だたきにあって死ぬ事件もあった。東京で天皇の馬車に李奉昌《イ・ボンチャン》が手榴弾を投げた事件について、上海のある新聞が「韓人李奉昌 狙撃 日皇 不幸不中（韓人の李奉昌が天皇を狙撃した。不幸にも命中しなかった）」と報道し、日本人がこの新聞社を襲撃する事件もあった。瑞金の共産党政府はできたばかりのよちよち歩きで国民党の軍隊に追いかけ回されていたが、中国大衆の間では国民党の蔣介石の人気が落ちていく一方、共産党の指導者である毛沢東が新しいスターとして浮上していた。「先安内 後攘外（まず国内の敵を一掃して、のちに外国の侵略を防ぐ）」を掲げて日本と妥協する国民党政府を糾弾する学生デモが起き、上海市民は日本製品の不買運動を繰り広げた。孫文の辛亥《しんがい》革命で清朝を倒して誕生した国民党政府は、孫文の後光と近代化の象徴という利点を失っていった。

四月末のある日、世竹《セジュク》が買い物に出ると租界の通りが騒がしかった。人々が集まって何やら話しあっており、新聞紙があちこちに落ちていた。日刊紙『新報』の号外だった。その新聞紙を一枚拾って世竹はびっくりした。

「韓人青年尹奉吉《ユン・ボンギル》、虹口公園の天長節式場に爆弾投擲、上海駐屯軍司令官の白川大将と居留民団長の河端即死、重光駐中公使等多数重傷」

数日前から天皇の誕生日である天長節の慶祝行事を開くといって大騒ぎだった。日本軍の閲兵式もおこなうということだったが、占領地の真ん中でこれ見よがしに戦勝パーティーを開く意図だった。世竹は痛快な気持から道ばたで万歳を叫びそうになった。彼女は新聞紙を丸めて大急ぎで家に帰った。夫も新聞を見ると声をあげた。

「戦争に勝ったっていばっていたが、いい気味だ」

しばらくして彼は興奮をおさえて首をかしげた。

「尹奉吉、初めて聞く名前だが、誰だろう？　義烈団〔一九一九年、吉林省で組織された抗日武装闘争団体〕かな」

「義烈団も最近は静かだと思ってたけど、そうかもしれないわね」

一人の朝鮮青年が天皇の誕生祝いの場に爆弾を投げて大物たちの頭を吹き飛ばしたのだから、植民地の民のへし折られたプライドがずいぶんと癒やされる気分だった。朝鮮で共産主義運動を始めて一〇年たつが、一度もこれほど痛快な瞬間を味わったことはなかった。日本の官憲一人の首を取ることもなく、理論でだけ革命をしてきて、数千人の若者を監獄に捧げただけではないか。

夫が妻の顔色をうかがった。

「何を考えてるの？」

「革命家たる者が銃を一度も持ったことさえないってことが恥ずかしいなって」

「しかたないだろ？　朝鮮の革命はまだ武装闘争の段階に至っていないんだから。君もわかっているじゃないか。銃をかまえるのは、労働者、農民大衆が党組織を備えて武装闘争の雰囲気が熟したときだ。レーニンも、戦闘は闘って勝つ準備ができるまでは絶対に始めてはいけないと言ったじゃないか。尹奉吉という青年、血気が盛んだな。しかし、個人のテロは何も変えることができない。帝国主義が、あら、怖いって植民地を返上して逃げたりするか？」

世竹はただ自分たちの事業に懐疑心が湧いただけだった。無産階級の解放の道は遠いのに、パンフレットをつくりながら青春を見送ってしまうのかなと。

「中国革命は今、武装闘争の段階に入ったわ。だったら私たちも瑞金に行かなきゃならないんじゃないかしら。紅軍と一緒に革命戦線に飛び込むべきなんじゃないの？　コミンテルンの一国一党原則もそういうことでしょ。中国にいるなら中国革命が先じゃないかしら」

「瑞金は非常に状況がよくないらしい。蔣介石の軍隊が共産主義者たちを一網打尽にして南シナ海に沈めてやると言っていて、下手をしたら紅軍政府が壊滅するかもしれない状況のようだ。中国革命の展望はきわめて暗い。散発的に遊撃戦がおこなわれているが、正規軍が倒れたらパルチザンの運命は時間の問題だ。僕も毎日、中国の地図を見ているよ。中原は国民党軍が掌握している。日本軍が満州と黄海のほうから圧力をかけてきているし。紅軍の退路が見えないんだ」

「それで紅軍が壊滅するのを見物していようってことなの？　中国で革命が失敗したら、朝鮮にも望みはないわ。『コミュニスト』を印刷して京城に送ったからって何の希望があるの？」

即答できない憲永《ホニョン》の顔に、プライドを保とうとする表情が見てとれた。

「我々が勝手に自分の判断で動くならコミンテルンは必要ないじゃないか。国際共産党にも戦略というものがあるんだよ。コミンテルンが朝鮮の国際ラインの要員たちを中国戦線の弾よけに消耗させると思うかい？」

「革命家保育園にいるヨンちゃんが将来、紅軍が壊滅したときにお母さんとお父さんはどこにいたのって聞いたらなんて答えたらいいの？」

憲永は唇をかんでうつむいた。しばらくして頭を上げた憲永は思わぬ方向に話を変えた。

「世竹って名前だけど。世の中の竹。君のおじいさんは本当に先見の明があったみたいだね」

翌日からフランス租界が日本の官憲の捜索で騒がしくなった。安昌浩《アン・チャン ホ》をはじめ朝鮮人逮捕のニュースが続々と入ってきた。数日後、臨時政府が避難したという噂も聞こえてきた。新聞に尹奉吉事件の背後にいるのは自分だという金九《キム・グ》の広告が載った。臨時政府傘下の韓人愛国団がおこなったことだと言う。新聞広告を出したのは、関係のない人まで捕まえるなという意味だった。金九は朝鮮人共産主義者を相手にテロをおこない警察に引き渡したりもしていた。高麗共産青年会の仕事をしていた崔昌植《チェ・チャンシク》などは、そんなふうに捕まって今も監獄にいる。広告を読んで世竹は上海に初めて来て臨時政府を訪ねて行ったときのことを思いだした。そのときから一〇年間、白凡《ペクポム》こと金九にいい印象を持ったことは一度もなかったが、今回は初めて彼のしたことが気に入った。

尹奉吉はその年の一二月、日本の金沢陸軍刑務所で銃殺された。ひどい拷問を受けた彼は脚が使えなくなり、座った姿勢のまま処刑台にしばりつけられた。日韓併合後、日本帝国主義をねらったテロは絶えず試みられてきたが、尹奉吉のように痛快に成功したのは初めてだった。戦勝を祝う場が修羅場と化し、上海派遣軍の総司令官が殺されたのだ。それまでは朝鮮でも、日本でも、テロリストたちが潜入して作戦をおこなっても、残念ながら成功した例はほとんどなかった。実戦経験がないため銃弾は的を外れ、私製爆弾は中国から入って来る旅客船の貨物室で湿気をたっぷりと含んで不発弾となった。

一九〇九年のハルビンでの安重根《アン・ジュングン》が圧倒的だったのは、二つの要素だ。テロの対象と完成度。彼のターゲットとなった伊藤博文は明治維新と朝鮮の植民地化、アジア帝国の戦略を設計した人物だ。安重根は拳銃の弾倉にあった銃弾七発のうち三発を伊藤の胸と腹に命中させ、万が一彼が伊藤ではなかった場合のことを考えて横にいた四人にそれぞれ一発ずつ発射した。歓迎の人波がひしめくハルビン駅のプラットホームで、安重根はまるで人気のない森の中で獲物に照準を合わせるかのように標的を狙撃したのだ。彼は法廷で職業を問われ「猟師」と答えている。テロリストとしての彼は本物のプロフェッショナルだった。安重根は日本帝国主義の心臓を射貫いたのだ。

京城《キョンソン》ではメーデーにもなる前にメーデーの檄文関係者たちが続々と検挙されている様子だった。そして金命時《キム・ミョンシ》と高明子《コ・ミョンジャ》の逮捕の報も聞こえてきた。京城から届いた新聞で逮捕の記事を読んだとき、世竹《セジュク》はつらい気持も束の間、すぐに安堵で胸をなで下ろした。

「やっぱり誤解だったんじゃない。明子はそんな子じゃないもの。大事に育てられた金持の娘だからって甘く見ちゃだめよ」

明子は難攻不落の要塞のような家族という囲いを打ち破って出て来た女性だ。共産主義者の恋人とだけ考えたら誤算だ。貞淑《ジョンスク》も学生デモのことで監獄暮らしをしたと言う。監獄で子どもを産んで出て来たとか、出てから産んだとか。世竹は明子と貞淑に会いたかった。

数カ月後、メーデー事件の起訴内容が新聞に載った。七人が起訴され一八人が釈放されたが、明子の名は釈放者のほうにあった。一年に二回もそのまま釈放されるとは。新聞を広げて憲永《ホニョン》が首をかしげた。世竹は嫌な予感を払いのけることができなかった。

丹治《ダニャ》は明子に二回手紙を送ったが返事はなかったと言う。ついに丹治は、明子が転向したという結論を下した。彼はしばらく落胆していた。彼は京城を発つときに明子を連れて来なかったことを後悔した。

「どうして明子を連れて来なかったの？」

丹治は口ごもった。

「海外も危険なのは同じだから……」

世竹は丹治の顔をしげしげと見つめた。明子が国内で働いてくれたほうがより有益だという判断だったのかもしれない。愛よりも事業が重要だったのだとしたら、彼は立派な革命家だ。しかし、丹治を好きにはなれないと思った。いや、本人の言うとおり、海外のほうがもっと危険だと思ったのかもしれない。明子を愛するがゆえに京城に置いてくることにしたのかも。だとしたら彼はかっこいい男だ。一見そう見えるというだけの話だが。実際にはこの男は深い愛を知らないのだ。誰かを愛するということは、どんな瞬間にも手を離さないということだ。目の前が断崖絶壁だったとしても。少なくとも憲永と世竹はそうだ。初めも、今も。世竹はふと疑心がわいた。丹治は果たして明子を愛していたのだろうか。

憲永は簡単にまとめた。

「ブルジョア階級の限界だと理解しよう。闘争意欲を維持させる、そもそもの怒りがないんだから」

世竹もうなずいた。数日後、家に来た同志が明子について「一昨年一人だけ釈放されたときから怪しいと思いましたよ。見え見えの手ですよ。特高のやつら、頭隠して尻隠さずで、また逮捕したんですよ。まとめて捕まえるときにとりあえず一緒に捕まえるんです。密偵だとバレたらもうそれができなくなるから」と言ったとき、彼女は抵抗感はあったが、反論の言葉を見つけることができなかった。

状況は悪くなる一方だった。緊急措置が宣布されたフランス租界は、朝鮮人活動家たちにとっては地雷畑になった。上海が日本の占領地になると、抜け目のない連中は上海朝鮮人親友会というのを組織して日本占領軍との親善をはかった。以前は居留民たちが親日団体をつくりたいと思っても、臨時政府の顔色をうかがってなかなかできなかった。上海事変後、情勢が変わったということもあったが、これこそが臨時政府不在のなせるわざだった。古い事務所に壮大な職責、壮大な看板だけの臨時政府ではあったが、それなりの象徴性があったのだ。今や租界の朝鮮人社会は運動家よりも密偵と巡査のほうが多いのではないかと思われた。

とりわけ三年前から朝鮮で起きたあらゆる共産党事件の背後にいると目されていた金丹冶は、上海で日本官憲の検挙対象トップだった。制服姿の日警が租界で丹冶の写真を持ち歩きながら朝鮮人と見える男たちに不審尋問をしていた。丹冶はチャンパオ〔長袍。身分の高い男性用の中国伝統衣装〕を着て地主帽を被り口ひげをつけた裕福な中国商人のような変装で日警の間を悠々と切り抜けていたが、やはり外出は減らさざるを得なかった。丹冶は発覚の恐れのある連絡業務の一切を憲永に任せた。憲永が上海に来たことに日本領事館はまだ気づいていなかった。

上海で迎えた二度目の夏だった。情勢はますます物騒になっていたが、世竹《セジュク》の上海生活はそれなりに安定しつつあった。彼女は丹冶《ダニャ》が毎月持って来てくれる五ドルの生活費を節約して、つつましい暮らしをつないでいた。一日二食の食事にも慣れた。世竹と憲永《ホニョン》の関係は安定したという表現以上のものだった。結婚生活一〇年、幾多の冒険と危機の瞬間を共に乗り越えて、二人は固く結びついているだけでなく、水のように互いに染み入っていた。憲永は妻の気持を察しながら家事も分担した。職業活動家でありながら同時に家庭的な夫でもあった。モスクワの保育教師から子どもは元気だという手紙が届いた。革命家子女保育園で子どもの名前はビビアンナだった。

上海生活もさほど長くはなさそうな兆候が見えてきた。満州と上海を占領した日本軍が徐々に戦線を拡大して内陸に迫って来ている。そろそろ拠点をウラジオストクに移さなければならないかもしれない。朝鮮の今後を考えると重苦しい気持になるが、三人家族が一緒に暮らせるかもしれないと思うと、世竹はひそかに胸を躍らせた。

じめじめとした風が吹くある日の朝、憲永は頬ひげをつけ中折帽を被って変装した。彼は共同租界で誰かに会うことにしたとだけ言って家を出た。

夫が出かけた後、世竹は上海図書館に行って『コミュニスト』の原稿に必要な新聞記事を探し、内容を写し書いた。彼女は買い物かごの底に紙を隠して日が暮れる頃に家に帰った。

世竹は夕食に憲永が好きな米豆腐を煮て待ったが、憲永は帰って来なかった。一二時を回っても、夫は帰って来ない。何かあったに違いない。座ることも、立つことも、横になることもできずに、落ち着かない夜を過ごした世竹は、夜が明けるや否や丹冶の下宿を訪ねた。話を聞いた丹冶は大急ぎで服を着た。そして連絡係の役割をしている女性の家に行こうと言った。

ところが女性は家にはおらず、修羅場になった家の中で、近所の女性たちが何か使えそうなものはないかとあさっていた。女性も捕まったに違いない。世竹は膝から力が抜けて、家財道具がそこら中に転がる床に座り込んだ。丹冶が彼女の肩をなでた。

「同じルートをずっと使わないようにしなければいけなかったのに。とにかく元気を出そう。それから早く家に帰って荷づくりをしなきゃ。朴《パク》君に何があっても、二四時間は耐えてくれるだろうから、その間に文書を処分して後片づけを終わらせないと」

世竹がやっと中腰になり、丹治が支えたそのとき、玄関の外が騒がしくなった。車が来て停まると怒鳴り声が聞こえてきた。日本語だった。

「何だこれは。昨日のあの家じゃないか」

同時に誰かを殴る音がパシパシッと聞こえた。

「この野郎、おまえの家に行こうって言ったのに、とんでもないところに連れて来やがって！　なめてるのか！」

「あんたたちがやたら殴るから腹が立ったんだよ」

憲永の声だった。

「何だと⁉」

再びパシパシッという音が聞こえた。音がするたび彼女はぎくりとした。憲永が自分の家の代わりに刑事たちを関係のない場所に連れて来たのだ。なのに、よりによって今！

外が騒がしくなると、その共同住宅のずらっと並んだ部屋から住人たちが廊下に出て来た。住人たちは廊下の窓にぴったりとくっついて立って外の光景を見物していた。世竹はその人々の頭の間からちらっと外を見た。日本の刑事が三人いて、憲永はうしろ姿しか見えない。一人の刑事が棍棒で憲永の肩と脇腹を殴り続けていた。

「この朝鮮人め、いつまで嘘をつくつもりだ！　金丹治の家をおまえが知らないわけがないだろ！　決まった家がないとしても、しょっちゅう泊まるところがあるだろ！」

憲永は答えるどころか、うめき声一つあげなかった。

「きさまはとりあえず中に入って捜索しろ」

そのとき、丹冶が世竹の手をつかんで廊下の端にある共同便所に飛び込んだ。在来式の便所は強烈な臭いを発していた。丹冶は手早く戸を閉め、換気窓を手でまさぐった。いざとなったらそれを取り外して逃げるつもりのようだ。換気窓は人が抜け出るには小さすぎる。丹冶は便器の下をのぞき込んだ。便や尿が溜まっている上にウジ虫がウジャウジャしていた。ドタドタという足音とガヤガヤという声が聞こえてきた。丹冶は便所の戸を必死につかんでいた。

何分たったのだろう。外でブルルンと車のエンジンをかける音が聞こえた。周囲が静かになった後、二人は便所から出た。出勤時間で街はせわしなかった。洋装の会社員たちが急ぎ足で歩いていた。世竹は両手で、服に染みついた便所の臭いを払い落とした。

憲永《ホニョン》は日本領事館の留置場にいるということだった。数日取り調べを受けて出て来た人によると、憲永はひどい拷問で顔が腫れ上がり、片方の目は開けることができないと言う。世竹《セジュク》が荷づくりをして家を出るまでに警察は来なかったから、憲永が拷問されても口を割っていないということだ。丹冶《ダニャ》の家も彼が出るまで無事だったと言う。人を一人捕まえはしたが、証拠になるような資料を手に入れることができていないわけだから、日本の官憲が朴憲永をどれほど無慈悲に扱っているか、想像に難くなかった。

新しく借りた部屋で、世竹と丹冶は中国人夫婦のふりをした。二人は一つの部屋で生活することに慣れていた。京城《キョンソン》でも、モスクワでも、昔々の上海でも、いつも合宿状態だった。でも、そこにはいつも憲永がいた。憲永のいない部屋に二人きりでいるのは、世竹にとって居心地の悪いものだった。食膳を間に置いて向かいあうのも気まずく、夜中に丹冶がかくいびきにも慣れることができない。

憲永が捕まると、丹冶はまた忙しくなった。丹冶は毎朝チャンパオを着て地主帽を被り、ひげをつけて家を出て行った。世竹は習慣のように市場に行ったが何も買わずに帰って来て、夕飯のしたくをするのも忘れて暗くなるまで家の前を行ったり来たりした。

上海が危険なところだということはわかった上で来たのだが、世竹は憲永とソ連に帰って再びヨンと一緒に暮らせると固く信じていた。ところが彼女はまた、先の見えない運命の谷間に転がり落ちていた。朝目を覚ますと地獄が黒い口を開けて彼女を見下ろしている。一九二七年の京城の日々が思い浮かび、身震いした。

日本の警察はもともと丹冶がそこに現れるという情報を得て潜伏していたのだが、捕まえてみたら憲永だったたと言う。領事館で取り調べられて出て来た人に聞いた話だ。日警が「狗母魚《えそ》の代わりに鯛」だ、意外な大物を釣ったと、自分たちで言いふらしていたのだと言う。

憲永が捕まった後、世竹は言葉を失った。世竹がほとんど食べていないことを知っている丹冶がある夜、中華まんを買って帰って来た。世竹はそれを新聞紙に包んだまま戸の脇に置いておいた。翌朝、丹冶が世竹を呼んだ。低く、怒りを必死に抑えた声だった。

「世竹さん、僕だってつらいんだ。でも、残された人には残された人なりにやらなければならないことがある。ちゃんと食べて、身体を大切にしないと」

逮捕から三週間ほどたったある日、憲永が手足を鎖でつながれて黄浦江の埠頭から長崎行きの連絡船に乗るのを誰かが見たという知らせを、丹冶が持って来た。京城に送られたのだ。彼女は部屋の隅に置いておいたトランクを開けた。

「京城に行かないと」

荷づくりも荷ほどきも簡単だった。トランクには服や本やアルバムが入ったままだった。

「長崎行きの船はいつまた出るのかしら？　明日の朝もあるでしょ？」

丹治は答えずに深いため息をついた。二人の間の沈黙を裂いて、遠く黄浦江から船の汽笛が聞こえてきた。

「さあ、冷静に考えてみよう。朴君は朝鮮を脱出して五年ぶりに捕まった。その間に何をしていたかがわかったら重刑はまぬがれないだろう。まして仮出獄状態で脱出したんだから。ところが朴君がレーニン学校に通っていたことやコミンテルンの活動をしていたことについては、京城の警察もまだ知らないんだ。朴君も絶対に自分から言ったりしないだろう。僕たちはおおよその口裏合わせはしてあるんだ。ウラジオストクで世竹さんと子どもを育てながら小学校の先生をしていて、最近、上海でまた会ったってことに。世竹さんが京城に行って捕まったとしてごらん。ウラジオストクから今までのことを朴君と同じように陳述することができるかい？」

反論の言葉が思い浮かばなかった。代わりに涙がどっとあふれた。彼は生きて再びこの世界を見ることができるのだろうか。彼は永遠に朝鮮の監獄から出られないだろう。

上海に残った世竹にできることといえば、上海図書館に行って京城新聞を読むことくらいだ。朝鮮共産党事件のときにも憲永を取り調べた悪名高い鍾路《チョンノ》警察署特別高等警察課の三輪和三郎のところに憲永がまた送られたことを、彼女は新聞を通して知った。

朴憲永の逮捕についでもう一つ悪いニュースが入ってきた。国内連絡係だった金炯善《キム・ヒョンソン》が逮捕されたのだ。彼は鷺梁津《ノリャンジン》の漢江《ハンガン》治水工事現場で人夫をしていたところを逮捕された。彼を連絡係として京城に送り込んだ宋奉起《ソン・ボンギ》も逮捕され、最後に送った鄭泰熙《チョン・テヒ》まで上海に戻る汽車駅で逮捕されたという報を受けて、丹治も刀の先が喉元まで近づいているのを実感した。

丹治はもうこれ以上、上海ではやれることがないと報告した。コミンテルンからモスクワに戻れという返信がきた。

一九三三年一二月、二人は上海を発った。世竹の大きなトランクは丹治が持った。彼女は保育園に置いて来た娘がどれくらい育ったか頭の中で想像してみた。船が黄浦江の埠頭を出発するとき、彼女はふと一年前に夫が言った言葉を思いだした。

「朝鮮に入ることになったら、そのときには僕一人で行く」

これで、コミンテルンの指揮と支援の下に一〇年にわたって続けられた朝鮮共産党の創立と再建運動は幕を下ろした。コミンテルンは朝鮮の共産党再建事業からいったん手を引いた。同時に、植民地朝鮮人の希望がかけられた意味深い場所としての上海時代にも、幕が下ろされた。朝鮮人アナキストとテロリストたちがまだ残ってはいたが、民族主義者とマルクス主義者の避難場所であり運動本部であり亡命首都であった国際都市上海の役割はここまでだった。

世竹と丹治は上海を離れ南シナ海を通ってインド洋をまわりスエズ運河を通って地中海、黒海を経てソ連に到着した。列車と船を乗り換えながら二カ月の旅の末に、再びモスクワに戻って来たのだ。一九三四年一月二四日。

モスクワは雪が吹き荒れていた。吹雪がクレムリン宮殿と聖ワシーリー大聖堂のきらびやかなドーム屋根をシルエットだけうっすらと残していた。市内をくねくねと曲がり流れるモスクワ川はカチンコチンに凍って白い雪に覆われていた。午後四時のモスクワはもう真っ暗だった。

世竹がホテルで荷をほどくのを見届けてから丹治はコミンテルンに報告に行った。コミンテルンに補職を申し出て、職場が決まったら住居も提供されるだろう。そのときまで丹治は当分の間、友人の家で過ごすと言った。

翌朝、世竹は駅に向かった。スタソヴァ保育園があるイヴァノヴォ市はモスクワから列車で五時間の距離だった。世竹は娘と一晩一緒に過ごして帰って来るつもりだった。

吹雪を縫って汽車は走った。線路の上でガタゴトと汽車が揺れるとき、彼女の胸も高鳴った。上海からモスクワに戻るとき、唯一の希望は娘との再会だった。もう二年も会っていない。どんなに大きくなっただろう。モスクワを発つとき、ヨンは四歳で、朝鮮語でほとんどの意思表示ができた。もともとしゃべり出すのが早い子だったから、もう何でも言えるだろう。父親について聞くかもしれない。幼い子どもになんて答えればいいのだろう。列車がイヴァノヴォ駅に近づいた頃に吹雪はやみ、空が青く晴れてきた。世竹は職さえ決まればすぐに子どもを連れ帰って一緒に暮らそうと思っていた。

針葉樹林の間を貫く道路に沿って行くとスタソヴァ保育園があった。国際革命家救援会が建てたこの保育園が一昨年にオープンして、ヨンもここに移ったのだ。保育園は思ったよりも大きく、立派な施設だった。子どもを待つ間に園長が施設と運営について説明してくれた。ヨーロッパからアジア、北南米まで、世界各国で活動する、またはソ連に亡命して来ている革命家の子どもたちがここで育っていた。図書館には世界各国の言語で書かれた本があり、音楽、舞踊、美術、木工などさまざまな趣味活動のためのスタジオもあった。庭では皮膚の色の違う子どもたちが飛び跳ねていたが、皆栄養状態がよく衣服も清潔だった。まだ戦争の後遺症で農業生産が低調な上に、集産化に対する農民たちのサボタージュにより数百万の人口が腹をすかせていた。今回モスクワに来る途中ウクライナを通過したとき、大飢饉《ききん》の噂どおり大人も子どもも顔が黄色くなっていた。ところがここスタソヴァは別世界だった。ヨンが保育士に手をつながれて休憩室の入り口に現れると、園長が説明を終えた。

「ここの子どもたちは幸運な子たちです」

世竹は立ち上がって子どものもとへと駆け寄った。世竹はひざまずいて子どもを抱きかかえた。しばらくして抱擁をといた世竹は、指先で目頭を押さえて笑みを浮かべた。子どもの背が以前の二倍くらいになっているような気がした。少し緊張した顔の皮膚が艶々していた。

「ヨンちゃん、かわいいね。どうしてこんなにかわいいの」

世竹は子どもの頭をなでた。そして頬ずりした。すべすべな頬の感触は以前のままだった。子どもはいつも頬ずりしながら眠りについたものだ。

「ズドラーストヴィチェ（こんにちは）」

保育士が「お母さんにご挨拶しなきゃ」と言うと、子どもは全身を緊張させたまま口元に笑みを浮かべて礼儀正しく挨拶した。

「お母さん、覚えてる？」

子どもがとまどった表情を浮かべた。世竹はロシア語で言い直した。子どもは顔を少し赤らめ、しばらく間を置いて答えた。

「ニエット（いいえ）」

世竹は胸が詰まった。彼女は長い深呼吸をして娘の手をぎゅっと握りしめた。

「大丈夫、大丈夫よ」

保育士は子どもと散歩してもいいと言った。世竹は子どもの手を引いて庭に出た。保育園で何を学んでいるのか、宿舎はどこなのか、先生は優しいか、仲がいい友だちは誰なのかといったことを質問した。子どもは喜んでスズメのようにさえずった。世竹は子どもの早口のロシア語が半分くらいしか聞き取れなかった。毎朝六時に起床のベルと共に起きて体操をし、ベッドを整頓して食堂に行き、朝ご飯を食べた後は教室に行って昼食の鐘が鳴るまで学習をしたり遊んだりすると言う。保育園生活の規則は厳しいが、子どもはよく適応している様子だった。彼女は父親について、そしてモスクワで暮らしていた家について、覚えていることがあるか尋ねた。子どもは何も覚えていなかった。

世竹がヨンちゃんと呼ぶことに違和感があるようで、子どもがはにかみながら言った。

「私の名前はビビアンナです」

彼女は子どもを連れて針葉樹林の間の道を歩いた。枝に止まっていた鳥がバタバタッと飛んで行くと、雪がバサッと落ちてきた。森の中のソリ乗り場で六、七歳くらいの子どもたちが楽しそうにソリに乗って滑っている。

「一緒にソリに乗ろうか？」

返事をせずに子どもは泣きそうな顔をしている。どうしてかと聞くと、舞踊クラスがもう始まっているかもしれないと言う。世竹はすぐに踵を返した。後で授業が終わってからまた会えばいい。保育園の玄関で世竹はビビアンナを軽く抱擁し、「ヤー　リュブリュー　ティビャー（大好きよ）」と言った。手を離すと、子どもは早口のロシア語で挨拶し矢のように走って行った。

「スパシーバ。ダスヴィダーニャ（ありがとう。さようなら）」

世竹はその場に立ったまま子どもが走り去るうしろ姿を見ていた。彼女は保育士のところに行って、今晩は子どもと一緒に過ごしてもいいかと聞いてみようかどうしようか迷いながら、しばらく玄関でうろうろしていたが、そのまま帰ることにした。今日はとりあえず顔が見られたからよかった、すぐにまた会えるだろう。彼女は保育園を出て一人で歩きながら複雑な気持を落ち着かせようと努力した。

冬の北極には暗闇が早く訪れる。世竹は暗い待合室に座って黒パンで腹ごなしをし、数時間待ってモスクワに帰る夜汽車に乗った。上海で娘にあげようと買った靴下とヘアピンが鞄の中にそのまま入っていることに、彼女は列車に乗ってやっと気がついた。

彼女はガタゴトいう列車の中で眠ろうとしてみたが、まんじりともできなかった。たった二年なのに朝鮮語を全部忘れるなんて。別れるときあんなに泣いた子が父母のことを全然覚えていないなんて。でも、わかるような気がする。幼い子どもが新しい環境に投げ入れられたら、適応するためにすべてのエネルギーを使い果たすしかない。しかもこの特殊な保育園で、国家が親の役割を立派に果たしているのだから、子どもたちは血をわけた両親を懐かしがる必要もないのだろう。子どもは何不自由なく育っているように見えた。ただ、鳥のように小さな身体に秩序と規律が染みついているのが痛々しかった。それでもいい。愛と厳格さを兼ね備えた親。ソ連社会全体がいろいろな意味で窮屈で物騒なのだから、子どもがいい環境で養育されていることはありがたいことだ。シベリア横断列車の中でなかなか出ない母親の乳を猛烈に吸い込んでいたときの愛おしさ、初めてオンマ、アッパと言ったときの感激、それらすべての記憶が今も生々しいのに、子どもは記憶の糸をぶつっと裁《た》ってはるか彼方に遠ざかって行こうとしていた。でも、これからまた新しく始めればいいいと、世竹は気を取り直した。もう一度、初めから、ゆっくりと始めるしかないのだと。

コミンテルンは丹治に東方勤労者共産大学の朝鮮科長という職を与えた。丹治は満足したようだ。朝鮮人学生を入学させて革命運動を指導する仕事だ。朝鮮で共産党を再建する仕事も、一からまた始めなければならなかった。丹冶は世竹を共産大学に再入学させた。世竹と丹冶は学生と先生として一つの空間にいることになったのだ。世竹は学校の寄宿舎に荷物を移した。世竹は「ハン・ヴェーラ」という新しい名前を使った。ヴェーラはロシア語で「信じる」という意味だった。

共産大学やコミンテルンに、もう知りあいはほとんどいなかった。すべてがあまりにも急激に変化していた。激動のソ連で二年はとても長い歳月だった。モスクワも、以前のモスクワではなかった。街の壁面にはさまざまな布告文が貼り出され、その中には銃殺執行の公告もあった。

共産大学の朝鮮科長として丹冶はスターリンの政策に関する講義をした。世竹は授業時間に丹冶が書いたパンフレット「コルホーズ員はいかに豊かになるか」を読んで討論した。このパンフレットは集団農場であるコルホーズが農業生産力を引き上げて農民の生活水準を向上させ、第一次五カ年計画でソ連が後進的な農業国家から先進的な工業国家に変貌したという内容だった。ソ連革命はどんどん新しい段階に入っていくので、共産大学の学習内容も変化し、世竹は学ばなければならないことがたくさんあった。しかし六年前、留学生としてモスクワに来たときには、見えるものすべてが目新しく興味深かったが、生きる場所を求めて再び流れ着いた流浪民にはすべてが物足りなかった。朝鮮を脱出して初めてモスクワに来たときには冬の寒さまで爽快に感じた。けれども今は、もう春なのに凍りついた川は溶けず、彼女は寒くて外に出たくなかった。

世竹は憂鬱で寂しかった。丹冶との関係は上海のときよりもよそよそしく気まずかった。世竹は丹冶を避け、丹冶も世竹をただ一方的に見つめるだけだった。校庭や教室で出くわすと丹冶が尋ねた。

「ヨンちゃんには会えた？　元気だった？」

「元気よ」

世竹は短く答えた。

「生活はどう？　不便なことはない？」

「何も問題ないわ」

ラジオから興奮気味のスローガンが響き渡り、街頭のあちらこちらにプラカードが掲げられていた。

「生活ははるかによくなった。人生はさらに幸福になった」

第二次五カ年計画は成功裏に進行しており、国民総生産は毎年七％ずつ増加していると言う。巨大なダムが建設され、都市の周辺に工場が建ち並び、モスクワ市内の地下鉄工事はピッチを上げ、夜になると街路灯が通りを明るく照らしていた。工場の煙突が吐きだす黒い煙で曇った日には空気がいがらく、寄宿舎のベランダに洗濯物を干しておくと近代化の黒い塵がその上に落ちてとまった。

その一方で、「殺人鬼」の異名を持つゲンリフ・ヤゴーダ率いる内務人民委員部が布告令を発表し、「社会的危険分子」は即刻逮捕して裁判にもかけずに最高五年まで強制労働させると宣言した。酒の場でスターリンを批判した詩人も、集団農場に帰属する直前に家畜を屠殺して肉を売った農夫も、強制労働収容所に送られた。「祖国を裏切った者たちの家族の連帯責任に関する法令」によると、家族の裏切りを知らなかった人は五年のシベリア流刑、知っていながら告発しなかった人は五年以上一〇年以下の懲役だった。ヤゴーダ布告令はスターリン恐怖政治の開始を告げるシグナルだった。『プラウダ』は「無慈悲な組織的テロは革命家の絶対必需品」だと書いた。

五人の政治局員の一人であるセルゲイ・キーロフの暗殺事件は秘密のベールに包まれて噂話でもちきりだった。スターリンの妻アリルーエワの死をめぐる流言飛語は二年以上続いた。スターリンが政治局員たちを招待して食事する場で、彼女が何か余計なことを言ったために毒殺されたという噂が回っていたのだ。

一九三四年はそんな年だった。

六月のある日の午後、世竹は赤の広場を歩いているときに人波に巻き込まれておかしなものを目撃することになった。群がる人々の真ん中に人の背より少し大きな木造構造物が設置されており、その上で三人の男が三本の柱にしばりつけられていた。話にだけ聞いていた公開処刑だった。不運に見舞われた三人の男をぼーっと眺めていた視線が真ん中の男の顔にとまると、世竹は腰を抜かすほど驚いた。傷とあざでいびつな顔になってはいたが、明らかに数年前、共産大学で彼女が学んだ教官だった。世竹の記憶では彼は熱烈なボリシェヴィキだった。彼は柱のおかげで何とか立っている状態で、縄をほどいたらそのまま倒れ込みそうだった。銃弾をあえて浪費する必要もないように見えた。内務人民委員部の幹部が拡声器を手に三人の罪状を読み上げた。共産大学の教官は「ナチスドイツおよび日本帝国主義と共謀してソ連を崩壊させようと画策した」ということだった。群衆の中から「殺せ」という声があがった。すぐに一〇人ほどの内務人民部の要員たちが小銃をかまえて整列し、「準備」「照準」「発射」という三つの号令と共に三人の男の首が前に倒れた。共産大学教官の上衣があっという間に鮮血で染まった。一気に発射された銃声で、彼女は耳がふさがれた。

世竹は頭痛に襲われた。こめかみのあたりがズキズキする。処刑台を囲んでいた群衆は野次馬ばかりではなかったようで、散らばって行く人々の間からすすり泣きが聞こえてくる。犠牲者の家族や友人なのだろう。彼らは死体に近づくことも、死体の引き渡しを求めることもできずに、無言で処刑台を去って行く。死体は墓碑も立てられずにどこかに埋葬されるのだろう。彼らの死を哀悼することは禁じられていた。

彼女は逃げるように赤の広場を後にし、モスクワ川に向かって歩いた。首が倒れて胸が赤く染まるとき、教官は目を開けていたのか、閉じていたのか。はっきりと覚えているのは彼が透徹したボリシェヴィキだったという事実だ。彼はボリシェヴィキ党史を教えてくれたのだが、ユーモアのある人だったので革命指導者たちのエピソードに冗談を交えておもしろく講義してくれた。

彼女は川辺のベンチにいつまでも座っていた。足元でどす黒い川が波打ちながら流れ、また流れた。氷が溶けるのは夏の間だけみたいだ。もう夜八時なのに空には陽が昇っていた。

「このソ連にはやっぱり慣れることができないわ。もう六月なのに、寒い」

彼女はモスクワの気候も人も嫌いだった。そして怖かった。上海はここよりもずっと故郷に近く、中国人には血縁のような親近感を覚えた。ところがソ連は馴染めない国だった。モスクワから朝鮮はあまりにも遠い。朝鮮は遠く極東の対立の先端にある日本の植民地だった。共産大学の外に数歩出たら、朝鮮という国を知っている人もほとんどいなかった。

世竹はベンチに座って咸興《ハムン》での幼少期を思いだしていた。いちばん懐かしいのは朝鮮の春だ。朝鮮の春は暖かかった。世竹は村の子どもたちと一緒にかごを持って山菜をとりに野原や山を歩き回った。六年前、咸興を出るとき最後に会った母の姿が思い浮かんだ。大きなおなかで病に冒された夫を支えながら家を出るとき、母は「早く遠くに、なるべく遠くに行きなさい」と右手を振りながら左手にオッコルムを握って涙をふいた。今年七六歳。生きている間にまた会えるだろうか。夫は今どうしているのだろう。正気なのか狂気なのか。生きているのか死んでいるのか。娘はまだ彼女をオンマとは呼ばない。子どもは保育士を母親だと思っているみたいだ。彼女の人生は、何一つ思いどおりになっていない。この世に誕生したそのときから、この世は危険で不親切だった。人生はこれから先、さらにどれくらい多くの絶望を与えるのだろうか。

一〇時を過ぎると陽が沈み始めた。白夜だ。キリスト教徒のかけらが骨髄に残っていなかったら彼女は川に身を投げていたかもしれない。彼女は、西の空の赤い夕焼けと、夕焼けに染まる川と、川向こうの赤いレンガ造りの建物を見た。「家族と故郷と理念と希望まで、すべて失った今でも、造物主が与えられたこの世は美しいまま私のそばにあります。おお、主よ」

しばらくして彼女はベンチから立ち上がった。おなかがすいた。共産大学に戻ったとき、建物の灯りはすべて消え真っ暗だった。世竹は朝鮮学科の前にしばらく立っていたが、寄宿舎のほうに歩き出し、寄宿舎の端にある男性教員宿舎に行った。金丹冶の部屋には錠がかかっていた。宿舎に戻って来た男たちが彼女をちらちら見ながら通りすぎて行く。丹冶は遅くに帰って来た。彼は宿舎の入り口に立っている世竹を見て驚きあわてて部屋の中に連れて入った。世竹は部屋に入ると脚の力が抜けて床に座り込んだ。丹冶が彼女の顔をのぞき込んだ。

「何かあったの？　顔色が悪いよ。いったい外に何時間立っていたんだい？」

丹冶が手のひらで彼女の頬に残る涙のあとを拭いた。

「何か聞いたのかい？」

世竹は何も言わずに目を床に落としたままだ。

「僕について何か聞いたの？　そんなの信じちゃだめだよ」

彼女はうつむいたまま力なく答えた。

「赤の広場で銃殺刑を見たの。以前、私たちを教えてくれた共産大学の教官もいたわ」

丹冶は彼女の肩を抱き寄せた。彼は、世竹の身体から悪い記憶を全部絞り出そうとでもするかのように両腕に力を入れて、くだけそうなくらい強く抱きしめた。

「うん、誰かはわかってるよ。見てはいけないものを見たんだね」

丹治は彼女の背中をさすった。

「夕飯は食べたの？　もしかしてお昼も食べてないんじゃないの？　まずは何か食べて元気を取り戻さないと。パンだったら少しあるよ。他の部屋に食べものがないか聞いてくる」

ヒーターが作動しない夏だった。世竹は寒気に身を震わせた。丹治が彼女の肩に毛布をかけてくれた。彼女は丹治が出してくれたサラダと黒パンで遅い夕飯をすませた。

「私たちはいつ朝鮮に帰れるのかしら？」

「気持をしっかりと持たなきゃいけないよ。今、国際情勢がよくないんだ。朝鮮が戦場になる可能性もあるし。でも、戦争というものは悪いとばかりは言えない。帝国主義が世界を呑み込むか、自ら没落の道を早めるか、二つに一つだからね。やっぱり後者になるんじゃないかな？」

世竹も知っている話だった。ただ、その時間を耐えられるか見当がつかないだけだった。暗い影がさした彼女の顔を見ながら、丹治がわざと快活に言った。

「でも、ソ連はこれからうまくいくと思うよ。レーニンもトロツキーも欧州先進国の援助なくして、それに他の国々の革命なくして、ソ連一国だけの社会主義は不可能だと見ていたんだ。ところが今はどうだい？　第一次五カ年計画はソ連で一国社会主義が可能だということを示したじゃないか。政治的に複雑なことはあったし、僕だって全部に同意するわけじゃないよ。でも、ユーラシア大陸の半分が共産主義を成功させたということなんだよ。わずか一〇年前までここはツァーリと貴族の国だったんだからね」

丹治の声が断固としていればいるほど、世竹は不安になった。長々とした説明には、何か追われる人の不安がにじんでいた。

「最近は何もかもが不安なの。壁新聞が全部銃殺の公告よ。朝鮮で革命が起きたとしても、同じなんじゃないかしら？」

「世竹さん、外では絶対にそんなことを言ってはいけないよ。口を滑らせただけで五年の強制労働だ。僕たちはもう二〇歳ではないんだからね」

「でもあなたは気分がよさそうね」

「僕は日本帝国主義が長くは続かないと思ってるからね。でも、そんなに早く滅亡するとも思えない。我々がいつまでモスクワにいなければならないのかについては、正直言ってわからない」

少しの沈黙の後で出た丹冶の声は重く悲しげだった。

「それでも君には娘がいるじゃないか。僕には誰もいない」

一週間後、二人は婚姻届を出した。そして新しい住居をあてがわれた。後日彼女は予審判事の前で、

「一緒に暮らすしかない状況だった」と語っている。

結婚式はなかった。婚姻届を出して新しい住居に引っ越した翌日、丹冶《ダニャ》の友人である金鼎夏《キム・ジョンハ》と崔成宇《チェ・ソンウ》が来て夕飯を一緒に食べた。三人はレーニン学校時代から親しい仲だった。彼らはコミンテルン極東書記局朝鮮委員会で共に働き、一二月テーゼに参加し、上海で一緒に『コミュニスト』発行事業に携わった。崔成宇は共産大学で金丹冶の同僚教官であり、金鼎夏は外国人労働者出版部の朝鮮課課長だった。三人の男たちはウオッカを飲んだ。

「佐野学、おかしいんじゃないか？」

「日本共産党だけでなくコミンテルンまで完全にゴミためにぶち込んでしまったな」

「コミンテルンにいた頃から偉そうにしてて危ないとは思っていたが、拷問に耐えられなくて転向したとしても、どうやったら昨日のマルキシストが今日は天皇主義者になれるんだ？　日本、満州、朝鮮、台湾は天皇を中心に社会主義帝国を建設するべきだって？　あんな骨の髄まで反動的なやつが朝鮮委員会の委員長だとか言って一二月テーゼを書くと大騒ぎだったんだからな」

三人は朝鮮語、日本語、ロシア語を交ぜて話していた。新築したばかりのこの共同住宅は壁が薄いベニヤ板なので、隣の部屋の小さな声まで聞こえた。いろいろな言語が交ざった会話は隣の部屋でも聞き取りにくいはずだ。

「一二月テーゼが朝鮮で全面的に失敗したという評価に対しては僕も反論できない。スターリン同志の指導路線は持続的に遂行しなければならないが、党を再建するには朝鮮の状態が悪すぎて……」

丹治がスターリンについて注意深く話すのは、隣の部屋だけでなく、目の前の二人に対しても用心していることを意味していた。

ほどなく、世竹《セジュク》は金鼎夏が課長を務める外国人労働者出版部朝鮮課に校正スタッフとして就職した。世竹は娘を引き取るために公民権の請願を出したが、なぜか棄却された。

共産大学付近、ノヴォペレベジェノフカの共同住宅二階の新婚部屋で、世竹と丹治の夫婦生活も徐々に安定していった。部屋一つと居間だけの小さな家だった。

世竹はときどき貞淑《ジョンスク》のことを思いだした。かつて、夫が監獄にいるときに他の男と恋愛する彼女を非難したが、今の自分はどうだろう。当時の貞淑とは事情が違うと自らに弁明してみるが、こじつけがましかった。世竹は自分が憲永《ホニョン》以外の男と暮らすことになるなんて想像もしたことがなかった。しかし、丹治を愛しているかと問われたら「はい」と答えるだろう。互いに孤独の淵にいることを知った瞬間に愛が芽生え、互いを哀れみながら情が深まっていった。友情が愛に変わるのは一瞬だった。丹治は夫の親友だったが、同時に彼女の長年の友人でもある。世竹は丹治の食事の好みや習慣について、夫のそれと同じくらいよく知っていた。

世竹は丹治と一緒に寝るとき、ふと憲永の顔を思いだすことがあった。彼女は丹治の顔に重なる憲永の記憶を振り払おうとした。しかし、記憶は消そうとして消せるものではない。いや、頭が彼の名を忘れることがあったとしても、身体に刻み込まれた匂いや、心の底に沈殿する憐憫は消すことができない。もしかしたら彼女には永遠に不可能なことかもしれない。最近の京城《キョンソン》の女たちは二度、三度結婚するのが流行だというが、皆どうして簡単にそんなことができるのだろう。

二人はときどき、憲永と明子《ミョンジャ》の話をした。

「明子のこと何か聞いていない？　本当に転向したのかしら」

「どうかな、明子はいい子だったが」

丹治が悲しい表情を浮かべた。世竹が「憲永さんのことは聞いていない？」と聞くと、丹治は「予審は終わったと思うが、裁判がどうなるかはわからない」と答えた。

世竹は明子の話を気兼ねなくしたが、丹治は世竹が前夫の話をすることに、あまりいい顔をしなかった。もしかしたら憲永のことを知っていながら隠しているのではないだろうか。共産大学の朝鮮科では京城新聞を読むことができるのだから。しかし世竹はそれ以上は考えないことにした。上海で夫が捕まったときからモスクワに帰って来た後も、彼女は極度の情緒不安定に悩まされていた。娘と再会すれば治ると思っていたが、かえって鬱が深まった。丹治までいなくなったらどうなってしまうのか想像もできない。

「あなた、私を愛してるの？」

「うん、愛してる」

「いつから好きだったの？」

「もうだいぶ前から」

「京城のときから？」

丹治は答えなかった。

8.

行くとて悲しむな、
私の愛する韓半島よ

1935年 京城

診察室の窓から秋の陽が射し込んでいた。窓辺の椅子に座って絵本を読んでいた末っ子のヨンハンが陽射しの中、本棚に顔を埋めて眠っていた。太陽光線治療院は客がずいぶん減って、子どもたちがときどき本を読んだり宿題を持って上がってきたりしていた。貞淑《ジョンスク》もときには診察室でドストエフスキーやバルザックの小説を読んだ。白衣を着て患者を診療し、朝は出勤して夕方家に帰ったら六歳の末っ子を連れて泰和館《テファグァン》に行って健康診断を受け、長男キョンハンの担任と相談したりする生活にも、幸せでやりがいを感じる瞬間があった。二人の息子は父親は違うが仲がよく、貞淑はそれがうれしかった。こんなふうに中年になるのかな。温かい床に寝転んで天井を見ながら年を取っていくのかな。のんびりと日々を送って、寝室の布団の上であらゆる病気を抱えて、人生に終止符を打つのかも。

林元根《イム・ウォングン》は再婚して日本に行ってしまった。大阪で事業をする兄を手伝いながら朝鮮中央日報特派員として記事を書いている。彼はときどき息子に愛情のこもった手紙を送ってきた。常識的で温和な性格が革命運動とは合わなかったのだろうか。それとも最初の結婚で受けたショックから京城《キョンソン》を離れたのだろうか。いずれにしても大阪行きは彼の人生を一八〇度変えた。若い日々の友人たちとは異なり、彼は平凡で小市民的な余生を終えることになる。

新聞を読んだところでいい知らせはなく、暗いニュースばかりだった。楽しみといえば朝鮮日報の連載小説を読むことくらいか。洪命熹《ホン・ミョンヒ》の『林巨正《イムコッチョン》』は連載が始まって七年経っていたが、作家が投獄されて休載、新聞が発行停止になって休載といった調子でいまだに最終回を迎えることができていなかった。中学時代からの親友だった李光洙《イ・グァンス》が一〇代でデビューしてベストセラー作家になり、小説、詩、随筆、論説などジャンルを問わず大量生産する間、他人の作品に口出しする程度だった洪命熹は時代日報の社長を辞めて五山《オサン》学校の校長も辞めた後、四〇歳でスケールのバカでかいこのファンタジー歴史小説を世に出して朝鮮社会をあっと言わせた。その『林巨正』がいよいよ「火賊篇」に入って興味津々なクライマックスを迎えようとしていた。七人の盗賊が義兄弟の縁を結んで朝廷の軍隊と本格的な戦争を開始するのである。治療院に来る患者たちは貞淑が新聞を読んでいると、「林巨正は今日どうなりましたか？」と聞いた。盗賊団が官吏や地主を懲らしめ、朝廷をぎゃふんと言わせるストーリーが憂鬱な植民地の現実にある種のカタルシスを与えているのだ。

常春園《サンチュヌオン》で野遊会をしていたのはいつのことだったか。あの頃は夕刻になるとあちらこちらで開かれている講演会に行く若者たちで鍾路《チョンノ》通りが賑わっていた。ところが今は集会も、講演会も一切禁止だ。その代わりに若い女性たちの間では夕刻に街路灯が真昼のように明るい黄金町のアスファルト道を歩き、三越百貨店に入ってエレベーターに乗ったり降りたり、ウインドーショッピングを思い切り楽しんだ後でヘアピンやはがきのような安い品物を一つ買って帰るのが流行していた。

患者が来たのか廊下から人の声が聞こえてきた。貞淑は新聞をたたんで机の横に置き、つぶやいた。

「最近の若い子は抜け目がないわね。自分の利益だけはちゃっかり追求するのね。でも、他人のことは言えないわ。私が白衣を着てヤブ医者のまねごとをするなんて想像もできなかったもの」

貞淑が太陽光線治療院をかまえて二年経った。許憲《ホ・ホン》が監獄で暇つぶしにあれこれ本を読んでいたところ光線治療法に興味を持ち、娘が監獄から出て来ると治療院をやろうと提案した。光線治療法は三〇年前にデンマークで初めて開発され、第一次大戦のときから負傷兵の治療に大きな効果を発揮して急速に普及した。弁護士事務所はもうできないし、新幹会も、槿友会《クヌフェ》も解体された後、父も娘も生活のための対策を立てなければならなかった。貞淑は三カ月間、台湾と日本で勉強して帰って来て、三清洞《サムチョンドン》の家の隣に二階建てのレンガの建物を建て、「太陽光線治療院」の看板を掲げた。

西大門《ソデムン》刑務所を出た後、貞淑もたくさんの試練にあった。夫と一人娘が監獄に入った悲しみが病気を悪化させたのか、母がこの世を去り、病弱だった次男も亡くなった。三男ヨンハンの父親である宋奉瑀は一時、三清洞の家に来て一緒に暮らしていたが、南京軍官学校事件で逮捕されて転向書を書いて出て来た後、貞淑との関係も壊れてしまった。

新幹会も槿友会も北風会館もなくなった今、治療院は一種のアジトになっていた。かつて鍾路一帯を闊歩していた血気盛んな若者たちが、逮捕と拷問と投獄を経験する中で往年の気概をへし折られ、身体も粉々にされて治療院を訪ねて来た。監獄で病を得た人からは治療費をもらわなかった。

朝鮮共産党責任秘書だった金在鳳《キム・ジェボン》先生は丸六年監獄暮らしをして出て来た後、治療院で皮膚病を治療していった。安東《アンドン》の九十九間の両班《ヤンバン》宅の長男である彼は、三・一万歳運動のときに六カ月投獄された後、「ご心配をおかけして申しわけありません。今後は謹慎いたします」と「お父さまへの手紙」を書いておいて、再びソ連を行き来してまた監獄行きとなった。今回は朝鮮共産党事件で逮捕されたのだが、監獄から息子の成績表を送らせてチェックしたり、手紙のつづり字に間違ったものが多いと叱ったりしたという人物だ。安東の家に帰った彼は、今は養蜂で暇を潰していると言う。

治療院を始めて間もないときに呂運亨《ヨ・ウニョン》先生が現れたのには、貞淑は本当にびっくりした。上海で会って以来一〇年ぶりだったが、すっかり頬がこけて別人のようだったからだ。三年の懲役暮らしをして出所した直後だった。父に会いに来たついでに治療を受けてみようと思ったのだと言う。かつて彼の弁論を許憲が担当したことがあった。彼は大田《テジョン》刑務所で一日中座って漁網を編む使役をさせられたため消化不良、神経痛、痔疾をわずらっていると言う。また、上海の野球場で逮捕されたときに刑事たちと格闘になったのだが、そのときに鼓膜を損傷したのか、片方の耳がよく聞こえないとも言った。

「上海で捕まって朝鮮に来るときには監獄暮らしをすればいいだけだから心配はしなかったのだが、監獄から出て来たら心配で夜はなかなか眠れないのだ。ソウルもあまりにも変わってしまって、一九年も朝鮮を離れていたから何もかもが不慣れだ。わし一人の食いぶちは心配してはいない。漁網編みのプロになったからな。そっちのほうにこれほど才能があるとは実は思ってもみなかったのだ。漁網網みの仕事は漁夫たちもよく……」。彼は自身が開発した漁網編みの新技術について力説した。しかし、漁網編みの技術を使う機会はついにこなかった。釈放されて数カ月もたたないうちに日刊紙三社の一つである中央日報が彼を社長に迎えたからだ。呂運亨が社長になると、中央日報は常に話題の的となった。中国にも中央日報があるという理由で『朝鮮中央日報』と名称を変え、紙面を四面から八面に増やし、輪転機を購入して社屋も移し月刊誌も創刊した。販売部数が急増して東亜日報を追い越したという噂もあった。金復鎮《キム・ボッチン》、金南《キム・ナム》天《チョン》、高景欽《コ・ギョンフム》のような「カップ（KAPF、朝鮮プロレタリア芸術家同盟）」の作家たちをはじめ投獄されて出て来た往年の「主義者」たちが、朝鮮中央日報の記者として続々と集まっていった。

　診療室の扉が開き、許憲が入って来た。父は近頃大銅鉱業所の仕事で主に元山《ウォンサン》付近の現場に行っていた。

「いつ帰っていらっしゃったの？」

「今来たところだ。崔《チェ》先生は知っているだろ？」

　父の後から崔昌益《チェ・チャンイク》が入って来た。よく知っている男だった。第三次朝鮮共産党事件で五年刑を言い渡されて最近、刑期を終えて出獄したと聞いていた。もともと体格も小柄な上に監獄で苦労したせいか頭がさらにはげ、目元にクマができて、数年見ないうちに一気に老け込んでいた。貞淑は知らないふりをした。

「どなただったかしら？」

　崔昌益の少し開きかけていた口元がまた固く結ばれた。許憲は意外だという調子で「そうか？」と言いながら上機嫌で二人を紹介した。

「こちらは崔昌益先生で、こちらは娘の貞淑」

崔昌益が一歩近づいて「初めまして」と会釈した。少し動揺していた彼の顔に余裕の笑みが浮かんだ。

崔昌益は彼女よりも何歳か上で、ソウル青年会の出身だが、ソウル青年会は火曜会と不仲だった上に、北風会の宋奉瑀一派とは乱闘劇まで繰り広げた関係だったので、彼女とは幾重にもこじれていた。火曜会が朝鮮共産党の承認を受けようと曺奉岩《チョ・ボンアム》をコミンテルンに送ったとき、ソウル青年会があわてて人を送って割り込みをしたのだが、その密使が実は崔昌益だった。その上、火曜会の出身者たちが第一次、二次共産党事件で根こそぎ逮捕された後、ソウル青年会の人々が第三次、四次共産党をつくって火曜会系列を排除したために、感情的な軋轢はさらに深まっていた。火曜会や北風会の人々の間で崔昌益はソウル派の首《しゅ》魁《かい》であり、公敵だった。貞淑もなんとなく彼のことが嫌いだった。

「崔先生も監獄暮らしを長くして身体がだいぶ弱ってるみたいだから、光線治療を受けてみるようにすすめて連れて来たのだ」

父は同じ咸鏡《ハムギョンド》道出身である上に、第三次共産党事件の弁論を引き受けて親しくなったようだ。貞淑は心の中で父のおせっかいを恨んだ。一、二回治療して格好をつけておけばいいだろう。彼女はそんなつもりだった。翌日、約束の時間に彼がまた来た。彼女は適当に事務的な態度で問診票を作成し、いくつか質問した。監獄暮らしが長かった人の多くがそうであるように、彼も神経痛と関節炎に苦しんでいた。貞淑は彼に上衣を脱いで紫外線治療器の下に俯せに寝るように言った。貞淑は治療器を操作しながら崔昌益の裸体を見た瞬間、戦慄した。うなじから腰まで、彼の背中は傷だらけだった。人間の肌ではなくボロ布が一枚かぶせられているみたいだった。むちと棍棒で打たれた跡の間に焼きごてで焼いたような火傷の跡もあった。貞淑は大急ぎで機械の操作をして治療室を出た。

貞淑は診療室の机の前に座った。息子は家に帰って、そこにはいなかった。貞淑は誰もいない診療室で一人で呆然と座っていた。窓から射し込む秋の陽差しで背中が温かかった。ふと涙がこみ上げてきた。ぼんやりとかすむ視野に、つぎはぎのような崔昌益の背中が浮かび上がった。貞淑は昌益が警察署に、我が家のようにしょっちゅう出入りしていたことくらいは知っていた。特に第三次共産党事件は大々的な検挙旋風が吹き荒れ、予審も長かったので激しい尋問がおこなわれただろうし、昌益は中心人物だから誰よりも厳しい尋問を受けたであろう。

貞淑は昌益にしばらく治療が必要だと告げ、明日また来るようにと言った。彼は辞退し、「おかげさまで身体がずいぶんと軽くなりました」と社交辞令で返した。

数日後、中折帽の紳士が訪ねて来た。病院に長く通ったが神経痛が治らないと言い、崔昌益の紹介で来たと言う。彼は一週間に二回ずつ来るようになったが、毎回治療費の三、四倍くらいのお金を封筒に入れて置いて行った。貞淑がこの男の話をすると、許憲が笑いながら「崔さんが、我々が治療費を受け取らないから、代わりに金持の患者を何人か送るって言ってたよ。その人は羅津《ナジン》港でひともうけした人だから少し多めにもらってもいいって話だった」と言った。吉会《キルフェ》線鉄道の縦断港に決まった咸鏡北道《ハムギョンプクト》羅津港の開発景気で大金をつかんだということだろう。

許憲は鉱業所の仕事で元山の鉱区に行っている日が多くなった。昨年、父が金鉱事業の話をしたとき、貞淑はびっくりした。

「貫鐵洞の家にしばらく住んでいた李鍾萬《イ・ジョンマン》さんを覚えてるだろ? 彼が鉱業所の仕事をちょっと手伝ってほしいと言っているんだ」

「鉱業所ですって？」

「金鉱で金儲けした人間がみんな崔昌学《チェ・チャンハク》のようなゴロツキなわけではない。方應謨《パン・ウンモ》のように新聞事業や教育事業にお金を出す人もいるではないか」

　新聞社をつくり学校を建てるのが父の長年の夢だ。しかし弁護士時代にはお金は稼いだ分だけすぐに分け与えてしまい、残った財産は太陽光線治療院を始めるために全額はたいてしまったので、父は今や文無しだった。

「李鍾萬先生は立派な方よね。お父さまも入るなら、出資するべきでしょうね。治療院を担保に銀行からお金を借りましょうか？」

　貞淑が止めるどころか借金までしようと申し出たので、驚いたのは父のほうだった。彼女自身も改めて父との関係にある種の変化が生まれていることを感じた。父がしようとすることは何であれ支持したい気持だった。いつ頃からだっただろうか。新幹会事件の裁判のときからだろうか。貞淑はもう三二歳。人生のさまざまな層を見ることができる年齢だ。彼女自身も太陽光線治療院を開いた後、裏で「革命遊休分子」だの「ブルジョア転向者」だのと悪口を言われていることを知っていた。

　新しい年を迎え春になったが、いいニュースはなかった。総督府が神社参拝を義務化すると、学生たちが反発して休校する学校も出てきた。李東輝《イ・ドンフィ》先生がシベリアで亡くなったという報を後になって知った許憲は悲しみにくれた。最盛期にはモスクワとウラジオストクと満州と上海を、まるで隣の家に行くかのように身軽に行き来していた彼が、風邪を引いて死んだという話は冗談のように聞こえた。

「本当にミステリーだ。李東輝って何者だ？」

　火曜会の人々の間では李東輝は悪党の親玉だった。彼に関する話となると、頭は悪いのに欲ばりだ、マルクスの「マ」の字も知らないくせに共産主義を標榜して派閥争いばかりしている旧世代の日和見主義者、秘密資金を着服してかわら屋根の家を何軒も買ったに違いないなど、だいたいいつもこんな話ばかりだった。秘密資金はいつ、どこでも問題の種だった。彼は、レーニンからもらったという革命資金を臨時政府に渡さずに高麗共産党の創立に使ったと弾劾されて臨時政府を追われ、そのお金がソウル青年会に流出して問題となり、組織が真っ二つに分裂した。しかし、貞淑が記憶する上海の李東輝先生は腹黒いところや怪しいところなどみじんもない人物だった。かわら屋根の家どころかみすぼらしい木造家屋で一日二食のつつましい生活をし、常にまっすぐで威風堂々としていた。家の中でも身だしなみをきちんとしていて威厳を失うことがなかった。貞淑が上海に行ったときには彼も共産党組織をつくっていたときだったが、自分の党派に引き入れようとするようなことは一言も言わなかった。

真実はどこにあるのか。彼女が見た李東輝は、思いやりがあって邪心のない大人だった。派閥主義の親玉、欲深い悪党というのは、ただの噂なのだろうか。派閥争いが、善良で勇敢な人に悪人の汚名を着せたのか。李東輝という人物は、思いやりのある威風堂々とした大人と冷酷で欲深い党派主義者の間の、どこら辺に存在するのだろうか。

ある日、貞淑がお昼を食べに家に帰ると、居間で昌益が父と話していた。彼女が居間をのぞいて挨拶をすると、彼も素早く立ち上がって会釈した。貞淑は彼に対して拒否感がなくなっていることに驚いた。会えたことを喜んでさえいる。彼が紹介してくれた金持たちのおかげだろうか。または礼儀正しい落ち着いた態度のせいか。あるいは満身創痍の肉体のせいだろうか。

一緒に食事をしながら「なかなか会えませんね」と言ったら、彼は監獄に入っていたのだと、さらっと答えた。

「光線治療は効果があるようです。気分もよくなります」

「それはよかった。ビタミンDというものが太陽光から出るんですが、くる病も治るし、うつ病にも効果があるんです。イギリスでは動物実験に成功したそうよ」

「ビタミンAとかBとか言ってたが、もうDまであるのか。現代科学というものには本当に驚くな」

食卓の会話は近頃の物騒な社会の雰囲気、そして時中会の話へと移っていった。許憲は崔麟《チエ・リン》がいったいどこまでだめになるのか心配だと言った。時中会は総督府がつくった御用団体だが、そこで人寄せパンダの役回りをするとは。彼がとうの昔に羞恥心を捨てたことは知っていたが、大っぴらに総督府の手先になった姿を見るのはつらいということだった。パリで羅蕙錫《ナ・ヘソク》と熱い日々を送った後、羅蕙錫の告発状が新聞に公開されて世間を騒がせたのが一昨年のことだ。

「いい時代に生まれていたら、いい人生を送る好漢なのに、戻れない橋を渡ってしまったようだ。言動がめちゃくちゃで、あんな人が三・一万歳運動を組織したなんて信じられないときがある」

「崔南善《チエ・ナムソン》もそうでしょ。『己未《きび》独立宣言文』を書いた張本人なのに。この間万海《マネ》〔韓龍雲《ハン・ヨンウン》の号〕がタプコル公園で崔南善に偶然会ったそうなんだけど、『私の友人の六堂《ユクタン》はもうずいぶん前に死んだ』と言って、握手も受けつけないで、そのまま立ち去ったそうよ」

六堂こと崔南善は三・一万歳運動のときに刑期を終えずに仮釈放された後、転向説がついて回っていた。彼が出す週刊誌『東明』に総督府がお金を出しているという噂もあった。

「そうか。六堂もなかなかの人物なのだが。新文館や朝鮮光文会をつくっておこなった事業は他の人には真似できないものだった。しかし、雑誌は創刊したらすぐに廃刊にされて、とてもじゃないが仕事ができないから、『東明』を始めるときには総督府と適当に妥協することにしたのだろう。朝鮮史編修会に入るときにも彼なりに役割を果たすつもりで入ったはずだが、それが敗着だったようだ。足を深く踏み入れすぎたんだな」

「私も子どもの頃、『少年』と『青春』の愛読者だったのに」

「満州事変が起きたのを見てみんな腰が引けたんだ。日本の勢いが怖いんだろう。この自治論というやつが問題だ。総督府の高度な策略に乗せられているようだ」

「本当に。天皇がもしも心から私たちに自治を与えようとしているとしても、今の日本はアジア帝国を唱えて戦争を始めたばかりなんだから、いったいいつになったら私たちに自治をさせるというの？　あり得ないわ」

満州事変後、総督府が朝鮮のリーダー格の人たちを巻き込もうと必死になっていた。時中会だけでなく朝鮮大亜細亜協会や土曜会もそうだった。呂運亨が大亜細亜協会の相談役に名を連ねているのも変節だと非難する人もいたが、夢陽《モンヤン》〔呂運亨の号〕に関する限り、彼女は信じてあげたかった。

「最近の新聞社は何かあると総督府が発行停止にするから、協会に名前を連ねる代わりに新聞社に手を出させないことにしたんじゃないかと思うの。お金のない新聞社が一カ月休刊したら潰れてしまうから」

朝鮮日報の方應謨は自家用車、東亜日報の宋鎭禹《ソン・ジヌ》は人力車、朝鮮中央日報の呂運亨は徒歩という笑い話があるくらい、朝鮮中央日報は意欲的に事業を拡張しはしたが資本力が乏しく苦戦していた。

「うん、いろいろ聞いてはいる。夢陽は宇垣総督とも会う仲だから」

許憲は、怪しい団体が横行し時流が緊迫しているにもかかわらず民族運動の求心点になる組織がないことを嘆いた。黙って聞いていた崔昌益が口を開いた。

「新幹会を潰してしまったのは共産主義者たちの重大な失策だったと思います。コミンテルンに盲従する傾向も問題です。私も刑務所で過去を振り返ってずいぶんと反省しました。共産主義運動というものは底辺から自生的に細胞が組織され力量が積み上げられていかなくてはならないのに、いやしくも革命家を名乗る我々がコミンテルンの資金を受けるために、手足のない頭だけの組織をつくろうと躍起になっていたのです。火曜会も、ソウル派も同じです」

こんなことを言う人は初めてだった。朝鮮共産党が完全に破綻し、根こそぎ監獄に行くか田舎に引っ込むかした後だったが、今でも火曜会は北風会のせいにし、北風会はソウル派のせいにしていた。貞淑は崔昌益という人物が気になった。父に聞いてみた。

「意志の強い人物だ」

結構な年になってから日本に留学し、ソ連と満州で活動していたことは、彼女も知っていた。最近は永《ヨン》興《フン》で父の金鉱事業も手伝っているようだ。彼女は昼食や夕食を食べに家に帰るとき、もしや昌益が来てはいまいかとかすかに胸をときめかせて居間をのぞき込む習慣ができた。昌益が二、三カ月現れないと、電信局に行って父に電話をかけ、それとなく彼のことを聞いてみたりした。

宋奉瑀が去った後、貞淑は男に対して関心がなくなっていた。ところが最近の貞淑は治療院で機械を触っているときにも、窓越しに仁王山《イヌアンサン》の稜線を眺めるときにも、ふと昌益のことを考えていることに気づいていた。身体と身体の間だけでなく、心と心の交接にもオルガスムがある。わずかに交わした対話の中からだったただろうか。傷だらけの身体を盗み見したときからだろうか。間違いなく昌益との間で炸裂する交感の瞬間があったのだ。

まだ白い残雪に覆われた仁王山から三清洞《サムチョンドン》の谷間に吹きつける風に、ときおり温気が混ざっている。

いつものように昼食をとるため家に寄ったとき、電報が来ていた。発信者は高明子《コ・ミョンジャ》。電報の内容はたったの三文字。「父親喪」。

貞淑は混乱した。行っても、行かなくても、穏やかではいられない。一昨年だったか明子が出獄したという話を聞いたが、その後聞こえてくる噂は怪しいものだった。転向書を書いたとか、密偵になったという話もあった。どこに行っても明子を見かけることはなかった。貞淑は治療院や新しい生活のためにいつも忙しくて、明子のことは忘れていた。

夕方、治療院を閉めると、貞淑は黒いチマチョゴリに着替えて外出のしたくをした。明子の母親が亡くなったとき、貞淑は刑務所にいた。明子に悪いことばかり続いている。父親は江景《カンギョン》にいると聞いていたが、葬儀はなぜか嘉會洞《カフェドン》だった。電報の住所を持って嘉會洞の明子の家を訪ねて行った。路地の端に男が二人立っている。私服巡査だと貞淑は一目でわかった。転向したと聞いたが違うのか。いまだに要視察人物なのか。あるいは本当に密偵になったのか。

「謹弔」の提灯がかけられた門の中に入ると、庭から板の間まで弔問客でいっぱいだった。青年が近づいて来て誰の客かと尋ねた。高明子だと答えると、青年は彼女を上から下へと見回してから母屋に入って行った。弔問客の中に知りあいを探してみたが、一人もいなかった。しばらくして母屋の裏庭から明子が現れた。明子は貞淑を発見して、真っ赤に腫れ上がった目を細めて笑った。

仏壇がしつらえられた居間では、僧衣を着た僧侶三人が木鐸を叩きながら念仏を唱えていた。貞淑は仏壇の前で礼をして、板の間に座った。明子は、水蜜桃のようにふっくらと輝いていた頬がこけ、目元には歳月の影がさしていたが、よく見るとそこにはあの頃の愛らしい女性同友会の模範会員高明子の姿があった。父親は惠化洞《ヘファドン》の帝大病院に入院していて亡くなったのだと言う。

「さっき見たら路地に誰か立ってるみたいだったけど、今でも巡査たちにつきまとわれてるの？」

「わからない。私は外に出ないから。弔問客を見張ってるんでしょう。誰か来るかもしれないって」

明子が力なく返事した。その誰かというのは、金丹治《キム・ダニャ》のことだろう。

「なるほど。丹治とは連絡取ってるの？」

「丹治？　丹治……」

低くつぶやく明子の目が焦点を失って散った。

「私が返信をしなかったの」

貞淑が「なぜ？」と聞いたとき、明子はうつむいたまま乾いた唇をかみしめた。その瞬間、貞淑は二つの確信を持った。明子が転向したということ、でも密偵というのは根も葉もない噂だということ。ふくよかだった顔から朗らかな笑みを奪ったものが、投獄と転向だったのか、両親の相次ぐ死だったのか、貞淑にはわからなかった。

「最近は何をしてるの？　どこか悪いところがあるの？」

明子はうつむいたまま何も答えなかった。貞淑は治療院に来るように言おうとしてやめた。葬儀なのか結婚式なのか、喪主なのか新婦の親なのか、わからないくらいに明子の兄たちとその妻たちが騒々しく居間と板の間を行ったり来たりしていたが、誰も明子には目もくれなかった。

「サムォルが見えないわね」

「うん、うちにクリームとかおしろいとかを売りに来ていた男について行ったの」

門から弔問客が次々と入って来たが、知っている顔はいなかった。もしかしたら明子が昔の同僚たちの中で貞淑にだけ訃報を送ったのかもしれない。夜が近づくにつれ板の間に寒気が漂った。貞淑は立ち上がった。明子が門のところまでついて来た。真っ赤に泣きはらした目に、また涙がたまっていた。

「元気を出して。電報を送ってくれてありがとう」

貞淑は明子の手を握ってひとこと言うと振り返り、早足に門の外に出て来た。道の角にはいまだに怪しい男がうろついていた。彼女はもう明子に会うことはないだろうと思った。明子はもう明子の人生を生きていくだろう。花嫁衣装を着て新婦になるには少し遅かったが、江景の大地主の娘として新生活を始めるにはまだ遅すぎはしない。

数日後、彼女は金命時《キム・ミョンシ》から新義州《シニジュ》刑務所消印のはがきを受け取った。命時は今、三人兄妹全員が監獄に入っている。しかも、弟は釜山《プサン》、兄は京城、命時は新義州という具合に東西南北に別れているのだから、朝鮮半島は意外に広いと思わせた。命時は一昨年に七年の刑を言い渡されたから、しばらく京城府内で会うことはないだろう。彼女は新義州刑務所に領置金を送るため引き出しを開けた。

貞淑の暮らし向きも以前のようではなかった。以前は、海外に勉強しに行くとか、抗日運動をしに行くとか言って、許憲《ホ・ホン》の名前だけを頼りに訪ねて来てお金をもらっていく人も大勢いた。許憲は毎回、文箱《ふばこ》からお金の封筒を取り出したり、家にあるものを質屋に入れたりしてお金を渡した。しかしそれも弁護士の仕事をしていた頃の話だ。許憲は金鉱開発会社の役員だとはいうが、まだ収益を出せていないし、治療院は無料の患者のほうが多いため、三清洞の家では食事の心配をするような日も生じていた。

夏になると、許憲は妻と幼い娘二人を連れて永興《ヨンフン》に行った。母が長い闘病生活の末に亡くなった後、貞淑《ジョンスク》は投獄と妻の死を相次ぎ経験して意気消沈する許憲に、自分の友だちを紹介した。女性同友会と槿友《クヌ》会《フェ》の活動を一緒にしていた同い年の友人柳徳禧《ユ・ドッキ》は、そんなふうに貞淑の義母となった。義母は結婚するとすぐに娘を二人産んだ。

太陽光線治療院の患者も往年の主義者たちが徐々に減って、金持の両班《ヤンバン》や日本人が増えた。営業的にはいいことだったが、貞淑は徐々にむなしさを感じ始めていた。

総督府の局長で治療院によく来る日本人がいた。東京帝大出身でインテリの雰囲気を漂わせる彼は、神経痛よりも貞淑との対話に関心があって通っている様子だった。彼は「朝鮮から支那まですぐに戦場になるかもしれない」と耳打ちしながら、安全な内地に行ったほうがいいとすすめた。貞淑に親しみを感じて言ったことだった。

「貞淑さん、内地に進出してみたらどうですか。光線治療法は東京では歓迎されます。民族的特性からして、朝鮮人は過去にこだわるほうじゃないですか。反対に内地人は新しい文物や科学技術にもっと開放的です。そもそも貞淑さんのような優秀な人材は中央に行かなければむくわれません。もう東京と京城も三日で行ける距離にまで近くなったじゃないですか」

一理ある話だった。実際に漢方医院と病院の間で光線治療院は曖昧な立場だった。

「ご助言には感謝しますが、民族性をうんぬんされるのは不愉快です。朝鮮人がそんなに過去志向的な民族ならどうして朝鮮の監獄に投獄された共産主義者が数千人もいるのでしょうか」

「あっ、これは失礼しました。ただ東京の話はあくまでも友情からわき出た本心だったことだけはわかってください」

総督府の局長は両手を膝の上にそろえて上体を曲げて何度も謝った。彼がちらっと憲永《ホニョン》のことをもらしたことがあった。

「転向するって一言言えば簡単なものを。もっとも、決して簡単ではないのが人間というものでしょう。

統治というのは人間の精神を単純化する事業ですが、簡単には単純化されないというところに人間の尊厳があるわけです」

憲永は懲役六年の刑だから一九三九年に監獄から出てくるはずだ。過去の動線を隠蔽し尋問闘争をしため、ものすごい拷問を受けたと聞くが、父が面会に行ったら、西大門《ソデムン》刑務所は真冬には暖房も入るようになって、朝鮮共産党事件のときよりもはるかに居住環境がよくなったと冗談を言っていたと言う。最近は監獄にいる共産主義者たちの大半が転向書を書いて出て来ると言う。当局の転向工作がそれくらい執拗な上に、主義者たちの間でそれを責めない雰囲気もある。転向書を書いて出て来て地下活動をするほうがいいということだ。まして憲永のように注目される人物の場合には、脅迫と懐柔に苦しめられるだけ苦しめられたはずだ。しかし彼まで転向書を書いて出て来たとしたら？　おそらくむなしくてたまらないだろう。彼女は心の片隅で、彼にだけは耐えてほしいと願っていたのかもしれない。

往年に朝鮮共産党を結成するといって飛び回っていたマルキシストたちは、今では監獄にいるか、拷問と独房生活で気が触れたか、あるいは天皇の臣民に所属を変えたかだった。朝鮮における共産主義運動の運命はここまでなのか。たとえばパリ・コミューンのようにユートピアの理想が血の海に沈められる、そんな壮絶な敗北もないまま、秘密の会合をし、暗号の手紙をやりとりしただけで終わってしまうのだろうか。朝鮮共産党再建運動が小康状態に入って以来、最近のニュースとしては神出鬼没な組織活動家李載裕《イ・ジェユ》が、また足かせをはずして看守の目を盗み脱獄したということくらいだった。彼が逮捕されたり脱獄したりすると、そのたびに新聞の号外がまかれた。

近頃は新天地満州へと進出する企業家や、羅津《ナジン》や雄基《ウンギ》の土地投機の話題、鉱脈を見つけた金鉱成金の話が連日、新聞紙上を賑わしていた。真っ黒な沼の底に沈殿した植民地朝鮮の地で、満州の風と金鉱の熱風が奇妙な興奮を醸し出す中、ある不吉な機運が渦巻いていた。朴憲永が言っていたとおり、二回目の世界大戦が近づいているのだろうか。憲永は監獄にいるが、命時《ミョンシ》が上海から持ち込んだ『コミュニスト』の朴憲永コラムはひそかにベストセラーになっていた。「新たな戦争を準備する軍縮会議」というタイトルのコラムは、日帝が中国とソ連に侵攻するために朝鮮を兵站《へいたん》基地化して軍需産業を立ち上げようとしているとし、これに断固として抵抗しなければならないと主張していた。

治療院に立ち寄った昔の同志が貞淑の机の上に新聞紙を一枚置いて行った。印刷状態が粗悪なチラシに「民族革命」という題字が大きく印刷されていた。民族革命党の機関紙が貞淑の目の前に置かれたのだ。

昨年南京で民族革命党が結成されたという話は聞いていた。金元鳳《キム・ウォンボン》の義烈団や李東寧《イ・ドンニョン》、安昌浩《アン・チャンホ》の韓国独立党を主軸に五つの党が集まって統合政党をつくったのだ。新聞には民族解放軍創設に関することが書かれていた。軍隊の話は一昨年、南京軍官学校の学生を募集するため京城に来て貞淑の家に泊まって行った朴文熺《パク・ムニ》から聞いていた。朴文熺の妹朴次貞《パク・チャジョン》は貞淑と槿友会で一緒に活動した後輩で、現在は義烈団団長金元鳳の妻になっていた。ここのところ義烈団が静かだと思っていたら、今後は消耗的なテロ活動から武力闘争へと路線を変え、軍官学校を建てていずれは軍隊を創設するということだった。

『民族革命』を読み進めながら、貞淑は心臓が激しく高鳴る音を聞いた。「民族解放軍」という単語は刺激的で魅力的だった。貞淑は慣れた日常が急によそよそしく感じられた。安全で陳腐だ。朴文熺が南京軍官学校に連れて行った学生たちは今、どこの戦線で何をしているのだろうか。彼女の頭の中に中国の地図が広がった。

貞淑は昌益《チャンイク》が来る日を待ちわびていた。そしてついに昌益が治療院に現れた日、貞淑は早々に治療院を閉めて昌益と家に戻った。昌益と居間で向かいあった貞淑は『民族革命』をテーブルの上に広げた。貞淑は彼が新聞を読み終わるのを待って言った。

「国内では無産階級が蜂起し、同時多発的に大陸のほうから解放軍が侵攻して来るということなのよ。寝言みたいな話ではあるけど、今の朝鮮では他に方法がないと思うの。戦争という変数があるから、予期せぬ有利なチャンスが訪れるかもしれない。そのチャンスをつかむためには戦場のまっただ中にいなければいけないと思うの。日本が戦争を始めるなら、私たちは当然、武装闘争に答えを求めるべきよ」

彼女はしばらく間を置いて、次の一言を投げた。

「一緒に南京に行きましょう」

昌益は、口に持っていきかけたカップを落としそうになり、お茶がこぼれた。彼はカップを下ろして、しばらく黙ってじっと彼女の顔を見つめた。二人はお互いに愛の告白をしたこともない。しかし、「一緒に南京に行きましょう」という一言はプロポーズ以上のものだった。柱時計の秒針が五回ほどチクタクと音をたてた後、彼が言った。

「そうしましょう」

昌益は咸鏡道《ハムギョンド》に行って身の回りを整理し、荷物をまとめて三清洞《サムチョンドン》の家に入って来た。彼は、気安い話相手だった林元根《イム・ウォングン》や宋奉瑀とはまるで違っていた。彼の子ども時代について知っていることは、頭満江《トゥマンガン》の対岸に満州平野が見える極寒の地で、本当に貧しい農家に生まれたということくらいだった。彼は、半島北端の故郷と同じくらい手の届かない、深い壺のような存在だった。この寡黙な男の四〇年の歴史はベールに包まれている。それが好奇心旺盛であきっぽい貞淑に心理的な安定感を与えているのかもしれない。彼がぶっきらぼうに投げかける言葉の中には、政治的な論評もあれば、奇想天外な回顧談もあった。日本に留学していた頃、ある年の夏休みに朝鮮八道巡回講演をしていたところ、全州《チョンジュ》で講演内容が不穏だとして捕まり、半月留置場で過ごした後、出て来てから次の講演先である群山《クンサン》に行って講演を続けたという経験を、どうってことない話のようにさらっとしてのけた。昌益と一つ屋根の下で暮らすことは、単調な生活に刺激と新鮮味を与えてくれた。

「私は以前はあなたのことを角のはえた怪物だと思ってたわ」

貞淑の言葉に昌益も、短く辛らつな一言で応酬した。

「僕は君のことを娼婦だと思っていたよ」

貞淑は怒って丸一日口をきかなかった。

昌益と同居を始めると、まわりがまた騒がしくなった。過去の同僚たちにとってソウル青年会や第三次共産党の連中は、総督府と同じくらい憎い対象だった。節操もなければ義理もない女だと悪口を言われているのがわかった。雑誌はまたもや朝鮮のコロンタイうんぬんと書き立てた。でも、艶聞というのも愛情のあらわれだし、悪意のゴシップは革新女性に対する保守社会の嫉妬なだけ、誰も私に対して何も言わない日が来るとしたら、それはよっぽど年を取ったか無気力になったときだと、そんなふうにずうずうしくなることに決めたら気持が楽になった。

一九三六年八月二七日、南次郎陸軍大将が新総督として京城に到着し、「茲《ここ》に朝鮮総督の大命を拝し任に府すに当たり所志を示し鮮内官民に告ぐ」で始まる朝鮮統治に関する方針を公表した。関東軍総司令官から朝鮮総督にまで昇進した七三歳の陸軍大将が発表したこの方針は、皇民化政策と戦時総動員態勢が主な内容であり、これは一九四二年までの六年間に創氏改名、朝鮮語の使用禁止、強制徴兵、強制徴用といった軍国主義政策の仕上げ版がいよいよ本格的に繰り広げられることを予告するものだった。

孫・基禎《ソン・ギジョン》がオリンピック・ベルリン大会のマラソンで優勝した翌年の八月一三日、孫基禎選手の胸の日章旗を消した写真を掲載したことで、朝鮮中央日報は九月から休刊となり、結局、廃刊の運命をたどった。呂運亨《ヨ・ウニョン》の新聞社社長時代は二年半で終わった。同じ年、朝鮮中央日報に「ああ、私は叫びたい！　マイクを握って全世界の人類に向けて叫びたい！　今でも、今でもおまえたちは我々を、ひ弱な一族と呼ぶつもりなのか」という詩を書いた詩人で小説家、映画監督でもあった沈熏《シム・フン》が腸チフスで亡くなった。新聞廃刊の一カ月後だった。

沈熏の突然の死は、京城の一隅がぽっかりとあいたような喪失感を貞淑に与えた。彼は貞淑と憲永、元根、丹冶《ダニャ》の友人であり、いつも貞淑の近くにいた。組織運動とは距離を置いていたが、上海留学時代を共に過ごし、東亜日報の記者として鉄筆倶楽部でも一緒だったし、彼は詩と小説を書き、映画監督、映画俳優として常によく見える場所にいた。一九二七年秋、貞淑がコロンビア大学を中退して帰って来たとき、団成社では彼の原作、監督、主演からなる映画『陽が昇る時』が大ヒットして話題をさらっていた。昨年、東亜日報の創刊記念懸賞小説に『常緑樹』が当選し、その賞金で教育啓蒙事業のために常緑学院を建てた彼は、病院の救急室に搬送される直前まで『常緑樹』を映画化するため夜通し脚色作業をしていた。

沈熏の葬儀には生き残った主義者や記者、作家、映画人たちが集まり、京城での一種の大衆集会の体をなしたが、それは葬送曲が流れる憂鬱な集会だった。そして、朝鮮を脱出する計画を密かに進める貞淑にとっては、過去の同志や京城の知識人社会と一気に別れの挨拶をする場となった。

貞淑《ジョンスク》は昌益《チャンイク》と共に元山《ウォンサン》に行って父に別れの挨拶をした。父は後妻と幼い二人の娘と一緒に永興湾《ヨンフン》の虎島《ホド》半島にいた。父はいろいろな意味で新しい環境に適応しているように見えた。金鉱事業に足を踏み入れて三年目の今年、幸い李鍾萬《イ・ジョンマン》の鉱山のあちこちで金脈が見つかっていた。一時、父が資本金不足でお金を借りて歩いていたことを、彼女も噂で聞いていた。ろくでもない娘のせいで一文なしになり、監獄にまで入って一家が滅びたと陰口を叩く人もいた。治療院の代わりに金鉱を買っていたら今ごろは方應謨《パン・ウンモ》のように新聞社のオーナーになっていただろうと言う人もいた。藁葺き家を一軒買って壊し二階建ての治療院を建てて機械を買うのに使った八〇〇〇円は、実際にちょっとした鉱区をいくつか買える金額だった。

金鉱を探し回る人々の中で一獲千金を手にする人は万に一人といったところだろうか。たいがいは時間と財産を使い果たして終わりだった。それでも、権力と富への道をふさがれた植民地朝鮮の男たちにとって、地底に眠る金は公正に与えられたチャンスだった。

五〇代に入った父は、声に以前のようなはりがなかった。乱暴に掘り削られた山すそに設置された仮設の事務所で父に会ったとき、貞淑は時代が父をまったくふさわしくない場所に放り出したと思った。地面と空だけ眺める仕事は父には似合わない。父の舞台は法廷で、父の武器は言葉と文字だった。父は舞台も武器も奪われてしまったのだ。彼は鉱山事業についていくつか希望の持てる話をしたが、言葉じりはにごっていた。中国に行くと話すと、父の顔色が曇った。

「キョンハン、ヨンハンもかわいそうだが、何より情勢が悪すぎる。北支〔中国北部〕は今、一触即発だ。日本が満州に軍備を集結させるようだが、そうなったらあっという間に中国大陸全体が戦場になるだろう。特に、南京が彼らの手に落ちるのは時間の問題だ。上海を呑み込んで、今は南京の目と鼻の先まで行っているではないか」

「だから南京に行くんです」

止めたい気持を遠回しに表現した父は、口をつぐんだ。父は娘の意志を曲げられないことを知っていた。貞淑を見送りながら「身体に気をつけるんだぞ。私の心配はするな」と言うとき、彼の目に涙がにじんでいた。貞淑は、もしかしたらもう二度と父には会えないかもしれないと思った。父も同じことを考えていたのではないだろうか。帰って来る京元《キョンウォン》線の列車の中で、貞淑は喉元に熱いものがこみ上げてきた。「私の心配はするな」と言う父の声が耳元でこだました。聞き慣れない、変な言葉だった。これまでは父が常に彼女の心配をしていたのだ。彼女が父を心配したことはない。その言葉が悲しかった。貞淑の表情が深刻になっているのを見て昌益が彼女の手の甲をトントンと軽く叩いた。彼の慰めがかえって涙腺を刺激したのか、涙がとめどなく流れ出た。昌益は黙って窓の外を眺めていた。

貞淑と昌益は京城駅を早朝に出発する奉天行きの列車に乗った。貞淑は荷物を手に駅前で京城の街をぐるっと眺めた。晩秋の風がそでから吹き込む。埃を被ったまま京城の街を見下ろす南大門《ナムデムン》を、貞淑はじっと見つめた。南大門はまるで没落した家門の老婦人のようだ。衣服は優雅だが古びており、顔には気品が漂うがシワが寄っていた。彼女は南大門の姿を両目にしっかりと焼きつけてから振り返った。

改札口の前で貞淑は二人の息子と別れの挨拶をした。貞淑は中国行きを決心してから一カ月間、二人の息子にぴったりとついて離れなかった。従妹が家に来ているから衣食の面倒は見てくれるだろう。でも、子どもたちの勉強のことが気がかりだ。これから中学校と普通学校に入学する子どもたちに必要な本を買って、本棚にびっしりと積んでおいた。それから書斎で父や自分が読んだ本の中から歴史に関するハングルの本を選んで長男の本棚に置いた。「この本は後で高普生になったら読みなさい」と言うと、びっくりして母を見上げる子どもの目から涙がこぼれた。貞淑は下の息子にアルファベットを教え、英語辞書の引き方を教えた。

貞淑は一三歳と七歳の息子を順に抱きしめた。上の息子を抱いたとき、彼女は激情を抑えるため深呼吸をした。本当に親に恵まれないかわいそうな子どもだった。一歳の誕生日の前に父親が監獄に入り、母親はアメリカ留学から戻ったら監獄に入り、今度が三回目の離別だった。そして今回が最も永い別れになるであろうことを、子どもも知っていた。

「キョンハンは読書をおこたらないで、いい友だちを選んでつきあいなさい。弟が悪さをしてもあまりひどく叱らないで、これからはおまえが親のようなものだから優しく面倒を見てあげてね。夏休みや冬休みにはおじいさまのところに必ず会いに行きなさい。ヨンハンは学校で何を習ったか、よく食べたか、身体の調子はどうか、お母さんに詳しく書いて手紙を送ってね」

子どもたちが泣いたらどうしようと心配していたが、意外にも二人とも淡々とした表情だった。上の子は母親との別れに慣れているようで、下の子は母親が中国に行くことの意味がわからないようだった。

「世の中がよくなれば、また会えるはずよ。中国に行ったらすぐに手紙を書くからね」

改札口に入って振り返ると、息子たちはぴんと立ってまるで演技をするかのように右手を振っていた。彼女も手を振りながら笑ってみせたが、涙をこぼすまいとすぐに振り返って足早に列車に向かった。

最初に中国に行こうと言ったのは宋奉瑀《ソン・ボンウ》だった。南京軍官学校事件で検挙される数日前だったか、突然南京の話を持ち出した。貞淑は子どもがまだ小さいと、一言で突っぱねた。しかし、たとえ子どもが大きくなっていたとしても、長くけわしい冒険の同伴者として宋奉瑀を選ぶことはなかっただろう。それは、崔昌益でなければならなかった。

二等寝台室は混んでいた。貞淑夫婦は寝台の上と下にそれぞれ荷物を下ろしたが、大きな箱を背負って、その上に布団をのせ、下には鍋やパガジ〔ヒョウタンでできたひしゃく〕を吊り下げた中年男が四人家族を引き連れて入って来て、寝台室の廊下で箱を椅子代わりに陣取ると、昌益は下の寝台を彼ら家族に譲って上の寝台に上がって来た。

言葉でだけ聞いていた満州の風を貞淑は実感した。満州に発つ行列には、一握りでもいいから耕せる土地を求めて行く農民もいれば、ひともうけして故郷に帰り新しい人生を始めようとする商人もいた。もちろん、彼女のように抗日闘争をしに行く人も密かに紛れ込んでいただろう。北に向かう列車の二等室は三等室並みに狭くならざるを得なかった。

列車が京城駅を出た後も、客室はしばらく席に着こうとする人々でざわついていた。狭い上段の寝台に二人でぴったりとくっついて座っているのも悪くなかった。列車が新村《シンチョン》駅を通過すると、二人は小さな窓の向こうに遠ざかる京城の風景を黙って見つめた。事務所と講演会場と家の間をいつも早歩きした鍾路《チョンノ》通り、そこで徒党を組んで大声で語りあった友人たち、二人の息子と三清洞の家、渇きと渇望で心臓が焼けそうだった二〇代、それらすべてと共に、悪意に満ちた噂と共に、京城が遠ざかっていく。彼女は『去国詩』を口ずさんだ。日韓併合の年、島山《トサン》こと安昌浩《アン・チャンホ》が中国に亡命する際に残した詩だ。

行く行く　私は行く　君を残し　私は行く
世が変り　機を得て　意のまま　この時運
私の背を　押し出し　君と離れ　行かしめ
これから　幾歳月を　君と逢う　ことなく
その間に　私はただ　君のため　働くだけ
行くとて　悲しむな　私の愛よ　韓半島よ

培花《ペファ》女子高時代に友人たちと競うように朗々と唱《うた》った詩だったが、今日は北に向かう列車の中で一篇の詩を詠む間に何度も声を詰まらせた、安昌浩先生も今の貞淑のような気持だったのだろう。解放されるまで絶対に戻らない。安昌浩、呂運亨、朴憲永のように捕り縄にしばられて引きずられて来ることはあっても、決して自分の足で歩いてこの植民地の地に戻ることはないだろう。

「あなたと夫婦になるなんて、思ってもみなかったわ」

貞淑が先に口を開いた。

「同感だよ。数日前に会った人に、僕が君の五番目の夫だと言われたよ」

「あら、本当？　私は三番目の夫だと思っていたけど。林元根《イム・ウォングン》、宋奉瑀以外に誰がいたのかしら？」

「僕も知らない」

口調はとつとつとしていたが、目は笑っていた。おもしろい男だった。

列車が北に向かう間、貞淑は寝たり起きたりを繰り返した。列車は開城《ケソン》を過ぎて平原を走っていた。線路脇の小川は、手拭いを頭にきつく巻いて腰を曲げた人々で真っ黒だった。最近はどこに行っても、小川や山麓は砂金をとる人々であふれている。

客室の中は朝鮮八道のなまりが入り交じり、まるで夜市の真ん中にいるような雰囲気だった。それぞれの行き先や旅行の目的が公開されるのにさほど時間はかからなかった。下の階の一家は遠く慶尚南道《キョンサンナムド》の泗《サ》川《チョン》から来た人たちだった。親戚が先に吉林省に行って定着しており、並々ならない苦労はあるが農地が多いから飢え死ぬことはないというので行くところだと言う。満州では朝鮮移民がお金を貯めて、満州人の荒れ地を借りて開墾し、畑に水を引いて田んぼをつくっていると言う。満州では種籾《たねもみ》がなかなか手に入らないというので一袋持って行くのだと言う。

「匙《さじ》とパガジだけあれば飢え死にすることはないって言うんだよ」

そうだ。飢え死にさせる祖国なんか何の役にもたたない。おなかいっぱい食べられてこその故郷だ。貞淑は泣きたくなった。

列車が新義州《シニジュ》駅に到着したときには、まわりはもう真っ暗だった。列車が停まると、日本人巡査二人が乗って来た。巡査は乗客たちの荷物を全部開けさせた。隅のほうに上手に積まれていた荷物が全部開けさせられると、客室は瞬時に修羅場に変わった。下の段の家族が廊下に置いておいた箱を開けると、折れた真鍮の箸と匙、櫛、ほころびたランニングシャツまで、みすぼらしい生活用品が次から次へと出てきた。誰が見ても極貧の離農民一家だったが、日本の巡査は最後の世帯道具まで点検した後、種籾が入った袋まで開けさせた。

貞淑夫婦が荷物を開けたときには点検は適当だった。総督府が「満州国協和会」の名で満州ビジネスを大々的に広報しているところだったので、満州に事業をしに行く上品な中年夫婦には寛大だっただけでなく、ガラクタだらけの荷物の解剖に必要以上に時間を浪費した後だったからだ。列車は新義州駅で三〇分停車した後出発した。列車が鴨緑江《アムノッカン》の鉄橋にさしかかったとき、向かい側の寝台で着物姿の女が連れの女の子に日本語で言った。

「ここまでが日本で、ここから先が満州よ」

列車が摩擦音を立てながら走り始めた。窓外の暗闇の中に長白山脈の裾野が広がっているはずだ。去って来たところは慣れ親しんだ場所で隅々まで目に浮かべることができるが、これから行くべきところは人も、土地も、生活も、すべてが不慣れな場所だ。不慣れな場所で、不慣れな人々と、不慣れな人生を始めるのだ。移民というものはそういうものだ。亡命というものは、それ以上だ。

山は山は　東大山は
親兄弟には別れの山

どこからか女性の歌声がかすかに聞こえてきた。

海上の港がそんなにいいのか
開拓求めて風呂敷包み
信じるな　信じるな
東大山に行った郎君を信じるな
子よ子よ　泣くな
日本人憲兵がおまえを捕まえに来る
三千里山河　広くはあるが
おまえと私　行くあてもない
豊作になっても呼ぶでない
この川越えたら越江罪だ

ハスキーな中年女性の声は途切れそうで途切れない。どんな女性が歌っているのかと、首を伸ばしてのぞき込んだが、間仕切りにさえぎられて見えなかった。

9.

ここがあなた方の終着駅だ

1936年 モスクワ、クズロルダ

スタソヴァ保育園のスヴァボダ・グラゴイェフナ先生から、娘が間もなくモスクワに来るという手紙が届いた。保育園児たちがクリミア半島の少年団キャンプに行く途中モスクワで乗り換えるのだが、数時間滞在する予定だと言う。

世竹《セジュク》はグラゴイェフナ先生が知らせてくれた時間に駅で待っていた。いつか娘を家に連れて来て朝鮮料理を食べさせたいと思っていたが、思いがけずそのチャンスがやって来たのだ。世竹は数日前から同僚たちの家を回ってテンジャン〔味噌〕を手に入れ、市場で白菜とサバを買い、大忙しだった。子どもがテンジャングッ〔味噌汁〕を一口食べて顔をしかめ「このスープは何か変な味」という姿を想像して、世竹は一人ほほえんだ。

同じ制服を着て改札口を通り二列になって歩いて来る保育園児たちの中に、世竹はすぐに娘を見つけた。

「ビビアンナ！」

横の子とはしゃぎながら歩いて来たビビアンナは世竹を見てはたと止まった。意外という表情だった。

「お母さん、こんにちは」

早口のロシア語は相変わらずだったが、何度も会っているから今ではお母さんと言うようになった。しかし彼女が無意識に「ヨンちゃん」と呼ぶと、「私の名前はビビアンナよ」と返してきた。

世竹はビビアンナの手を取り、引率教員のところに行って娘を連れて行ってもいいかと聞いた。出発時間の前に連れて来るから、と。ところが娘が口をはさんだ。

「私もみんなと一緒にクレムリン宮殿の見学に行きたいの」

保育園児たちはクレムリン宮殿を見学してお昼ご飯を食べる予定だった。

「そう、ちょうどよかった。お母さんもクレムリン宮殿の中に一度入ってみたかったの。見学してからお母さんのおうちに行ってお昼を食べましょう」

娘の気持はよくわかる。時間の計算をしてみたら、急げば大丈夫そうだ。クレムリン宮殿の内部は想像を超える広さで、美しい建物が多かった。見学は一部の区域だけ許されていた。保育園児たちは二列になって行進する。娘は友だちの手を一時も離さない。子どもたちは手足を合わせて歩きながら合唱した。

鋼鉄の拳で敵を倒し
数々の戦闘の中で人民を救ってくれた
空の星、人類の星
その名も永遠に輝くスターリン大元帥
空よりも高く海よりも広い愛
いつどこでも私たちを見守ってくださる
労働者の父母、人民の父母
その名も永遠に輝くスターリン大元帥

世竹は子どもたちの歌を聞きながら数歩うしろからついて行った。見学は二時間後に終わった。

「さあ、行こうか。お母さんが家でお昼の用意をしておいたのよ」

子どもが困った顔で世竹を見上げた。

「ここで食べちゃだめ？」

世竹の顔がこわばっていくのに気がついた引率教員が「ビビアンナ、お母さんとおいしく食べて帰っていらっしゃい」と助け船を出してくれた。子どもは「わかりました、先生」と朗らかに返事した後、「でも、この子も一緒に連れて行きたい」と言った。娘は友だちの手を離さなかった。

地下鉄に乗って二人の子どもを連れて来る間、彼女は努めて何食わぬ表情をしていたが、心はひりひりと痛んだ。世竹は白米のご飯と白菜のスープ、そしてサバを焼いて並べた。子どもたちは食事をしながら朝鮮料理の品評をしたりクレムリン宮殿について話したりした。クレムリン宮殿の規模や美しさはロシア人の卓越した美的感覚をあらわしていると。しかし、これらはすべて専制王政の遺産であり、労働者大衆の血と汗が滲んでいると、案内員の説明を自分たちで反復学習していた。意外にも、娘はテンジャングッを残さずきれいに食べた。モスクワで一緒に暮らしていたときにテンジャングッにご飯を混ぜて食べたことがあったが、その味の記憶がどこか片隅にひそんでいたのだろうか。

娘を家に連れて来ることにしたとき、彼女は子どもがこの家に一緒に住んでいる人について聞くのではないか、父親について尋ねるのではないかと密かに気をもみ、熟考の末、模範解答を用意しておいた。しかし子どもはそんなことには興味がないようだ。幸いでもあり、寂しい気もした。

子どもを汽車駅に送り届けて帰って来る道すがら、世竹の目から涙があふれ出た。満員の地下鉄内で三〇代中頃の東洋の女が、とめどなく流れる涙を手のひらでふき続ける姿を、乗客たちはぼーっと眺めていた。「まだ子どもよ。まだ八歳なのよ。少しずつよくなるはずよ」。そんなふうに自らを慰めてみるが、涙は止まらない。

一九三六年は「スタハノフの年」だった。自分に割り当てられた採炭量の一四倍超を達成したウクライナの炭鉱夫スタハノフを、ソビエト政府はその年の偶像にまつりあげた。「労働英雄スタハノフを見習おう」という標語は炭鉱や工場だけでなく駅前や学校にも貼り出された。第二次五カ年計画は一九三七年に終了するが、この時点ですでに目標達成に近づいているという話だった。「社会主義の奇跡」という新語が流行していた。

八月のある日、共産大学の掲示板には「トロツキーとジノヴィエフ一味事件」に関する発表文が貼り出された。壁新聞の前に人だかりができていた。世竹《セジュク》は丹冶《ダニャ》と一緒に校庭を歩いているときに壁新聞を見た。ジノヴィエフとカーメネフは海外にいるトロツキーと共にスターリン暗殺をはかって摘発され、死刑に処されたと書かれていた。ボリシェヴィキ革命の主役だった二人はレーニンの死後、スターリンと組んでトロツキーを党から追い出した、いわゆるトロイカ体制のメンバーだった。ウサギ狩りが終わったら狩猟犬は殺すというが。彼らの死刑判決は不吉な前兆だった。レーニンの革命同志たち、ソ連共産党の元祖たちが処刑されるということは、広範で無差別な血の雨が降ることを予告していた。

人々は掲示板の前から黙って立ち去った。壁新聞を読む丹冶の顔が曇った。丹冶は家に着くまで一言も発しなかった。夕食の席で彼はスープを口に運ぶ手を止めた。

「モスクワで被圧迫民族代表者大会があったときにジノヴィエフに会ったんだ。コミンテルンの議長だったから。もう一四年も前になるんだな。ワシントン講和条約を四匹の吸血鬼の同盟って呼んで、ワシントン会議に期待していた朝鮮人たちを理論攻めにしたんだけど、それで目が覚めたよ。すぐに日米同盟も壊れてまた世界大戦が始まるって自信たっぷりに予言してたな。ジノヴィエフがレーニンに次ぐ位置にいたから自信満々のときだった。一九一七年にレーニンと封印列車〔ロシア革命時スイスに亡命中だったレーニンらが、ドイツを通過してロシアへ帰るために乗った列車。第一次大戦中の当時ロシアの敵国だったドイツがこれを容認したが、ドイツ領通過中は列車から出ないこと、ドイツ市民と接触しないことを条件とした〕に乗ってスイスからロシアに戻って来たとき、そのときには名前も知らなかったグルジアの男に、後でこんなふうにやられるとは想像もしていなかっただろう。でも、僕がいちばん情けないのはジノヴィエフがあんなに卑屈にスターリンに媚びへつらったのに、結局こんな目に遭ったってことなんだよ。何度も公に謝罪して復党して、スターリンからあらゆる侮辱を受けたじゃないか。死ぬことは惨めなことじゃない。生き残ろうとして必死になるほうが惨めだ。ジノヴィエフを見ていると革命家の末路というものが、これほどまでに悲惨なものかと思ってしまう」

「ちょっと声を小さくして。あなた、もしかして教壇で学生にそんな話をしていないわよね？　私たちは外国人なのよ。私たちが他国の権力闘争に巻き込まれて何かされたら、本当に悔しくてたまらないじゃない。絶対にそんなこと言っちゃだめよ」

「君の言うとおりだよ。でもね、僕が巻き込まれたくないと思ったら巻き込まれないというものでもなさそうだ。冗談一言で人が殺される世の中だからね」

丹治は右手で頬杖をついてうつむいた。電灯の下で彼の顔が陰に覆われた。世竹はジノヴィエフのことを思った。いつだったか赤の広場で銃殺された共産大学教官の顔にジノヴィエフの顔が重なった。彼女が初めてソ連に来たときには、すでにジノヴィエフは失脚した後で、トロツキーが反党分子の代名詞だとしたら、ジノヴィエフは日和見主義者の別名になっていた。銃殺された教官も、スターリンの側に立ってジノヴィエフを批判していた。教官はどうして秘密警察の標的になったのだろうか。一言の冗談であんなことになったのだろうか。この重苦しくこわばった時代に、ユーモアがありすぎたのだろうか。

「イ・ソンテを覚えてる？」

丹治の声が食卓の沈黙を破った。

「上海の居留民団にいたイ・ソンテのこと？」

「いや、第四次朝鮮共産党で捕まって出て来た人なんだけど」

「ソウル青年会の、あの李星泰《イ・ソンテ》？『朝鮮之光』に文を書いたりもしてた？　でも、その李星泰がどうかしたの？」

「三次、四次党執行部と僕はそりが合わないだろ。その頃、僕はモスクワにいたし。世竹さんはもしかしたら何か知っているかなと思って」

「でも、あの人があなたと何か関係があるの？」

「いや、最近、モスクワに来たみたいなんだ。コミンテルンで偶然見かけたんだよ」

丹治は言葉じりをにごらせた。「彼が何か言ったの？」と聞いたが、丹治は口をつぐんでしまった。


一九三七年の春、世竹《セジュク》は二人目の子を妊娠した。夏になるとおなかがかなり目立ってきた。丹治《ダニャ》はときどき彼女のふくらんだおなかをなでたり、おなかに耳を当ててみたりした。食欲をなくした彼女が黒パンのにおいが嫌だと言うと、彼はあちこち回って材料をかき集めてユッケジャンやテンジャングッをつくった。彼女の憂鬱はもう何年も続いているものだが、ときにはほんの少しの間、小春日和のピクニックのように快活な瞬間が訪れた。

妊娠初期のある朝、夫婦がそれぞれ出勤しようとするとき、丹治が世竹に手紙を渡した。

「世竹さん、モスクワに来てから君の笑顔を見たことがないけど、もしかしてトイレで僕に隠れてこっそり笑ってるわけじゃないよね？　冗談だよ。今まで君の人生は苦難の連続だったね。京城《キョンソン》でも自称革命家たちの面倒を見るために休む間もなかったし、上海でも危険極まりない仕事を引き受けていたよね。それでも君はよく笑う人だった。その美しい顔に満面の笑みが浮かぶとき、僕たちがどれほど心強く思ったか、君は知らないだろう。そんな君が、笑顔をなくしてしまったようだ。僕も二〇歳の頃には、祖国の解放を完遂するまで幸福などという単語は僕の辞書にはない、って言ってたものだよ。ところがふと鏡を見たら、耳の下あたりに白髪が生えてるじゃないか。もう中年になったってことだ。今笑わなかったら笑える日は永遠に来ないんじゃないかって思うんだ。最近は愉快で楽観的な気持を持つように努力しているんだよ。今、僕の最大の望みは君の笑顔を見ることだ。君と僕の未来。僕たちの子どもには、今の僕たちにはわからない幸運が必ず待っているはずだ」

いつからだっただろうか。彼女の人生が割れた鏡のようになってしまったのは。娘を置いて上海に行ったときからか。朝鮮を離れてウラジオストクに密航したときからだろうか。あるいは永生《ヨンセン》学校を退学処分にされたときからか。鏡が割れたら、鏡に映るすべてのものはゆがみ、かみ合わなくなる。丹治も同じだった。この風雲児には、妻も、家庭も風であり、雲だった。少なくとも一〇カ所ほどの学校を転々としてきた短気な学生は、故郷の妻には情を抱くこともなく、明子《ミョンジャ》に対しては結局、妻なのか、恋人なのかというジレンマから抜け出すことができず、今は友人の妻と一緒に住んでいるのだから、運命は彼に幸せな夫になる機会を与えなかったのだ。世竹は丹治にすまないと思った。そして、丹治のように愉快で楽観的な気持を持てるよう努力することにした。そしてその決心は効果を生んだ。気持を軽くするように心がけると、よく笑うようになった。

週末になると夫婦は散歩に出かけた。白夜の夏は日が長い。モスクワ川の畔《ほとり》を歩いてヴォルガ川の運河まで行ったり、スズメが丘に登ってモスクワ市街を見渡したりした。モスクワは古都の古典的な美をたたえていた。青い川の流れと鬱蒼と立ち並ぶ巨木たちと赤煉瓦の建物が織りなす無念無想の情景から、彼女は理由《わけ》のわからない慰めを得た。彼女がモスクワに来る前からモスクワは存在していたように、夕焼けに染まる川や木や家々が彼女の視線に入ってくるはるか前からそこにあったように、丹治もまた新しくて古い風景のように彼女のかたわらにいた。

夫婦は散歩コースとして赤の広場は避けていた。そこに行ったら予想外のショーを見せられる可能性があるからだ。公開処刑は一種の政治ショーだった。最近、世竹は壁新聞もわざと見ないようにしていた。公開処刑の公告を見るたびに、ぞっとして足腰がしびれてくるから、おなかの子にいいわけがなかった。二人はモスクワ川の畔を歩く途中、川辺の古い食堂に入って昼食を食べることもあった。革命前から食堂を営んでいたというおばあさんは、ロシア餃子といわれるペリメニをつくって売っていた。食堂の隅の席ではいつもおじいさんがウオッカの瓶を前に置いて煙草をスパスパと吸っていた。帝政ロシア時代からたった今飛び出して来たかのような年老いた夫婦は、ゴーリキーの小説『母』を連想させた。いつもウオッカに酔って暮らすあのおじいさんも、毎日働き詰めの妻を怒鳴りつけ脇腹を蹴飛ばしたりしているのだろうか。その謎はすぐに解けた。ある日曜日の昼時のことだ。いくつもないテーブルが全部埋まっているのを見て世竹と丹治が諦めようと踵を返したとき、おばあさんの怒鳴り声が聞こえてきたのだ。

「とっとと出て行きな！　食堂が煙草の煙でムジナの洞窟になっちまったじゃないか！」

振り返って見ると、おばあさんにウオッカの瓶を取り上げられたおじいさんがぶつぶつ言いながら席を空けようとしていた。老いた夫婦の間でも一九一七年に何かが起きたのだろうか。おばあさんは世竹に戻って来いと手招きした。おばあさんが隅のテーブルを拭きながら人なつっこい視線を世竹と丹治に送った。

「一生懸命に生きてる若い夫婦がちゃんと食べないと」

革命前にはモスクワ川の土手でウオッカに酔ったアルコール中毒者たちがベンチや地べた、草むらなど、そこら中に転がっていたと言う。寒い日に川辺に死体のように寝そべっていた人は、本当に死体になった。そういう人々の中には工場労働者も大勢いただろう。スターリン時代のモスクワの川辺には、最低限アルコール中毒者の死体はない。ウオッカの製造流通が統制されている上に、労働者はもはや最底辺の階級ではないのだ。

世竹はときどき、日常の幸せというものを感じることもあった。結婚生活も三年が経ち、おなかの中で子が育っていた。世竹は子どもを産んだらどんなことがあっても手放すまいと心に決めた。どんなに立派な施設を持つ保育園であっても、絶対に子どもを預けたりしないと。

ところが丹冶が、たびたび沈鬱になり、ときどき愚痴をこぼすようになった。

「一九二五年末に一人で逃げて来て、上海にしばらくいて、それからモスクワに来ただろう？　そのとき京城《キョンソン》、上海、モスクワという三都市を渡り歩いて、社会進化の軌跡をたどっているような気がしたんだ。朝鮮は帝国主義封建体制の下にあったし、中国はそれと戦争をしていた。ソ連に来たら戦争は終わって最も先進的な社会ができあがっていたんだ。朝鮮は中国を追いかけ、中国はソ連を追いかけているようなものさ。ところが一九二九年末にまた京城を逃げ出して上海に数年いた後、またモスクワに来たら、今度はちょっと違うんだ。歴史の発展というものは一直線に遂げられるものではないということだ」

「歴史はらせんを描きながら前に進むものでしょ？　ロマノフ王朝の最後の一〇〇年を見てもそうよ。ニコライ一世からアレクサンドル二世、三世、ニコライ二世まで皇帝が代わるたびに改革と反動の間を行ったり来たりしながら結局、ボリシェヴィキ革命に至ったんじゃない。スターリン体制に問題があったとしてもツァーリ時代よりも悪いとは言えないでしょう？　とにかく進化の途上にあるわけだし、革命政府が確立していく過程も一歩後退したらすぐに二歩前進が後について来るんじゃないかしら」

「そんなふうに思ってくれるならよかった」

「あなたが楽観的に考えて生きようって言ったんじゃない」

モスクワ川の畔の紅葉がクレムリン宮殿の屋根にはためく赤旗くらいに真っ赤に染まった秋の朝だった。地下鉄に乗る人々は皆静かで、車内放送だけが騒々しかった。

「技術立国、先進ソ連。共産党が皆さんの幸福を保障する。反党分子を撲滅しよう」

モスクワの空気がものものしくなっていた。内務人民部の首脳が替わって緊張と恐怖のレベルがもう一段階上がった気がする。数百万人をシベリア送りにした秘密警察のトップ、殺人鬼ヤゴーダは解任と同時に処刑された。発表どおり逆賊謀議をしたのだろうか。あるいは知りすぎた罪だろうか。世竹も最近は言葉を控えていた。近い職場の同僚とも、ものを売る市場の商人たちにも、最低限の必要なこと以外には言わないようにしていた。

数日前『プラウダ』に「日本が送り込んだスパイが朝鮮半島と満州、中国、ソ連に浸透している」という記事が出た。不吉なシグナルだった。

「朝鮮人に何かが起きるんじゃないかしら」

居間のテーブルに資料を広げて何か書いていた丹治は、振り返らずにこう言った。

「確かによくないみたいだ。でも、しかたない。仕事に専念するしかないだろ」

彼女は彼の背中に向かって言った。

「気をつけて。この頃は飼い犬の前でも用心しなきゃいけないって言うから。モスクワ市党の幹部が故郷のお母さんに手紙を書いたら、旧時代の残滓《ざんし》だって密告されたんですって」

列車がまもなくカリーニン駅に到着するという案内放送が流れた。列車が停まると彼女はボタンを押してドアを開けホームに降り立った。駅から外国人労働者出版部まではワンブロックだった。

出版部の事務所に入ったとき、世竹はびっくりして鞄を落としそうになった。心配していたことが目の前で起きていたのだ。制服の男三、四人が引き出しやキャビネットをひっくり返していた。席に着き、グレーの制服の男一人が近づいて来て最初の質問をしたとき、世竹は自分がターゲットではないことを知った。彼は「金鼎夏《キム・ジョンハ》とはいつから知りあいか」と聞いた。言われてみると、課長席に金鼎夏が見えなかった。世竹は、一九二九年に共産大学に留学してから知りあったとだけ答えて、他の質問には一切「わからない」と答えた。見知らぬ男たちが部屋を出て行った後で、世竹は丸くて固いおなかをなでながら「赤ちゃん、大丈夫よ」と低くつぶやいた。深呼吸を繰り返した。

夕方、家に帰った世竹は、丹冶に金鼎夏のことを話した。彼はもう知っていた。その日の夜、世竹は人の気配に目が覚め、丹冶が居間で誰かと話している声を聞いた。聞いたことのない声だった。しばらくして客は帰って行ったが、丹冶は長いこと居間から出て来なかった。彼が寝室に戻って来たとき、巻き煙草の濃い臭いがした。丹冶は夜通し寝返りを打っていたが、明け方になってやっと寝息を立て始めた。彼女は丹冶が眠った後もしばらく眠れなかった。不安におびえる胸は一向にしずまらず、目は冴えるばかりだった。朝はなかなか来ない。冬が近づくにつれモスクワの夜は長くなる。おなかの子がピクピクと動くたび不安に襲われた。

数日後、丹冶は世竹に突然、憲永《ホニョン》の話をした。

「朴《パク》君は六年刑を言い渡されたんだ。もう何年も前のことだ。金炯善《キム・ヒョンソン》が八年だから、朴君は過去にしてきたことを隠して尋問闘争をうまく切り抜けたんだな。後二年くらいで出て来るはずだ」

憲永が生きていた。後二年で出て来るなんて。初めは喜びが、次には罪の意識が押し寄せてきた。この話を丹冶から聞くのは変な気分だった。丹冶はいつから知っていたのだろう。でも、それを聞きたくはなかった。彼の表情があまりにも重苦しい。

「どうして今、その話をするの？」

彼は答えなかった。彼女は、ある日の夜の客人との対話を聞いたと告白した。彼は唇を震わせ、うなだれていたが、しばらくしてもう隠すことはないといった調子で話し始めた。

もう昨年来のことだった。丹冶が日本の密偵だという悪意の投書が何回もコミンテルンに届いていた。一九二五年の朝鮮共産党事件のときに自分だけ検挙をまぬがれたのが日帝の密偵である証拠だった。一九三三年に上海で朴憲永だけ検挙され彼は無事だったことも証拠だと言う。これまでの奇跡のような幸運が、逆襲を開始していたのだ。丹冶が革命運動をしたのは豊かな家庭の息子の革命遊びなのだと言う。ところが朴憲永、曺奉岩《チョ・ボンアム》、金燦《キム・チャン》など第一次朝鮮共産党で一緒だった火曜会派の同志たちが全員、密偵と名指しされていた。投書の主は第四次共産党の李星泰《イ・ソンテ》だった。つまり一九二〇年代の朝鮮の派閥争いがソ連にまで渡ってきたということだ。スターリンの粛清の嵐に乗って、過去の政敵たちが仕返しをしていた。党中央としては要職にある知識分子たちを一掃するために彼らの投書が必要だったのだろう。すでにコミンテルンで極東書記局の仕事をしていた韓人たちが何人か検挙されていた。金鼎夏だけでなく朝鮮委員会の委員だった朴愛《パク・エ》も処刑されたと言う。世竹は震えた。

「ボリシェヴィキ革命を主導したのも知識人たちなのに、みんな殺してどうするつもりなの？　まして朝鮮人はよその国の革命のために命を捧げたのに」

「確かに知識人たちが革命を主導した。でも、それが問題なんだ。彼らは自分たちが今でも主役だと思っているんだが、スターリンは彼らを今や共和国建設にとって邪魔な存在だと思っているんだ」

歯車のように一糸乱れず回っていかなければならないスターリンのソビエトに、マルクスの原典を読んだ批判的知識人など必要なかった。ボリシェヴィキ革命の思い出を胸に秘める同志もいらなかった。スターリンを唯一の指導者として崇拝する基本階級出身の党員たちのための場が必要だった。そして何より「恐怖」、それ自体が必要だった。

「いずれにしても現実はそうだ。でも希望が全然ないわけではないよ。僕を弁護する嘆願書も出ているし。崔《チェ・ソンウ》成宇君もずいぶんと力をつくしてくれた。共産党再建事業のために朝鮮に派遣してほしいという陳情書も提出してあるし。崔君はソ連で生まれている上にパルチザン闘争の経歴もあるし、党性がしっかりしているから、あまり心配しなくていいよ」

粛清か朝鮮かのわかれ道だった。一方は地獄、もう一方は煉獄《れんごく》。どちらも死への道だった。しかし、朝鮮に派遣されるなら、虎の穴に入るのだとしても一縷《いちる》の望みは持てる。真っ暗だった彼女の心の片隅に光明がさした。

でも、丹治が朝鮮に派遣されたら、私はどうすればいいのだろう。モスクワに残らなければならないのか？　また娘を置いて夫について行くべきなのか？　私が朝鮮に行ったら憲永は？　人生が少しずつこじれていっていた。彼女はもうそれ以上、考えるのをやめた。ことが起きたら、そのときになって考えよう。

世竹は臨月を迎えた。ベッドの上で仰向けになっても、横向きになってもしんどかった。寝ながらたびたびうなされ、こむら返りが起きて悲鳴をあげた。そのたび丹治が目を覚まして足をもんでくれる。

吹雪の夜だった。雪がガラス窓を叩きつけ、煙突の中で風がうなりをあげていた。世竹は重い身体とうなりをあげる風のせいで、寝たり起きたりを繰り返していた。家の前の道路を、チェーンを巻いた車がときどきジャラジャラという音を立てて通りすぎて行った。招かれざる客は必ず夜中に訪れる。毎晩、車の音がするたび彼女は、それが家の前を通りすぎて向こう側に完全に消えるまで気が気でなかった。遠くで犬が吠える声が聞こえてきたら、かわいそうな誰かが秘密警察の訪問を受けたというしるしだ。彼女は丹冶に一人でどこかに逃げるように言った。彼の返事は絶望的だった。

「ソ連を出てどこに行く？　上海？　京城？」

道路の向こうからチェーンを巻いた車が一台近づいて来ていた。彼女は今日もあの車輪の音が早く家の前を通りすぎて消えてくれることを祈った。しかし車の騒音は正確に世竹の家の前で止まった。近所の犬がいっせいに吠え始め、車のドアが開く音と靴音が聞こえてきた。丹冶を起こした。彼も起きていた。丹冶はベッドから起き上がり迷わず服を着替えた。二階に上がる木の階段が軋み、ドタドタという足音が近づいて来た。それから二三〇号、彼女の家のドアを叩く音がドンドンドンと聞こえてきた。

ドアの前には三人の男が立っていた。陰惨な表情の男たちは皆同じ黒いウールのコート姿で、肩と帽子の上に白い雪がのっていた。丹冶は逃げることも、抵抗することもなく素直に従って行った。まんじりともできない夜を重ねてふくれあがった、血の気のない蒼白な顔で。

世竹は急いで簞笥から下着を取り出し、いくばくかのお金を持って追いかけた。世竹がルーブル紙幣を何枚か差し出すと、丹冶は手のひらで押し返して彼女の手を握った。

「大丈夫だよ。君の身体の心配だけして。すまない」

彼は門のところで止まると、腕時計をはずして彼女に渡した。ウラジオストクで買い、上海時代にずっと彼の手首にあったソ連製の時計だ。

「僕には必要なさそうだ」

黒コートの男たちが両側から彼の肩をつかんだ。彼女は片手にルーブル紙幣、もう一方の手にソ連製の時計を握り、臨月のおなかを突き出して、凍りついたように立ったまま、夫のうしろ姿を見守った。黒コートの男たちに囲まれて階段を下りて行く彼の灰色のコートが古すぎると思った。ありったけのお金をはたいて彼に新しいウールのコートを買ってあげればよかった。そこに思いが至らなかった自分が、憎くてたまらなかった。間もなく車のエンジン音が聞こえ、チェーンを引きずるタイヤの音が遠ざかって行った。

一九三七年一一月五日だった。

翌朝、雪はやんでいた。モスクワは白い雪の布団を被ったようだった。世竹《セジュク》は外国人労働者出版部に出勤し、早退の申請をして崔成宇《チェ・ソンウ》に会うため共産大学に向かった。講義室の廊下に立って待ち、彼に会った。彼は立ったまま言った。

「もう私を訪ねて来ないでください」

「あの人はどこに行ったのでしょう?」

崔成宇は「ここにこれ以上いられません。失礼します」と言い講義室に入って行った。世竹は再び金《キム・》鼎夏《ジョンハ》の家を訪ねた。引っ越したのか、家族まで捕まったのか、彼の家には見知らぬ人が住んでいた。彼の家を出て来た世竹は、しばらくそこに立ちすくんでいた。臨月の身体が重く、どこに行けばいいのか思いつかなかった。今、彼女はモスクワにおなかの子と共に一人取り残されていた。

足がズブズブとはまる雪道を歩いて彼女が内務人民委員部国家保安総局、いわゆる「ルビヤンカ」の正門前に到着したときには、冬の短い陽が傾き夕暮れが広がっていた。そこには髪を振り乱し食事もろくに取っていない不幸な女たちが集まっていた。鉄の門扉は秘密警察の口のように固く閉ざされ、警備所の男一人を数人の女たちが囲んで質問攻めにしていた。他の女たちは数人ずつ集まって情報交換をしている。一人の女が泣き叫んでいた。

「これで二回目よ。今度はきっと生きて帰れない。どうか、長く苦しめないでと願うことしかできない」

世竹はここで有益な情報を一つ得た。昨年死んだ作家同盟委員長のマクシム・ゴーリキーの妻ペシュコヴァが政治犯救護団体である「政治的十字架」を運営していて、その事務所がルビャンカから二ブロックのところにあるというのだ。そこには翌日訪ねることにした。彼女はもう立っていることもできない状態だった。脚がパンパンに腫れ上がり胎児が下りて来て今にも抜け落ちそうだ。すぐに帰って横にならなければ、自分も、胎児も危ない。

翌日から数日間、あちこち歩き回って知りえたことは、丹冶がルビャンカにいるということだけだった。これからどうなるのかは誰もわからなかった。

夫が捕まってから三週間後に彼女は子どもを産んだ。男の子だった。ウラジオストクで最初の子を産んだときには苦難の終わりという解放感があった。夫もそばにいた。しかし、秘密警察に捕まって生死もわからない男の子どもを産むのはまるで違っていた。苦難の終わりではなく始まりだった。夫も親兄弟や親戚もいない産婦に対し、病院はすべてを解決してくれた。ソ連の医療体制はやはり感動的だった。出産は個人や家族を離れ、国家のためのものだから国家が責任を取るというのだ。

ソ連はそんな国だった。亡命夫婦を迎え入れ素晴らしい休養地と留学の機会を提供した。ところが今度は夫を奪い、その代わりに家長の役割をしてあげるというのだ。家に戻ると、部屋は闇と冷気に包まれていた。

冬が終わろうとしているのに、夫の情報は何もない。夫はどこに行ったのだろう。強制労働収容所に送られたのだろうか。シベリア流刑になったのだろうか。生きているのだろうか。夫の生死もわからないのは、日常的な混乱だった。家で赤ん坊と冬を過ごした世竹は、三カ月の赤ん坊を託児所に預けて出勤し始めた。三月にもよく豪雪が降った。

三月一五日の朝、彼女は外国人労働者出版部の事務所で国家保安総局要員の訪問を受けた。自動車に乗せられて護送された先は、国家保安総局本部。昨年、固く閉ざされた鉄の門扉の前で、同じ境遇の女たちと共に、寒さに震えたあのルビャンカだった。おびえる彼女に一縷の望みが湧き上がった。もしかしたら夫に会わせてくれるのかもしれない。

ルビャンカは一種の監獄だった。高い塀と監視所、すべての扉は鉄製で、窓には鉄格子がはめられている。廊下ではひげが伸びて憔悴して見える政治犯たちが手錠をかけられた手で懸命にズボンを引き上げながらヨタヨタと歩いていた。ズボンのベルトとサスペンダーは没収されるのだ。世竹はその中に夫の顔を見つけようと目を凝らした。

彼女が連れて行かれたのは机一台と椅子二脚が置かれた平凡な取調室だった。中佐の階級章をつけた三〇代の男が入って来て向かい側に座った。中佐は、夫が日本の密偵だという事実を知っていたかと聞いた。世竹の口から思わず「主よ！」という言葉が洩れでた。密偵！　すでに無数の政治犯を処刑台に送った罪名だ。

彼女は「祖国を裏切った者たちの家族の連帯責任に関する法令」をよく知っていた。知らなかったなら五年の流刑、知っていて告発しなかったなら五年から一〇年の懲役刑だ。実際に彼女は何も知らなかった。尋問が終わると中佐は誓約書を差し出しサインするように言った。

「私ハン・ヴェーラは内務人民委員部国家保安総局に次のような誓約書を提出する。私は、内務人民委員部の許可なしに居住地を離脱することはない。この誓約書の内容に違反した場合には、法的な処罰を受ける。居住地の住所が変わる場合には内務人民委員部にその事実を通知する義務がある」

居住地は共同住宅があるノヴォペレベジェノフカ区域に制限された。最終的にどのような処罰を受けるかは上部が決める、乳飲み子がいるから留置場に収監する代わりに居住地にいさせるのだと、中佐が親切に教えてくれた。

「職場にはどうやって行けばいいのでしょうか」

中佐が気の毒だと言わんばかりの作り笑いを浮かべた。

「職場？　留置場に入らなくてすんだことを幸運だと思いなさい」

夫はどうなったのかと尋ねると、中佐は返事もせずに机の上の書類をしまった。

世竹は共産党員でも、ソ連の国民でもなく、依然として外国人の身分だった。職場がなくなると食糧配給が減り、子どもを託児所に預けることもできなくなった。彼女は十中八九、五年のシベリア流刑になるだろう。もちろん最悪のケースがないという保証はない。政治犯の運命とは常識を超えているものだ。流刑が決まったら二四時間以内に都市を発たなければならない。もう娘に会うこともできなくなる。五年になるか、一〇年になるかわからない。もしかしたら永遠に会えないかもしれないのだ。

彼女は内務人民委員部の支部に行ってイヴァノヴォ市を一日だけ訪問できるよう「居住地離脱申請」をしたが拒絶された。乳飲み子をおぶって一日おきに内務人民委員部を訪ねたが、そのたび落胆して帰らなければならなかった。ある日、幹部クラスの中年女性が世竹を呼んだ。彼女の声は低く密やかだった。

「なぜわざわざ娘に会いに行くと言うの？　そんなことしてもいいことは何もありませんよ。イヴァノヴォ市の革命家子女保育園って言ってたわよね？　子どものところに行って、母親が流刑囚で政治犯だっていう噂を立てたいの？　娘が無事に育つことを願うなら、もう諦めたほうがいいわよ」

世竹は内務人民委員部への訪問をやめた。それは本当に正しい忠告だった。娘のために忘れるべきだったし、娘が母を忘れるように祈るべきなのだ。世竹は憂鬱にとらわれた。

ビビアンナは革命の娘だと、明子《ミョンジャ》がそんなことを言っていたっけ。もう本当に私の娘ではなく、国家の娘になるのだ。しかも朝鮮ではなく、ソ連の娘に。世竹が保育園を訪問して帰って来るとき、ビビアンナはいつも同じ挨拶をした。「スパシーバ、ダスビダーニャ（ありがとうございます。さようなら）」

家に帰った世竹は、背中におぶっていたビタリーをベッドに下ろし、床に座り込んだ。黒パンは口にするのも嫌だった。温かいユッケジャンが食べたくてたまらない。寂しい台所を見ながら世竹は丹治を思った。

丹治と一緒に寝ていたベッドで、生後四カ月のビタリーが親指をしゃぶっていた。何やらわからない声を立てながら猛烈に親指をしゃぶる息子を眺めていた世竹が、堰を切ったように号泣した。大人になってから世竹は一度も声をあげて泣いたことがない。三・一万歳運動で警察に捕まり殴られたときにも、夫が監獄で気がふれ自分は飢えて暮らしていたときにも、ときどき涙が出ることはあっても、喉元から泣き声が出てきたことはなかった。運命に負けたくないというプライドがあったからだろう。自分の泣き声を一度聞いてしまったら、あらゆる不運と苦難、懐疑と煩悶の中で自分を励まし前進させる内面の中心が崩れてしまうだろう。虎視眈々と狙う悪魔に泣き声をひとたび聞かれてしまったら、その次には丸ごと呑み込まれてしまうしかない。

そんな世竹が今、床に座り込んで思い切り大声をあげて泣いていた。長年ため込んでいた涙はとどまることを知らなかった。ベッドの上の息子も一緒に泣いた。

ルビャンカで尋問されてから二カ月後に客が訪ねて来た。見知らぬ男は玄関に立ったまま通告した。あなたは五年の刑に処された、明日午前一〇時までに駅に来ること、子どもは同伴できる、荷物は一個以上は持って行けない。通告が終わると、横に立っていた女が家の中に入って来た。

「生後六カ月の男の子がいるというが、子どもの面倒は保育園で見てくれます」

世竹は後ずさりしながら女と男の顔を交互に見た。そしてベッドに駆け寄り子どもを抱いて叫んだ。

「だめよ、絶対にだめ！　子どもは私が連れて行く！」

女は腕組みして世竹を見ていたが、低い声で気の毒げに言った。

「子どもを連れて行くのは賢明な判断ではない。シベリアの流刑地で子どもは死ぬことが多いから。あなたのことを思って言ったことだ」

男と女は出て行った。

一九三八年五月二二日のことだった。


列車のホームには大きなずた袋や荷物の入ったトランクを一つずつ持った男女が集まっていた。トランクを持ち肩を落として立つ人々は、誰の目にも流刑囚だった。皆が皆、疲れ果てた顔をしていたが、乳飲み子をおぶって大きなトランクを持つ世竹《セジュク》ほどしんどそうに見える人はいなかった。

二〇人ほどの流刑囚が集まった場所で、見覚えのある顔が目に飛び込んできた。ルビャンカで彼女を尋問した中佐だった。情けないことに、うれしかった。彼女は近づいて行って聞いた。

「もしかして、夫も一緒に行くのでしょうか」

業務範囲外の質問には答えないのが保安総局要員の行動指針だが、中佐は子どもをおぶってトランクを持つ彼女を不憫に思ったのか、規定外の返答をする親切をほどこした。

「あなたの夫は銃殺された」

世竹はトランクを床に下ろした。そしてその上に座り込んだ。脚がガタガタして立っていることができなかったのだ。ひどく暑かった。彼女は手のひらで首に流れる汗を拭いた。

「まだ五月なのになぜこんなに暑いんだろう」

誰かがおんぶひもをしばり直そうと、世竹の腰を触った。見知らぬロシア人の女だった。

「子どもが落っこちそうじゃないの」

流刑囚たちが列車に乗り込んでいた。女はトランクを持って彼女を支えながら昇降口まで連れて行ってくれた。三等列車の寝台車で護送兵が彼女の寝台を指定した。世竹は寝台にビタリーを下ろし、ななめに寝そべった。

護送兵たちに指示する中佐の声が聞こえた。車両間の通路ドアはいかなる場合にも開けないこと、流刑囚たちは中間駅で降りることはできない、停車する際には護送兵は一人だけ降りて二人は必ず列車に残ること、流刑囚間での会話は禁止。中佐が指示を終えて降りると、流刑囚たちがざわめき始めた。

「いったいどこに連れて行かれるんだろう？」

「これはシベリアに行く列車か？」

護送兵が顔をしかめた。

「雑談禁止！」

列車が動き始めると、流刑囚たちは窓の外に目をやった。ホームに残った家族が涙を流しながら手を振ったり名前を呼んだりしていた。その人々は、流刑囚よりも悲しげで、憔悴して見えた。世竹を見送る人はいなかった。

列車はモスクワの見慣れた風景の真ん中を突っ切って走り始めた。堪えていた涙があふれ出た。丹治《ダニャ》はいい男だった。そして立派な革命家だった。たった三七歳で、彼はいったい何回国境を越えたことだろう。鴨緑江《アムノッカン》と中ソ国境をゴム跳びでもするかのように越えた。恐れることもなく、銃剣もなく、たった一つ共産党宣言だけで武装して。彼は生涯、日本の警察に追われ、ソ連に憧れた。そんな彼が日本の密偵とされてソ連政府に殺されたのだ。

ふと、金丹治がレーニン一周忌のときに書いた回想記の一節が思いだされた。

> 私はレーニンが生きた、そんな国が恋しい。レーニンの死んだ、その地が恋しい。ああ！　いつになったら果たして、私の前にも平坦な道が開けるのだろうか。
>
> ――『朝鮮日報』一九二五年二月二日付

結局、彼はレーニンの国、ソ連で生涯を終えた。

列車が駅に停車するたびに、ずた袋やトランクを持った人々で混みあった。理由も異なり、目的地も違うが、いずれにしても民族大移動だった。一二大都市や七〇都市で居住禁止にされて田舎の縁故地に行く人々、強制移住政策に従って国境地帯から中央アジアに移住するタタール人、ポーランド人、エストニア人、朝鮮人などの少数民族たち、中央アジアの飢饉を避けて他の地域に行く人々、移住許可を得て都市に行く農民、財産を没収されて見知らぬ土地に仕事を探しに行く富農たち。その中でも、ずた袋を一つずつ持って手首と足首に鎖をつけた一群がときおり目についた。すべての移住民の中で最もかわいそうな人々、強制労働収容所に行く人々だった。

烏合《うごう》の衆の森をかきわけて堂々とした足並みで行進する赤軍部隊が異彩を放つ。軍歌が響く。

「北海からタイガ〔シベリア針葉樹林〕まで赤い軍隊は永遠なり」

世竹が乗った列車は東に向かって果てしなく走り、五日後にウラル山脈を越えた。スヴェルドロフスク駅で護送兵一人が列車から降りる流刑囚の名前を呼んだ。名前を呼ばれるのが幸運なのか不運なのかわからない人々は、ただとまどった表情で互いを見つめあった。世竹は列車に残された。そして列車がシベリア平原に入った。客車の空気が冷たくなった。

ウラル山脈を越えたあたりからビタリーは咳をし始めた。そして咳をするたび乳を吐きだした。身体に微熱があった。ビビアンナも赤ん坊のときにシベリア横断列車に乗って風邪を引いたが、熱が出た日には途中の小さな駅で降りて一日か二日休んでいった。しかし、流刑列車では途中駅で降りることも、薬を買って飲ませることもできない。子どもが死んだら列車が停まったときに護送兵が死体を持って出て行く。流刑囚たちは死体の上で十字を切ることしかできないのだ。咳をするたびにさらに熱くなる子どもを抱いて、世竹は「主よ！」と叫んだ。彼女はもうずいぶん前にキリスト教を捨てた。ところが孤独で恐ろしく気の遠くなるような瞬間、その一言が悲鳴のように口をついて出る。その「主」以外には、これまでに知りあった誰も今そばにいないということ、手を差し伸べる対象も、恨む相手すらもいないということを意味していた。

隣の寝台の女性が持って来てくれた薬草の粉を水に溶いて飲ませると、子どもの熱が下がった。列車はいつからか南に向かって走っていた。翌日に到着したオルスク駅からは表示板にロシア語とカザフスタン語が同時に表記されていた。車窓の外には、ターバンを巻いた男たちや白い漆喰の家、イスラム寺院まで、めずらしい風景が広がっていた。空気は再び暖かくなった。ここはどこだろう？　流刑囚たちのざわめきの中から「カザフスタン」という地名が耳に飛び込んできた。列車がシベリアに行くのではないことは確かだ。しかし、カザフスタンは見知らぬ場所だ。これがいいことなのか悪いことなのか、彼女にはやはりわからなかった。

　ある日の夜中、列車が停車して護送兵の怒鳴り声が聞こえた。世竹は、熱を出してぐずる子どもをあやしているうちに束の間、寝てしまっていたようだ。名前を呼ばれた人はすぐに荷物をまとめて降りなければならない。

「ハン・ヴェーラ」

　今度は彼女の名前も呼ばれた。列車の中の流刑囚の半分ほどが呼ばれた。誰かが護送兵に尋ねた。

「他の列車に乗り換えるんですか？」

　一緒に食べて寝て旅行する一週間の間に間違いなく、流刑囚と護送兵の間に何か友情のようなものが芽生えていた。返答を期待した流刑囚はいなかっただろう。しかし、若い護送兵はきっぱりとした声で叫んだ。

「ここがあなた方の終着駅だ」

　到着した場所は流刑地だったが、人々の顔は解放感でうれしそうだった。ついに流刑列車から解放されるのだ。世竹は荷物をまとめながら窓の外の駅の表示板を探した。ホームのぼんやりとした灯りの中にロシア語とカザフスタン語で書かれた黒っぽい表示板が見えた。初めて見る駅名だった。

「クズロルダ」

　子どもをおぶりトランクを持ってホームに降り立つと、じめっとした風が顔をなでた。護送兵は流刑囚たちを引き渡して帰って行った。クズロルダ州内務人民委員部要員の一人がいくつかの指針を通告して行った。これから徒歩で臨時収容所まで移動する、隊列を離脱する者は射殺する、移動中には対話は禁止だ。どこでも要員たちの口調は同じだ。

流刑囚一五、六人が二、三人ずつ列をつくって夜道を行軍した。長い列車の旅をしてきた上、神経痛、下痢、神経衰弱、胃腸病になってしまった人々の行軍はめちゃくちゃだった。高熱で火の玉のようになってしまった子どもが背中でぐずっていた。世竹は、粗末な食事をしながら子どもに乳を飲ませなければならないため、精も根も尽きはてていた。もう子どもだけでも精一杯で、トランクは重すぎた。モスクワで荷物をまとめるとき、家財道具は全部置いてきて、服と子どものものを少し入れただけなのに、それだけでもトランクはいっぱいだった。彼女は歩きながらトランクを開けて冬のコートを取り出し道ばたに捨てた。シベリアに行くのだと思って入れたものだ。うしろから来た女がそのコートを拾った。雨が一滴落ちてきた。けれども傘を取り出す人は一人もいない。行軍は徐々にペースを下げていった。彼女は隊列のうしろのほうからついて行った。子どもは背中で泣き続け、彼女は喉がかわいてひりひりと焼けそうだった。世竹は歩みを止めてトランクからトルストイの『復活』を取り出して道に捨てた。トランクに本は二冊だけ入れた。『復活』と『共産党宣言』。一九二八年に朝鮮を発つときからモスクワにも、上海にも持って行った本だ。道ばたに彼女の冬のコートが転がっていた。それを拾った女も疲れ果てて捨てたのだろう。脚が鉛のかたまりのように重かった。服も、トランクも、子どもも、雨に濡れて徐々に重さを増していった。

彼女は再びトランクを開けて『共産党宣言』を引っ張り出した。『復活』に比べれば軽かったが、しばらく手でなでるように触ってから道に落とした。四隅がよれよれになった古い本だった。「キリスト教の理解」と書かれた表紙の上にぽとぽとと雨つぶが落ちた。上海で呂運亨《ヨ・ウニョン》先生が朝鮮語に翻訳して購読した本で、彼女が読んだ最初の共産主義書籍であり、西大門《ソデムン》刑務所で朴憲永《パク・ホニョン》に差し入れしたあの本だ。手足がだるくて世竹は手首につけた時計もはずして捨ててしまいたかった。丹治の時計だ。少しの間憲永との思い出が、次に丹治との思い出が、破片となって思い浮かんだ。しかし思い出は長くはとどまらない。複雑なことはもう考えることができなかった。考えることすら重い。できることなら頭の中にあるものも全部取り出して道に捨ててしまいたかった。

ついに臨時収容所に着いたとき、彼女は正門を通るや否や地べたにへたり込んでしまった。流刑囚の中のある男が彼女のトランクを宿舎まで持って来てくれた。目的地に着いた後で、今なら余ったエネルギーを他の人のために使ってもいいと判断したのだろう。

収容所に到着した翌日、流刑囚の中で重症の患者は病院に送られた。ビタリーは顔にプツプツと斑点ができ、目も開けることができなかった。病院に行くバスの中で、彼女は胸に抱いた子の耳元に口を当ててささやいた。

「ここはモスクワより暖かくていいわね。ちょうど朝鮮の春の陽気みたいね」

医師は首を横に振った。ビタリーは肺炎が悪化して肺が膿でいっぱいになっていると言う。子どもは咳をする気力もないのか、細くゼーゼーという音を出した後、ついに呼吸が止まった。子どもが死んでも、涙が出なかった。不幸の重みに比べて、死の重みのほうが、むしろ軽いのだろうか。あるいは彼女が大切なものを失うことに慣れてしまったのだろうか。

世竹は、子どもの運命がここまでだったのだと自分を慰めた。処刑された政治犯の遺児として生まれ、流刑地で育つ子の将来に希望を見いだすことはできない。一級政治犯の息子は党員になることもできないし、学校や職業を思いどおりに選ぶこともできない。結婚も簡単ではない。流刑列車の中で病気になり顔も知らない父の後を追うことが、定められた運命だったのかもしれない。ただ、この世に生まれて「お母さん」という言葉も覚える前に逝ってしまった、母親のおなかの中にいた時間よりも短かった彼の人生を思うと、やりきれなかった。

収容所の流刑囚たちは毎朝、組別に別れてトラックに乗せられ使役労働に出かけた。コルホーズ建設や工場建設の現場だった。彼女は使役から除外された。子どもを収容所の裏庭に埋めた後、倒れて寝込んでしまったからだ。世竹は、そのまま死んでしまいたかった。このまま子どもの後を追って逝ったとしても、何の未練も、心残りもなかった。

夢うつつに幼い頃の咸興《ハムン》の家が現れた。母が彼女の手を取って言う。「いずれは富貴栄華を極める運命なんですって」。死んだ人は夢で話さないと言うから、お母さんはまだ生きているのかな。モスクワでは手紙のやりとりをしていたけど、流刑地ではそれも禁止されている。五年後にここを出たらビビアンナはもうすっかり大きくなっているだろうし、お母さんと連絡がつくかどうかもわからない。ビビアンナは、ある日突然母親だと言って訪ねて来て、三年後にはまた何も言わずにいなくなってしまった女のことを、どう思うだろうか。思ってはくれるのだろうか。

世竹はトイレに行くたびに鉄格子をじっと見つめながら、そこに腰紐のようなものをかけて首を吊ることもできるなと思った。

臨時収容所の流刑囚の中には朝鮮人も多かった。モスクワから来た人もいるが、ほとんどがウラジオストクやハバロフスクのような極東地域から来た人々だった。世竹はある日の夕方、トイレの前で自分よりも年上に見える朝鮮女性に出会った。使役から戻って来たばかりで、頭巾とチョゴリの上に埃が白く被っていた。世竹を見ると女の口から愚痴が飛び出した。日焼けした顔で、両目には怒りと狂気が宿っている。

「私の息子は三人みんな死んだよ。一人は列車の中で死んで、二人は銃殺されたんだ。まだ高校生だったのに。夫は移住令が出る前の日に捕まって何の消息もないよ。大革命のときにはパルチザン闘争に片方の脚を捧げたのに。地域党委員会では有能な人材だってほめたたえられて、三四年の党大会のときには地域代表としてモスクワまで行って来たのに。壁に勲章がたくさん並んでいたのに。そんなの全部、何の意味もない。いっそ私を捕まえて銃殺にすればいいのに。使いものにならないこんな女を置いといて、どうして活きのいい息子たちを殺すんだよ」

女はチョゴリの胸元をぎゅっと握りしめた。

「まだロシア語もうまく話せないのに、どうやってカザフ語を覚えろって言うのよ」

女は顔をしかめたままトイレの戸を開けて入った。世竹はめまいがして壁に寄りかかった。深呼吸をした。かなりの時間がたってから世竹はふと異常に気づいた。トイレのドアを叩いても中から何の応答もない。監視兵を呼んで来てドアをこじ開けたとき、真っ先に目に入ってきたのは白いチマと虚空にぶらぶら揺れる二本の足だった。女はチョゴリを脱いで鉄格子にしばりつけ首を吊ったのだ。世竹はその日の夕食が食べられなかった。彼女は食堂には行かずに部屋の隅で丸まっていた。虚空に揺れる足が目の前に現れる。あんなふうに終わらせたくはないと思った。

ビタリーが死んで四日目に、世竹はトラックに乗って使役に出かけた。道路もない平原を走って到着した場所は、コルホーズ建設現場だった。世竹は驚いた。農場で働く人々は皆、見覚えのあるような顔をした韓人たちだったからだ。極東の沿海州から来た移住民たちが定着村を建設していた。移住民たちは「ユルト」という円形のテントで暮らしていたが、将来の住居地となるレンガの建物の屋根を上げようとしているところだった。周囲ははてしない平野だ。青々とした牧草地の間に赤黒い荒れ地が顔をのぞかせ、地平線まではるかに続く畑がある。女たちが畑の畝にわかれて草むしりをしていた。女性流刑囚たちは畑仕事に配置されるのだ。世竹は鎌を手に畑に入った。畝々で豆が立派な茎と葉を生い茂らせていた。

ほとんどが沿海州から来た農民たちだった。朝鮮王朝末期から日帝時代にかけて農地を求めてロシア領まで流れていった流民《るみん》や、その二世たちだ。ほとんどが咸鏡道《ハムギョンド》の抑揚だが、湖南《ホナム》なまりを使う老婆もいた。

「初めて見る顔やね。なしてここまで流れて来たんじゃ」

黒ずんだ顔のシワくちゃなおばあさんだった。でも実際には世竹と同世代かもしれない。実年齢よりも早く刻まれたシワは、苦難をあらわす模様だった。革命運動をするといって国境を越える者も、農地を求めて国境を越える者も、祖国を失《な》くしてさまよっていることに違いはない。シワくちゃな顔と荒れた手から、世竹は流浪民たちの受難を漠然と推し量ることしかできない。まるでボロ切れのような古い服は長いこと洗われることなく黄土色になっていた。井戸はあるが、優先順位の一番が飲み水、次が農業用水だから、風呂や洗濯などもってのほかだ。

極東からシベリア横断鉄道でここまで来るのに一カ月かかったと言う。家畜を運ぶ貨物列車に乗って来たが、食べものも粗末で薬もないため病気にかかって死ぬ者も多かった。子どもと老人がたくさん死に、死体は鉄道脇に埋められた。顔を洗うことも、お風呂に入ることもできず、女たちが走る列車から車窓の外に髪をはためかせるとフケとシラミが吹雪のように舞ったと言う。貨物列車は駅でもない場所に停まり、果てしなく何もない平野に人々を降ろした。彼らは持ってきた農機具で穴蔵を掘り、刈り取った草を編んで屋根にした。食料は政府が支給した一家族あたり一〇〇キログラムの小麦粉がすべてだった。列車の中で病気になって死に、冬の間に飢え死に、凍え死に、今では最初に出発した人数の半分に減った。誰もが家族の半分を失ったわけだ。移住民らは秋から荒れ地を開墾し始めた。野生の草原で雑木と雑草を根こそぎ引き抜いてから石を取り除いた。春になると畑の畝に豆とトウモロコシを植えた。冬に凍って解けたきれいな土をこねてレンガをつくり、家を建て始め、それが何とか形になってきた。最悪な時間の果てに、やっと一息ついているところだった。

数日間畑仕事をしたら朝起きるときに腕や脚が痛んだ。しかし、一週間ほど経ったらすっかり慣れた。軟弱な筋肉が鍛えられたのか、身体が軽くなり重かった頭もすっきりしてきた。ここにいる多くの女たち同様、世竹も咸鏡道の女だった。

コルホーズに出て一日中朝鮮語で話せることが、世竹に言いようのない解放感を与えた。戦争があった村のように、ここも圧倒的に女が多かった。男たちは過敏で寡黙で、女たちは根性があって物言いも荒かった。男たちは流血を経験したことで小心になり過敏になったようだが、女たちは逆だった。もうどん底を見て経験して、世界の果てまで追いやられて来たのだから、これ以上悪いことがあるとしても命を失うことだけだろうといった調子だ。

「日本のやつらにうんざりして逃げて来たら、日本のやつらの一味だって言われてここまで追いやられたんだよ。まったく頭が変になりそうだよ」

畑に座って鎌で雑草を刈り土を起こして豆の種をまくときには、世竹は一切の雑念が消えた。豆がすくすくと育ち、トウモロコシもすくすくと育って、あの牧草地が早く農地に変わり共同農場がしっかりとできあがって、移住民たちが豊かに暮らせるようになったらいいという思いだけだった。やわらかな土の中に鎌を突き刺して雑草を抜き取り石を取り除くとき、彼女は咸興の野原にいるような錯覚に陥ることがあった。土はどこでも同じだった。

スターリンのソ連にも戦雲が垂れ込めていた。第二次世界大戦の兆候が、二つの戦線から近づいて来ていた。東では日本が満州を掌握した後、国境を脅かしており、西ではヒットラーが軍備を増強しながらポーランドとウクライナを狙っていた。ドイツとソ連はどちらも第一次世界大戦の戦後処理で大損をしたと腹を立てている国だった。ドイツは敗戦国であるとはいえ、あまりにも過酷な扱いをされたと不満だったし、ソ連は最大の戦死者を出して連合国の勝利に貢献したにもかかわらず、一九一七年の革命で戦争の後処理をおろそかにした結果、フィンランド、ポーランド、バルト三国を奪われて、ほとんど敗戦国扱いされたといって怒っていた。そこで、ヒットラーは東の「劣等なスラブ民族」を追い出し「優越したゲルマン民族」のためのより広い領土を確保する計画を立て、スターリンはかつてのロシア帝国の領土を取り戻してソビエト体制を拡張する野心をふくらませていた。ヨーロッパの真ん中で大きな激突が起きるのは時間の問題だった。

スターリンは、一九三〇年代に一貫して戦時体制の構築に没頭した。一方では重工業と鉄鋼生産と武器開発の五カ年計画シリーズ、もう一方では粛清と流刑と処刑の恐怖政治、そして少数民族をまぜこぜにする荒っぽくて過激な同化政策を推し進めたのだ。

一九三七年はソ連内の朝鮮人にとって最悪の不運な年だった。極東地方の朝鮮人およそ一八万人が中央アジアに強制移住させられ、移住直前に党幹部や知識人、専門家の相当数が即決裁判にかけられて処刑された。その数は二五〇〇人にのぼる。金丹冶《キム・ダニャ》のような人々も、たいがいが日本の密偵容疑だった。スターリン政府にとって強制移住は一挙両得の政策だった。どちらにつくか疑わしい国境地帯の少数民族を一掃し、中央アジアの荒れ地も開墾できるからだ。ロシアの次に広いカザフスタンがソ連に編入されたのが一九三六年で、この広大な土地をソビエト体制の中に吸収することも急がなければならなかった。

ヨーロッパの東と西でコミュニズムとナチズムの名の下に二つの膨脹主義ファシズムが虐殺をほしいままにしていた一九三〇~四〇年代は、二〇世紀で最も惨憺たる時代だった。いや、人類史において最も暗い時期の一つだった。世竹《セジュク》が夫と娘と一緒に希望を胸にモスクワに来たのが一〇年前だ。今や彼女には何も残されていない。祖国の解放を少しでも早めることができるならば、喜んで一粒の麦になろうという人生観を持って生きてきた世竹にとって、一九三七年はキリスト教的または唯物論的価値観が懐疑と幻滅の奈落の底に突き落とされた年だったであろう。


カザフスタンはどこだろう? 共同農場に来て初めて世竹はソ連の地図をのぞき込んだ。世竹は数カ月の間に夫を失くし、息子を失くして流刑囚になった。生きて経験する地獄であり、もう二度とその地獄から逃れられないと思った。ところが、それぞれに奇遇な運命を背負った移住民女性たちの間で、世竹は少しずつ気力を取り戻していった。生き残った人間は何とか生きていくものだ。習慣は命よりもしぶとい。彼女は毎朝起きたらご飯を食べて仕事に出かけた。

世竹は臨時収容所に来て一カ月後に居住地を割り当てられた。彼女はクズロルダ州のカルマクシー集落にある共同住宅に引っ越した。移ったのは身体だけだ。捨てて、また捨てて。もう荷物は何もなかった。一九三八年六月三〇日のことだ。

彼女は新しい職場に配置された。カルマクシー集落にある皮革工場で、改札員の仕事だった。コルホーズで畑仕事をする韓人女性の中で、彼女くらいロシア語の読み書きができる女性はめずらしかった。世竹は内務人民委員部から職業配置通知書を受け取った。通知書の裏には文書が一枚添付されていた。

内務人民委員部三人特別協議会の決定。一九三八年五月二二日付。

ハン・ヴェーラは社会的に危険な分子であり、彼女を本決定が採択された日から五年間、カザフスタンへの流配に処す。事件を終結する。

——ハン・ヴェーラの夫は日本の諜報機関の密偵であり、反革命暴動を目的とした組織の指導者で、ソ連最高裁判所軍事法廷によって一級犯罪者として有罪判決を受けた者である。

10.

日本の兄弟たちよ、君の上官に銃口を向けよ

1938年 武漢、延安

中華民国の首都南京が日本軍に陥落される三日前、貞淑《ジョンスク》は南京を抜け出した。国民党政府はあたふたと荷物をまとめて重慶に撤収してしまい、わずか一週間で日本軍が鼻先まで迫って来ると、南京は避難し遅れた人々の阿鼻叫喚の場となった。民族革命党の人々は国民党政府が出したトラックに分乗し、揚子江に沿って三昼夜走って武漢に到着した。

武漢に到着後一カ月間、南京から毎日のように恐ろしいニュースが流れ込んできた。九死に一生を得て南京を抜け出した人々の話によると、南京市民の半数は殺害されたようだった。中山埠頭には死体が山のように積み重なって腐っており、あの巨大な揚子江が牛血スープのように赤く染まり、南京の空は煤煙《ばいえん》で灰色になっていると言う。

民族革命党の宿舎に顔の半分が赤黒くただれた男を誰かが連れて来た。南京守備隊の少尉だった彼は、紫金山渓谷の虐殺から一人生き延びて来たのだと言う。日本軍が捕虜と民間人の男女を針金で一列にしばって銃殺し、死体の山に灯油をかけて燃やそうとしたが、ちょうどそのとき降ってきた雨で火が消え、幸い脚に銃弾を受けただけだった彼は夜を待って死体の山から抜け出したのだと言う。彼はまるで抜け殻のようだった。日本軍は捕虜を木にしばって剣術の練習もしたと言う。かかしにされた捕虜は五、六回刺されて死体となり、殺気で顔を赤くほてらせた日本兵が捕虜たちのところに来て次の標的を探すのだと言う。

日本列島は「南京陥落」でお祭りムードのようだ。日本軍の少尉二名が上海から南京まで進撃する間にどちらが中国人一〇〇人を先に殺すかと賭けをしたところ、日本の新聞がこれを中継し、インタビューも掲載して国民的英雄になっていると言う。

南京から聞こえてくる情報は耳を疑わせた。貞淑も植民地に生き、総督政治を経験し、チョウセンジンと蔑視され、朴純秉《パク・スンビョン》や権五嵩《クオン・オソル》のような友人が拷問死するのも見たが、南京で起きていることは人間のしわざとは思えなかった。悪魔がいるとしたらきっとこんな顔をしているに違いない。軍人と避難民でごった返す武漢で、どこに行っても中国人は悲憤慷慨していた。しかし、無気力だった。

中国で彼女は数多くの死を目撃した。避難の途中で子どもや老人が虫けらのように死んでいき、日本軍の爆撃機が襲来した村の廃墟にはバラバラになった死体が転がっていた。貞淑は国民党統治下の南京の街頭で紅軍パルチザンが処刑されるのを目撃した。道ばたの塀に立たされたパルチザンは蔣介石軍の銃口が火を噴く直前に「我々の血で敵を水葬しよう。蔣介石を叩き潰そう」と叫んだ。二〇歳くらいに見える青年の叫びは彼女の耳元に長く残った。

すべての戦場がそうだと思う。生き死には一瞬だ。こんなふうに生死のわかれ道を何度も見てくると、今すぐ自分に降りかかる運命ですら対岸の火事を見るかのように無感覚になる。命がこんなに軽いのに、何が問題になろうか。京城《キョンソン》で肩に重くのしかかっていた数々の悩みはどこの空に飛んで行ってしまったのか、跡形もない。激烈で切実な一日一日の現実が戦車部隊のように過去の記憶を押し潰して通りすぎて行った。ある朝、貞淑は京城に置いて来た末っ子の顔が思いだせなくて当惑した。三清洞《サムチョンドン》の谷間の星がよく見える二階建て洋館の太陽光線治療院で白衣を着て機械を操作していたことが、白日夢のようにぼんやりとしている。京城を離れてまだ二年も経っていないのに、もう二〇年は経ったような気がする。貞淑は曖昧な沈黙が流れる植民地の首都を抜け出して、豆がはじけるように騒々しい戦火のまっただ中に飛び込んだのだ。それは、彼女の望んだことだった。敵と味方が明確な戦線で銃をかまえて戦う覚悟で中国に来たのだ。敵の戦闘機が爆弾を落とす空の下で、彼女は一日に何度も死の入り口に立たされたが、植民地のどんよりとした空の下で、敵と一緒におかしな同居をするよりはよっぽど爽快だった。

一九三七年七月七日、北京に駐屯していた日本軍が、深夜に兵士が一人いなくなったため捜索するという口実で盧溝橋《ろこうきょう》を渡り中国軍の領内に侵入したのが日中戦争の始まりだった。戦争のプロたちは戦争が必要ならいくらでも口実をつくる。一九三一年の満州事変のときもそうだった。南満州鉄道の線路を自分たちでこっそりと爆破しておいて張学良軍のしわざだとして攻撃を開始、六カ月で東北三省を占領した後、満州国を樹立した。

日本は中国を幼稚園児でも扱うかのようにもてあそび、戦争開始から一年で中国大陸の半分を呑み込んだ。南京を奪われた後も、中国軍は一年間追われっぱなしだった。血で敵を水葬することにしたと言うなら、中国人は日本帝国主義者たちが全員溺死するくらいの量の血をすでに流していた。にもかかわらず日本の勢いは止まらず、戦線は拡大した。日本軍は揚子江をさかのぼって内陸に入り、今や武漢を脅かしていた。蔣介石の国民党政府は内陸深く四川省まで追いやられて重慶に臨時政府を樹立し、毛沢東の共産党は国民党の討伐軍に追われて二年にわたり一万キロを歩いて中国大陸を横断する長征を終え、黄河北方の延安に定着した。

不幸中の幸いだったのは、日中戦争が国共内戦を終息させたことだ。一〇年間、身内同士の争いで血を流しあった中国の左派と右派は、日本が全面戦をしかけてくると、ついに手を取りあった。国民党の張学良と共産党の周恩来が計画したものだったが、いずれにせよ国民党と共産党は国共合作を宣言して武漢に共同の陣地を構築した。

空気中に砲煙が漂い東の空から戦闘機が奇襲してきたが、武漢は美しい都市だった。千の湖、千の川に囲まれた水の都だ。上海が揚子江の口で南京が喉だとしたら武漢は肺だった。遠く崑崙《こんろん》山を水源とする長江の本流が湖北省と湖南省から流れて来る支流を集めて巨大な水流をなすのが武漢だ。武漢は川を間にはさんで武昌と漢口にわかれるが、武昌に国民党軍の本部が、漢口に共産党軍の本部が仲良く隣りあわせていた。

八〇年前にアヘン戦争で強制的に開放した一〇の港の一つである漢口にはさまざまな国の租界があった。朝鮮人は漢口の日本租界でいろいろな家にわかれて泊まった。許貞淑《ホ・ジョンスク》と崔昌益《チェ・チャンイク》夫婦も部屋を提供された。居間のピアノには楽譜集が置かれており、本棚には日本語版の世界文学全集があった。日中戦争の開始と共に日本租界が接収されて、住民たちはあわてて逃げ出したため家具などがそのまま残されていたのだ。

貞淑と昌益は南京にいたときに結婚式を挙げた。二人は京城で同居を始め事実上の夫婦だったが、あえて結婚式をしたいと望んだのは貞淑だった。彼女が南京に来てみると、京城で彼女を苦しめた艶聞が先に到着していた。浮気して息子をほったらかして他の男と夜逃げしたというストーリーに加えて、遍歴は黄海を越える過程でさらにふくれあがっていた。彼女は、昌益までこんな噂に平然としていることが許せなかった。彼女は、二人の公明正大で合法的な夫婦関係をまわりの人々に、そして誰よりも夫自身に確認させたかった。

南京のある食堂で開かれた質素な結婚式で、貞淑は二〇人ほどの招待客に感謝の挨拶をして、最後に一言つけ加えた。

「私は崔昌益先生と同志として、また夫として共に過ごすことになって幸せです。崔先生が五番目の夫だという説もあり、七番目の夫という説もありますが、正確に言うと三番目の夫です。そして結婚式は今回で二回目です」

一九三八年の武漢は、戦渦に巻き込まれた東アジアで台風の目だった。二つの首都、重慶と延安を後方に置いて武漢に防衛陣地を構築した中国軍は、日本の戦闘機の爆撃と艦砲射撃に立ち向かっていた。日本はドイツ、イタリアと防共協定を結び、中国はソ連と反ファシズム連帯を構築した。日本の戦艦が武漢のお膝元の九江まで侵入してきたため、「大武漢を防衛しよう」というスローガンの下、中国軍が武漢に集結した。

四月二九日の天皇誕生日には天長節の慶祝行事なのか、数十機からなる日本の戦闘機編隊が飛んできて爆撃を加えた。すぐに中国軍の戦闘機とソ連のE一五、E一六戦闘機が出撃して、耳をつんざくような爆音と火炎を伴う空中活劇が展開された。植民地征服戦争を始めたファシズムの軍隊と、三民主義の近代的理念を掲げた共和派の軍隊、そして無産階級の解放者になろうとする共産主義の軍隊が、無限の上空でからみあっていた。貞淑《ジョンスク》は、漢口の日本家屋の庭で空中戦を見ていた。庭に立ってこの国際的なエアショーを見物できたのは、日本の戦闘機が外国租界を避けて爆撃したからだ。とりわけ日本租界は、上海に避難した日本居留民たちにそのまま返すために、壊さないよう用心していると聞いた。およそ三〇分の空中戦で戦闘機が赤黒い煙を吹き出し、大きな破片をまき散らしながら次々と落ちていった。翼に火がついた爆撃機一機が日本租界のほうに飛んで来るのを見て、貞淑は昌益《チャンイク》と共に悲鳴をあげながら地下室に走って行った。後から知ったところによると、この日の空中戦で中ソ連合軍の戦闘機五機と日本軍の爆撃機二一機が撃墜されたと言う。

武漢に来たばかりの頃は遠くから戦闘機の音が聞こえただけでも隠れる場所を探したものだが、今では目の前に爆弾が落ちることでもなければぴくりともしなくなった。春に岳陽に行ったとき、避難民たちが南のほうに民族大移動する道沿いで、田植えをする農夫たちを見た。彼らが秋に収穫できるのか、彼ら自身はもちろん、国民政府の主席で国共合作軍の総帥でもある蔣介石にもわからないことだった。

　西洋メディアは武漢を「東洋のマドリード」と呼んだ。まさにその夏、二年間内戦が続いていたスペインではフランコ将軍の反乱軍がドイツとイタリアの支援を受けて首都マドリードに総攻撃をかけていた。ファシストの軍隊に包囲された首都マドリードで人民戦線政府の軍隊と市民軍が決死の抗戦をおこない、世界各国から知識人や義勇軍が死線を越えてマドリードに集まっていた。二つの都市の命運に全世界の耳目が集中していた。

　国際反ファシズム団体の義勇隊員らが武漢を訪ねて来た。ある日、武漢市内で世界反ファシズム大会が開かれたのだが、さまざまな大陸から来た参加者たちが『インターナショナル』を合唱したときの感動を貞淑は忘れることができない。公式行事で思い切り『インターナショナル』を歌うのも上海にいたとき以来数年ぶりだったが、人種や国籍が異なる参加者たちがそれぞれの国の言葉で歌う『インターナショナル』の合唱は、まさに絶唱だった。英語、中国語、ロシア語、フランス語、スペイン語……。そしてすぐうしろで日本語が聞こえた。日本人民反戦同盟の人々だった。歌詞の最後の『インターナショナル』のところで全員の声が一つになった。

　上海、北京、南京が陥落し、朝鮮の抗日運動家たちも武漢に集まって義勇軍を組織することになった。中国軍も領内の朝鮮人を選抜して武漢に送った。それぞれ国民党の軍服と紅軍の軍服を着た朝鮮青年たちが一人、または数人で続々と武漢に到着した。

　武漢の夏は蒸し暑かった。都市を囲む湖と川が熱い水蒸気を噴きだし、文字どおり蒸し風呂状態だった。中国人は武漢と重慶を揚子江の火鉢、または蒸し器などと呼んだ。武漢の人口の半分は軍人だったが、彼らは蒸し暑さに耐えかねて軍服を脱ぎ捨て湖に飛び込んだ。砲煙の中でも武漢は政治天国だった。左右が交じりあった解放区で、それこそが国共合作の威力だった。朝鮮義勇隊員たちは演劇を準備して漢口青年会館の舞台に上げた。『曙光《しょこう》』というタイトルのその劇は、抗日戦線で中国と朝鮮が協力しあうという宣伝扇動用の一幕物だった。日本の密偵が懲らしめられる最後のシーンで、貞淑は拳を振って興奮した。

金元鳳《キム・ウォンボン》は抗日テロリストの偶像にふさわしく国民党政府と紅軍政府から大物待遇を受けていた。中国での活動基盤や闘争経歴からすれば金元鳳の足元にも及ばないが、度胸だけは負けない崔昌益は南京時代から金元鳳の指導路線に正面から挑戦し、一時は組織がわかれたこともあった。二人とも軍隊をつくって武装闘争をしようという立場に変わりはなかったが、金元鳳は国民党の傘下に入ることを望み、崔昌益は満州の同胞たちを武装させ国内に進撃しようという東北進出論を展開した。武漢で朝鮮人抗日運動家たちも中国のように左右合作し、金元鳳と崔昌益は気まずい感情をおさえて共に義勇軍の創設作業に携わった。

ところが貞淑は義勇軍に入れないことになってがっかりした。

「女だからだめなの?」

「まあ、聞いてごらん。朴孝三《パク・ヒョサム》と李益星《イ・イクソン》が支隊長になったんだが、二人とも君より若いんだ。金学武《キム・ハンム》が政治委員なんだが、君も知ってるじゃないか、学武は二七歳なんだよ」

「年なんか関係ないじゃない。死ぬときが近づいている人のほうが、戦争に出て死んでも惜しくないじゃない」

昌益はワハハと笑った。

「義勇隊員たちはほとんどが軍官学校を出ているんだ。戦闘経験もある。戦争では敵を殺すことと同じくらい自分を守ることが重要なんだ。僕も刑務所暮らしを長くして組織活動ばかりしてきたから戦闘に出たら同志たちに迷惑をかけるだけだ」

彼女はそれ以上何も言えなかった。昌益は玄関を出ようとして、ふと思いついたことがある様子で振り返った。

「婦女服務団をつくろうという話もある。いろいろと雑用をしてくれるご婦人たちが必要だからね。ご飯をつくったり洗濯をしたり」

真面目に言っているのか冗談なのか見当がつかなかった。貞淑はテーブルの角に顎肘《あごづえ》をついたままつぶやいた。

「この男たちと革命をするのが正しいのかどうか、ときどきわからなくなるわ。みんな『資本論』の代わりに『四書三経』を読んだみたいね」

一九三八年一〇月一〇日、双十節に朝鮮義勇隊が結成された。軍の創設式は武漢のキリスト教青年会館でおこなわれた。二七年前、清王朝を倒した辛亥革命が始まったのがまさにここ、武漢だった。その日が双十節だ。軍の創設式で周恩来が「東方の各民族を解放するため奮闘しよう」と祝辞を述べ、郭沫若《クァク・マリャク》が祝賀の詩を読み、キリスト教女子青年会の会員たちが祝賀公演をおこなった。朝鮮義勇隊員は総勢九七名。隊長は金元鳳で、崔昌益は指導委員だった。女子隊員は今年二三歳の金煒《キム・ウィ》のみ。金元鳳の妻の朴次貞《パク・チャジョン》が婦女服務団長に就いた。

義勇隊員の中に平凡な人生を送ってきた者はいなかった。一人ひとりが特別で危険極まりない経路をかきわけてきた冒険家たちだった。しかし故郷を捨て家族から離れて今ここにいる理由だけは同じだった。軍の創設式の最後に義勇隊員たちが「大韓独立万歳」を三唱したとき、貞淑《ジョンスク》は戦慄した。

少々意外ではあったが、朝鮮義勇隊の最初の戦闘は銃剣ではなく筆とペンキを用いる作戦だった。義勇隊員たちは陥落のときが迫る武漢の街頭でコールタールとペンキの缶を持って歩き、道路や塀に漢文とひらがな交じりの大きな文字で、新たな占領軍に対する歓迎のスローガンを書いた。

「日本の兄弟たちよ、君の上官に銃口を向けよ」

「歴史は繰り返される。日本帝国主義は血の復讐を受けるだろう」

「兵士は前線で血を流し、財閥は後方で贅沢をしている」

中国軍の司令部が日本語を駆使する朝鮮義勇隊に、日本軍に対する宣撫《せんぶ》工作を任せたのだ。朝鮮義勇隊第一支隊は国民党軍について揚子江南側に撤収し、第二支隊が残って宣撫作戦をおこなった。貞淑と昌益《チャンイク》夫婦は第二支隊と共に艦砲が市内のど真ん中に落ちるとき、間一髪で漢口を抜け出した。武漢が日本軍の手に落ちたのは一〇月二七日だった。

朝鮮義勇隊は国民党軍と共に退却し、湖南省の南側に位置する桂林まで南下した。しかし桂林では国民党の麾下《きか》に残るか、延安に行って紅軍と共に抗戦すべきかをめぐって、熾烈な路線闘争が展開された。結局、金元鳳《キム・ウォンボン》の朝鮮義勇隊の主流は残り、貞淑夫婦が一〇名ほどの隊員と共にそこを去った。義勇隊の左右合作は決裂したのである。

「蔣介石の軍隊はいったいいつ日本軍と戦うつもりなのか。安全な後方で何をするつもりなのか。延安に行きましょう。紅軍と共に戦いながら究極的には満州に行き、我々の同胞を糾合《きゆうごう》して国内に侵攻しましょう」

崔昌益が例の東北進出論を引っ張り出してそう主張したとき、金元鳳は強く反対した。

「紅軍は万里の長城の鼻先まで逃げた。毛沢東も命からがら山間に隠れて出て来ない。中華ソビエトってのは実体があるものなのか？　中国大陸はこんなに広くて農民大衆は無知なんだから、革命は一〇〇年かかるか二〇〇年かかるかわからないだろう。今は国民党の軍隊と一緒に動きながら情勢を見たほうがいい」

日本軍が揚子江に沿って中原を進軍して来る中、避難民の群れは南へ南へと流れて来る。これに逆らって北上する貞淑たち一行の行軍はますます時間がかかった。道路には自動車、牛車、馬車、騾馬《らば》、手押し車、そして人が渾然一体となっていた。避難民たちは列車の屋根と昇降口、ジャンク船の欄干にも鈴なりにぶら下がっていた。貞淑一行は夜になると道ばたの空き家や厩舎《きゅうしゃ》を見つけて入った。人家が見つからないときには路上で互いに身体をぴたりと寄せあい毛布をかぶって寝て、雪に降られたりもした。まさに風《ふう》餐露宿《さんろしゅく》そのものだった。貞淑は路上で一九三九年を迎えた。

西安で貞淑一行は紅軍のトラックに拾われて道路に沿って北上した。紅区に近づくにつれ彼女は興奮してきた。延安一帯はつい一年前まで国民党軍と張学良軍に囲まれて封鎖されていた。国共合作で道が開かれはしたが、紅区はいまだにベールに包まれていた。大長征で命を落とした紅軍は数限りないと言われ、延安一帯の現在の紅軍勢力は八〇〇〇とも、三万とも、一〇万とも言われていた。紅軍の大長征については「死体が山をなし長江が血に染まった」とか「革ベルトを煮て食い泥水を飲んだ」といった説話のような話が万里の長城をなすほどの勢いだった。

紅軍政府のスポークスマンで外交官の周恩来は顔が広く知られており、黄浦軍官学校時代から武漢を経て朝鮮義勇軍の人々とも親しくしていた。ところが中華ソビエト共和国主席の毛沢東は、その有名な名前の他には外の世界にあまり知られていなかった。国民党政府が彼の首に二五万円をかけて指名手配したが無駄だった。彼の顔を知っている人がほとんどいなかったからだ。その代わりに数々の奇行に関する噂ばかりがふくらんでいたが、彼を神秘化させた張本人は国民党政府だった。何度も彼が死んだと発表したために毛沢東は不死身の名前になってしまったのだ。南京で貞淑も彼の死亡記事を読んだことがあった。

洛川《らくせん》に着くと風景が奇妙だった。黄土の丘陵がさまざまな形で限りなく続く。長い歳月をかけて岩のように固まった黄土の丘に洞窟のような家が目につく。窯洞《ヤオトン》というものだった。延安が近づけば近づくほど山はいっそうけわしくなった。

桂林を出発して二カ月後に一行は延安に到着した。延安はけわしい断崖に囲まれた渓谷にあった。一目で天然の要塞だ。どんよりとした黄砂混じりの風の中、渓谷を横切って流れる延安河の黄色い流れが目の前に現れた。この小さな山間都市に共産党政府があり、毛沢東がいる。中国に足を踏み入れて二年あまり、回り回って革命闘争の本部に到着したのだ。貞淑は短く叫んだ。

「ついに着いた！　延安に」

彼女はゴホンゴホンと咳をした。昌益が振り返った。

「まず病院から行ったほうがいいな」

風餐露宿の旅の途中、貞淑はしょっちゅう風邪を引き、延安に到着する頃には身体が火の玉みたいに熱くなっていた。延安には病院は一つで、そこで彼女はソビエト地域に入って来たことを実感した。病院施設は貧弱で、待合室にあふれかえる患者たちをたった二人の医師が診ていたが、彼らは誠実に患者に対応し、すべてが無料だった。軍人が多かったが、朝ご飯を食べたら胃がもたれると訴える女性もいた。貞淑は肋膜炎が再発したと言われ、窯洞でじっとして療養しなければならなかった。

中華ソビエトの首都延安は、政府組織が設置され、革命家たちが集まり、避難民が流れ着いて、人口が徐々にふくれあがった。延安河両岸の黄土の丘には新しい窯洞がつくられた。貞淑夫婦も窯洞を一つあてがわれた。五坪くらいあるかどうかという空間に台所があり、寝台とテーブルが置かれた。窯洞というものは外見よりは風通しもよく、天然の黄土の住宅だから暖かかった。食料はアワとトウモロコシ、少量の米が配給された。ここではアワ飯とうどんが最高のごちそうだ。一日に二食だけ食べ、高級官僚たちも同じものを食べた。

貞淑は今さらながらに中国は広いと思った。彼女が初めて出会った中国は、ヨーロッパの雰囲気を漂わせる上海だったが、今いる延安は黄土の丘が中国人の素肌のように黄色くむき出しになった貧しい奥地だった。中国にはさまざまな民族がいて、気候も風景も違うさまざまな地域があり、互いに聞き取れないくらい違う方言がある。そして何よりも一九三九年の中国には、さまざまな時代が共存していた。紅区の指導者たちは自分たちが中国の次の時代になると固く信じていたが、大通りからほんの少し山の中に入ればいまだ皇帝の世の中だと思っている弁髪の清国の百姓たちがおり、彼らは辛亥革命が起きて国民党政府が樹立されたことすらまったく知らなかった。

春がきて健康を回復した貞淑《ジョンスク》は共産党が運営する抗日軍政大学に入学した。政治軍事学科だった。抗日軍政大学は共産党員や紅軍幹部だけでなく左派知識人が学生として集まる場所だった。義勇隊員数名が一緒に入学した。コロンビア大学を出て十数年ぶりに、もうすぐ四〇になろうという年齢で、彼女は再び学生になった。崔昌益《チエ・チャンイク》は教授になって日本語と日本経済史を講義した。

彼女がついに、かの有名な毛沢東に会ったのは抗日軍政大学講義室でのことだった。中国政治という科目だった。毛沢東は講義内容を整理して「矛盾論」「実践論」「持久戦論」といった論文を書き、そのパンフレットが中国共産党の指針になって全国の解放区に配布された。

抗日軍政大学では毛沢東主席の他にも朱徳《しゅとく》や林彪《りんぴょう》のような大長征の英雄たちがときどき、前線から戻って軍事学を教え、范文瀾《はんぶんらん》のような大学者もいて、教授陣は華やかだった。アメリカ東部でも進歩的だと言われるコロンビア大学で、貞淑は本当に退屈でたまらなかった。ところが大長征を終え死線をくぐり抜けて、ここでソビエト社会を実験しているこの学校の先生たちは、声の響きからして違っていた。

毛沢東の初印象は意外だった。一〇年間、中国共産党を率いてきたベールに包まれた人物、数多《あまた》の死亡説の中、死ぬどころか傷一つ負ったことのない人物、その不死身の人物が降臨することになっている教卓には、蚊や南京虫に刺されまくったような黒い顔の田舎者風の男が立っていた。身体も顔も大きいこの男は、中国現代史の桎梏《しっこく》が刻まれたような眉間のシワと、若くして広くなってしまった額のせいで、実際よりも老けて見えた。貞淑よりも一〇歳上だから、まだ四七歳だ。古い軍服を着た彼は、講義の最中に脇腹とズボンの股下をしょっちゅう掻きむしった。彼の言葉は湖南なまりがあってときどき聞き取りにくかった。

今学期の講義で毛沢東は「新民主主義論」を打ち出した。新民主主義論は学期が終わったら紅軍政府の新しいパンフレットになるだろう。これは中国革命が到達しようとする新しい社会構成に関する理論だった。労働者、農民、プチブル知識人、民族資本家の四階級が連合して闘争しなければならず、革命後にはその階級連合の独裁にならなければならないということだった。正統的なプロレタリア独裁とは違い、良心的な地主や資本家まで包摂しようという、多分に中国的な案だった。彼は当面、中国領土から日本帝国主義を追い出すことに力量を集中するべきだと語った。対日抗戦は共産党の一貫したスローガンだったが、生存の秘訣でもあった。それは一挙両得で、中国人民が国民党政府に失望して共産党のほうになびくようにさせるのと同時に、国民党軍のターゲットを共産党から日本の侵略軍のほうに向けさせるように圧力を加えるものだった。貞淑が質問した。

「先生、朝鮮は満州と隣りあわせていますが、中国大陸から日本を追い出すというとき、朝鮮まで含めて考えているのですか」

「許貞淑君だね」と毛主席が言った。

「中国を解放するのが優先的な課題です。その次には、朝鮮人の闘争に熱烈な支援を送るでしょう。植民地になった台湾やモンゴルも同じです」

そんな公平無私な返答の最後に、彼は「広東で、満州で、南京で、数多くの朝鮮人同志たちが中国革命のために血を流しました。朝鮮革命のために、その血は必ずむくわれるでしょう。朝鮮人と中国人はすでに血をわけあった兄弟です」とつけ加えた。

貞淑は感動した。モスクワから京城、東京まで、万国の共産主義者は皆兄弟だが、中国人は同族のように感じられた。人種的な親和性なのか、同じく日帝に苦しめられているという同病相憐れむ気持なのか。毛沢東の講義は中国史と世界史、理論と現実、文芸批評と政治解説の間を縦横無尽に行き交った。貞淑は、彼が中国でこれまでに書かれたり訳されたりした本を全部読んだのではないかと思った。事案の核心を看破し複雑な状況を数語で整理する洞察力は、これまで他の人からは感じたことのない卓越したものだった。さらに記憶力が抜群で、学生の名前は全部知っており、一度すれ違った顔は一つ残さず覚えていた。

一学期の講義をきく間、彼女は海外経験も豊富でソ連政府やコミンテルンに友人も多い周恩来や劉少奇、葉剣英のような名士たちが、なぜ中国から一歩も出たことのないこの湖南の男の指導に従うのかわかった気がした。蔣介石が政治家で軍人ならば、毛沢東は思想家で政治家だった。

初夏のある日、彼は自宅に学生たちを呼んで授業をおこなった。毛の窯洞《ヤオトン》は大学から延安河を渡って楊家峪のてっぺんにあり、重慶に行っている周恩来、中国軍総司令官の朱徳の窯洞が並んでいた。窯洞の横の小さな畑でトマトと煙草が育っていた。党の官僚たちは農業か手工業を何か一つすることになっていたが、ヘビースモーカーの彼は煙草を栽培していた。

部屋三つの窯洞には彼の新しい妻がいたが、学生たちが入って行くと挨拶だけして出て行った。噂どおり若くて美しい女性だった。紅区の外での毛沢東はベールに包まれた人物だったが、延安での彼は私生活と一挙手一投足が赤裸々にさらされていた。彼の妻たちの話は誰もが、ご飯を食べながら、あるいは畑仕事をしながら、なにげなく口にした。最近延安で最高の話題は毛主席の離婚問題だった。

彼には若い頃に結婚した妻がおり、初恋の女性である二番目の妻、楊開慧《ようかいけい》は息子たちをモスクワに脱出させ、自身は国民党軍に処刑された。大長征を共にした三番目の妻の賀子珍《がしちん》は三〇歳で身も心もボロボロになって、延安に到着するや否や治療を理由にモスクワに送られた。飢えは日常茶飯事で、銃弾の飛び交う中を一日に一〇〇里も歩く大長征の苦難もさることながら、その途上で乳飲み子を人手に渡さなければならなかったことが深い傷になったのだろう。モスクワに発つ前、彼女は夫が女性通訳官と浮気をしているとして党中央委に告発し、毛沢東は離婚を請求した。党中央委は離婚を認めるべきか否か、終わりのない討論に入った。その最中に毛沢東の窯洞に若くて美しい娘が荷物を持って入って来たのである。彼の四番目の妻となった女性は江青《こうせい》という女優だった。

延安市内はこの女性に対する悪い噂でもちきりだった。すでに上海で離婚騒ぎを起こしてマスコミに取り沙汰されたことのある二六歳のしたたかな女性は、延安に来て魯迅《ろじん》芸術学院で講師となり、毛沢東とつきあうようになったのだと言う。彼女は魯迅学院長の情婦だったという噂もあり、「高級淫売婦」とか「赤い妾」といったレッテルを貼られていた。毛沢東の同志であり友人でもある党中央の人々は、延安時代始まって以来の最も激烈な路線闘争を繰り広げた。周恩来のような穏健派と劉少奇のような強硬派がぶつかったのだ。ただちに江青を延安から追放するべきだという強硬論がある一方で、主席の若い妻が今後三〇年間政治に口出ししない条件で結婚を認めようという妥協案も出てきた。少壮派の幹部たちが「源清ければ流れ清し」と責め立てたときには毛沢東もたじたじだったと言う。夜になると毛沢東が離婚と再婚の承諾を得るためランプを手に、中央委員たちの窯洞を訪ね歩いているという噂もあった。

朝鮮義勇隊の人々の間では批判論と同情論が入り交じっていた。同情論といっても、女性遍歴を支持するものではなく、主席は私生活まで党が管理するのか、かわいそうだ、と見る程度だった。スキャンダルを知って、貞淑は毛がはるかに近く感じられるようになった。今日の中国共産党を成立させた不屈の革命家、博学多識な思想家の毛沢東も、ご飯を食べてゲップをすることに変わりはないのだ。一方で、たいがいの延安の人々同様、彼女も江青が気に入らなかった。

ある日、朝鮮義勇隊の同僚たちと一緒に、江青をまな板の上にのせて切ったり刺したりしてさんざん遊んだあげくに、貞淑はふと京城《キョンソン》でのことを思いだした。子どもの父親は誰なのかなどと勝手に書き立てる雑誌もそうだが、朴憲永《パク・ホニョン》のように近い友人たちが冷たくなじるとき、どれほど傷ついたことか。彼女は、自分も江青について噂以外には何も知らないということに気づいた。魯迅学院長の情婦だったというのも、故意に流されたデマかもしれない。噂の壁の中で江青はどんな気持でいるのだろうか。毛沢東のリーダーシップは女性遍歴ごときで傷つくことはないが、高貴な方と寝ているという事実が女を泥沼から救い出すことはないのだ。江青は「淫売婦」にすぎない。不公平だ。貞淑は江青に対する考えを改め始めた。

夏になると畑にサツマイモの葉が生い茂り、黄土の畝を完全に覆った。貞淑《ジョンスク》は夫と一緒に去年の夏、窯洞の前に畑を耕しサツマイモとキュウリを植えていた。乾いた黄土の丘をつるはしとねじり鎌で掘り起こし、土のかたまりを細かくつぶして畝をつくったのだが、やわらかい黄土の畑でサツマイモがうまく栽培できた。貞淑はバケツを持って延安河に下りて行った。京城ではいつも家事をしてくれる女たちが家にいた。水を汲みに行き、畑を耕し、かまどに火をつけて飯を炊き、洗濯をする。何もかも、中国に来て初めてする仕事だった。薪を集める仕事もそうだ。貞淑は夫とそれぞれ厚鎌とのこぎりを持って山に登った。ねじり鎌は扱いやすかったが厚鎌はなかなかうまく使えなかった。ともすると手にかすり傷ができる。昌《チャン》益《イク》が彼女の手を取って厚鎌の扱い方を教えた。

「さあ、見てごらん。厚鎌で木の枝を切るときには角度が重要なんだ」

彼は『千字文』〔子どもなどに漢字を覚えさせるために作られた漢詩〕を習う前に厚鎌の扱い方を学んだと言う。

「秋の収穫が終わったら、初雪が降る前に薪を集めに毎朝背負子をしょって山に行くんだ。父は斧で大きな木を切り倒して、僕は厚鎌で枝を切るんだよ。父は小作人だったって言ったよね。家の薪なんか落ち葉とか藁とか何でも燃やせばいいんだけど、地主の蔵は木の薪を天上までぎっしりつめないと仕事が終わらないんだ。それだけぎっしりとつめておいても、北のほうは冬が長いから正月前に薪が底をついちゃう。そうすると父と一緒に雪が積もった山の中に入って行くんだけど、木も雪の中で凍りついてるんだ。そんな木を持って来て家の軒下とか納屋に置いて乾かすんだけど、毎日凍えるような天候だから木が乾かないんだよ。そうすると最後にはその木が家の中にまで入ってくることになる。初めは部屋の奥のほうに積んで置くんだけど、いよいよだめだとなったら早く乾かすためにオンドルの焚き口のほうに持って来ることになる。濡れた木を焚き口のほうに置いて、うちの家族は奥のほうで震えながら寝た年もあったよ」

延安に来て春を迎える頃には、貞淑の顔は日に焼け、本棚くらいしか触ったことのない白い手は働く人の分厚い手になった。指にマメができ、手の甲がひび割れた。ある日、昌益が彼女の手を触りながら「両《ヤン》班《パン》の家のお嬢さまがどうしてこんなところに来て苦労してるんだ？」と冗談を言った。彼女は「農民の息子の手もちょっと触らせて」と、昌益の両手を開いてのぞき込んだ。太くてずんぐりとした指とマメだらけの手のひらは肉体労働から離れて数十年経っても厚鎌やねじり鎌の記憶をとどめていた。貞淑はことさら快活に言った。

「李會榮《イ・フェヨン》先生の奥さまたちに比べたらお花見しているようなものよ」

日韓併合のとき、数十人で集団亡命した李會榮一家は、満州に来て新興武官学校を設立し、農地を開墾する際、それまで奴婢だった人々に学校で勉強させ、妻たちが食事をつくって運んだと言う。貞淑は抗日軍政大学で革命理論を学ぶときよりも、腕まくりをして畑に行くときに「これが革命で進歩なのだわ」と実感した。

黄土の丘陵が地熱を吐きだし、蒸し暑い空気が覆っているというのに、渓谷を流れる延安河の水はひんやりとしていた。彼女は延安河に足をひたして向かい側の山頂の宝塔を眺めていた。空に向かってそびえ立つとがった塔身は陽の光を吸い込む避雷針のように見えた。川につけた足先がしびれてきた。彼女はバケツに水をたっぷり入れて丘を上がった。畑に水をやり、よく熟したキュウリを二本もいだ。

夕刻、義勇隊員が数人訪ねて来た。キュウリを刻んでのせた冷たい麺を出した。食卓を囲んだメンバーは皆、最近のただならぬ情勢を心配していた。蔣介石軍が湖南の平江で紅軍を攻撃し、湖北と河北でも武力衝突が続いていた。つい最近まで国民党と共産党が川一つ隔てて兄弟と呼びあっていたのに。数百の協約で構築された国共合作システムが、二年にしてひび割れようとしていた。国共合作が破綻しつつある中、周恩来は延安の代表としていまだ重慶に留まっていた。

「周恩来先生が蔣介石に人質として捕まっているんじゃないでしょうか」

張学良の軍隊にいて、延安に来た徐輝《ソ・フィ》だった。二四歳の血気盛んな青年で、いつだったかトルストイは革命を実践しなかったと発言して、貞淑が我慢ならずに「ちょっと徐君、革命は銃だけでするものじゃないのよ」と、そっとたしなめたことがあった。

「そんなことはないはずだ。周恩来に手出ししたら紅軍に対する宣戦布告になるし、人民が国民党から離れてしまう。蔣介石はそれほどバカじゃない。蔣介石は内陸の奥のほうに後退して日本が紅軍をやっつけるのを観戦するつもりだろう。夷《い》を以て夷を制す、漁夫の利を得ようってわけさ」

蔣介石と周恩来の個人的な情理を持ち出す者もいた。一〇年ほど前、蔣介石が初めて国民党内の左翼討伐を開始して、黄浦軍官学校の「アカ」の先生たちを全員追い出したときにも周恩来だけはそのまま置いておいたし、西安事件のときにも周恩来が来て張学良に蔣介石を解放させたと言うのだ。

「いいときには義理立てするのさ。上海暴動のときには蔣介石が、周恩来を捕まえたら処刑しろって言ったそうじゃないか」

貞淑は周恩来の人となりをよく知っていた。周恩来は自ら人質になったに違いない。重慶で自分が死ぬようなことがあったら国共合作は破綻するが、蔣介石の未来も危うくなる。周恩来は国民党と共産党間の合作の約束に自らの命を捧げる覚悟を決めたのだ。三年前に張学良が取った選択と同じだ。東北軍総司令官だった張学良は、西安で国家元首の蔣介石を監禁し、討伐中止と国共合作の約束を取りつけてから解放、自身も南京まで蔣介石について行って自ら人質になった。蔣介石は、一時最も寵愛した若い将軍が謀反を起こして自分のスケジュールやスタイルをめちゃくちゃにしたのだから殺しても飽きたらなかったはずだ。しかし張学良を殺したら自身も中国人民と国民党軍から命を守ることが難しくなることをよく知っていた。殺すことも、生かすこともできない人質だったのだ。周恩来も、張学良も、たいした人物たちだった。

冷たい麵で夕食をすませた後、貞淑がコーヒーを出した。

「これは何というお茶ですか？　香りが独特ですね」

「コーヒーというものよ。揚子江の北ではできないお茶なんだけど、私も何年ぶりかで飲むわ。昨日、魯迅学院の先生に一袋いただいたのよ」

義勇隊員の一人が昨年まで抗日軍政大学で講義していた張・志楽《チャン・ジラク》という人物の話を始めた。満州で新興軍官学校に一緒に通った同期で、数年前に北京の監獄で会ったのだと言う。彼は熱烈な共産主義者で迷いのないテロリスト、東西の歴史と哲学だけでなく自然科学にもあまねく学識の広い百科事典のような知識人だと言う。延安に来て抗日軍政大学で日本経済と物理化学を教えていたと言う。崔昌益が彼を知っていた。

「僕が教えている日本経済史は、彼が抜けたことで僕が担当することになったんだ。彼が残していった教案を見たが、学識が豊かで洞察力が鋭いんだよ」

「張志楽……。私も会ったことがあるような気がするわ。二〇年前に上海で」

貞淑が李東輝《イ・ドンフィ》先生の家にいたとき、そこによく来ていた青年だった。

「義烈団の側だったと思うけど、今はどこにいるの？」

「満州戦線に派遣されたとばかり思っていたら、保安処で銃殺されたそうです。日本の密偵だということで。張国燾《ちょうこくとう》が国民党に転向したときに粛清の嵐が吹いたじゃないですか。僕も最近、魯迅芸術学院の鄭《チョン・》律成《ニュルソン》先生から聞いたんですが」

「日本の密偵？」

「朝鮮人は日本語がうまいから疑われやすいんです」

植民地の民となったがために異国の言葉を学ばざるをえなかった。それが罠になるとは。運命のいたずらだった。張志楽という人物は仮名をいくつも使っていた。チャン・ミョン、キム・サン等々。

「保安処の誰かに個人的ににらまれていたんじゃないかと思います。日本の密偵だの、李立三《りりつさん》〔中国共産党指導者のひとり。コミンテルンから「極左冒険主義」と批判され地位を追われる〕主義だの、トロツキストだの、名前はどうにでもつけられますから」

張志楽を銃殺した保安処の責任者が抗日軍政大学で「党組織論」を教えている康生《こうせい》だった。彼が同僚の教授を処刑台に送ったのだ。貞淑も康生の講義を受けていた。彼は党中央委の書記になって勢いに乗っているところだった。

義勇隊員たちが帰った後も、貞淑は嫌な気分を振り払うことができなかった。貞淑は寝床から起き上がって深くため息をついた。

「ときどき世の中が嫌になるわ」

昌益はテーブルのランプの下で本を読んでいた。

「どうしたの？」

「朝鮮にいたときには社会が未成熟で条件が劣悪だから最善の人間といえる共産主義者でもくだらない派閥争いに力を浪費しているんだと思っていたのよ。延安はもちろんずいぶん違うけど、結局、人間の限界なんじゃないかと思うの。党が戦闘力を維持するためには、ときには粛清も避けられないでしょう。でも、そこに個人的な感情と派閥の陰謀が入り込んで活動家たちが犬死にさせられているのよ。それを避けられないのが人間なのだとしたら、人間性というものは原則的に進化できないものだということかしら。革命の過程の問題で、革命が完遂したら変わるのではと思ってみたりもしたけど、ソ連を見ると必ずしもそうではないみたいだし」

貞淑は、レーニンの死後にソ連で繰り広げられた権力闘争についておおよそのことを聞いていた。人間の利己心、資本主義の悪魔性が繁殖しないようにつくった防腐剤がソビエトなのに、結局、人間の愚かさを防ぐ防腐剤はないということなのだろうか。

昌益は読んでいた本を閉じてテーブルに置き、寝床に来た。

「革命が完遂したら変わるはずだという考えこそが理想主義というものだ。僕はそんな理想主義は二〇歳になる前に捨てたよ。政治というものは羊の皮を被った狼だ。どんな政治にも最善はない。進歩は相対的なもので、より良いほうを選ぶということにすぎない。マルキシズムが封建制よりいいし、資本主義よりも優れているから。飯も食えない中国の人民にアヘンを強制的にのみ込ませたのが資本主義だ。その資本の進む道を開拓するのが帝国主義の銃剣じゃないか。ブルジョア政治とは何か。資本家と地主を保護するシステムだ。蔣介石が今やっていることがまさにそれだ。地主と資本家が蔣介石軍を助けているだろ？蔣介石一派は、中国が日本の植民地になることがあったとしても、共産党政府の土地改革よりはましだと思っている連中だ。蔣介石はたえず日本と裏取引をしている。おそらく西安事件がなかったら日本に黄河以北を明け渡したと思うよ。中国を半分に割って、その半分だけでも守るほうがましだという腹なんだ。そんな蔣介石に比べて毛沢東は断然優れているよ。政治に最善はない。次善を選ぶということだ」

延安で三つの季節を過ごす間に、貞淑は共産主義の理念として設計されたこの新都市にすっかり魅了されていた。しかし、世の中は外に見えているものとは異なる内容を持っており、この世の不条理は個人だけでなく歴史もそれを避けることはできなかった。張志楽の一件は延安のファンタジーに亀裂をもたらした。

これまで貞淑は自分の思いどおりに生きてきた。納得できないことを無理にやったことはない。嫌な男と我慢して暮らしたこともない。特別な生活信条があってのことではなかった。遺伝子に刻まれた冒険と自尊と衝動の強烈さが、彼女を動かしてきただけだ。だから彼女は気に入らなければ去った。去るのは簡単だった。ところが振り返って見ると、それは最大の下策《げさく》だった。これからは留まり、抑え、耐えることを学ばなければならない。忍耐は、重ねた年がくれる贈りものだった。

「去るときと留まるとき、捨てるときと耐えるときを知ったら、中年になったってことかしら。それを成熟と呼ぶのかしら」

貞淑の延安生活は思ったよりも早く終わった。蔣介石軍が攻勢をかけてきたため、党は抗日軍政大学を前戦に移動させることにした。彼女は内心喜んだ。中国に来てからずっと内陸に追われるばかりだったが、やっと敵に向かって行くことになったのだ。貞淑は八路軍〔抗日戦争時の中国共産党軍の通称〕第一二〇師団に政治指導員として配置された。貞淑夫婦は荷物をまとめて窯洞《ヤオトン》を掃除した。新しい主人がいつ来るかわからないので、サツマイモ畑には水をたっぷりとまいた。軍政大学の学生たちは荷物をリヤカーに載せ、党が支給した中古の軍服を着て簡単な軍装だけ備えて出発した。彼女は軍服と軍装が楽に感じられた。延安に来るときとは明らかに違う。やっと軍人になったのだ。

長い歳月がつくりだした階段式の黄土の勾配に沿って坂道を上り峠に立ったとき、貞淑は渓谷に長く横たわる市街地を見下ろした。彼女は必ず延安に戻って来ると心に誓った。数年、いや、数十年後になったとしても必ず帰って来て、今日のこの実験精神に満ちた中華ソビエトの首都が歴史の地形の上にどのようなポーズで立っているのか、そのとき自分が幻滅を感じるのか歓喜に満ちあふれているのか確認したかった。峠を越えると隊列はもはや延安を後にして、太行山《たいこうさん》に向かって東に行軍を開始した。

日中戦争開始からちょうど二年。一九三九年七月一〇日のことだった。

〔下巻につづく〕

年	主な登場人物をめぐるできごと	朝鮮のできごと	その他の国のできごと
一九〇〇	朴憲永、金丹冶、林元根生まれる。		
一九〇一	朱世竹生まれる。		
一九〇二	許貞淑生まれる。		日露戦争（一九〇四〜五）
一九〇四	高明子生まれる。		ロシア第一革命（一九〇五）
		第二次日韓協約（乙巳条約）締結（一九〇五）	
		ハーグ密使事件（一九〇七）	
		安重根、ハルビンで伊藤博文を暗殺（一九〇九）	
		「韓国併合に関する条約」調印（日韓併合）、名実ともに日本の植民地とされる（一九一〇）	
			辛亥革命（一九一一）
			第一次世界大戦（一九一四〜一八）
			ロシア革命（十月革命）、ロシア・ソビエト連邦社会主義共和国樹立（一九一七）
		三・一万歳運動（一九一九）	
一九二〇	許貞淑、朱世竹、上海留学し朴憲永、林元根、金丹冶と交流。		
一九二一	朱世竹と朴憲永、結婚。 許貞淑、肋膜炎の治療のため一時京城へ帰郷。 林元根、金丹冶、ソ連で行われたコミンテルン主催の極東被圧迫民族大会に参加。		

一九二三	許貞淑、半年間モスクワ留学。 朴憲永、林元根、金丹冶、高麗共産党国内組織準備のため京城へ向かうも新義州で逮捕される。一九二四年一月釈放。		
一九二四	許貞淑と林元根、結婚。 高明子、女性同友会で貞淑、世竹と出会う。	朝鮮女性同友会結成（一九二四）	レーニン死去（一九二四）
一九二五	朴憲永、朱世竹ら、高麗共産青年会を結成。 許貞淑、『新女性』編集長に就任。 許貞淑、朱世竹、高明子、断髪。 高明子、モスクワ留学。 朴憲永、朱世竹、林元根、許貞淑、逮捕。貞淑と世竹はじき釈放（朝鮮共産党事件）。 金丹冶、ソ連へ亡命。	朝鮮共産党結成（一九二五） 京城で大洪水（一九二五）	日本で治安維持法制定（一九二五）
一九二六	許貞淑、父許憲とともに世界一周旅行を経てアメリカ留学。		
一九二七	朝鮮共産党事件裁判始まる。 許貞淑、アメリカから帰国。	新幹会結成（一九二七） 槿友会結成（一九二七）	
一九二八	朴憲永、保釈され朱世竹とともにソ連へ亡命。 朱世竹、亡命中の列車で女児（ヨン／ビビアンナ）を出産。		
一九二九	高明子、二月に帰国。 金丹冶、七月に帰国、一一月ウラジオストクへ逃亡、後に上海へ。	元山ゼネスト（一九二九） 朝鮮博覧会（一九二九） 光州学生事件（一九二九）	ニューヨーク証券市場大暴落（一九二九） スターリン、ソ連共産党を掌握（一九二九）
一九三〇	許貞淑、女子学生デモ指導により逮捕。臨月に仮釈放され二人目の夫宋奉瑀を父とする男児を出産。		

一九三一	高明子、朝鮮共産党再建委活動中に逮捕。執行猶予付き判決を受け釈放。 許貞淑、再び監獄へ。		満州事変（一九三一）
一九三二	許貞淑、刑期を終え出獄。 高明子、再び逮捕。拷問を受け転向書にサインし釈放される。 朱世竹、朴憲永、上海へ。	李奉昌、東京で天皇の馬車に手榴弾投擲（一九三二） 尹奉吉、上海で天長節式場に爆弾投擲（一九三二）	満州国成立（一九三二）
一九三三	朴憲永、上海で逮捕。 朱世竹、金丹冶とともにモスクワへ逃亡。 許貞淑、太陽光線治療院開業のため日本と台湾で勉強。		
一九三四	朱世竹と金丹冶、結婚。		
一九三六	許貞淑、崔昌益と南京へ行き結婚。	孫基禎がベルリンオリンピックでマラソン日本代表として金メダル獲得。東亜日報と朝鮮中央日報が写真の孫の胸の日章旗を抹消し発行停止。朝鮮中央日報は結局廃刊となる（一九三六）	カザフスタン、ソ連に編入される（一九三六）
一九三七	金丹冶、モスクワで日帝スパイの容疑をかけられ逮捕、処刑される。 朱世竹、男児（ビタリー）を出産。 許貞淑、南京を脱出し武漢へ。		ソ連、国内の朝鮮人約一八万人を中央アジアへ強制移住（一九三七） 盧溝橋事件。日中戦争勃発（一九三七） 日本軍による南京陥落。南京大虐殺（一九三七）
一九三八	朱世竹、クズロルダ（カザフスタン）へ流刑。 収容所でビタリーが死去。	武漢で朝鮮義勇隊結成（一九三八）	日本軍による武漢陥落（一九三八）
一九三九	許貞淑、延安へ。抗日軍政大学に入学。 許貞淑、八路軍の政治指導員となり太行山に向けて行軍開始（七月）		

著者
チョ・ソニ

1960年江原道江陵生まれ。江陵女子高校、高麗大学を卒業し1982年聯合通信社で記者生活を始める。ハンギョレ新聞創刊に参与し、文化部記者となり、雑誌『シネ21』編集長をつとめた。
韓国映像資料院長とソウル文化財団代表を歴任し、2019年秋から2020年春までベルリン自由大学に訪問研究者として在籍した。エッセイ『ジャングルではときどきハイエナになる』、長編小説『熱情と不安』、短編集『日の光がまばゆい日々』、韓国古典映画に関する著書『クラシック中毒』、韓国社会全般を眺望する書籍『常識の再構成』を出版。『三人の女』は2005年に執筆を始めたが、二度の公職生活によって中断され、12年をかけて完成された。
『三人の女』で許筠文学賞、樂山金廷漢文学賞、老斤里平和賞を受賞。

訳者
梁 澄子（ヤン・チンジャ）

通訳・翻訳業。一般社団法人希望のたね基金代表理事。日本軍「慰安婦」問題解決全国行動共同代表。
著書に『「慰安婦」問題ってなんだろう？　あなたと考えたい戦争で傷つけられた女性たちのこと』（2022年・平凡社）、共著書に『海を渡った朝鮮人海女』（1988年・新宿書房）、『朝鮮人女性がみた「慰安婦問題」』（1992年・三一書房）、『もっと知りたい「慰安婦」問題』（1995年・明石書店）、『オレの心は負けてない』（2007年・樹花舎）等。訳書に尹美香著『20年間の水曜日』（2011年・東方出版）、イ・ギョンシン著『咲ききれなかった花　ハルモニたちの終わらない美術の時間』（2021年・アジュマブックス）。

ajumabooksはシスターフッドの出版社です。アジュマは韓国語で中高年女性を示す美しい響きの言葉。たくさんのアジュマ（未来のアジュマも含めて！）の声を届けたいという思いではじめました。猫のマークは放浪の民ホボがサバイブするために残した記号の一つ。意味は「親切な女性が住んでいる家」です。アジュマと猫は最強の組み合わせですよね。柔らかで最強な私たちの読書の時間を深められる物語を紡いでいきます。一緒にシスターフッドの世界、つくっていきましょう。

ajuma books 代表　北原みのり

三人の女
二〇世紀の春　上

2023年8月15日　第1版第1刷発行

著者　チョ・ソニ

訳者　梁 澄子

発行者　北原みのり

発行　（有）アジュマ
〒113-0033 東京都文京区本郷7-2-2
TEL 03-5840-6455
https://www.ajuma-books.com/

印刷・製本所　モリモト印刷

価格はカバーに表示してあります。

ISBN978-4-910276-08-3 C0097 Y2400E

ajuma books